U0020058

▲ 一九五六—五七年由重光文藝出版社印行《老人和大海》。

▲ 二○一○年出版的《老人與海》。（譯林出版社提供）

▲ 一九七二年由香港今日世界出版社印行《錄事巴托比》。

▲ 二○二○年由九歌出版社出版《錄事巴托比/老人與海》。

▲ 一九七八年由大地出版社印行《梵谷傳》。

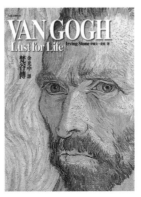

▲ 二○○九年由九歌出版社出版《梵谷傳》。

▲一九六一年由香港的今日世界
出版社出版《美國詩選》。

▲二〇一七年由九歌出版社出版
《英美現代詩選》。

▲一九八三年由大地出版社印行
《不可兒戲》。

▲二〇一二年由九歌出版社出版
《不可兒戲》。

▲二〇一三年由九歌出版社出版
《不可兒戲》增訂新版。

▲二〇一三年由九歌出版社出版
《溫夫人的扇子》。

▲一九九五年由大地出版社印行
《理想丈夫》。

▲二〇一三年由九歌出版社出版
《理想丈夫》。

▲二〇〇八年由九歌出版社出版
《不要緊的女人》。

▲二〇一二年由九歌出版社出版
《濟慈名著譯述》。

▲一九九二年由九歌出版社出版
《守夜人》。

▲二〇〇四由九歌出版社出版
《守夜人》中英對照新版。

▲二〇一七由九歌出版社印行
《守夜人》增訂新版。

▲二〇〇三年出版的《緋紅
樹》。(和英出版社提供)

▲二〇〇四年出版的《雪晚林邊
歇馬》。(和英出版社提供)

二〇一八年出版的《人為百獸命
名》。(遼寧少年兒童出版社提
供)

▲二〇一八年出版的《在茫茫的
風中》。(黑龍江美術出版社提
供)

翻譯乃大道
譯者獨憔悴

余光中翻譯論集

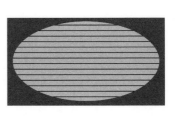

目　錄

推薦序　千呼萬喚，誰與爭鋒?!　單德興　7

輯一

翻譯與批評　12

翻譯和創作　15

翻譯乃大道　31

譯者獨憔悴　33

作者，學者，譯者
　　　——「外國文學中譯國際研討會」主題演說　35

論的的不休
　　　——中文大學「翻譯學術會議」主題演說　45

翻譯之教育與反教育　62

創作與翻譯
　　　——淡江大學五十週年校慶演講　73

李白與愛倫坡的時差
　　　——在文法與詩意之間　89

虛實之間見功夫　95

翻譯之為文體　105

文法與詩意　115

唯詩人足以譯詩？　119

譯無全功
　　——認識文學翻譯的幾個路障　146

輯二

中國古典詩的句法　164

中西文學之比較　173

幾塊試金石
　　——如何識別假洋學者　187

外文系這一行　192

用現代中文報導現代生活　197

哀中文之式微　204

論中文之西化　208

早期作家筆下的西化中文　223

從西而不化到西而化之　232

白而不化的白話文
　　——從早期的青澀到近期的繁瑣　249

橫行的洋文　260

中文的常態與變態　265

輯三

變通的藝術
　　——思果著《翻譯研究》讀後　286

廬山面目縱橫看
　　——評叢樹版英譯《中國文學選集》　298

與王爾德拔河記
　　——《不可兒戲》譯後　315

觀弈者言
　　——序彭、夏譯詩集《好詩大家讀》　323

鏽鎖難開的金鑰匙
　　——序梁宗岱譯《莎士比亞十四行詩》　330

《守夜人》自序　350

《老人與海》譯序（二〇一〇年版）　352

《濟慈名著譯述》　356

　譯者序　356

　　　　十四行詩綜述　364

　　　　抒情詩綜述　381

　　　　頌體綜述　383

編後記　余幼珊　397

余光中翻譯文章年表　400

余光中譯作一覽表　402

余光中翻譯相關評論索引　408

推薦序
千呼萬喚，誰與爭鋒?!

單德興（中央研究院歐美研究所特聘研究員）

　　余光中翻譯論集終於在臺灣出版了，真是華文譯壇與文壇一件可喜可賀的事！

　　讀者也許會納悶，余光中的書不都是在臺灣出版的嗎？此事為何值得如此大驚小怪？

　　的確，余光中的著作以臺灣版最為齊全，或許因為如此，他覺得讀者若對其翻譯和語文論述感興趣，儘可在臺灣印行的不同文集中找到，出版專集也就不那麼迫切了，以致反倒讓海峽彼岸搶先：

一九九九年二月《余光中選集》第四卷《語文及翻譯論集》（黃維樑與江弱水編選）由合肥的安徽教育出版社印行，收錄一九六三至一九九六年的十八篇文章，內文兩卷分別討論語文與翻譯；

二○○二年一月《余光中談翻譯》由北京的中國對外翻譯出版公司印行，收錄一九六二至一九九九年的二十二篇文章，並由「沙田七友」之一的思果寫序（二○一四年十一月易名《翻譯乃大道》，由北京的外語教學與研究出版社重新印行）；

二〇〇六年七月《語文大師如是說——中和西》由香港商務印書館印行，收錄一九六九至一九九六年的九篇文章，以語文為主，兼及翻譯。

相形之下，余光中在臺灣出版的翻譯評論專書只有二〇〇二年三月由九歌出版社印行的《含英吐華：梁實秋翻譯獎評語集》，收錄一九八八年首屆至一九九九年第十二屆所撰的十四篇評語（十二篇評譯詩，兩篇評譯文），涉及翻譯的技巧與理念，內容雖不似其他幾本廣泛，卻為翻譯的實際批評（practical criticism）之範例。

因此，包括我在內的一些關切者，多次懇請余老師親自編選翻譯論集，在臺灣出版，讓華文世界的讀者一卷「欽定本」在握，便能綜覽身兼作者、學者、譯者「三者合一」之余光中的翻譯論述。然而創作不斷、勇猛前進的他，手邊總是有新計畫，編選相關論述一直排不上優先清單，以致二〇一七年辭世時，此書始終與臺灣緣慳一面。

余光中高中時便熱中於翻譯，臨終那年印行的增訂新版《守夜人》與修訂新版《英美現代詩選》，分別為翻譯自己與英美名家之作，不只見證了他對翻譯「一往情深，始終如一」的熱愛與忠誠，也具現了「譯無全功，精益求精」的態度與身教。鑒於翻譯論集「欽定本」未果，我轉向師母范我存女士、女公子余幼珊博士以及九歌出版社陳素芳總編輯來「為民請命」，終於因緣成熟，此書在余光中過世三年餘問世。

《翻譯乃大道，譯者獨憔悴》由幼珊挑選余老師一九六二至二〇一二年半世紀以來的三十七篇翻譯與語文的論述，分為三輯。輯一的十四篇集中於翻譯的不同面向與譯者論；輯二的十二

篇討論中西語文，尤其惡性西化的翻譯體，以及優美的中文與良性的西而化之；輯三的十一篇（含《濟慈名著譯述》四篇）包括書評以及為自己和他人譯作所撰的序、跋等。各輯內依發表年代排列，並註明來自哪本文集，既方便讀者分門別類了解作者的經驗與心得，也可檢視其思維與見解的延續與演變。書末的三份資料更是彌足珍貴。〈余光中翻譯文章年表〉特將三輯文章彙整，依年代排列，註明出處，方便有心人對余光中的翻譯與語文思想有一整體的認識。〈余光中譯作一覽表〉讓讀者對其英翻中、中翻英的成果與不同版本能一目瞭然。〈余光中翻譯相關評論索引〉更是蒐羅了自一九六五年以來，有關余光中的譯作與譯論的專書、報章雜誌評論以及期刊與專書論文，為探究翻譯家余光中提供了最佳的指引。因此，無論就時間之長，篇數之多，範圍之廣，分類之細，條理之明，資料之豐，本書都是余光中最周全且最具代表性的翻譯論集。

余光中出書一向自撰序跋，夫子自道，直指本心。此書雖無緣由作者「欽定」並撰序，卻因在他逝世後編選，反倒更為完整。由門生與女兒分別撰寫推薦序與編後記，可客觀烘托主體。幼珊全程參與規畫與編選，殫精竭慮，劍及履及，編後記交代此書來龍去脈，別具深意。筆者忝為門生，有事服勞，義不容辭，以敬謹之心拜讀全書，昔日情景如在眼前，彷彿重新聆聽恩師耳提面命，呈上「作業」，衷心推薦個人的文學與翻譯啟蒙師集大成之作。

筆者曾以《翻譯家余光中》（浙江大學出版社，二〇一九年）一書綜合探討與呈現他的譯作、譯論、譯評與翻譯因緣，此處謹略述本書三輯的特色與意義。首先，現身說法，文理並茂：余光中的「譯績」量多質精，影響深遠，翻譯論述淬鍊自多年的實踐與體驗，絕非徒託空言，其力道特強的一大原因在於身為文體家

（stylist）的修辭精準生動，深入人心。

其次，三者合一，相輔相成：余光中的詩文創作名聞遐邇，翻譯則是汲取外來養分的重要之道，再加上曾分別任教於中、外文系，作者、譯者、學者之間交互為用，相得益彰，「白以為常，文以應變」之說通用於其創作、翻譯與評論便為一明證。

第三，自論論他，鞭辟入裡：余光中的自序與譯後固然是言傳身教，金針示人，他序與書評亦非人情之作，既不吝肯定優點，也不隱諱缺失，提出商榷，必要時出手示範，令人信服。

總之，三輯三十七篇彰顯了翻譯與評論（此書集中於譯評）在余光中「四大寫作空間」（另二者為令人稱道的詩歌、散文）中的重要地位，以及他對翻譯長久、多元的貢獻。書名來自一九八五年的兩篇文章標題，翻譯既為大道，自然值得終生相許；譯者雖獨憔悴，卻有特殊的貢獻與地位，正如他為《余光中談翻譯》的扉頁親筆題辭：「譯者未必有學者的權威，或是作家的聲譽，但其影響未必較小，甚或更大。譯者日與偉大的心靈為伍，見賢思齊，當其意會筆到，每能超凡入聖，成為神之巫師，天才之代言人。此乃寂寞之譯者獨享之特權。」

以《翻譯乃大道，譯者獨憔悴》為名，畫龍點睛地呈現了余光中對心目中「第十位繆思」的衷心崇敬，並以他在文學史上的地位為翻譯與譯者背書，此誠為其畢生不改之志。

千呼萬喚，此書始出；

此書既出，誰與爭鋒？！

二〇二一年六月九日於臺北南港

本文承蒙范我存女士、余幼珊博士與張錦忠博士過目，謹此致謝。

輯一

翻譯與批評

由於近來有些畫家、作曲家、詩人準備發起一項文藝復興運動，而我在《文星》上寫了幾篇試探性的短文，遂引起文藝界某些人士的關切。一種意見在提出後，有了反應，無論如何總是好事。某些反應是善意的，例如方以直先生在《徵信新聞》上發表的文章。我們深為這種友情所鼓舞。

但是另有一些反應，雖早在我們意料之中，仍令人感到有些遺憾。有些人說，余光中要「回國」了，他那條現代詩的路走不通了，終於要向傳統投降了。有些人說，在詩中用幾個典故，或是發懷古之幽思，不得謂之認識傳統。對於這些見解，我無意浪費藍墨水，作無益的爭辯。不錯，我是要回國的，正如劉國松、楊英風、許常惠要回國一樣，可是我並不準備回國打麻將，或是開同鄉會，或是躲到漢家陵闕裡去看西風殘照。我只是不甘心做孝子，也不放心做浪子，只是嘗試尋找，看有沒有做第三種子弟的可能。至於孝子、浪子，甚至「父老們」高興不高興，我是不在乎的。

真正的回國，不是一件簡單的事，更不是一念懷鄉，就可以即時命駕的。方以直先生說，他願意在松山機場歡迎浪子回國。他的話很有風趣。可是他的原意，我想，不會是指那些在海關檢查時被人發現腦中空空囊中也空空的赤貧歸僑吧。

「回國」並不意味著放棄「西化」。五四迄今，近半世紀，「西化」的努力仍然不夠，其成就仍然可憐。最值得注意的是：浪子們儘管高呼「全盤西化」，對於西洋的現代文藝，並無若何介紹。

「回國」與「西化」，並不如字面所示的那麼相互排斥，不同的只是兩者之間的比例和主客關係。「回國」是目的，「西化」是達到此一目的之手段之一。因此，如果有人誤認我們要放棄對於西洋文藝的介紹，那是很不幸的。

要介紹西洋文藝，尤其是文學，翻譯是最直接可靠的手段。翻譯對文學的貢獻，遠比我們想像的偉大。在中世紀的歐洲，許多國家只有翻譯文學，而無創作文學。影響英國文學最大的一部作品，便是一六一一年英譯本的《聖經》。許多不能直接閱讀原文的作家，如莎士比亞、班揚、濟慈，都自翻譯作品吸收了豐富的營養。

然而翻譯是一種很苦的工作，也是一種很難的藝術。大翻譯家都是高明的「文字的媒婆」，他得具有一種能力，將兩種並非一見鍾情甚至是冤家的文字，配成情投意合的一對佳偶。將外文譯成中文，需要該種外文的理解力，和中文的表達力。許多「翻譯家」空負盛名，如果將他們的翻譯拿來和原文仔細對照，其錯誤之多，其錯誤之牛頭不對馬嘴，是驚人的。例如某位「名家」，在譯培根散文時，就將 divers faces（各種面容）譯成「潛水夫的臉」。又如某詩人，便將 dropping slow 譯成「落雪」，復將浩司曼詩中的「時態」整個看錯。原是過去與現在的對照，給看成都是現在的描寫，簡直荒唐。創作的高下，容有見仁見智之差。翻譯則除了高下之差，尚有正誤之分，苟無充分把握，實在不必自誤誤人。

翻譯之外，尚有批評。批評之難尤甚於翻譯。我們可以說某篇翻譯是正確的翻譯，但無法有把握地說某篇批評是正確的批評。創作可以憑「才氣」，批評卻需要大量的學問和灼見。梁實秋先生曾說，我們能有「天才的作家」，但不能有「天才的批評家」。作家可以有所偏好，走自己的窄路；批評家必須視野廣

闊，始能綜觀全局，有輕重，有比例。換言之，批評家必須兼諳各家各派的風格，他必須博覽典籍。自由中國文壇的學術水準甚低，因此我們的文學批評也最貧乏。

要做一個夠資格的批評家，我以為應具下列各種起碼的條件：

（一）他必須精通（至少一種）外文，才能有原文的直接知識。必須如此，他才能不仰賴別人的翻譯。如果一個批評家要從中譯本去認識莎士比亞，或從日文論述中去研究里爾克，那將是徒勞。（二）他必須精通該國的文學史。這就是說，他必須對該國的文學具有歷史的透視。必如此，他對於某一作家的認識始能免於孤立絕緣的真空狀態。必如此，他才能見出拜倫和頗普的關係，或是康明思多受莎士比亞的影響。批評家必須胸有森林，始能說出目中的樹有多高多大。（三）批評家必須學有所專。他要介紹但丁，必先懂得耶教；要評述雪萊，最好先讀柏拉圖；要攻擊傑佛斯，不能對於尼采一無所知。一位批評家不解清教為何物而要喋喋不休地談論霍桑的小說，是不可思議的。（四）他必須是個相當出色的散文家。他的散文應該別具一種風格，而不僅為表達思想之工具。我們很難想像，一位筆鋒遲鈍的批評家如何介紹王爾德，也無法相信，一個四平八穩的庸才攪住康明思的文字遊戲。一篇上乘的批評文章，警語成串，靈感閃爍，自身就是一個欣賞的對象。誰耐煩去看資料的堆積和教條的練習？

我不敢武斷地說，自由中國的創作不如西洋，但我敢說，我們的翻譯和批評實在太少也太差了。要提高我們的文學創作水準和作家一般的修養，我們需要大量而優秀的翻譯家和批評家。至少在往後的五年內，我們應朝這方面去努力。

——出自一九六四年《掌上雨》

附註：方以直即王鼎鈞先生的筆名。

翻譯和創作

　　希臘神話的九繆思之中，竟無一位專司翻譯，真是令人不平。翻譯之為藝術，應該可以取代司天文的第九位繆思尤瑞尼亞（Urania）；至少至少，也應該稱為第十位繆思吧。對於翻譯的低估，不獨古希臘人為然，今人亦復如此。一般刊物譯文的稿酬，往往低於創作；教育部審查大學教師的學力，只接受論著，不承認翻譯；一般文藝性質的獎金和榮譽，也很少為翻譯家而設。這些現象說明了今日的文壇和學界如何低估翻譯。

　　流行觀念的錯誤，在於視翻譯為創作的反義詞。事實上，創作的反義詞是模仿，甚或抄襲，而不是翻譯。流行的觀念，總以為所謂翻譯也者，不過是逐字逐詞的換成另一種文字，就像解電文的密碼一般；不然就像演算代數習題一般，用文字去代表數字就行了。如果翻譯真像那麼科學化，則一部詳盡的外文字典就可以取代一位翻譯家了。可是翻譯，我是指文學性質的，尤其是詩的翻譯，不折不扣是一門藝術。也許我們應該採用其他的名詞，例如「傳真」，來代替「翻譯」這兩個字。真有靈感的譯文，像投胎重生的靈魂一般，令人覺得是一種「再創造」。直譯，甚至硬譯，死譯，充其量只能成為剝製的標本：一根羽毛也不少，可惜是一隻死鳥，徒有形貌，沒有飛翔。詩人齊阿地認為，從一種文字到另一種文字的翻譯，很像從一種樂器到另一種樂器的變調（transposition）：四弦的提琴雖然拉不出八十八鍵大鋼琴的聲音，

但那種旋律的精神多少可以傳達過來[1]。龐德的好多翻譯，與其稱為翻譯，不如稱為「改寫」、「重組」，或是「剽竊的創造」[2]；艾略特甚至厚顏宣稱龐德「發明了中國詩」。這當然是英雄欺人，不足為訓，但某些詩人「寓創造於翻譯」的意圖，是昭然可見的。

假李白之名，抒龐德之情，這種偷天換日式的「意譯」，我非常不贊成。可是翻譯之為藝術，其中果真沒有創作的成分嗎？翻譯和創作這兩種心智活動，究竟有哪些相似之處呢？嚴格地說，翻譯的心智活動過程之中，無法完全免於創作。例如原文之中出現了一個涵義曖昧但暗示性極強的字或詞，一位有修養的譯者，沉吟之際，常會想到兩種或更多的可能譯法，其中的一種以音調勝，另一種以意象勝，而偏偏第三種譯法似乎在意義上更接近原文，可惜音調太低沉。面臨這樣的選擇，一位譯者必須斟酌上下文的需要，且依賴他敏銳的直覺。這種情形，已經頗接近創作者的處境了。根據我創作十多年的經驗，在寫詩的時候，每每心中湧起一個意念，而表達它的方式可能有三種：第一種念起來宏亮，第二種意象生動，第三種則意義最為貼切。這時作者同樣面臨微妙的選擇，他同樣必須照顧上下文，且乞援於自己的直覺。例如傑佛斯（Robinson Jeffers）的詩句：[3]

……by the shore of seals while the wings.

Weave like a web in the air

Divinely superfluous beauty.

1　Translator's Note: The Inferno, tr. by John Ciardi (Mentor books, 1954)

2.　請參閱拙著《英美現代詩選》一六九頁。

3　摘自 "Divinely Superfluous Beauty"。全詩譯文見《英美現代詩選》二〇七頁。

我可以譯成下面的兩種方式：

1. ……在多海豹的岸邊，許多翅膀
像織一張網那樣在空中編織
充溢得多麼神聖的那種美。
2. ……瀕此海豹之濱，而鷗翼
在空際如織網然織起
聖哉充溢之美。

第一種方式比較口語化，但是費詞而鬆懈；第二種方式比較文言化，但是精鍊而緊湊。結果我以第二種方式譯出。但是有些詩語俚而聲亢，用文言句法譯出，就不夠意思。下面傑佛斯的另一段詩[4]，我就用粗獷的語調來對付了：

"Keep clear of the dupes that talk democracy
And the dogs that bark revolution,
Drunk with talk, liars and believers.
I believe in my tusks.
Long live freedom and damn the ideologies,"
Şaid the gamey black-maned wild boar
Tusking the turf on Mal Paso Mountain.

4　摘自 "The Stars Go Over The Lonely Ocean"，全詩譯文見《英美現代詩選》一九四頁。傑佛斯的詩在哲學的觀念上屬於尼采，所以對民主與革命均不信任，寧效野豬遁世自高。

「管他什麼高談民主的笨蛋，
什麼狂吠革命的惡狗，
談昏了頭啦，這些騙子和信徒。
我只信自己的長牙。
自由萬歲，他娘的意識形態，」
黑鬣的野豬真有種，他這麼說，
一面用長牙挑毛巴索山的草皮。

　　用字遣詞需要選擇，字句次序的排列又何獨不然？艾略特「三智士朝聖行」中的句子：

A hard time we had of it.

很不容易譯成中文。可能的譯法，據我看來，有下列幾種：

1. 我們有過一段艱苦的時間。
2. 我們經歷過多少困苦。
3. 我們真吃夠了苦頭。
4. 苦頭，我們真吃夠。

如果不太講究字句的次序，則前三種譯法，任用一種，似乎也可以敷衍過去了。可是原文只有七個字，不但字面單純，而且還有三個所謂「虛字」。相形之下，一、二兩句不但太冗長，而且在用字上，例如「艱苦」、「經歷」、「困苦」等，也顯得太「文」了一點。第三句是短些，可是和前兩句有一個共同的缺點：語法不合。艾略特的原文是倒裝語法：詩人將 a hard time 置於句首，

用意顯然在強調三智士雪中跋涉之苦。前三種中譯都是順敘句，所以不合。第四句中譯就比較接近原文了，因為它字少（正巧也是七個字），詞俚，而且也是倒裝。表面上，第一種譯法似乎最「忠實」，可是實際上，第四種卻最「傳真」。如果我們還要照顧上下文的話，就會發現，上面這句原文實際上是響應同詩的第一行：

A cold coming we had of it.[5]

可見艾略特是有意用兩個倒裝句子來互相呼應的。因此我們更有理由在譯文中講究字句的次序了。所謂「最佳字句排最佳次序」的要求，不但可以用於創作，抑且必須期之翻譯。這樣看來，翻譯也是一種創作，至少是一種「有限的創作」。同樣，創作也可以視為一種「不拘的翻譯」或「自我的翻譯」。在這種意義下，作家在創作時，可以說是將自己的經驗「翻譯」成文字。（讀者欣賞那篇作品，過程恰恰相反，是將文字「翻譯」回去，還原成經驗。）不過這種「翻譯」，和譯者所做的翻譯，頗不相同。譯者在翻譯時，也要將一種經驗變成文字，但那種經驗已經有人轉化成文字，而文字化了的經驗已經具有清晰的面貌和確定的涵義[6]，不容譯者擅加變更。譯者的創造性所以有限，是因為一方面他要將那種精確的經驗「傳真」過來，另一方面，在可能的範圍

5　艾略特這兩行詩均摘自 "Journey of the Magi"，全詩譯文見《英美現代詩選》七三頁。這兩行詩所以倒裝，是因為艾略特引用了英國神學家 Lancelot Andrewes 以耶誕為題的證道詞 "A cold coming they had of it..." 而改為第一人稱口吻。

6　這和修辭中的 ambiguity 或 irony 等等無關。

內，還要保留那種經驗賴以表現的原文。這種心智活動，似乎比創作更繁複些。前文曾說，所謂創作是將自己的經驗「翻譯」成文字。可是這種「翻譯」並無已經確定的「原文」為本，因為在這裡，「翻譯」的過程，是一種雖甚強烈但渾沌而游移的經驗，透過作者的匠心，接受選擇、修正、重組，甚或蛻變的過程。也可以說，這樣子的「翻譯」是一面改一面譯的，而且，最奇怪的是，一直要到「譯」完，才會看見整個「原文」。這和真正的譯者一開始就面對一清二楚的原文，當然不同。以下讓我用很單純的圖解，來說明這種關係：

經驗→文字
（創作）

文字→經驗
（欣賞）

文字＝經驗？
（批評）

經驗→原文
　　↓
譯文
（翻譯）

■

翻譯和創作在本質上的異同，略如上述。這裡再容我略述兩者相互的影響。在普通的情形下，兩者相互間的影響是極其重大的。我的意思是指文體而言。一位作家如果兼事翻譯，則他的譯

文體，多多少少會受自己原來創作文體的影響。反之，一位作家如果在某類譯文中沉浸日久，則他的文體也不免要接受那種譯文體的影響。

張健先生在論及《英美現代詩選》時曾說：「一般說來，詩人而兼事譯詩，往往將別人的詩譯成頗具自我格調的東西。」[7]這當然是常見的現象。由於我自己寫詩時好用一些文言句法，這種句法不免也出現在我的譯文之中。例如「聖哉充溢之美」篇末那幾行的語法，換了「國語派」的譯者，就絕對不會那樣譯的。至少胡適不會那樣譯。這就使我想起，他曾經用通暢的白話譯過丁尼生的〈尤利西斯〉的一部分。胡適的譯文素來明快清暢，一如其文，可是用五四體的白話去譯丁尼生那種古拙的無韻體，其事倍功半的窘困，正如蘇曼殊企圖用五言排律去譯拜倫那篇激越慷慨的〈哀希臘〉。其實這種現象在西方也很普遍。例如荷馬那種「噹叮叮」的敲打式「一長二短六步格」，到了十八世紀文質彬彬的頗普筆下，就變成了頗普的拿手詩體「英雄偶句」，而叱吒古戰場上的英雄，也就馴成了坐在客廳裡雅談的紳士了。另一個生動的例子是龐德。艾略特說他「發明」了中國詩，真是一點不錯。清雅的中國古典詩，一到他的筆底，都有點意象派那種自由詩白描的調調兒。這就有點像個「性格演員」，無論演什麼角色，都脫不了自己的味道。艾略特曾強調詩應「無我」[8]，這話我不一定

7　見五十七年九月十四日《中國時報‧人間副刊》汶津的專欄文章：「簡介三本英美譯叢。」

8　impersonality：艾略特主張詩人應泯滅自我以遷就詩之主題，也就是說，應該擺脫自我而進入事物之中心。此說實與濟慈致 Woodhouse 信中所云 "A poet is the most unpoetical of anything in existence; because he has no Identity" 不謀而合。反浪漫的大師，在詩的理論上竟與浪漫詩人如此接近，真是一大 irony 了！

贊成，可是擬持以轉贈他的師兄龐德，因為理想的譯詩之中，最好是不見譯者之「我」的。在演技上，理想的譯者應該是「千面人」，不是「性格演員」。

另一方面，創作當然也免不了受翻譯的影響。一六一一年欽定本的《聖經》英譯，對於後來英國散文的影響，至為重大。中世紀歐洲的文學，幾乎成為翻譯的天下。說到我自己的經驗，十幾年前，應林以亮先生之邀為《美國詩選》譯狄瑾蓀作品的那一段時間，我自己寫的詩竟也採用起狄瑾蓀那種歌謠體來。及至前年初，因為翻譯葉慈的詩，也著實影響了自己作品的風格。我們幾乎可以武斷地說，沒有翻譯，五四的新文學不可能發生，至少不會像那樣發展下來。西洋文學的翻譯，對中國新文學的發展，大致上可說功多於過，可是它對於我國創作的不良後果，也是不容低估的。

翻譯原是一種「必要之惡」，一種無可奈何的代用品。好的翻譯已經不能充分表現原作，壞的翻譯在曲解原作之餘，往往還會腐蝕本國文學的文體。三流以下的作家，或是初習創作的青年，對於那些生硬、拙劣，甚至不通的「翻譯體」，往往沒有抗拒的能力，濡染既久，自己的「創作」就會向這種翻譯體看齊。事實上，這種翻譯體已經氾濫於我國的文化界了。在報紙、電視、廣播等等大眾傳播工具的圍襲下，對優美中文特具敏感的人，每天真不知道要忍受這種翻譯體多少次虐待！下面我要指出，這種翻譯體危害我們的創作，已經到了什麼程度。

正如我前文所述，翻譯，尤其是文學的翻譯，是一種藝術，變化之妙存乎一心。以英文譯中文為例，兩種文字在形、音、文

法、修辭、思考習慣、美感經驗、文化背景上既如此相異，字、
詞、句之間就很少現成的對譯法則可循。因此一切好的翻譯，猶
如衣服，都應是訂做的，而不是現成的。要買現成的翻譯，字典
裡有的是；可是字典是死的，而譯者是活的。用一部字典來對付
下列例子中的 sweet 一字，顯然不成問題：

1. a sweet smile
2. a sweet flower
3. Candy is sweet.

但是，遇到下面的例子，任何字典都幫不了忙的：

4. Sweet Swan of Avon
5. How sweet of you to say so！
6. Sweets to the sweet
7. Sweet smell of success

有的英文詩句，妙處全在它獨特的文法關係，要用沒有這種文法
的中文來翻譯，幾乎全不可能。

1. To the glory that was Greece
   And the grandeur that was Rome.

2. Not a breath of the time that has been hovers
   In the air now soft with a summer to be.

3. The sky was stars all over it.

4. In the final direction of the elementary town
   I advance for as long as forever is.[9]

以第二段為例，the time that has been 當然可以勉強譯成「已逝的時間」或「往昔」，a summer to be 也不妨譯成「即將來臨的夏天」；只是這樣一來，原文文法那種圓融空靈之感就全坐實了，顯得多麼死心眼！

不過譯詩在一切翻譯之中，原是最高的一層境界，我們何忍苛求。我要追究的，毋寧是散文的翻譯，因為在目前的文壇上，惡劣的散文翻譯正在腐蝕散文的創作，如果有心人不及時加以當頭棒喝，則終有一天，這種非驢非馬不中不西的「譯文體」，真會淹沒了優美的中文！這種譯文體最大的毛病，是公式化，也就是說，這類的譯者相信，甲文字中的某字或某詞，在乙文字中恆有天造地設恰巧等在那裡的一個「全等語」。如果翻譯像做媒，則此輩媒人不知道造成了多少怨偶。

就以英文的 when 一字為例。公式化了的譯文體中，千篇一律，在近似反射作用（reflex）的情形下，總是用「當……的時候」一代就代了上去。

1. 當他看見我回來的時候，他就向我奔來。
2. 當他聽見這消息的時候，他臉上有什麼表情？

9　第一段摘自 "To Helen": by Poe；第二段摘自 "A Forsaken Garden": by A. C. Swinburne；第三段摘自 "The Song of Honour": by Ralph Hodgson；末段摘自 "Twenty-four years": by Dylan Thomas。

兩個例句中「當⋯⋯的時候」的公式，都是畫蛇添足。第一句大可簡化為「看見我回來，他就向我奔來。」第二句也可以淨化成「聽見這消息，他臉上有什麼表情？」流行的翻譯體就是這樣：用多餘的字句表達含混的思想。遇見繁複一點的副詞子句，有時甚至會出現「當他轉過身來看見我手裡握著那根上面刻著瑪麗‧布朗的名字的舊釣魚竿的時候⋯⋯」這樣的怪句。在此地，「當⋯⋯的時候」非但多餘，抑且在中間夾了那一長串字後，兩頭遠得簡直要害相思。「當⋯⋯的時候」所以僵化成為公式，是因為粗心的譯者用它來應付一切的 when 子句，例如：

1. 當他自己的妻子都勸不動他的時候，你怎麼能勸得動他呢？
2. 米爾頓正在意大利遊歷，當國內傳來內戰的消息。
3. 當他洗完了頭髮的時候，叫他來找我。
4. 當你在羅馬的時候，像羅馬人那樣做。

其實這種場合，譯者如能稍加思索，就應該知道如何用別的字眼來表達。上列四句，如像下列那樣修正，意思當更明顯：

1. 連自己的妻子都勸他不動，你怎麼勸得動他？
2. 米爾頓正在意大利遊歷，國內忽然傳來內戰的消息。
3. 他洗完頭之後，叫他來找我。
4. 既來羅馬，就跟羅馬人學。

公式化的翻譯體，既然見 when 就「當」，五步一當，十步一當，噹噹之聲，遂不絕於耳了。如果你留心聽電視和廣播，或者閱覽報紙的國外消息版，就會發現這種莫須有的噹噹之災，正嚴

重地威脅美好中文的節奏。曹雪芹寫了那麼大一部小說，並不缺這麼一個當字。今日我們的小說家一搖筆，就搖出幾個當來，正說明這種翻譯體有多猖獗。

當之為禍，略如上述。其他的無妄之災，由這種翻譯體傳來中文裡的，為數尚多，無法一一詳述。例如 if 一字，在不同的場合，可以譯成「假使」、「倘若」、「要是」、「果真」、「萬一」等等，但是在公式化的翻譯體中，它永遠是「如果」。又如 and 一字，往往應該譯成「並且」、「而且」或「又」，但在翻譯體中，常用「和」字一代了事。

In the park we danced and sang.

這樣一句，有人竟會譯成「在公園裡我們跳舞和唱歌」。影響所及，這種用法已漸漸出現在創作的散文中了。

翻譯體公式化的另一表現，是見 ly 就「地」。於是「慢慢地走」、「悄悄地說」、「隆隆地滾下」、「不知不覺地就看完了」等語，大量出現在翻譯和創作之中。事實上，上面四例之中的「地」字，都是多餘的。事實上，中文的許多疊字，例如「漸漸」、「徐徐」、「淡淡」、「悠悠」，本身已經是副詞，何待加「地」始行？有人辯稱，加了比較好念，念來比較好聽。也就罷了。最糟的是，此輩譯者見 ly 就「地」，竟會「地」到文言的副詞上去。結果是產生了一批像「茫然地」、「突然地」、「欣然地」、「憤然地」、「漠然地」之類的怪詞。所謂「然」，本來就是文言副詞的尾語。因此「突然」原就等於英文的 suddenly，「然」之不足，更附以「地」，在理論上說來，就像說 suddenlyly 一樣可笑。事實上，說「他終於憤然走開」，不但意完神足，抑且琅琅上口，何苦要加一個「地」字？

　　翻譯體中，還有一些令人目迷心煩的字眼，如能慎用，少用，或乾脆不用，讀者就有福了。例如「所」字，就是如此。「我所能想到的，只有這些」；在這裡「所」是多餘的。「他所做過的事情，都失敗了。」不要「所」，不是更乾淨嗎？至於「他所能從那扇門裡竊聽到的耳語」，更不像話，不像中國話了。目前的譯文和作品之中，「所」來「所」去的那麼多「所」，可以說，很少是「用得其所」的。另一個流行的例子，是「關於」或「有關」。翻譯體中，屢見「我今天上午聽到一個有關聯合國的消息」之類的劣句。這顯然是受了英文 about 或 concerning 等的影響。如果改為「我今天上午聽到聯合國的一個消息」，不是更乾淨可解嗎？事實上，在日常談話中，我們只會說「你有他的資料嗎？」，不會說「你有關於他的資料嗎？」

　　翻譯體中，「一個有關聯合國的消息」之類的所謂「組合式詞結」，屢見不鮮，實在彆扭。其尤嚴重者，有時會變成「一個矮小的看起來已經五十多歲而實際年齡不過四十歲的女人」，或者「任何在下雨的日子騎馬經過他店門口的陌生人」。兩者的毛病，都是形容詞和它所形容的名詞之間，距離太遠，因而脫了節。「一個矮小的」和「女人」之間，夾了二十個字。「任何」和「陌生人」之間，也隔了長達十五字的一個形容子句。令人看到後面，已經忘了前面，這種夾纏的句法，總是不妥。如果改成「看起來已經五十多歲而實際年齡不過四十歲的一個矮小女人」，

或者「下雨的日子騎馬經過他店門口的任何陌生人」[10]，就會清楚得多，語氣上也不至於那麼緊促了。

公式化的翻譯體還有一個大毛病，那就是：不能消化被動語氣。英文的被動語氣，無疑是多於中文。在微妙而含蓄的場合，來一個被動語氣，避重就輕地放過了真正的主詞，正是英文的一個長處。

1. Man never is, but always to be blessed.
2. Strange voices were heard whispering a stranger name.

第一句中 blessed 真正的主詞應指上帝，好就好在不用點明。第二句中，究竟是誰聽見那怪聲？不說清楚，更增神祕與恐怖之感。凡此皆是被動語氣之妙。可是被動語氣用在中文裡，就有消化不良之虞。古文古詩之中，不是沒有被動語氣：「顛倒不自知，直為神所玩」，後一句顯然是被動語氣。「不覺青林沒晚潮」一句，「沒」字又像被動，又像主動，曖昧得有趣。被動與否，古人顯然並不煩心。到了翻譯體中，一經英文文法點明，被動語氣遂蠢蠢不安起來。「被」字成為一隻跳蚤，咬得所有動詞癢癢難受。「他被警告，莎莉有梅毒」；「威廉有一顆被折磨的良心」；

---

10 為簡潔起見，這兩句譯文還可以改為「看來已經五十多歲而實際不過四十歲的一個矮小女人」，和「下雨天騎馬經過他店門的任何陌生人」。事實上，在正常的中文裡，這樣的兩句大概會寫成「一個矮小的女人，看來已經五十多歲而實際不過四十歲」和「任何陌生人下雨天騎馬經過他店門，（都會看見他撐把雨傘站在門前……）」。後者和「下雨天騎馬經過他店門的任何陌生人，都會看見他撐把雨傘站在門前……」意思完全相同，但是語法自然得多了。公式化的翻譯體方便了譯者個人（？）但是難為了千百讀者。好的翻譯則恰恰相反。

「他是被她所深深地喜愛著」;「鮑士威爾主要被記憶為一個傳記家」;「我被這個發現弄得失眠了」;「當那隻狗被餓得死去活來的時候,我也被一種悲哀所襲擊」;「最後,酒被喝光了,菜也被吃完了」;這樣子的惡譯、怪譯,不但流行於翻譯體中,甚至有侵害創作之勢。事實上,在許多場合,中文的被動態是無須點明的。「菜吃光了」,誰都聽得懂。改成「菜被吃光了」簡直可笑。當然,「菜被你寶貝兒子吃光了」,情形又不相同。事實上,中文的句子,常有被動其實主動其形的情形:「飯吃過沒有?」「手洗好了吧?」「書還沒看完」「稿子才寫了一半」,都是有趣的例子。但是公式化的譯者,一見被動語氣,照例不假思索,就安上一個「被」字,完全不想到,即使要點明被動,也還有「給」、「挨」、「遭」、「教」、「讓」、「為」、「任」等字可以酌用,不必處處派「被」。在更多的場合,我們大可將原文的被動態,改成主動,或不露形跡的被動。前引英文例句的第二句,與其譯成不倫不類的什麼「奇怪的聲音被聽見耳語著一個更奇怪的名字」,何不譯成下列之一:

1. 可聞怪聲低語一個更怪的名字。
2. 或聞怪聲低喚更其怪誕之名。
3. 聽得見有一些怪聲低語著一個更怪的名字。

同樣,與其說「他被警告,莎莉有梅毒」,何如說「他聽人警告說,莎莉有梅毒」或「人家警告他說,莎莉有梅毒」?與其說「我被這個發現弄得失眠了」何如說「我因為這個發現而失眠了」或「我因為發現這事情而失眠了」?

公式化的翻譯體,毛病當然不止這些。一口氣長達四、五十字,中間不加標點的句子;消化不良的子句;頭重腳輕的修飾

語；畫蛇添足的所有格代名詞；生澀含混的文理；以及毫無節奏感的語氣；這些都是翻譯體中信手拈來的毛病。所以造成這種種現象，譯者的外文程度不濟，固然是一大原因，但是中文周轉不靈，辭彙貧乏，句型單調，首尾不能兼顧的苦衷，恐怕要負另一半責任。至於文學修養的較高境界，對於公式化的翻譯，一時尚屬奢望。我必須再說一遍：翻譯，也是一種創作，一種「有限的創作」。譯者不必兼為作家，但是心中不能不瞭然於創作的某些原理，手中也不能沒有一枝作家的筆。[11] 公式化的翻譯體，如果不能及時改善，遲早總會危及抵抗力薄弱的所有「作家」。喧賓奪主之勢萬一形成，中國文學的前途就不堪聞問了。

　　——一九六九年元月二十四日，出自一九七二年《焚鶴人》

---

11 我這種六十五分的要求，比起「唯詩人可以譯詩」的要求來，已經寬大多了。

翻譯乃大道

去年九月，沈謙先生在《幼獅少年》上評析我的散文，說我「右手寫詩，左手寫散文，偶爾伸出第三隻手寫評論和翻譯。」沈先生在該文對我的過譽愧不敢當，但這「偶爾」二字，我卻受之不甘。我這一生對翻譯的態度，是認真追求，而非逢場調戲。迄今我已譯過十本書，其中包括詩、小說、戲劇。去年我就譯了王爾德的《不可兒戲》和《土耳其現代詩選》；歐威爾的一九八四竟成了我的翻譯年。其實，我的「譯績」也不限於那十本書，因為在我的論文裡，每逢引用英文的詩文，幾乎都是自己動手來譯。就算都譯錯了，至少也得稱我一聲「慣犯」，不是偶然。

作者最怕江郎才盡，譯者卻不怕。譯者的本領應該是「與歲俱增」，老而愈醇。一旦我江郎才盡，總有許多好書等我去譯，不至於老來無事，交回彩筆。我心底要譯的書太多了，尤其熱中於西方畫家的傳記，只等退休之日，便可以動工。人壽有限，將來我能否再譯十本書，自然大有問題。不過這豪邁的心願，在獨自遐想的時候，總不失為一種安慰。

翻譯的境界可高可低。高，可以影響一國之文化。低，可以贏得一筆稿費。在所有稿費之中，譯稿所得是最可靠的了。寫其他的稿，要找題材。唯獨翻譯只需具備技巧和見識，而世界上的好書是譯不盡的。只要你不跟人爭諾貝爾的名著或是榜上的暢銷書，大可從從容容譯你自己重視的好書。有一次我在香港翻譯學會的午餐會上演講，開玩笑說：「我寫詩，是為了自娛。寫散文，是取悅大眾。寫書評，是取悅朋友。翻譯，卻是取悅太太。」

　　從高處看，翻譯對文化可以發生重大的影響。兩千年來，影響歐洲文化最重要的一部巨著，是《聖經》。舊約大部分是用希伯來文寫成，其餘是用希臘文和阿拉姆文；新約則成於希臘文。天主教會採用的，是第四世紀高僧聖傑洛姆主持的拉丁文譯文，所謂「普及本」（the Vulgate）。英國人習用的所謂「欽定本」（the Authorized Version）譯於一六一一年。德國人習用的則是一五三四年馬丁路德的譯本。兩千年來，從高僧到俗民，歐美人習用的《聖經》根本就是一部大譯書，有的甚至是轉了幾手的重譯。我們簡直可以說：沒有翻譯就沒有基督教。（同理，沒有翻譯也就沒有佛教。）

　　「欽定本」的《聖經》對十七世紀以來的英國文學，尤其是散文的寫作，一直有不可磨滅的影響。從班揚以降，哪一位文豪不是捧著這譯本長大的呢？在整個中世紀的歐洲文學裡，翻譯起過鉅大的作用。以拉丁文的《不列顛帝王史》為例：此書原為蒙邁司之傑夫禮所撰，先後由蓋馬與魏斯譯成法文，最後又有人轉譯成英文，變成了有名的亞瑟王武士傳奇。

　　翻譯絕對不是小道，但也並不限於專家。林琴南在五四時代，一面抵死反對白話文，另一面卻在不識 ABC 的情況下，用桐城派的筆法譯了一百七十一種西方小說，無意之間做了新文學的功臣。

——一九八五年二月三日《聯副》，出自一九八八年《憑一張地圖》

譯者獨憔悴

　　中文大學翻譯中心主編的半年刊《譯叢》（*Renditions*）最近的一期是當代中國文學專號，對於臺灣、香港、大陸的文學批評、詩、小說、戲劇四項都有譯介。臺灣詩人入選者為渡也、李男、羅青、德亮、吳晟、向陽；譯介則出於張錯之手。這本《譯叢》是十六開的大型中譯英期刊，由宋淇主編，無論取材、文筆、編排、插圖、校對各方面，都很考究，在國際上頗受重視。

　　香港沒有《聯合文學》這樣的巨型文學期刊，臺灣也推不出《譯叢》那樣的巨型翻譯刊物。香港的文學不及臺灣之盛，但是香港在翻譯上的成就值得臺灣注意。中文版的《讀者文摘》該是海外最暢銷的中文刊物。以前的《今日世界》曾盛極一時，而那一套《今日世界叢書》無論在質量或稿酬上都堪稱領先。中文大學設有翻譯系，供各系主修生選為副系，一度由我主持，目前系主任為孫述宇先生，並增設碩士班。香港還有一個翻譯學會，在定期的餐會上請翻譯學者輪流演講，並曾頒獎給高克毅、劉殿爵等譯界名家。大規模的翻譯研討會兩度在此地舉辦：一九六九年研討的是英譯中，一九七五年研討的是中譯英。至於翻譯比賽，此地也常舉辦。

　　在臺灣的各大學裡，翻譯幾乎是冷門課，系方、授者與學生三方面都顯得不夠重視。這一門課實在也不好教，因為學生難得兼通兩頭的文字，所以常見的困局是：教英譯中時像在改中文作文，反之，又像在改英文作文。另一方面呢，中英文兼通而又有翻譯經驗的教師，也頗難求。據我所知，有些教師並不詳改作業。

　　大學教師申請升等，規定不得提交翻譯。這規定當然有理，可是千萬教師裡面，對本行真有創見的人並不很多，結果所提論文往往東抄西襲，或改頭換面，或移植器官，對作者和審查者真是一大浪費。其實踏踏實實的翻譯遠勝於拼拼湊湊的創作。如果玄奘、鳩摩羅什、聖傑洛姆、馬丁路德等譯家來求教授之職，我會毫不考慮地優先錄用，而把可疑的二流學者壓在後面。我甚至主張：助教升講師，不妨逕以翻譯代替創作。

　　在文壇上，譯者永遠是冷門人物，稿酬比人低，名氣比人小，書評家也絕少惠加青睞。其實，譯一頁作品有時比寫一頁更難；譯詩，譯雙關語，譯密度大的文字，都需要才學兼備的高手。書譯好了，大家就稱讚原作者；譯壞了呢，就回頭來罵譯者。批評家的地位清高，翻譯家呢，只落得個清苦。

　　獎金滿臺灣，譯者獨憔悴。文學獎照例頒給小說家、散文家、詩人；但是除了前年的金鼎獎之外，似乎迄今還沒有什麼獎金惠及譯者。我們在翻譯上的成就，遠不如歐美與日本。香港所出版的《今日世界叢書》，所以成績可觀，全因美國肯花錢。真希望我們的文化機構能設一個翻譯獎。近日在一個國際會議上，聽大陸通日文的某作家說，豐子愷所譯《源氏物語》毛病頗多。我立刻想到林文月女士的此書中譯本。為了這部名著，她先是譯了五年，繼而改了一年，所費心血，可想而知。像她這樣有貢獻的譯者，當然還有幾位。在某些作家再三得獎之餘，久受冷落的譯者不應該獲得一點鼓勵麼？

　　——一九八五年二月十日《聯副》，出自一九八八年《憑一張地圖》

作者，學者，譯者
——「外國文學中譯國際研討會」主題演說

1

　　一百七十二年前的今天，一位年輕的詩人駕著他更年輕的輕舟，從比薩駛回雷瑞奇（Lerici），不幸遇上風雨，溺於地中海裡。我說的正是雪萊，那時他還未滿三十歲，但是留下的豐盛作品，從長篇的〈普羅米修斯之解放〉、〈阿當奈司〉到短篇的〈西風頌〉、〈雲雀歌〉，日後都成了西方文學的經典。不過雪萊還是一位飽學深思的學者，不但諳於希臘、拉丁的古典，邃於詩學，而且通曉意大利文、西班牙文、法文、德文。他對文學批評的一大貢獻，那篇一萬四千字的長論〈詩辯〉，知者當然較少。至於他把歐陸名著譯成英文多篇，這方面的成就，恐怕只有專家才清楚了。

　　雪萊英譯的名著包括希臘詩人拜翁（Bion）及莫斯科司（Moschus）的田園輓歌，羅馬詩人魏吉爾的〈第四牧歌〉，但丁《煉獄》二十八章的前五十一行，西班牙劇作家卡德隆的《魔術大師》及歌德《浮士德》的各數景。這些譯作分量不算很重，但是涉及的原文竟已包括了希臘文、拉丁文、意大利文、西班牙文與德文，足見雪萊真是一位野心勃勃而又十分用功的譯者。不過他的詩名太著，光芒乃掩蓋了論文與譯文。

　　譯者其實是不寫論文的學者，沒有創作的作家。也就是說，譯者必定相當飽學，也必定擅於運用語文，並且不止一種，而是兩種以上：其一他要能盡窺其妙，其二他要能運用自如。造就一

位譯者，實非易事，所以譯者雖然滿街走，真正夠格的譯家並不多見。而究其遭遇，一般的譯者往往名氣不如作家，地位又不如學者，而且稿酬偏低，無利可圖，又不算學術，無等可升，似乎只好為人作嫁，成人之美了。

不過行行都能出狀元的。翻譯家真成了氣候，風光之盛甚至蓋過著名作家，進而影響文化或宗教。例如聖傑若姆所譯的拉丁文普及本《聖經》，馬丁路德所譯的德文本新舊約，影響之深遠並不限於宗教。佛教的翻譯大師也是如此。玄奘在天竺辯才無礙，「名震五天」，取經六五七部回國，長安萬人空巷歡迎。唐太宗先是請他做官，見他志在譯經，乃全力支持；慈恩寺新建的翻經院，「虹梁藻井，丹青雲氣，瓊礎銅踏，金環華鋪」，也供他譯經之用，《瑜伽師地論》譯成，更為他作〈大唐三藏聖教序〉。在梵唐西域之間，玄奘成了國際最有名的學者，家喻戶曉，遠勝今日諾貝爾獎的得主。

至於天竺高僧鳩摩羅什，夙慧通經，成為沙勒、龜茲的國賓，前秦苻堅聽到他的盛名，甚至派驍騎將軍呂光率兵七萬，西征龜茲，命他「若獲羅什，即馳驛送之」。為了搶一位學者，竟然發動戰爭，其名貴真成國寶了。後來羅什輾轉落在呂越手裡，姚興又再派兵征伐，迎回羅什，並使沙門八百多人傳受其旨。羅什在草堂寺講經，姚興率朝臣及沙門一千多人，肅容恭聽。

十八世紀英國名詩人頗普，揚言將譯《伊利亞德》，英王喬治一世即捐二百鎊支援，太子也資助了一百鎊，書出之後，譯者賺了五千多英鎊。這在當時已是巨富；因為在他之前，米爾頓的《失樂園》只賣了五鎊，在他之後，拜倫的《唐璜》也不過索酬二千五百鎊。頗普得以獨來獨往，經濟無憂也是原因。

這些當然都是可羨的罕例，不過翻譯這一行也不是沒有風險的。例如印度小說家魯西迪的《魔鬼詩篇》引起軒然大波，其日

文版的譯者竟遭殺害，而意大利文版的譯者亦遭毆打。「翻譯即叛逆」之說，遂有了新的詮釋。

2

我一直認為，一個國家的文化要有進展，得靠一群專業讀者來領導廣大的普通讀者。同時我認為，「附庸風雅」未必是件壞事。風雅而有人爭相附庸，就算口是心非，也表示風雅當道，典型猶存，至少還有幾分敬畏。一旦舉國只聽流行小調，而無人再為貝多芬側耳，或是只會從連環漫畫裡去親近古代的哲人，那就表示不但風雅淪喪，就連附庸的俗人也都散盡，公然「從俗」、「還俗」去了。

要維護風雅，主領風騷，就有賴一群精英的專業讀者來認真讀書，為普通讀者帶頭示範。作家、學者、譯者、編者、教師等等，正是專業的讀者；要讀好書，出好書，得靠他們。作家如果讀得不認真，就不能吸收前人或時人的精華；退一步說，如果他不細讀自己的文稿，就不能發現自己的缺失，加以改進。我甚至認為，作家所以不長進，是因為不認真讀他人的作品，更因為不認真審視自己的作品，既不知彼又不知己，所以無從認真比較。同樣地，學者、譯者、編者、教師等人，對於自己要論、要譯、要編、要教的作品，如果沒有讀通，則其不通，或是半通不通，勢必禍延普通讀者。其中譯者之為專業讀者，意義尤為重大。譯者對待自己要譯的書，讀法當然有異於學者或教師，但由譯者讀來，一字一句，甚至一個標點也不能放鬆，應該是再徹底不過的了。我們可以說，讀一本書最徹底的辦法，便是翻譯。

原則上，譯者必須也是一位學者。但是他的目的不在分析一本書的來龍去脈、高下得失，為了要寫論文或是書評。譯者的目的，是把一本書，不，一位作家，帶到另外一種語文裡去。這一

帶，是出境也是入境，把整個人都帶走了樣，不是改裝易容，而是脫胎換骨。幸運的話，是變成了原來那位作家的子女，神氣和舉止立可指認，或者退一步，變成了他的姪女、外甥，雖非酷肖，卻仍依稀。若是不幸呢，就連同鄉、同宗都不像了，不然就是遺傳了壞的基因，成為對母體的諷刺漫畫。

儘管如此，譯者仍然是一種學者。他可以不落言詮，可以述而不作，卻不能沒有學問；不過他的學問已經化在他的譯文裡了。例如翻譯莎士比亞，在某些場合，遇到 brave，不譯「勇敢」，而譯「美好」；同樣地，turtle 不譯「烏龜」而譯「斑鳩」，crab 不譯「螃蟹」而譯「酸蘋果」，學問便在其中了。

有些譯者在譯文之後另加註解，以補不足，而便讀者，便有學者氣象。年輕時我讀傅雷所譯《貝多芬傳》，遇有譯者附註，常也逐條去讀。原文若是經典名著，譯者這樣鄭重對待，誠然是應該的；如果更鄭重些，加上前序後跋之類，就更見學者的功力了。其實，一本譯書只要夠分量，前面竟然沒有譯者的序言交代，總令人覺得唐突無憑。譯者如果通不過學者這一關，終難服人。

成就一位稱職的譯者，該有三個條件。首先當然是對於「施語」（source language）的體貼入微，還包括了解施語所屬的文化與社會。同樣必要的，是對於「受語」（target language）的運用自如，還得包括各種文體的掌握。這第一個條件近於學者，而第二個條件便近於作家了。至於第三個條件，則是在一般常識之外，對於「施語」原文所涉的學問，要有相當的熟悉，至少不能外行。這就更近於學者了。

基督教的《聖經》傳入各國，是根據希伯來文與希臘文，並透過拉丁文輾轉傳譯的鉅大工程，其間皓首窮經，不知譯老了多少高僧鴻儒。對於英美文學影響至鉅的「欽定本」（The

Authorized Version），便是奉英王詹姆斯一世之命譯成。參與這件譯界大事的專家五十四人，多為國中希伯來文與希臘文的頂尖高手，共為六組，乃由西敏寺、牛津、劍橋的學者各設二組所合成，從一六〇四年至一六一一年，窮七年之功始竣其事。

不過比起七世紀中葉在長安完工的譯經盛會來，「欽定本」這七年又顯得短了。玄奘主持譯經，是由唐太宗詔命在弘福寺進行，並且派了房玄齡、許敬宗召集碩學沙門，也是五十餘人，參與助譯，《瑜伽師地論》成，又為之作序，亦可謂之「欽定本」了。根據唐代的譯場制度，翻譯的職司與流程，從譯主、證義、證文、筆受等等一直到欽命大臣，多達十一個步驟，真是森嚴精密，哪像今日譯書這麼潦草。有資格進入玄奘的譯場，任其「證文」的十二人與「綴文」的九人，當然無不「諳解大小乘經論」並為「時輩所推」。玄奘主持這浩大的工作，還得在不同的版本之間留意校勘，據說翻譯《大般若經》時他就對照了三種梵本。這壯舉前後歷經十九年，玄奘筆不停揮，「三更暫眠，五更復起」，絕筆之後只一個月就圓寂了。這樣的翻譯大師，豈是泛泛的拘謹學者所能仰望？

比玄奘早兩百多年的鳩摩羅什，無論是譯《妙法蓮華經》或《維摩詰經》，蜂擁而至的名流沙門動輒上千，有人是來相助譯經，但有更多人是慕名來聽譯主講經或參加討論。足見當時的譯者兼有學者的權威、法師的尊貴，其四方景從之盛，遠非今日可比。

甚至近如嚴復，一生所譯西方近代學術名著，包括赫胥黎的《天演論》、孟德斯鳩的《法意》、亞當斯密的《原富》、穆勒的《名學》與《群己權界論》、斯賓塞的《群學肄言》、白芝浩的《格致治平相關論》，涵蓋了自然科學與社會科學各部門，對清末現代化運動的啟蒙，貢獻極大。嚴復譯介這些經典之作，皆曾熟讀深

思，原文涉及的相關著作，亦有了解，所以每加注釋，輒能融會貫通。例如翻譯赫胥黎的名著，他就會一併簡述馬爾薩斯的《人口論》、達爾文的《物種原始》、斯賓塞的《綜合哲學》，並且追溯遠古的希臘哲學。如此旁徵博引，左右逢源，才不愧是學者之譯。

譯者應該是一位學者，但是反過來，學者未必該做譯者。在古代，中華文化自給自足，朱熹集註《詩經》，可以不涉及翻譯。但是現代的中國學者卻沒法不治西學，而從歐美留學回來，即使不譯西書，也往往要用中文來評介西方學說，或分析西方作品，一旦有所引證，就必須譯成中文了。所以今之學者很難避免翻譯的考驗。

《西遊記》是我國第一部留學生文學。玄奘從西方取經回國，志在翻譯，所謂「譯梵為唐」。他在梵文與唐文兩方面的修養，都沒問題。今日的留學生從西洋取經回國，譯經的絕少，而說經的很多，而要說經，總不能避免引證，至少也得把術語行話翻譯過來。可是留學生的中文已經一代不如一代，要他們用來譯述自己崇仰的強勢外文，只怕難以得心應手。如果引證的是知性文章，幾個抽象名詞加上繁複的句法，就足以令人喋喋囁囁，陷入困境。如果引證的竟是美文，尤其是詩句，恐怕就難逃焚琴煮鶴之劫了。

3

譯者與作者之間的關係，相當微妙，也值得一談。俗見常視翻譯為創作的反義詞。其實創作的反面是模仿，甚至抄襲，不是翻譯。分得精細一點，也許該說，直譯、硬譯、死譯正是創作之反，因為創作的活鳥給剝製成譯文的死標本，羽毛一根不少，卻少了飛翔。但是真正靈活、真有靈感的翻譯，雖然不能遽就取代

原作，卻也不失為一種創作，一種定向的、有限的創作。

　　作者要「翻譯」自己的經驗成文字，譯者要「翻譯」的還是那個經驗，卻有既成的文字為憑。有趣的是：作者處理的經驗，雖然直接身受，卻不夠明確，其「翻譯」過程便是由渾沌趨向明確，由蕪雜趨向清純。譯者處理的經驗，雖然間接，卻早已化成了明確而清純的文字；譯者若要「傳神」，勢必同時也得相當「移文」。不過這是極其高妙的藝術，譯者自己雖然不創作，卻不能沒有這麼一枝妙筆。

　　「靈妃顧我笑，粲然啟玉齒。」郭璞的遊仙詩句呈現了多麼生動誘人的表情。如果譯成「靈妃看我笑，明亮露白牙」，說的還是那件事，但已面目全非了。問題還不全在雅俗之分，因為「粲然啟玉齒」一句音容並茂，不但好看，更且好聽。粲、啟、齒同為齒音，而且同距間隔出現，音響效果絕妙。文言譯為白話，已經大走其樣，一國文字要譯成他國文字，可見更難。

　　不過譯者動心運筆之際，也不無與創作相通之處。例如作家要頌落日之美，視當時心情與現場景色，可能要在三個形容詞之間斟酌取捨。結果他選擇了 splendid 一字，於是就輪到譯者來取捨了。燦爛、華美、壯觀、明麗、輝煌？究竟該選那個形容詞呢？既有選擇的空間，本質上也可算創作的活動了。同樣地，句法的安排在譯文中也有選擇餘地。英文句法慣在一句話的後面拖上一個頗長的受詞，譯者往往不假思索，依照原文的次序「順譯」下去。例如王爾德的喜劇《溫德米爾夫人的扇子》，有這麼一句臺詞：

Why do I remember now the one moment of my life I most wish to forget?

如果「順譯」，就成了「為什麼現在我會記起一生中我恨不得能忘掉的那一刻呢？」如果「逆譯」，就成了「一生中我恨不得能忘掉的那一刻，為什麼現在會記起來？」相比之下，逆譯的一句顯然更靈活，也更有力。僅此一例，就可以說明，譯文句法的安排，也不無匠心獨運的自由。英國詩人兼評論家柯立基，曾說詩是「最妥當的字眼放在最妥當的地位」。如果譯者也有相當的機會，來妥擇字眼並妥排次序，則翻譯這件事，也可以視為某種程度的創作了。何況譯文風格的莊諧、語言的雅俗等等，譯者仍可衡情度理，自作取捨，其成王敗寇的後果，當然也得自己擔當。我在「龔自珍與雪萊」的長論裡，為了說明雪萊也有書生論政的一面，就曾把雪萊詩劇《希臘》序言的一段，譯成「戰國策」體的文言。這樣的自由自主，是譯者自己爭來的。

　　作家的責任，在勇往直前，盡量發揮一種語文之長，到其極限。譯者的責任，在調和兩種語文的特色：既要照顧原文，保其精神，還其面目；也要照顧譯文，不但勸其委婉迎合原文，還要防其在原文壓力之下太受委屈，甚至面目全非。這真是十分高明的仲裁藝術，頗有魯仲連之風。排難解紛的結果，最好當然是兩全其美，所謂「雙贏」，至少也得合理妥協，不落「雙輸」。譯者的責任是雙重的，既不能對不起原作者，也不能對不起譯文，往往也就是譯者自己的國文。他的功夫只能在礙手礙腳的有限空間施展，令人想起一位武俠懷裡抱著嬰孩還要突圍而出。這麼看來，他的功勳雖然不像作家彪炳，其實卻更難能可貴。

　　再以旗與風的關係為喻。譯文是旗，原文是風，旗隨風而舞，是應該的，但不能被風吹去。這就要靠旗桿的定位了。旗桿，正是譯文所屬語文的常態底限，如果逾越過甚，勢必桿摧旗颺。

　　雪萊為自己的翻譯訂了一個原則：譯文在讀者心中喚起的反

應，應與原文喚起者相同。他苦心研譯但丁的《煉獄》，認為欲善其事，譯者的思路必須合於最像但丁的英國詩人，而所用的語言必須喻於現世大眾。終於他找到了一舉兩得之道：就是揣摩米爾頓如何用英文來對付但丁的題材，並試驗但丁的連鎖三行體（terza rima）。

雪萊初到意大利，就坐在米蘭大教堂的玫瑰窗下，向著中世紀風味的幽光，吟誦《神曲》。此後他一直耽於朗讀《神曲》與《失樂園》，深深沉浸在史詩的情操與聲韻之中，以習其文體。雪萊的表弟梅德文（Thomas Medwin）為他作傳，就追記他們共讀但丁的情景，又說雪萊每逢詩興不振，就轉而譯詩，一來免得閒散，二來借此自勵，以期導向新作。雪萊一面朗誦，一面精譯《神曲》之句，就是要窺探但丁詩藝之祕。果然，〈西風頌〉波起雲湧層出不窮的氣勢，頗得力於《神曲》的連鎖韻律。而那首五百多行的長篇〈生之凱旋〉，雪萊臨終尚未完成，不但也用這種連鎖段式，就連構想與風格也欲追但丁。

作家而兼譯者，其創作往往會受到譯作的影響。反之，譯者如果是當行本色的作家，其譯作的文體與風格也不免取決於自己創作的習慣。翻譯，對於作家是絕對有益的鍛鍊：它不僅是最徹底的精讀方式，也是最直接的「臨帖」功夫。我出身外文系，英美詩讀了一輩子，也教了半生，對我寫詩當然大有啟發，可是從自己譯過的三百首詩中，短兵相接學來的各派招式，恐怕才是更扎實更管用的功夫。

反之，作家而要翻譯，遇到平素欠缺鍛鍊的文體，就會窮於招架，因為有些基本功夫是無法臨陣磨槍的。例如某些詩人譯詩，由於平日寫慣了自由詩，碰上格律詩的關頭，自然就捉襟見肘，不是詩行長短失控，就是韻律呼應失調，而因己之拙，禍延原著。雪萊堅持，譯但丁必須維持嚴格的連鎖韻律，本是譯者應

有的職業道德、藝術勇氣。怪不得他終能借但丁之力吹起雄偉的西風，那才算真正的豪傑。同樣地，文言修養不夠的譯者，碰上盤根錯節的長句，當然也會不知所措，無法化繁為簡，縮冗為濃。至於原文如有對仗，譯文恐怕也只好任其參差不齊。

　　儘管譯者的名氣難比作家，而地位又不及學者，還要面對這麼多委屈和難題，翻譯仍然是最從容、最精細、最親切的讀書之道，不但所讀皆為傑作，而且成績指日可期。在翻譯一部名著的幾個月甚至幾年之間，幸福的譯者得與一個宏美的靈魂朝夕相對，按其脈搏，聽其心跳，親炙其闊論高談，真正是一大特權。譯者當然不是莎士比亞，可是既然譯筆在握，就可見賢思齊，而不斷自我提升之際，真欲超我之凡，而入原著之聖。就像一位演奏家詮釋樂聖，到了入神忘我之境，果真就與貝多芬相接相通了。到此境地，譯者就成了天才的代言人，神靈附體的乩童與巫者。這就是譯者在世俗的名利之外至高無上的安慰。

　　——一九九四年七月八日，出自一九九八年《藍墨水的下游》

論的的不休

——中文大學「翻譯學術會議」主題演說

1

無論在中國大陸或是臺港，一位作家或學者若要使用目前的白話文來寫作或是翻譯，卻又不明簡潔之道，就很容易陷入「的的不休」。不錯，我是說「的的不休」，而非「喋喋不休」。不過，目前白話文的「的的不休」之病，幾乎與「喋喋不休」也差不多了。

「的」字本來可當名詞，例如「目的」、「無的放矢」；也可當作形容詞或副詞，例如「的確」、「的當」、「的的」。但在白話文中，尤其五四以來，這小小「的」字竟然獨挑大梁，幾乎如影隨形，變成一切形容詞的語尾。時到今日，不但一般學生，就連某些知名學者，對這無孔不入的小小「的」字，也無法擺脫。我甚至認為：少用「的」字，是一位作家得救的起點。你如不信，且看這小不點兒的字眼，如何包辦了各式各樣的形容詞、句。

1. 一般形容詞：例如美麗的晚霞；有趣的節目；最幸福的人。

2. 是內文：非正反之判斷詞，常用於句末：例如他不來是對的；你不去是不應該的；這個人是最會反悔的。有時候可以單獨使用：例如好的，明天見；不可以的，人家會笑話。

3. 表從屬關係之形容詞：例如王家的長子娶了李家的獨女；

他的看法不同。

4. 形容子句：例如警察抓走的那個人，其實不是小偷；昨天他送你的禮物，究竟收到沒有？

5. 表身分的形容詞，實際已成名詞：例如當兵的；教書的；跑江湖的；做媽媽的。[1]

一個「的」字在文法上兼了這麼多差，也難怪它無所不在，出現的頻率奇高了。許多人寫文章，每逢需要形容詞，幾乎都不假思索，交給「的」去解決。更有不少人懶得區分「的」與「地」、「的」與「得」之間的差異，一律用「的」代替。自從有了英文形容詞與副詞的觀念，漸多作者在形容詞尾用「的」，而在副詞尾用「地」：前者例如「他也有心不在焉的時候」；後者例如「他一路心不在焉地走著」。至於「得」字，本來用以表示其前動詞的程度或後果：例如「他唱得很大聲」或「他唱得十分悠揚」是表程度；而「他唱得大家都拍手」或「他唱得累了」是表後果。不少人懶得區分，甚至根本沒想到這問題，一律的的到底，說成「他一路心不在焉的走著」，不然就是「他唱的累了」。這麼一來，當然更是的的不休。

巧合的是，西方語文裡表從屬關係的介詞，無論是法文、西班牙文、葡萄牙文的 de，或是意大利文的 di，也是一片的的不休；不過正規的形容詞卻另有安排。英文的 of, by, from 等介詞音調各異，而表形容詞的語尾也變化多端，無虞單調。中文裡「美

1　語法近於英文的 the rich, the undaunted, the underprivileged；不同的是，英文語尾仍有變化，莫衷一「的」。

麗的、漂亮的、俊秀的、好看的」等等形容詞，只有一個「的」字做語尾，但在英文裡，卻有 beautiful, pretty, handsome, good looking 種種變化，不會一再重複。英文形容詞的語尾，除上述這四種外，至少還有下面這些：

1. bookish, childish, British
2. golden, wooden, silken
3. artistic, didactic, ironic
4. aquiline, bovine, feline
5. childlike, lifelike, ladylike
6. sensual, mutual , intellectual
7. sensuous, virtuous, monotonous
8. sensible, feasible, edible[2]
9. sensitive, intensive, pensive
10. senseless, merciless, worthless
11. impotent, coherent, magnificent
12. radiant, vibrant, constant
13. futile, senile, agile
14. kingly, manly, fatherly

就算如此分類，也不能窮其變化，但是還有一大類形容詞，是由動詞的現在分詞與過去分詞變成：前者多表主動，例如 interesting, inspiring；後者多表被動，例如 interested, inspired；甚

2　相似語尾尚有 readable, soluble 等格式，其他各項亦然。

至還有複合的一類，例如 life giving, heart rending, jaw breaking, hair splitting，以及 broad minded, hen pecked, heart stricken, star crossed。英文形容詞在語法組成上如此多變，中文的譯者如果偷懶，或者根本無力應變，就只好因簡就陋，一律交給「的」去發落，下場當然就是的的不休了。下面且舉雪萊的一首變體十四行詩〈英倫：一八一九年〉（"England in 1819"）作為例證：

> An old, mad, blind, despised, and dying king —
> Princes, the dregs of their dull race, who flow
> Through public scorn, — mud from a muddy spring;
> Rulers, who neither see, nor feel, nor know,
> But leech-like to their fainting country cling,
> Till they drop, blind in blood, without a blow;
> A people starved and stabbed in the untilled field —
> An army, which liberticide and prey
> Makes as a two-edged sword to all who wield —
> Golden and sanguine laws which tempt and slay —
> Religion Christless, Godless — a book sealed;
> A Senate — Time's worst statute unrepealed —
> Are graves, from which a glorious Phantom may
> Burst, to illumine our tempe stuous day.

雪萊不擅十四行詩，每寫必然技窮破格；這一首和〈阿西曼地亞斯〉（"Ozymandias"）一樣，也是英國體十四行詩的變體，不但韻式錯雜（abababcdcdccdd），而且在第四、第八兩行之末，句勢不斷；幸好最後的兩行作了斷然的結論，收得十分沉穩。全詩在文法上乃一整句，前十二行是八個名詞複合的一大主詞，直到第十

三行才出現述語（predicate）：are graves，這樣龐大的結構譯文根本無法保持，只能化整為零，用一串散句來應付。原文雖為一大整句，但其中包含了六個形容子句，也就是說，譯文可能得用六個「的」字來照應。此外，our, their, Time's 之類的所有格形容詞有四個，也可能要譯文動用「的」字。至於正規的形容詞，和動詞轉化的形容詞，則數量更多，細察之下，竟有二十四個。這些，如果全都交給「的」去打發，甚至半數交由「的」去處理，的的連聲就不絕於途了。六個形容子句、四個所有格形容詞、九個動詞分詞、再加十五個正規形容詞，共為三十四個，平均每行幾乎有兩個半，實在夠譯者手忙腳亂的了。不說別的，第一行下馬威就一連串五個形容詞，竟然也是的的（d, d）不休：

An old, mad, blind, despised, and dying king ─

最懶的譯法大概就是「一位衰老的、瘋狂的、瞎眼的、被人蔑視的、垂死的君王」了，但是二十一個字也實在太長了。為求簡潔，「的」當然必須少用，不定冠詞

an 也可免則免，「君王」則不妨縮成單一的「王」字，以便搭配較為可接的某形容詞。整首詩我是這樣譯的：

又狂又盲，眾所鄙視的垂死老王──
王子王孫，愚蠢世系的剩渣殘滓，
在國人騰笑下流過──汙源的濁漿；
當朝當政，都無視，無情，更無知，
像水蛭一般吸牢在衰世的身上，
終會矇矇然帶血落下，無須鞭笞；
百姓在荒地廢田上被餓死，殺死──

　　摧殘自由，且強擄橫掠的軍隊

　　已淪為一把雙刃劍，任揮者是誰；

　　法律則拜金而嗜血，誘民以死罪；

　　宗教無基督也無神——閉上了聖經；

　　更有上議院——不廢千古的惡律——

　　從這些墓裡，終會有光輝的巨靈

　　一躍而出，來照明這滿天風雨。

這首變體十四行詩，我譯得不夠周全：句長全在十二、三字之間，倒不算脫軌，而是韻式從第七行起便未能悉依原文，畢竟不工。好在雪萊自己也失控了，末四行簡直變成了兩組英雄式偶句：我雖不工，他也不整，聊可解嘲。不過我要強調的不在格律，而是「的」字的安排。譯文本來可能出現三十四個「的」字，而使句法不可收拾，幸喜我只用了七個「的」。也就是說，本來最糟的下場，是每行出現兩個半「的」，但經我自律的結果，每行平均只出現了半個。

2

　　白話文的作品裡，這小小「的」字誠不可缺，但要如何掌控，不任濫用成災，卻值得注意。「的」在文法上是個小配角、小零件，頗像文言的虛字；在節奏上只占半拍[3] 有承接之功，無壓陣之用；但是在視覺上卻也儼然填滿一個方塊，與前後的實字分

3　聞一多創格律詩，將每行分為二字尺、三字尺。其實「這是一溝絕望的死水」一句，「絕望的」只能算二拍半，「的」不能讀足一拍。

庭抗禮。若是驅遣得當，它可以調劑文氣，釐清文意，「小兵立大功」。若是不加節制，出現太頻，則不但聽來瑣碎，看來紛繁，而且可能擾亂了文意。例如何其芳這一句：

> 白色的鴨也似有一點煩躁了，有不潔的顏色的都市的河溝裡傳出它們焦急的叫聲。[4]

連用了五個「的」，中間三個尤其讀來繁雜，至於文意欠清。詩文名家尚且如此，其後遺影響可想而知。我對三十年代作家一直不很佩服，這種蕪雜文體是一大原因。後來讀到朱光潛、錢鍾書的文章，發現他們西學雖然深厚，文筆卻不西化，句子雖然長大，文意卻條理清暢，主客井然，「的」字尤其用得節省，所以每射中的矢無虛發。我早年的文章裡，虛字用得較多，譯文亦然，後來無論是寫是譯，都少用了。這也許是一種文化鄉愁，有意在簡潔老練上步武古典大師。近年我有一個怪癖，每次新寫一詩，總要數一下用了多少「的」字，希望平均每行不到一個：如果每行超過一個，就嫌太多了；如果平均每行只有半個甚或更少，就覺得這才簡潔。我剛寫好的一首詩，題為〈夜讀曹操〉，全長二十六行，只用了六個「的」，平均四點三行才有一個，自己就覺得沒有費詞。一位作家不敢自命「一字不易」，但至少應力求「一字不費」。〈夜讀曹操〉的前半段如下：

> 夜讀曹操，竟起了烈士的幻覺

4　見楊牧編：《現代中國散文選 I》（臺北：洪範書店，1994），頁 374-75。

震盪腔膛的節奏忐忑
依然是暮年這片壯心
依然是滿峽風浪
前仆後繼，輪番搖撼這孤島
依然是長堤的堅決，一臂
把燈塔的無畏，一拳
伸向那一片恫嚇，恫黑
寒流之夜，風聲轉緊
她憐我深更危坐的側影
問我要喝點什麼，要酒呢要茶
我想要茶，這滿肚鬱積
正須要一壺熱茶來消化
又想要酒，這滿懷憂傷
豈能缺一杯烈酒來澆淋

這是定稿，但初稿卻多了四個「的」字，未刪之前是「依然是暮年的這片壯心／依然是滿峽的風浪／……我想要茶，這滿肚的鬱積／正須要一壺熱茶來消化／又想要酒，這滿懷的憂傷／豈能缺一杯烈酒來澆淋」。

近日重讀舊小說，發現吳敬梓與曹雪芹雖然少用「的」字，並不妨礙文字。且容我從《儒林外史》及《紅樓夢》中各引一段，與新文學的白話文比較一番：

那日讀到二更多天，正讀得高興，忽然窗外鑼響，許多火把簇擁著一乘官轎過去，後面馬蹄一片聲音。自然是本縣知縣過，他也不曾住聲，由著他過去了。不想這知縣這一晚就在莊上住，下了公館，心中歎息道：「這樣鄉村地

面，夜深時分，還有人苦功讀書，實為可敬！只不知這人是秀才，是童生，何不傳保正來問一問？」（《儒林外史》第十六回）

寶玉想「青燈古佛前」的詩句，不禁連歎幾聲。忽又想起「一床蓆」、「一枝花」的詩句來，拿眼睛看著襲人，不覺又流下淚來。眾人都見他忽笑忽悲，也不解是何意，只道是他的舊病；豈知寶玉觸處機來，竟能把偷看冊上的詩句牢牢記住了，只是不說出來，心中早有一家成見在那裡了，暫且不提。（《紅樓夢》第一百十六回）

《儒林外史》的一段，一百廿三字中一個「的」也沒用；《紅樓夢》的一段，一百十二字中用了四個，平均每二十八字出現一次。這些都是兩百多年前的白話文了。以下再引兩段現代的白話文：

他不說了。他的淒涼佈滿了空氣，減退了火盆的溫暖。我正想關於我自己的靈魂有所詢問，他忽然立起來，說不再坐了，祝你晚安，還說也許有機會再相見。我開門相送，無邊際的夜色在等候著他。他走出了門，消溶而吞併在夜色之中，彷彿一滴雨歸於大海。（錢鍾書：〈魔鬼夜訪錢鍾書先生〉）[5]

白色的鴨也似有一點煩躁了，有不潔的顏色的都市的河溝

5　見錢鍾書：《寫在人生邊上》（上海：開明書店，1941），頁9。

裡傳出它們焦急的叫聲。有的還未厭倦那船一樣的徐徐的划行。有的卻倒插牠們的長頸在水裡，紅色的蹼趾伸在尾後，不停地撲擊著水以支持身體的平衡。不知是在尋找溝底的細微的食物，還是貪那深深的水裡的寒冷。（何其芳：〈雨前〉）[6]

兩文相比，錢鍾書的一段，一百零一字中只有四個「的」，何其芳的一段，一百廿三字中卻用了十六個：錢文平均廿五個字出現一次，何文則平均七點七個字出現一次，頻率約為錢文的三倍。錢文比何文簡潔，「的」之頻率應為一大因素。再比兩段分句的長度，就可發現，錢文用了十三個標點，何文比錢文多出廿二個字，卻只用了八個標點，足見錢文句法短捷，何文句法冗長，這和「的的不休」也有關係。

今古相比，錢鍾書的「的的率」仍近於曹雪芹，但是不少新文學的作家，包括何其芳，已經升高數倍，結論是：今人的白話文不但難追古文的凝鍊，甚至也不如舊小說的白話文簡潔。錢鍾書的外文與西學遠在何其芳之上，他的文體卻不像何其芳那麼西化失控。錢文當然也有一點西化，例如「他的淒涼佈滿了空氣，減退了火盆的溫暖。我正想關於我自己的靈魂有所詢問，」這三句的文法，使用的正是西語風格。（我要乘機指出：「的」字所在，正是錢文西化的段落。）但是錢文的西化頗為歸化，並不生硬勉強，反而覺其新鮮。何文就相當失控了：例如「白色的鴨」、「徐徐的划行」、「深深的水」幾處，本來可說「白鴨」、「徐徐划

6　見註4。

行」、「深水」，不必動用那許多「的」。這種稀釋的「的化語」在白話的舊小說裡並不常見，究竟它是西化促成的現象，還是它倒過來促成了西化，還是兩者互為因果，應該有人去深入研究，我覺得英文字典的編譯者，似乎要負一部分責任。翻開一切英漢字典，包括編得很好的在內，形容詞項下除了註明是 adj. 之外，一定是一串這樣的「的化語」：例如 beautiful 項下總是「美麗的、美觀的、美好的」；terrible 項下總是「可怕的、可怖的、令人恐懼的」；important 項下則不外「重要的、重大的、非常有價值的」。查英漢字典的人，也就是一切讀者，在這種「的化語」天長地久的洗腦下，當然也就習以為常，認定這小「的」字是形容詞不可或缺的身分證，胎記一般地不朽了。

這種「的化語」若是成群結隊而來，就更勢不可當，直如萬馬奔騰，得得連聲。請看二例：

體面的、要強的、好夢想的、利己的、個人的、健壯的、偉大的，祥子，不知陪著人送了多少回殯；不知道何時何地會埋起他自己來，埋起這墮落的，自私的，不幸的，社會病胎裡的產兒，個人主義的末路鬼！（老舍：《駱駝祥子》末章末段）

遠近的炊煙，成絲的、成縷的、成捲的、輕快的、遲重的、濃灰的、淡青的、慘白的，在靜定的朝氣裡漸漸的上騰，漸漸的不見，彷彿是朝來人們的祈禱，參差的翳入了天聽。（徐志摩：〈我所知道的康橋〉）

兩段相比，老舍的七十八字裡有「的」十二，平均六個半字有一個「的」；徐志摩的六十四字裡有「的」十四，平均四個半

字有一個。兩段都的的不休，而徐文尤其紛繁，一個原因是徐文「的、地」不分，把原可用「地」的副詞「漸漸」與「參差」用「的」墊了底，所以多用了三個「的」。但是就一連串的「的化語」而論，老舍卻顯得生硬而吃力，因為「祥子」頭上一連七個「的化語」是疊羅漢一般堆砌上去的，「產兒」頭上的四個也是如此；而徐志摩的一段，「炊煙」後面曳著的一連八個「的化語」卻是添加的，被形容的炊煙已有交代，後面一再添加形容詞，就從容多了，至少不像成串的形容詞堆在頭上、一時卻又不知所狀何物，那麼長而緊張，懸而不決。[7]

　　英文的修飾語（modifier）中，除了正規的形容詞常置於名詞之前（例如 the invisible man）之外，往往跟在名詞之後。例如 woman with a past, the spy behind you, the house across the street，便是用介詞片語來修飾前面的名詞；若是用中文譯成「來歷不堪的女人」，「你身後的間諜」，「對街的房屋」，修飾語便換到前面來了，而語尾也就拖上一個「的」字。又例如 The woman you were talking about is my aunt. 一句，形容子句 you were talking about 原在主詞之後；若是譯成「你剛說起的這女人是我阿姨」，形容子句就換到主詞前面來了，當然也就得用「的」來連接。如果修飾語可以分為「前飾語」與「後飾語」，則英譯中的一大困局，便是英文的後飾語到中文裡便成了前飾語，不但堆砌得累贅、生硬，而且平空添出一大批「的化語」來。譯者若是不明此理，更無化解之力，當然就會尾大不掉，不，高冠峨峨，的的不

7　徐志摩這一串「的化語」，因屬後飾，不違中文語法，且有炊煙縷縷意趣，頗有效果，不能以「的的不休」病之。

休。有一本編得很好的英漢辭典,把這樣的一個例句:I know a girl whose mother is a pianist. 譯成「我認識其母親為鋼琴家的一個女孩。」英文的後飾語換成中譯的前飾語,此句正是標準的惡例。這樣英漢對照的例句,對一般讀者的示範惡果,實在嚴重,簡直是幫翻譯的倒忙。其實英文文法中這種關係子句(relative clause),搬到中文裡來反正不服水土,不如大而化之,索性將其解構,變成一個若即若離的短句:「我認識一個女孩,她母親是鋼琴家。」

3

到了真正通人的手裡,像關係子句這種小細節,只須略一點按,就豁然貫通了。錢鍾書《談藝錄》增訂本有這麼一段:「偶檢五十年前盛行之英國文學史鉅著,見其引休謨言『自我不可把捉』(I never can catch myself)一節,論之曰:『酷似佛教主旨,然休謨未必聞有釋氏也』(The passage is remarkably like a central tenet of Buddhism, a cult of which Hume could hardly have heard. — O. Elton, *A Survey of English Literature*.)」[8] 這句話換了白話文來翻譯,就不如錢譯的文言這麼簡練渾成。其實無論在《談藝錄》或《管錐篇》裡,作者在引述西文時,往往用文言撮要意譯;由於他西學國學並皆深邃,所以譯來去蕪存菁,不黏不脫,非僅曲傳原味,即譯文本身亦可獨立欣賞,足稱妙手轉化(adaptation),匠心重營(re-creation)。容我再引《談藝錄》一段為證:

8　見錢鍾書《談藝錄》(增訂本)(臺北:書林出版公司,1988),頁597。

拜倫致其情婦（Teresa Guiccioli）書曰：「此間百凡如故，我仍留而君已去耳。行行生別離，去者不如留者神傷之甚也。」

（Everything is the same, but you are not here, and I still am. In separation the one who goes away suffers less than the one who stays behind.）[9]

這一句情話，語淡情深，若用白話文來譯，無非「一切如常，只是你走了，而我仍在此。兩人分手，遠行的人總不如留下的人這麼受苦。」文白對比，白話譯文更覺其語淡情淺，不像文言譯文這麼意遠情濃，從〈古詩十九首〉一直到宋詞，平白勾起了無限的聯想、回聲。也許有人會說，不過是一封情書罷了，又沒有使用什麼 thou, thee, thy 之類的字眼，犯不著譯成文言。其實西文中譯，並不限於現代作品，更沒有十足的理由非用白話不可；如果所譯是古典，至少去今日遠，也未始不可動用文言，一則聯想較富，意味更濃，一則語法較有彈性，也更簡潔，樂得擺脫英文文法的許多「虛字」，例如關係代名詞 who，關係副詞 when，where，或是更難纏的 of whom, in whose house 等等。的的不休，不可能出現在文言裡。文言的「之」字，穩重得多，不像「小的子」那麼閃爍其詞，蜻蜓點水，只有半拍的分量。你看「赤壁之戰」、「安史之亂」、「一時之選」、「堂堂之師」，多有派頭。改成「赤壁的戰」、「安史的亂」固然不像話，就算擴成五字的「赤壁的戰役」、「安史的亂局」，也不如文言那樣渾成隆重。

9　同註 8，頁 541。

也就難怪早年的譯家如嚴復、林紓、辜鴻銘者，要用文言來譯泰西作品，而拜倫〈哀希臘〉一詩，竟有蘇曼殊以五古，馬君武以七言，而胡適以騷體，競相中譯而各有佳勝。後來的文人，文言日疏，白話日熟，更後來，白話文本身也日漸近於英文，便於傳譯曲折而複雜的英文句法了，所以絕少例外，英文中譯全用了白話文。不過，在白話文的譯文裡，正如在白話文的創作裡一樣，遇到緊張關頭，需要非常句法、壓縮字詞、工整對仗等等，則用文言來加強、扭緊、調配，當更具功效。這種白以為常、文以應變的綜合語法，我自己在詩和散文的創作裡，行之已久，而在翻譯時也隨機運用，以求逼近原文之老練渾成。例如葉慈的〈華衣〉，短小精悍，句法短者四音節、二重音，長者亦僅七音節、三重音，若譯成白話，不但虛字太多，的的難免，而且句法必長，淪於軟弱，絕難力追原文。終於只好用文言來對付，結果雖然韻序更動，氣勢則勉可保留，至少，比白話譯來有力。

A Coat

　　I made my song a coat

　　Covered with embroideries

　　Out of old mythologies

　　from heel to throat;

　　But the fools caught it,

　　Wore it in the world's eyes

　　As though they'd wrought it.

　　Song, let them take it,

　　For there's more enterprise

　　In walking naked.

華衣[10]

　　為吾歌織華衣，
　　刺圖復繡花，
　　繡古之神話，
　　自領至裾，
　　但為愚者攫去，
　　且披之以驕人，
　　若親手所紉。
　　歌乎，且任之！
　　但有壯志蓋世，
　　當赤體而行。

　　譯界耆宿王佐良先生，去年不幸逝於北京。生前他推崇嚴復，曾撰〈嚴復的用心〉一文，探究幾道先生何以竟用「漢以前字法、句法」來譯西方近代政治、經濟的名著，結論是當時的士大夫習於古文，若要他們接受西學，譯筆宜求古雅。如此看來，則嚴復所言「譯事三難：信、達、雅」，其中的雅字竟另有其隱衷了。

　　讀書足以怡情，足以傅彩，足以長才。其怡情也，最見於獨處幽居之時；其傅彩也，最見於高談闊論之中；其長才也，最見於處世判事之際。練達之士雖能分別處理細事或

10　見余光中編著：《英美現代詩選》（臺北：時報出版公司，1980），頁 53-54。譯文已有修正。

——判別枝節，然縱觀統籌，全局策劃，則捨好學深思者莫屬。（王佐良譯：〈論讀書〉）[11]

這是培根小品名作〈論讀書〉（Francis Bacon: "Of Studies"）的前段。畢竟是四百年前的文章，原文明徹簡練，句法精短，有老吏斷案之風。用白話文來追摹，十九難工。王佐良用文言翻譯，頗見苦心，雖然譯文尚可更求純淨，但是以古譯古，方法無誤，雄心可嘉，至少是擺脫了「的的不休」的困局。

——一九九六年二月於西子灣，出自一九九八年《藍墨水的下游》

---

11 見王佐良編譯：《並非舞文弄墨 —— 英國散文新選》（香港：牛津大學出版社，1993），頁 8。

翻譯之教育與反教育

1

翻譯常有直譯與意譯之說，相當困人。這問題，古代的翻譯名家早有體會。鳩摩羅什曾與僧睿論譯梵為秦，有「天見人，人見天」之句，羅什譯至此曰：「此語與西域義同，但在言過質。」睿應聲曰：「將非『天人交接，兩得相見』乎？」羅什大喜曰：「實然！」

所謂「在言過質」，就是譯文太忠實了，也就是太過直譯。不過「天人交接，兩得相見」卻又似乎偏於意譯了。所以後來羅什又與僧睿論西方辭體曰：「改梵為秦，失其藻蔚，雖得大意，殊隔文體，有似嚼飯與人，非徒失味，乃令嘔穢也。」

過分意譯，就會「殊隔文體」，雖然輕鬆了讀者，卻未盡原文形式之妙，尤以經典之翻譯為然。所以在羅什之前，道安比對同本異譯，就已提出「譯梵為秦，有五失本」之論。今日盛會，在座多為教授翻譯的老師，也就是「吃翻譯飯」的人。辛苦的是，不但自己吃著，還得去餵別人，正是鳩摩羅什所說的「嚼飯餵人」。問題在於，被餵的人是否得益？

2

翻譯教學的方法千變萬化，不妨因材施教，大致上不出二途。第一是從理論出發，應用普遍的原理來處理個別的實例，可稱演繹法。第二是由經驗入手，從千百個實例中領悟出普遍的原理，可稱歸納法。我的朋友裡面，純學者，尤其是語言學家，傾

向前者，而真正的譯者，尤其是資深譯家，則傾向後者。其實兩者互為因果，應該相輔相成。

從理論出發，必須多舉實例以為補充，才能落實，否則變成空論。反之，由經驗入手，也必須融會貫通，舉一反三，由小見大，才能把個例提煉為通則，否則失之瑣碎。翻譯教學的最佳方式，便是要學生多做練習，俾能面對實例，設法克難解困，並在其中漸漸悟出種種原理，更經老師從旁指點，因勢利導，時時將實例接通到理論上去。

其實一個人如果深究翻譯，不但會悟出翻譯之道，同時因為常在兩種語言之間排難解紛，消異求同，更將施語（source language）與受語（target language）的特性漸漸認清，等於也研究了「比較語言學」了。例如下面這幾句話：

1. It is impossible to convince him.
2. Does it matter what color it is?
3. Everyone has talent at twenty-five. The difficulty is to have it at fifty.

英文的 it 在文法身分上是代名詞，從前三例看來，無論它是虛位主詞或實位受詞，在中文裡都無必要，甚至可以認為「虛字」，可以不理，因此不譯。一個人如果把英文「看透」了，又時時留心與中文比較，就會摸清雙方虛實，一旦面對翻譯，就容易知道問題何在，並且有法解決。這當然是說老手。可是初習翻譯的學生，經驗不足，就算學了一點理論，臨陣仍然無法活用。

所以要做好翻譯，不但要投入其中，累積經驗，還要跳得出來，說得出道理。道理說得完備，自成系統，便是理論。但是翻譯的理論畢竟不能算科學，因為它難以量化，也難於百試不爽，

更因為一個句子可以有幾種譯法，都不算錯。因此不禁要問：翻譯究竟是藝術，還是技術？這問題，我認為可以分開來看。如果要譯的文字是一件藝術品，也就是說一件作品，一篇美文（不論是何文體），一句妙語名言，在翻譯家筆下，可以有不同譯法而又各有千秋，則翻譯應是藝術。反之，如果要譯的文字目的不在創造而在達意，不在美感而在實用，譯者只求正確，讀者只求能懂，則翻譯不過是技巧。一般說來，語言學家傾向把翻譯當作科學，而文學家傾向把翻譯當作藝術。

　　如果實用的翻譯只是技巧，則其譯者可以「訓練」，不妨「量產」。如果文學的翻譯也是藝術，則其譯者難以「訓練」，只能「修鍊」，而就算苦練，也未必能成正果。由此看來，翻譯而要成家，其難也不下於作家。能成正果的翻譯家，學問之博不能輸於學者，文筆之妙應能追摹作家。即以書名、篇名的翻譯為例，亦可窺譯事之難。許多名著的書名都本於前人的詩句，譯者如果不明出處，就只好望文生義，容易誤解。現代小說家中，取書名最愛掉書袋者，莫過於赫胥黎（Aldous Huxley, 1894-1963）。他的小說 Brave New World, Eyeless in Gaza, Those Barren Leaves, After Many a Summer Dies the Swan，依次採用莎士比亞、米爾頓、華茲華斯、丁尼生的詩句。其中採用莎翁與華翁的兩句最容易譯錯，成為《勇敢的新世界》（可作《大好新世界》或《妙哉新世界》）與《枯葉》（可作《荒篇槁卷》）。又如英國作家法蘭西斯·金的 To the Dark Tower 一書，有人誤譯為《致黑塔》，正因為不明是本於白朗寧名詩 "Childe Roland to the Dark Tower Came"，而白朗寧的詩題又借了莎翁《李爾王》的句子。諸如此類問題，都不是翻譯理論所能解決。

3

在〈作者，學者，譯者〉一文中，我曾經指出：「譯者其實是不寫論文的學者，沒有創作的作家。也就是說，譯者必定相當飽學，也必定擅於運用語文，並且不止一種，而是兩種以上：其一要能盡窺其妙，其二要能運用自如。」

教授翻譯的老師，自身起碼也該是一位譯者，最好當然是一位譯家。正如我前文所說，譯者應該是「有實無名」的作家兼學者，才能夠左右逢源。比照此說，做翻譯教師也應該兼有「二高」，那便是「眼高」加上「手高」，眼高包括有學問、有見解、有理論，正是學者之長。手高則指自己真能出手翻譯，甚至拿得出「譯績」，就是作家之功了。如果翻譯是一門藝術，則它不僅是「學科」，也該算「術科」。若以戰爭為喻，則翻譯教師不但是軍事學家，最好還是名將。

但是今日在大學任教翻譯的老師，真能提出「譯績」的實在不多，因為中文系與外文系的教師裡，雙語兼通而有力翻譯者，本來就少。中文系向來不開翻譯課，外文系雖設此課，卻非顯學，也不是必修，沒有人搶著要教。據我所知，外文系有些教師的中文，恐怕還不如外文。所以有此現象，一大原因在於學術界認定翻譯既非論文，當然不算學術，更與升等無緣。

前文提到翻譯教師要有「二高」。其實眼高未必保證手高，因為眼高手低的人比比皆是。倒是手高往往說明眼高。一個人的翻譯，其實就是他自己翻譯理念不落言詮的實踐，正如一個人的創作裡其實就隱藏了自己的文學觀。所以譯文之高下適足表現譯者眼光之高下。

翻譯教師正如藝術系和音樂系的「術科」教師，必先自己藝高，學生才會心悅誠服，尊師重道。不過手高只是原則，落實在翻譯的教學上，應該還要講究「四德」。第一，學生交來練習，

必須仔細改正。每一篇練習都有其特殊的毛病，必須對症下藥，否則教師只要發給全班一篇「標準譯文」，豈不省事？如果翻譯是一種藝術，那就不是「是非選擇題」那麼簡單，而是錯的要改對，對的要改好，好的還要求其更上層樓。

第二，理想雖然如此，但是為了鼓勵學生，免得他全然失去自信，凡原譯有其好處值得保留的，應該盡量保留。第三，原譯如果有其風格，或是有意追求某種風格，則批改之際不妨順應原譯的用心。如果原譯喜歡俚白，不妨成全其流利明暢；反之，如果原譯追求文雅，也不妨成全其雍容端莊。老師能做到這一點，高材生才有機會發展自己的所長，甚至追求自己的風格。反之，老師如果褊狹而又固執，全班就可能被他教成一批「複製人」。

由此觀之，要做一個真正稱職的翻譯教師，簡直先得成為一位無施而不可、有求而皆應的文體家了。如此要求，又似乎太奢。不過身為大學教授，怎能沒有三兩把刷子？誰規定外國文學作品，尤其是古代的經典，只能用白話來譯，而不可用文言呢？如果學生心血來潮，竟然用文言來譯了，做老師的難道只能躲在白話文裡，束手無策嗎？

儘管如此，名師也未必能出高徒。如果學生的根柢太淺，則老師縱有二高、四德，恐怕也會無處著力。一般的情形是：改英文中譯時其實是在改中文作文，而改中文英譯時又像在改英文作文。學生如果還在這文字障中掙扎，老師恐怕也就事倍功半，收效不彰。

4

我在各大學教授翻譯，歷三十餘年，在此略述經驗，以供同行參考。一學期的這門課，大學是十四週，內容的分配大致如下：前二週是概論，包括翻譯之功用、翻譯與創作、翻譯之為比

較語言學、翻譯方法論、翻譯史舉例、中文西化之病、翻譯參考書等子題。第三週至第六週，翻譯哲學、歷史、新聞及社會科學之類的文章。第七週至第十週，翻譯詩、散文、格言、小說等文類。第十一週至第十四週，改為中文英譯，包括古文、詩詞、白話文等體。

　　練習每週要做一篇，習題分量約三百字，如果譯詩，則為短詩二首，如果譯警句格言，則為十一、二則，如為古文，則酌量減少。至於練習發交的程序，一輪共為五週：第一週老師發題，第二週學生交卷，第三週老師批改後發還練習，第四週學生將已改之練習重抄後再交卷，第五週老師將謄清之練習核校後再發還。前後五週，一篇練習輪迴兩次，才告結束。我初教此課，把批改了的練習發還學生後，就算了事。後來覺得如此不夠徹底，只恐粗心的學生接回練習，匆匆一瞥分數，不再細看老師如何苦心細改。所以我便改變方式，要學生重抄一遍再交來，迫使他們認真審視我的批改，加深印象。我更吩咐學生，再交練習時可以照單重抄，亦可觸類旁通，自己另行改譯，不必完全接受老師的批改。有時學生再交之稿仍然有誤，或者欠妥，我就會再加改正。

　　第三週我將練習發還時，雖然各篇都已經仔細改過，我仍會當堂口頭作一次綜合講評，說明我所以如此批改的理由，並分析原文的文法結構、修辭風格、文化背景等等。講評往往長達一小時，更常乘機分析中文與英文之異同，並指出「施語」與「受語」相通之處，不妨「直譯」，而相悖之處，則可「意譯」。

　　我還規定，學生的練習必須正楷寫在有格的原稿紙上，並且隔行書寫，才能在行間留出足夠的空間供我批改。

　　翻譯課每週三小時，其中兩小時用來講評筆譯，餘下的一小時則用來口譯。我教口譯，是從戲劇入手，仍然強調一點文學

性，最常用的是王爾德的幾齣喜劇。莎士比亞的詩劇太古，雪萊的詩劇太文，都太難譯，而且不像口語，也不切實際。王爾德喜劇的臺詞簡潔而流利，不但機鋒高妙，而且諧趣無窮，絕少冷場。事先我把原文發給學生，讓他們早作準備。堂上我會臨時指派他們輪流分擔角色，口譯臺詞。如果譯不出來，或是譯得不對、不妥、不像口語，我就得動口示範。如此一路譯來，場面熱鬧，笑聲不絕，非但學生之間互相承接，師生之間亦多交流，堂上情緒十分熱烈，學習效果亦佳。所以一般而言，筆譯多為靜態，口譯則多動感，正好互相調劑。歷年在翻譯班上用這種方式教導口譯，我自己等於把王爾德的喜劇都已口譯了一遍，所以只要用筆錄出，便成正式的譯文了。

5

　　一九八七年梁實秋先生在臺逝世，為紀念他對文壇的重大貢獻，《中華日報》設立了「梁實秋文學獎」，並分為散文獎與翻譯獎兩項，來彰顯他在這兩方面的成就。我參加其中翻譯獎的出題與評審，十二年來從未間斷，以梁先生名義為號召的這個文學獎，我忝列梁門弟子，共襄盛舉，當然是義不容辭。這十二年的經驗有幾點值得一談。

　　首先是出題。出題適當與否，決定比賽的成敗。題目不能太難，否則沒有人敢參加，更不能太容易，否則人人都譯得不錯，高下難分。原著也不能太有名，否則譯本已多，難杜抄襲：另一方面，也不能太不見經傳，否則也不值得翻譯。同時，原著不能太長，否則譯起來吃力，評起來更勞神。為了多般考驗譯者的功力，譯詩組與譯文組各出兩題：譯詩組出兩首詩，譯文組則出兩段散文。如果是出散文，必有一題較富知性，另一題則較富感性。如果是出詩，則兩題必屬不同詩體：例如一題是十四行詩，

另一題則是無韻體。此外，挑選作者也講究對照，有時是一古一今，有時是一英一美。出題既有這麼多講究，所以翻來找去，沉吟難決，往往會選上兩三天。

評審也不輕鬆。首先，要在臺灣的學界邀請夠格而且服眾的評審委員，就不容易。所謂名教授往往是評論家，志在發表「學術論文」，尤其是在操演西方當令顯學的某某主義，但是說到翻譯，因為不能抵充論文，而又無助於升等，所以肯動手的不多，有成就的更是罕見。

一般的文學獎，往往得過初審、複審、決審三關，稿件一路淘汰，到了決賽委員手裡，件數不會多了。梁實秋翻譯獎十二年來都不經初審、複審，只有決審。每次評審會議，都從上午九點半一直討論到晚飯時分，才能定案。所以再三沉吟，是因為來稿之中犯錯少的往往文筆不見精警，而文筆出眾的又偏偏一再犯錯，要找一篇來稿原文沒看走眼而譯文也沒翻失手的，全不可能。

後來我們發展出兩套辦法來解決難題。第一套可稱定位法，就是選定一篇頗佳的譯稿作為基準，再把其他可稱佳譯的來稿拿來比較，較佳者置於其前，較次者置於其後，最後把「後置者」淘汰，再把「前置者」互相比較，排出優先次序，便可產生前三名與若干佳作。有時兩稿看來勢均力敵，一時難分高下，不是各具勝境，便是互見瑕疵。三位評審委員討論再三，不得要領，只好祭起記分法了。就是權將翻譯當科學，一篇譯稿之中，遇有優點，分為大優、中優、小優，比照加分；遇有毛病，則分為大病、中病、小病，也比照扣分。這麼一經量化，雖然略帶武斷，卻很快得到結果。

決定得獎名次之後，評審工作並未完成，譯稿為何得獎，有何優點，有何瑕疵甚至謬誤，評審委員會有責任向讀者說明，更

應該向譯者交代。所以事後發表一篇詳細的講評，有其必要，否則有獎無評，或者有評而草率空泛，就不能達成設獎之為社會教育的功能。也就是說，翻譯獎的評審委員不但應該「眼高」，能分妍媸，還得「手高」，才能示範。

　　且以譯詩為例。譯詩難於譯文，譯古典體裁的格律詩尤為難中之難，就算譯者是一位優秀詩人，但如果向來只寫所謂「自由詩」而不諳格律詩藝，也往往要捉襟見肘，無法交差。評審委員不能只會東指西點，說什麼這裡押韻落空，詩行參差，那裡文字不夠高雅，句法失之生硬，而題目又不合原文等等，因為這些問題一般譯者也看得出來。動口的只能做旁觀者；動手，才配做評審。你說人家功夫不夠，那就請你出手來正韻、整行，返文字於高雅，救句法之不順，如何？

　　就在這樣的信念下，十二年來我一直為譯詩組撰寫逐篇評析的詳細報告，短則六、七千字，長則超過萬言。我覺得要做到這地步才算功德圓滿，也才算推行了翻譯的「社會教育」，把大學的翻譯課推行到文壇、譯界。至於譯文組的評析，就由彭鏡禧教授及其他評審委員負責，後來他把自己這方面的文字收集起來，出了一本專書，名為《英美名家散文譯註》。

6

　　美麗的中文，我們這民族最悠久也是最珍貴的一筆遺產，正遭受日漸嚴重的扭曲與汙染。儘管有少數作家與學者深感憂心，而且不斷提出警告，收效似乎不彰。適得其反的是，日常使用的語文，正如日常使用的錢幣，往往帶有汙染，而且容易傳染。一般人或出於無知，或出於無心，更出於無力，往往隨俗隨眾，人云亦云，並不在乎中文的自然純淨。不知道從什麼時候起，「名氣」竟然變成了「知名度」，「揚名」變成了「打知名度」，「揚

名國際」變成了「打響國際的知名度」。顯而易見，中文正由簡潔淪為繁瑣，雅正淪為庸俗。

同樣地，「雄心」也好，「壯志」也好，忽然都變成了「企圖心」，為了強調，更不厭其煩，拖沓而成「旺盛的企圖心」。這種種囉嗦的怪語，輕易就成為時髦，從政府高官到媒體名人，甚至包括不少意志薄弱的學者作家，近年來都已琅琅上口。同樣地，一本書「好看」、「耐讀」，忽然變成了「可讀性高」，甚至迂迴其詞，變成了「具有高度的可讀性」。至於「大陸政策很不穩定」可以說成「大陸政策充滿了高度的不穩定性」，更常出於名流之口。

對於有心學習翻譯的人，目前的社會語文環境所能提供的，往往是反教育。也就是說，耳濡目染的結果，是帶壞，不是導正。

一般的譯書往往不是好榜樣，誤譯之外，多的是生硬的直譯，討巧的意譯，甚至不負責任的刪節。一年一度報紙推薦的十大好書之類，譯書所占比例逐年提高，但是把獎頒給譯書，究竟是因為原著高明、原著暢銷或是中譯高明，並未詳述。其實在讚詞之中絕少提到譯筆如何高明，而據我所知，有些入選的譯書常見不必要的西化，在譯藝上不過二流。

不少學者寫起文章來西化成風，不是句法彆扭、語調冗長，便是措詞繁瑣、術語不斷：這種迂迴囉嗦的翻譯體，甚至有些名學者也未能解脫。一個人如果經常讀這種文章，難保不受惡性西化所潛移默化。

但是影響最大的還是日常面對的媒體，尤其是電視。電視之為媒體，分秒必爭，所以新聞播報例皆滔滔不絕，高速爭快。臺灣的新聞播報，口齒之迅速超過大陸與香港的同行，有時快得簡直像急口令，可是細聽之餘，常會發現，如果撰寫的讀稿能簡潔

一點，就可縮減字數，不必那麼急急趕播了。

　　「正當山難救護人員深入山中搜尋失蹤多日的學生的同時，有一位學生卻已獨自脫險下山。」像這樣的長句也難怪主播人要加速急趕，可是「的同時」三字純然多餘，如果刪去，當較簡明而少費唇舌。其實前半句若能化整為零，加以重組，改成「學生失蹤多日，山難救護人員深入山中搜尋，」不但可省六字，語氣也轉為清暢緩和，應當好念得多。又有一次我聽到這樣的句子：「儘管緝私的困難度很高，昨日警方卻成功地查獲了大批毒品。」查而獲之，就是很成功了，所以「成功地」完全多餘。至於「困難度」也不像中文。為什麼不能減去六字，改成「儘管緝私很困難，昨日警方卻查獲了大批毒品。」前引二例都不會是外電翻譯，卻都寫得像譯文體一樣，對主播的口齒和聽眾的耳朵，平添不必要的負擔。足見翻譯已深入我們的表達習慣。

　　另一方面，為人師表者也應該時時反省，自己在口頭、筆下有沒有做到簡潔、清暢、自然，否則自身就是汙源，怎麼得了。翻譯教師的警惕應該更高，如果自己習於繁瑣語法、惡性西化而不自知，則一定誤人。翻譯教師若竟染上冗贅與生硬之病，那真像刑警販毒，危害倍增。

　　翻譯教師正如國文教師，也正如一切作家與人文學科的教授，對於維護健康美麗的中文，都負有重大責任。對於強勢外語不良影響的入侵，這該是另一種國防。

　　　　——一九九九年六月六日，出自二〇〇八年《舉杯向天笑》

創作與翻譯
——淡江大學五十週年校慶演講

1

承蒙林耀福院長邀請,前來貴校為淡江大學五十週年校慶作這場演講,是我莫大的榮幸。淡江大學的前身曾經是淡江文理學院,早在六〇年代的初期,我已經在貴院兼課,教的科目先是英國文學史,後來換了英詩,所以觀音山美麗而善變的側影,每星期都要隔水驚豔,自然也就入了我的詩篇。《隔水觀音》成了我一本詩集的書名。

我在淡江文理學院兼課,前後至少有五年,和淡江的關係可以說淡而雋永。莊子所謂「君子之交淡若水」,正是這個意思。不過我來參加貴校五十週年校慶,還有另一種象徵的意味,就是我自己的創作生命,迄今也已有半個世紀。從心底到筆尖的這一條路,是世界上最曲折也是最神奇的長征。我在最新的詩集《高樓對海》的後記裡如此自述:

> 《高樓對海》裡的作品都是一九九五年到一九九八年之間所寫,真正是告別上個世紀的紀念了,也藉以紀念我寫詩已達五十週年。五十年前,我的第一首詩〈沙浮投海〉寫於南京,那窗口對著的卻是紫金山。好久好遠啊,少年的詩心。只要我一日不放下這枝筆,那顆心就依然跳著。

一位少年的「詩心」為什麼會起跳,憑什麼會跳這麼久,為的是

什麼理想，什麼價值？大而至於一整個民族的「詩心」為何起跳，又為何一直跳到現在？

古希臘人對詩人的態度最為肯定，希臘文「詩人」（poiétés）一詞就是「創造者」（maker, creator）的意思，廣義而言，可通於「造物」。歐洲三大語系，拉丁語、斯拉夫語、日耳曼語裡的「詩人」（poéte, poeta, poet）皆源出希臘，拼法幾乎一樣。不幸柏拉圖認定所謂現實者乃在理念而非色相，萬物不過摹仿理念，詩人描寫萬物，不過是摹仿的再摹仿，已經與現實隔了兩層了。詩人所寫既已失真，不免有害社會，柏拉圖乃將詩人逐出他的理想國。

柏拉圖的說法影響後世至鉅，到了中世紀又有教會對詩提出質疑，頗令詩人忙於答辯。在柏拉圖之後六百年，有新柏拉圖派的哲人普洛泰納司為繆思辯護，說藝術家創造之美，不在他所描摹的對象，也不在他所造形的材料，而在他所投注的心機。也就是說，自然之不足，可由藝術家來補足。中唐的詩人李賀也說：「筆補造化天無功。」「天」，就是自然，而「無功」，就是不足了。王爾德更說：「不是藝術摹仿自然，而是自然摹仿藝術。」其實，亞里斯多德早在《詩學》裡指出：歷史所述乃已然之事，而詩所述乃或然之事。足見西方詩學本無寫實之束縛。

不過亞里斯多德此說，乃指戲劇而言，亦即詩劇，因為他接下去說：「是以詩之為物，比歷史更富哲理，更為高超：詩慣於表現常態，歷史則表現殊態。我所謂的常態，是指個性確定之人物按照或然率或必然率，偶爾會有怎樣的言行……」

所以西方詩學所說的，常是悲劇（或史詩中）人物的「言行」，較重客觀，而中國詩學所說的，常是詩人內在情感的表現，較重主觀。所以詩大序說：「詩者志之所之也。在心為志，發言為詩。情動於中而形於言。」中國人說詩，不外是指抒情

詩。西方人說詩，則往往包括史詩、詩劇、敘事詩，不止於短篇的抒情詩。

至於詩的功用，孔子則以《詩經》為範本，說「詩，可以興，可以觀，可以群，可以怨。邇之事父，遠之事君。多識於鳥獸草木之名。」中間一句的事父事君，尤其是事君，已經不合今日的社會，至於只重君、父，不及母、妻，也失之男性至上。後面一句，倒像把《詩經》當作類書、辭典來用了，未免小看了它。首句的興、觀、群、怨卻說中了要害。興，可以給人鼓舞，怨，可以讓人抒發，一正一負，滿足了個人的需要。觀，可以體會風俗民情，群，可以促進人我關係，一退一進，符合了社會的需要。無論是言志或載道，似乎都照顧到了。

約在兩百年前，正當浪漫運動的高潮，雪萊豪情萬丈地為詩道鼓吹，在長逾萬言的《詩辯》一文中指出，詩人在古典時代曾有「先知」之稱，繼而強調詩人能夠「參永恆，贊無限，合本元」（participates in the eternal, the infinite, and the one），結論是：「詩人者，未經公認而實為世界之立法者也。」（Poets are the unacknowledged legislators of the world.）

雪萊說這番話時理直氣壯，信心飽滿，幾乎將詩人神而明之，供於壁龕。兩百年後，另一位英國詩人的論調卻一反過來，竟說詩的功用不過在使「小孩子不看電視，老頭子不上酒館。」這是拉爾金（Philip Larkin, 1922-1985）說的氣話，似乎是非常低調了。老頭子會因為有詩可讀就不上酒館嗎，我不敢相信，但是我絕對相信，被電視、電腦拐走了的孩子，詩可領不回來。

詩的功用何在？我的期許不像雪萊的那麼高超，卻也不像拉爾金的那麼消極。我覺得一位真正的詩人至少應該以兩個使命自許，那就是，一，保持民族的想像力；二，保持民族的表達力。

一個民族若要產生大詩人，必須富於想像力。所謂想像，無

非是洋溢的好奇與同情，藉以超越有限的自我，而與萬物交通，詩人的本領在於能將渾沌不明的世界理出一個新秩序來，而使天南地北兩不相干的事物發生有趣的關係。蘇軾的〈題西林壁〉：「橫看成嶺側成峰，遠近高低各不同。不識廬山真面目，只緣身在此山中。」把變化萬端而莫衷一是的山景來比擬當局者迷的困局，是用自然來解釋人事，乃使山與人之間建立了新的秩序。我有一首小詩名〈山中傳奇〉，以下列四行開始：「落日說黑蟠蟠的松樹林背後／那一截斷霞是他的簽名／從緋紅到爐紫／有效期間是黃昏」。斷霞是落日的回光返照所造成，正如簽名是人揮筆所造成，但是斷霞橫天不能持久，最久亮麗一個黃昏，正如簽名支票，過期也會失效一樣。這一段詩和〈題西林壁〉恰恰相反，用人事來解釋自然，晚霞和簽名無端竟發生了關係，而落日和黃昏也形成了新的秩序。

詩的諸般修辭技巧，包括明喻、隱喻、轉喻、誇張、擬人、象徵等等，泛稱比喻者，莫不出於同情的摹仿，每每能於無詩處見詩，無理處得趣，終而出實入虛，物我皆泯。一個民族有詩，就表示想像力尚未衰竭，因為想像力就是將心比心、設身處地的敏感，也是一種至為廣泛的同情，不僅是人道主義的那種同情，而是此身能與萬物交感，寸心能通芥子與須彌。

2

但是僅有想像力，還不足以成藝術品。想像力必須落實在真正的作品上，才算功德圓滿。所以有了想像力還要有充分的表現力來配合。想像力、表現力、藝術品之間的關係頗像物理學上能量轉移過程的「能、力、功」。這世界上有想像力「能量」的人，不止於詩人和藝術家。諸如宗教家、哲學家、科學家，甚至革命家，都是想像力過人的。宗教家天人之際的境界，哲學家出虛入

實的玄想，科學家從渾沌之中建立新秩序的公式，都不僅是理性冷冰冰的探索，尚須超拔而熱烈的想像。美國女詩人米蕾（Edna St. Vincent Millay）甚至寫過一首十四行詩，題為〈唯歐幾里德見識過赤體之美〉（"Euclid alone has looked on Beauty bare"）。但是只有詩人將想像之「能」發為作品之「功」，憑藉的正是他的表現力，也就是他運用語言以創造美的功力。

　　預言小說《一九八四》的作者歐威爾在〈政治與英文〉一文中指出，一國語文之健康與否能反映並影響社會之治亂，文化之盛衰，而經歷專制政權之後，該國之語文必然虛偽而扭曲。反過來，我們也可以說，大作家出現之後，該國的語文必然充滿彈性與活力。偉大的作品未必是文法學家樂於引證的範文，合乎文法的反而是二流之作。大作家或所謂天才，對於一國語文最大的貢獻，在於身體力行，證明那種語文潛在的「能」，經妙筆運用，究竟發出多大的「功」。就像開金礦一樣，傑作能告訴我們，存量究竟有多少，而純金有多麼燦爛。

　　且以李白為例。〈宣州謝朓樓餞別校書叔雲〉開篇的兩個長句一氣呵成，十分酣暢：「棄我去者、昨日之日不可留。亂我心者、今日之日多煩憂。」以散文而言，「昨日之日」與「今日之日」，簡直累贅，甚至有點不通。但以詩而言，則妙不可言，因為多了這一層轉折與迴旋，節奏才夠氣勢。如果改成「棄我去者昨日不可留，亂我心者今日多煩憂」，就顯得氣促了。如果再縮寫為「昨日棄我不可留，今日亂我多煩憂」，就更馴順了。同理，〈蜀道難〉裡的三疊句：「蜀道之難難於上青天」，把「難」字重複一次，感歎才能強調。換了「蜀道難於上青天」，就嫌弱了。中文到了李白的手裡，可說純以神遇，全以氣行了。有了李白，我們才發現中文可以這樣寫，方塊字之「能」可以發如此之「功」。

　　詩人該是語言的主宰，文字的大匠，對於每一個字、每一個詞，都應該了然於其形象、音質、意義、聯想，知所取捨，然後把它放在最有功效的上下文中。所謂「最妥當的字眼置於最妥當的地位」，就是此意。許多作者終身只會重複使用某些字彙、某些句法，而令字彙失去活力，句法失去彈性。

　　大詩人則對文字極為敏感，務求發揮形、聲、意最大的功效。蘇軾〈書韓幹牧馬圖〉之句：「四十萬匹如雲煙，驊駵駉駱驪騮駽」，就在字形上也已予人萬馬奔騰之感。歐陽修的七絕〈再至汝陰〉：「黃栗留鳴桑甚美，紫櫻桃熟麥風涼。朱輪昔愧無遺愛，白頭重來似故鄉。」句首四字：黃、紫、朱、白，巧妙用了四種色彩，成為非常鮮麗的結構，畫面至為動人。白居易〈琵琶行〉為描寫音樂的名詩，其高潮處：「輕攏慢撚抹復挑，初為霓裳後六么。大弦嘈嘈如急雨，小弦切切如私語；嘈嘈切切錯雜彈，大珠小珠落玉盤。」不但音響飽滿，而且畫面生動。「嘈嘈切切錯雜彈」七字都是齒音，而「攏、撚、抹、挑」都是彈者的手勢，再加上「急雨」、「私語」、「珠落玉盤」等虛擬的聯想，感性真是發揮到極致了。

　　把文字的抽象符號經營成一個有實感的世界，而能以假亂真、弄假成真，並且比真的世界更美，正是作家的本領。關鍵全在這些抽象符號上：文字要昇華為文學，在施者（作家）與受者（讀者）之間的功用有如支票。文字果真超凡入聖，變成了文學，支票就兌現成鈔票了，否則就淪為空頭支票。

　　文字雖由抽象符號組成，但是每個作家的符號系統都有差別，越好的作家其系統應該更加多元，也就是更富於彈性，更多來源，因此在風格上更多采多姿。英國大詩人丁尼生對文字的駕馭精確過人，奧登就說丁尼生的耳朵，「在英詩人之中，或許最為靈敏。」丁尼生自己也說，除了 scissors 是例外，一切英文字

眼他都掂得出斤兩。丁尼生的詩句在音調上果然十分神奇，例如〈尤利西斯〉有這麼一行：「遠在多風的特洛邑震耳的曠野」（Far on the ringing plains of windy Troy.）原文的諧韻和半諧韻結構簡直不可翻譯。又如〈狄索納司〉之句：「過了多少個長夏啊才死了天鵝」（And after many a summer dies the swan.）原文也是一片天籟，妙處半在唇鼻之間迴響的 m 與齒間漱過的 s，半在倒裝句法把洪亮的主詞安排到最後才開腔，這些都不是譯文所能為功。學者指出，丁尼生熟讀拉丁詩，尤其得力於魏吉爾，讀者要有拉丁文的修養，才能欣賞奧古斯都朝在丁尼生詩中迴盪的餘韻。

　　拉丁文就是歐洲各國的文言，其為西方文學的泉源，有如我國的古典文學之於新文學。這就令我想到當代華文作家習用的語言了。新文學使用的語言當然是白話文，但是白話文不盡是口語，更不必完全排除文言。有一次，一位文教記者問我：「聽說你很喜歡蘇東坡，為什麼在這個時代你還迷戀蘇東坡呢？」我說：「為什麼這個時代我不能喜歡蘇東坡呢？你以為蘇東坡死了快一千年，就跟你沒關係了嗎？許多人還在說『廬山真面目』或是『雪泥鴻爪』，連你也會吧！只是不知道是誰的詩句罷了。」文言的許多名句輾轉傳了千百年，早已脫離上下文，變為成語，人人引用，多已不知出處。例如「求之不得」原本來自《詩經》，「天長地久」來自《老子》，「君子之交淡如水」來自《莊子》。今日人人出口成章，其實都是古人的餘唾。要是這些成語一概不用，我們非但下筆捉襟見肘，只怕開口都不成腔調了。

　　我認為今日的作家在白話文的主流中，不妨偶爾酌用一點淺近的文言作為支流，以求變化，而使文筆更有彈性。只要能夠「文融於白」而不淪為「文白夾雜」，這種「文白浮雕」的做法可以是風格的正數。無論在詩裡或散文裡，無論在創作或翻譯，我常在有意與無心之間融文於白，久之已成一種左右逢源的文體，

自稱之為「白以為常，文以應變」。這八字訣本身就是文言，若用白話來說，就變成「把白話當作常態，用文言應付變局」，比文言就囉嗦多了。

文言可以濟白話之不足，用簡潔凝練來約束冗贅散漫，使文體免於淺滑。另一方面，真正的口語為白語文平添親切、流暢、自然，在文體上也起浮雕的作用。我在某些詩中，因為場合需要，會全用口語來寫，像〈請莫在上風的地方吸菸〉、〈今生今世〉、〈喉核〉等便是如此。在翻譯王爾德的幾本喜劇時，我用的也是日常的口語，只為讓演員容易上口，聽眾容易入耳。例如在《理想丈夫》裡，薛太太便有這麼一段臺詞：「別忘了，清教在英國把你們逼成什麼樣子。從前呢，誰也不會假裝比左鄰右舍正經一點兒。其實呀，那時誰要是比左鄰右舍正經一點兒，人家就覺得你十分俗氣，倒像中產階級了。現在好了，染上了現代的道德狂，人人都只好裝腔作勢，變得純潔、清高，外加要命的七大美德的典範。而下場如何呢？你們全栽了，跟打保齡球一樣，無一倖免。」

方言和俚語當然也可以入詩入文，例如蘇格蘭的彭斯就以方言寫作而成為大詩人，同時又享譽英國詩壇。不過彭斯應是例外，因為愛爾蘭的高爾斯密斯、莫爾（Thomas Moore）、王爾德、葉慈，甚至喬艾斯都是用英文寫詩的。我曾以臺語「鬱卒」、「啥米碗鍋」入詩，以粵語「靚仔」、「叻仔」入文。川語「二娃子」曾入我詩題，臺語「火金姑」也成了我寫螢火蟲一詩的題目。「火金姑」真是很美的名字；火言其光，金言其色，而姑，是因為螢火蟲放光的是雌性。臺語的「金急雨」也很美，我一直有意為它寫一首詩，尚未能交卷。前舉歐陽修的七絕〈再至汝陰〉裡的「黃栗留」，就是黃鶯，很可能也就是當時的方言，說不定就是「黃利流」，流利的意思吧。

　　至於外語入詩，民國初年的新詩人如郭沫若、徐志摩、李金髮等都是顯例。在西方更是常見，英國詩人最常引用拉丁文；到了現代，像龐德、艾略特等更同時引用好幾種外語，實在太過駁雜，不足為訓。我在散文裡偶爾會引進外語，但在詩中則絕少。在作品裡偶引外語，只要上下銜接得妥當，也不足為病，如果常用，或大段引錄，就失之餖飣或者炫學了。

　　詩人對於自己民族語言的貢獻，在我看來，一是保持民族生動活潑的想像力，二是保持語言新鮮獨創的表現力。反而言之，一位詩人如果對生命不再好奇、同情，則想像力必然衰退；如果對語言失去彈性與活力，則表現力必然萎縮。那現象就是江郎才盡了。

3

　　文學之為藝術，尤其是詩之為藝術，與其他藝術的欣賞有一大差別：那就是，其他藝術不需要翻譯，而文學需要。文學乃語言之藝術，所以是「民族的」，所以有「文字障」，需要翻譯。繪畫、雕塑、建築，當然有目共睹，無須譯者幫忙。音樂呢？也是有耳共聆；也許作曲家需要演奏家來「翻譯」，但好的「譯文」，無論是現場演奏或錄製成帶成碟，都已不少，聽來也「差不多」。哪像文學作品，隔了語障就需要翻譯。許多好作品，尤其是詩，都頗難譯。許多名言佳句根本「譯不過來」。佛洛斯特就說：詩便是在翻譯之中失去的那樣東西。所以諾貝爾文學獎原來就是不公平的比賽，因為西方的作家只要把母語寫好就有知音，而東方作家卻得戴起譯文的面具去參加選美。諾貝爾文學獎其實只能算西方文學獎，絕非世界文學獎。

　　創作與翻譯其實也絕非反義詞，因為創作原則上也是一種翻譯，而翻譯也可以說是有限度的創作。

　　簡而言之，創作的過程是將作者對生命的感悟（姑且稱為經驗）譯成明確的文字。讀者欣賞那作品的過程則恰恰相反，是將文字還原為作家的經驗。批評家要做的，是研究那樣的文字是否能夠表現那樣的經驗。譯者的任務卻又不同，一方面他要應付原文，一方面還得透過原文去揣摩原作者真正的經驗。

　　創作雖可視為一種翻譯，當然與真正的翻譯還是有異。翻譯有面目明確的原文可以著手，創作所要表現的經驗卻未經澄清，有待沉澱。作者創作的過程，從游移到凝定，從渾沌到清明，歷經選擇、修正、重組，是邊譯邊改，一直要到譯完始見真相，原文的真相。創作與翻譯頗有相通之處。選擇便是其一。例如你要形容一位佳人，究竟她是嫵媚呢、明豔呢、還是亮麗，應知取捨。同理，原文如說 She is an elegant lady. 你在許多同義詞裡，例如高雅、優美、秀氣、斯文，究竟該用哪一個呢？下筆時還有選擇的餘地，就有點創作的意味了。選擇也不限於遣詞用字，還可施於安排次序。在英文詩裡常見倒裝句法，但在英文的散文裡，卻以「順句」為多。那些順句若要譯成中文，反而多應改成「逆句」，才不至於冗長乏力。例如王爾德的喜劇《不可兒戲》有這麼幾句：

I do not think that even I could produce any effect on a character that according to his own brother's admission is irretrievably weak and vacillating. Indeed I am not sure that I would desire to reclaim his. I am not in favor of this modern mania for turning bad people into good people at a moment's notice. As a man sows so let him reap.

這是第二幕開頭家庭教師勞小姐對西西麗說的話，我的譯文是：

他自己的哥哥都承認他性格懦弱，意志動搖，到了不可救藥的地步；對這種人，我看連我也起不了什麼作用。老實說，我也不怎麼想要挽救他。一聲通知，就要把壞蛋變成好人，現代人的這種狂熱我也不贊成。惡嘛當然應有惡報。

這一段共有四句話，第一、第三兩句較長，而且都是順句，但在譯文裡如果要保住那順勢而不逆譯，勢必冗長乏力。

我先把長句拆散，再加倒裝，不但更像中文，而且踏實有力。這便是句法上可以取捨的自由。用字（diction）與造句（syntax）都還有取捨的餘地。不能不說是一種自主、自由。其實，我在中譯《梵谷傳》、《不可兒戲》、《錄事巴托比》時，的確享有在約束中仍能酌量發揮自我風格的樂趣。

創作與翻譯是會互相影響的。譯文受原文影響，是天經地義。但在翻譯的「海變」（sea change）之中，由於譯者自身的性格、風格、功力的關係，譯文也會回過頭去，影響原文，賦原文以特殊的風貌。所以原文在譯文中脫胎換骨，整容化妝的結果，不但取決於「受語」（target language）的民族性，而且受惠於（或受害於）譯者的個性。例如頗普自詡英譯的荷馬史詩《伊利昂記》，採用十八世紀流行的「英雄式偶句」來應付希臘史詩每行六音步、每音步一長二短的「三指節」（dactylic verse），把古代的英雄馴為當代的紳士，遂召來當代希臘學者班特利之譏：「詩是好詩，卻充不得荷馬。」

民國初年，拜倫的〈哀希臘〉鼓舞了多少愛國志士，一時遂出現多種中譯：蘇曼殊用五言古體，馬君武用七言古體，而胡適用歌哭慷慨的騷體。蘇曼殊的譯文受五言所限，不足以盡拜倫弔

古傷今之情。還是七言古詩的曼吟與騷體的一唱三歎更為接近，尤其是騷體，比胡適自己的白話詩動人多了。

至於林紓所譯西洋名著，多用淺近的清麗文言，也曾風行一時。錢鍾書好用文言意譯西方典籍，下筆圓融婉轉，勝過一般白話中譯。他甚至認為，林紓所譯的《塊肉餘生記》比狄更斯的原著更高明。我無意在此無條件地提倡「意譯」，但是在讀了無數白話的硬譯、冗譯、劣譯之餘，有時不免悠然懷古，回憶我在高中時代耽讀林紓所譯的《茶花女軼事》，驚豔之情，留芳至今。

所以在此我要提出一個觀念：翻譯外國作品，誰也不能規定非用白話不可。譯界原有共識：每個時代都應以當時的語言來譯古典名著。因此莎劇的譯本應時時更新，多多益善。林紓既能用文言來譯一百年前的小說，則四百年前的詩劇為什麼一定不能用文言來翻？不過演員說臺詞，畢竟無法逕用文言。可是詩與散文呢？培根的小品文距今也已四百年，古遠與徐霞客相當，為什麼一定不能以文言面貌來會今人呢？其實大陸的譯家王佐良早已如此做了，至於嚴復就更早了。

我在前文曾提到自己，無論在創作或翻譯之中，常常奉行八字訣的原則，那就是：「白以為常，文以應變」。即使撰寫論文，遇到需要引述經典名句，若逕用白語譯出，總不如文言那麼簡練渾成、一言九鼎。《神曲》地獄篇第三章開始，地獄門首石刻的戒詞 Abandon all hope, ye who enter here.（齊亞地英譯）若用白話來譯，例如「進來的人，放棄一切希望吧」，就顯得單薄無力。但是若用文言來譯，例如「入此門者，莫存倖念」，就顯得厚重堅強，不容搖撼。我並非要用文言來取代白話，因為那絕無可能，也非上策。我只是認為，在譯文中有時可以用文言來調劑或加強白話。如果是一首短詩，而語氣又老練而精簡，我會拋開白話，乞援於文言：葉慈的〈華衣〉（"A Coat"）乃一顯例。龐德

的〈罪過〉（"An Immorality"）就更短了：

Sing we for love and idleness,
Naught else is worth the having,

Though I have been in many a land,
There is naught else in living,

And I would rather have my sweet,
Though rose-leaves die of grieving,

Than do high deeds in Hungary
To pass all men's believing.

罪過

且歌吟愛情與懶散，
此外皆何足保持。

縱遊過多少異邦，
人生亦別無樂事。

寧廝守自身之情人，
縱薔薇葉悲傷而死，

也不願立功於匈牙利，
令眾人驚異不置。

有時因為原作主題有異，語言粗豪，譯文就必須改用率真的口語。例如傑佛斯的〈野豬之歌〉（"The Stars Go over the Lonely Ocean"）的末段，中譯時就不能不「講粗口」了：

'Keep clear of the dupes that talk democracy
And the dogs that bark revolution,
Drunk with talk, liars and believers.
I believe in my tusks.
Long live freedom and damn the ideologies,'
Said the gamey black-maned wild boar
Tusking the turf on Mal Paso Mountain.

「管他什麼高談民主的笨蛋，
什麼狂吠革命的惡狗，
談昏了頭啦，騙子和信徒。
我只信自己的長牙。
自由萬歲，他娘的意識形態，」
黑鬃的野豬真有種，他這麼說，
一面用長牙挑毛巴索山的草皮。

　　我在翻譯散文時，視場合需要，也偶或會用文言來「應變」。在《龔自珍與雪萊》的長篇論文中，為了說明雪萊也關心政治現實與歐洲形勢，並非安諾德所謂的「美麗而無用的天使，徒然在虛空裡撲動耀眼的雙翼」，我有意用《戰國策》的文體譯出雪萊在詩劇《希臘》的序言裡所發的一段議論：

Russia desires to possess, not to liberate Greece and is contented to see the Turks, its natural enemies, and the Greeks, its intended slaves, enfeeble each other until one or both fall into its net. The wise and generous policy of England would have consisted in establishing the independance of Greece, and in maintaining it against Russia and the Turks.

> 夫俄羅斯之圖希臘也，在併吞其國，非解救其民也。土耳其，俄羅斯先天之宿敵；希臘，俄羅斯欲畜之馴奴。俄羅斯之所快，莫如二鄰之互鬥俱傷，以擒其一，或並而吞之。為英國計，智仁兼顧之道，莫如立自主之希臘，扶其抗俄而禦土。

雪萊每逢詩興不振，為保詩藝不至於荒廢，就轉而譯詩，曾將《神曲》英譯了五十一行，詩體則悉依但丁原文「三行連鎖體」（terza rima）的格式。就憑了這麼嚴格的譯詩試驗，他日後竟寫出了同一格式的〈西風歌〉及五百多行的〈生之凱旋〉。

足見作家而兼譯者，其譯筆也會反過來影響創作，無論在題材、文體或句法上都帶來新意、新技。所謂翻譯，原就是換一種語言來傳原意，步武既久，濡染成習，自然熟能生巧，轉化成自身的血肉。翻譯有如臨帖，王羲之的一鉤一畫久之終會變成臨者的身段步伐。偶爾福至心靈，純以神遇，又像扶乩。我譯過的英文作品裡有詩，有散文、有小說、有戲劇，也有評論；其中詩譯得最多，包括自英譯再轉譯的土耳其詩六十多首，總數在三百首以上。所譯作品文類不同，而同一文類之中，例如詩吧，也有各式各樣的體裁，從嚴謹的格律詩與伸縮多變的無韻體到奔放不羈的自由詩，種種挑戰都接過招。那考驗，猶如用西洋的武器，與

西洋的武士歷經對陣比武，總能練得一招半式吧。雖然不可能每次都打成平手，但是迄今也還沒有陣亡，有時候，竟然還會小贏一次，帥吧！

我有一次在國際研討會上，報告自己翻譯王爾德喜劇的經驗，說唯美大師才高手巧，最愛賣弄文字遊戲，常教譯者「望洋興歎」，難以接招。「不過呢，」我說，「有時碰巧，我的譯文也會勝過他的原文。」各國學者吃了一驚，一起放下茶杯，靜待下文。我說，「有些修辭絕技，例如對仗，英文根本不是中文對手。這種場合，原文不如譯文，並非王爾德不如我，而是他手裡的兵器比不上我的兵器。」

接下來我舉證的例子，出在《不可兒戲》的第二幕。勞小姐氣蔡牧師還不向她求婚，恨恨然對他說：You should get married. A misanthrope I can understand — a womanthrope, never! 勞小姐情急嘴快，把 misogynist（恨女人者）說成了 womanthrope，但妙在與前文的 misanthrope（厭世者）同一語尾，格式未破，儘管不通，卻很難譯。如果我避重就輕，只譯成「一個厭世者我可以了解——一個厭女者，絕不！」也就勉強打發，可是如此直譯不但生硬，更且難懂。我是這樣變通的：「一個人恨人類而要獨善其身，我可以了解——一個人恨女人而要獨抱其身，就完全莫名其妙！」中文說男人不娶是「抱獨身主義」，稍加扭曲就成了「獨抱其身」，不但與「獨善其身」句法呼應，而且有「不抱女人」與「自戀」的暗示，實在比王爾德高明得多。

但願文學創作能長保民族心靈的想像力，促進民族語言的表現力，而文學翻譯能引進外族的想像力與表現力，來啟發本族的文學，並促進各民族之間的了解。作家而兼為譯者，則雙管齊下，不但彼此輸血，左右逢源，亦當能事半而功倍。

　　——二〇〇〇年十一月五日，出自二〇〇八年《舉杯向天笑》

李白與愛倫坡的時差

——在文法與詩意之間

1

時間這東西雖然看不見、摸不著，卻固執而頑強，沒有力量能挽回或阻擋。它最大的美德是民主：貧富之間最大的差別在空間的分配，但時間的分配卻一視同仁，再貴的金錶一分鐘也沒有六十一秒。所以美國喜劇演員馬克思（Groucho Marx）說：「沒有人的腳後跟不被時間踩傷。」時間逼人，逼出了馬爾服（Andrew Marvell）的名句：

> 在我的背後我不斷悚聽
> 時間的飛車愈追愈逼近。

蘇格蘭的作家林克雷透（Eric Linklater）卻把它改成了「在我的背後我時常悚聽／時間的飛車換檔的聲音。」這一改，化古為今，真是絕頂聰明。

海拉克賴忒斯曾歎：「抽足再涉，已非前流。」孔子在川上，也感慨說：「逝者如斯夫，不舍晝夜！」所謂逝者，一去不回，就是時間。「時不我予」的感慨，無論是西方或東方的聖人，都是心同戚戚。但是在日漸全球化的所謂地球村裡，對於時間的感受，「隔球」畢竟還不就像「隔壁」。譬如中國人去美國，飛過了半個地球，他必須改用當地的時間；反之，美國人來中國，也必須調錶。所以對一位遠客說來，「易地」就等於「易時」。前年我

去西雅圖華大演講中國的詩畫，題目正是 Out of Place, Out of Time。我取這個題目，用意正在強調：中國古典畫所用的不是西方的空間，而中國古典詩所用的也非西方的時間。

　　時間與空間乃現實世界之兩大座標，其間的關係十分奇妙，或許寫詩比用散文較便於表達。我只覺得，兩者的關係是相依互補的。例如地球這隻大瓜，若按二十四小時分成二十四瓣，則每片的空間得十五度，因此說上海距紐約大約是十二瓣，跟說兩者相距是十二小時，不過是同一銀幣的兩面而已。這件事當然取決於太陽與地球的關係。超過這個關係，星際的距離就要用光年來計算，於是空間的度量竟要用時間來標明。

2

　　跨越經線作長途旅行，時差加減只要調錶就行了。更有趣的，是中國與西方對時間觀念的差異，和由此而來的語言之分歧。中文與西文的一大差異在文法，在於西文多詞尾變化（inflection）而中文沒有。詞尾變化可分人稱、賓主、數量、性別等類，已經夠麻煩了，但是最大的夢魘還在動詞的「時態」（tense）。英文的時態在歐洲的語系中幸好是「一切從簡」的了；換了拉丁語系、斯拉夫語系與日耳曼其他語系，動詞時態的變化動輒三、四十種，如果再由動詞結尾的什麼 ar, er, ir, are, ere, ire 等等變化來旁生枝節，再加上什麼反身動詞之類，那就不是一個孫悟空拔毛所能應付得了。

　　把好好一個動詞變化成許多分身，叫做什麼現代式、過去式、未來式、完成式、進行式，又再拼組成什麼現在進行式、未來完成式等等的次分身，這一切，正說明西方的心靈對時間的各殊面貌是多麼地專注而著迷，務必張設天羅地網，追捕其動態與靜觀。因此，如果說西方的文明是來自對時間的崇拜，恐怕不為

過吧？

　　更有趣的是：英文的 time 一字源出拉丁文的 tempus，而 tempus 的第一義雖是 time，但其引申義卻包括 tense（動詞時態）與 calamity（災難），豈非暗示如此繁瑣的分歧會引來災難？

　　對比之下，中文的動詞千古不變，根本沒有詞尾變化。例如一個「去」字，無論這動作發生在過去、現在、未來，由我、由你、由他，或由一群人來做，都無所謂，只用同一個「去」字，別無分身。這在西方語系習於條分縷析的人聽來，完全不可思議。不過，動詞本身雖然不變，卻有一些「助動詞」（auxiliaries），相當於英文的 shall, will, have, can 之類，來表時態，例如「要去」、「會去」、「去過」便是。用西文的觀點來看，中文的動詞能通古今、人我、獨群、主客之變，簡直無所不能，可以不變而應萬變。動詞而可以一成不變，究竟是拙是巧，是不足或是自由，就看你怎麼詮釋了。

3

　　我教英詩已經有四十年，發現若要真正欣賞英詩，基本的甚至起碼的功夫在看通文法：文法沒有看通，詩意就休想徹悟。許多人把詩譯錯，多半是因為把文法看走了眼。我常對學生說：「沒有人讀詩是為了文法，但是不透過文法就進不了詩。文法是守在詩之花園入口的一條惡犬。」學生們聽了，似笑非笑，似懂非懂。

　　英詩之難懂，原因不一。首先，為了押韻，得把韻腳放在行末，所以要調整句法，往往更須倒裝。何況句法要有頓挫、有懸宕、有變化，順序往往不如逆序，或穿插有致的半順半逆。例如莎翁十四行第一一六首之句：Let me not to the marriage of true minds / Admit impediments，要回逆為順，理解為 Let me not admit impediments to the marriage of true minds，還不算難。但是遇到像席德尼爵士（Sir Philip Sidney）這樣的句子：thy languished grace, / To me that feel the like, thy state descries. 若非真正的行家，恐怕就難以索解了。

其次，與其他西文一樣，英文好用代名詞。上一句裡的人、物、事，到了下一句忽然不見了，變成了 he, she, they, him, her, them, it, its, their 的分身。冤有頭，債有主：回到前文去追認誰是本尊，乃是看通文法的基本鍛鍊。這一步做不到，就難充解人了。例如布雷克的〈人性分裂〉一詩，就有這樣幾句：The Cruelty knits a snare, / And spread his baits with care. / He sits down with holy fears, / And waters the ground with tears: / Then Humility takes its root / Underneath his foot. 細讀之下，才發現原來「殘酷」是雄性，用的代名詞是「他」，而「謙遜」是中性，用的代名詞是「它」，真是撲朔迷離，雌雄難辨。讀英文作品，不幸遇到一堆抽象名詞，偏偏又愛戴上代名詞的假面具，就會陷入文法的迷魂陣，還有心情去賞詩意嗎，真是可疑。

不過若說文法是嚴守詩苑之門的惡犬，恐怕又言重了。文法複雜苛細，固然有礙詩意，但如運用得當，也能舉重若輕，幾乎不落言詮就捉住了美感，在動詞的時態轉化上尤其如此。例如愛倫坡的〈給海倫〉中段：

On desperate seas long wont to roam,

Thy hyacinth hair, thy classic face,

Thy naiad airs have brought me home

To the glory that was Greece

And the grandeur that was Rome.

　　〈給海倫〉一詩的精采盡在此段。前三行道盡尤利西斯的鄉愁與海倫、甚至維納斯之美，已經詩情洋溢，但高潮卻在後面兩行，簡直是「西風殘照，漢家陵闕」的氣象。不過這懷古高潮的推動，卻只憑一個動詞最單純的過去時態。渾不費力的小小一個 was，就占盡了風流。而這，卻是中文無能為力的。翻譯的時候，最多只能動用「往昔」、「曾經」、「逝去」、「不再」之類的字眼，但是都太費詞、太落實、太複雜，哪像 was 這麼直截了當，一字不移。何況這一字可以連用兩次而不覺犯重，反而更加氣派，可是「往昔」等詞卻不堪重複。再舉史雲朋〈荒園〉（A. C. Swinburne: "The Forsaken Garden"）的一段為例：

All are at one now, roses and lovers,

Not known of the cliffs and the fields and the sea.

Not a breath of the time that has been hovers

In the air now soft with a summer to be.

史雲朋不能算偉大的詩人，他那著魔的音調也不再像當年那麼迷人了，但是此段末二行的動詞時態卻仍然動人。Time that has been 倒還平常，但是 soft with a summer to be 卻美極了。單說 soft with summer（夏氣輕柔）已經很美，但是 soft with a summer to be 卻是說「夏日將至，空氣轉柔」，就更微妙了。不過中文只能說「夏日將至」、「夏天將臨」、「快到夏季」等等，也嫌太落實、太鄭重，太平鋪直敘，哪像 a summer to be 這麼飄逸、輕靈、透亮，啊，像是精靈的耳語。英文文法的「不定詞」（infinitive）輕而易舉的動作，沒有動詞時態變化的中文卻做不到。

　　但是反過來說，沒有動詞時態變化的中文，在敘事的效果上，也有英文難以勝任的地方。例如李白的〈越中覽古〉：

越王勾踐破吳歸，
義士還家盡錦衣，
宮女如花滿春殿。
只今唯有鷓鴣飛。

此詩譯成英文，動詞時態並不難安排：前三句用過去式，末句用現在式就行了。但是前三句既用過去式敘述，讀者心中早有準備，知道這是說的從前，所以末句回到現今，順理成章。中文原詩正相反，古今的事壓在同一平面上，所以末句的落差其來也驟。中國詩在時態上無先後，而中國畫在物象上無光影，是因為中國藝術不務實嗎，值得好好思考。

——二○○三年四月八日，出自《舉杯向天笑》

虛實之間見功夫

　　中文文法常有實字、虛字之分。所謂實字，多為句中具體可見的字，呈現的是人、物、事的動作、變化、狀態；通常是指名詞、動詞、形容詞。其他的詞類則大半承上起下，依附於實字之間，稱為虛字。實字乃句法結構之主體，求其平衡。虛字乃其附體，求其伸縮而有彈性。散文用字，往往虛實交錯；詩體則貴精練，多用實字。例如王維的「大漠孤煙直，長河落日圓」，孟浩然的「氣蒸雲夢澤，波撼岳陽城」，全用實字。陳子昂的「念天地之悠悠，獨愴然而涕下」，李白的「其險也如此，嗟爾遠道之人胡為乎來哉」，加入了散文的成分，也就是用了虛字，結果是失去平衡，卻添了彈性。

　　英文的文法比其他西方語文簡便，但是比中文仍較苛細，久於譯道的人當會發現，把英文譯成中文時，英文句中的許多「虛字」往往不必，甚至不可譯成中文。許多虛字，在英文裡不可或缺，在中文裡則可有可無，有了成添足，沒有才乾淨。

　　英文的冠詞（a, an, the）為中文所無，照例可以不譯。A soldier must love his country. 一句，譯成「士兵必須愛國」已足，根本不必理會冠詞，也不必理會所有格限定詞的 his。有時候，因為中文句法忌用突兀的單字，所以 a glimpse of infinity 仍宜譯成「大千一瞥」或「一瞥無限」，而不宜譯成「無限之瞥」。

　　介詞在英文裡用得很多，幾乎每一句話都少不了，有時候一句之中有幾次。中譯的時候，介詞往往不可直譯，需要改變句法，繞道而過。例如 Discuss it over lunch.，只能把介詞化開，說

成「吃午飯時再討論吧」。又如 Don't say now if you'll take the job: sleep on it first. 後半句的介詞與代名詞都不可譯，只能說「現在別決定你接不接這個工作：考慮一晚再說吧」。有的介詞中譯時很難交代，例如 His speech on unemployment was well received. 有本詞典譯成「他那關於失業問題的演說受到了歡迎」，有點拗口，不妨忘掉介詞，譯成「他演講失業問題，頗受歡迎」，或者仍然保留介詞，譯成「他就失業問題發表演講，頗受歡迎」。再舉一例，From her looks I'd say she was Swedish.，某詞典譯成「從她的相貌上看，我敢說她是瑞典人」，原也不錯，如要不理介詞，當然也可以說「看她的相貌，我敢說她是瑞典人」。其實，「她的」也可以不要。

　　介詞用在英文題目裡，往往譯不過來，也就不必理它。例如慈濟的 On First Looking into Chapman's Homer，當然不用理會介詞，逕譯〈初窺蔡譯荷馬〉可也。他如 Ode to a Nightingale，歷來都譯〈夜鶯曲〉。"To Autumn" 也可譯〈詠秋〉、〈秋日吟〉、〈秋之頌〉，犯不著保留介詞，說什麼〈給秋天〉。至於格瑞（Thomas Gray）的 "On the Death of Mr. Richard West"，也不宜直譯，可以用文言，說〈悼魏里查君〉。羅夫雷斯（Richard Lovelace）的 "To Althea, from Prison"，介詞 to 只能改成動詞：「寄」或「贈」；詩題可譯〈獄中寄艾蒂雅〉。

　　連接詞在英文中用來連接對等的字眼，尤以 and 一字為然，出現頻率極高。在兩個以上的一連串實字或虛字（介詞、副詞、代名詞等）之中，and 必然置於最後一個字之前。中文的「夫妻」，英文一定是 husband and wife（或者 man and wife）。中文的「春夏秋冬」，英文要說成 spring, summer, autumn, and winter。相比之下，中文在列舉的場合往往不用連接詞「和、與、及、以及」等：不但像「君臣、父母、天地、左右、上下」等等的二字組合

中不用，甚至在「千軍萬馬，獨一無二、聲東擊西、南腔北調、古今中外、有始有終、天地君親師、金木水火土、柴米油鹽醬醋茶」等多字組合中，也絕不會。不但名詞的組合如此，即連一串動詞的組合亦然：「地崩山摧壯士死」、「石破天驚逗秋雨」、「雲破月來花弄影」等名句都可印證。中文不好的譯者往往見 and 就照搬；現在，連中文不差的作者也在自己母語裡畫蛇添足，濫用「和、與」之類了。我在臺港之間乘飛機，就常會聽到如下的廣播：「在飛機尚未停妥和扣安全帶的燈號熄滅之前，請……希望各位乘客感到愉快和滿意。」

　　另一文法要件，英文必有而中文可無，是主詞。例如 How many apples are there? Have you counted them? 後一句如譯「數過了沒有？」應該最像中文，「你」字可有可無。如譯「你數過它們沒有？」就糟了。因此我們還發現：代名詞（尤其是複數代名詞）用作受詞時，可以不譯。中國古詩的語言，特有一種不即不離的美感，往往句句不提主詞，而又字字不離主題。試看五絕的〈床前明月光〉、〈松下問童子〉，都可印證。此地且看一首七絕，王維的〈九月九日憶山東兄弟〉：

　　獨在異鄉為異客
　　每逢佳節倍思親
　　遙知兄弟登高處
　　遍插茱萸少一人

前三句的主詞當然都是「我」，末句的主詞當然是題目所指的「山東兄弟」。〈松下問童子〉四句，如果都加上主詞，變成了下面的七絕，能跟王維的名作比嗎？

> 我來松下問童子
>
> 童子言師採藥去
>
> 師行只在此山中
>
> 雲深童子不知處

中西文法另一重大差異，在於西文好用代名詞，而中文少用。代名詞所代者，如果是具體可感的人、物、事，還可以找到原主。最可怕的是：原主竟然是抽象名詞，尤其是複數抽象名詞。前文的 such an idea，到了後文變成 it；前文的 business interests，到了後文又變成 them，無不害人尋尋覓覓，難以還原。在英文裡，不但散文如此，連詩都難倖免。英文詩之難讀，一半要怪文法；文法之難解，一半要怪代名詞。一首詩才讀了幾行，忽然就來了幾個形跡可疑的代名詞，用障眼法在你前後出沒，不知究竟是誰派來的。於是你睜大倦目，去前文尋找。可是前文已經有三個名詞，個個似乎都有嫌疑。讀英文詩所以疲勞，往往是因為要捕捉這些嫌疑犯。且引幾段英詩為證：

> The master saw the madness rise,
>
> His glowing cheeks, his ardent eyes;
>
> And, while he heaven and earth defied,
>
> Changed his hand, and checked his pride
>
> ——John Dryden: "Alexander's Feast"

詩中所詠是亞歷山大大帝打敗波斯後，樂師狄馬諧斯在慶功宴上奏樂，大帝聽了意氣風發。Master 是指樂師；第二行及第三行的兩個 his 和一個 he，均指大帝；第四行的兩個 his 則各有所指，前面的 his 是指樂師手法一變，後面的 his 卻是指大帝的豪氣壓

低。四句詩中竟用了五個代名詞類，足見其多；末句緊接的兩個 his，卻指不同的人，更說明了英文也會自限於文法的窘境。這兩個 his 怎能照譯過來呢？當然是譯不得的，只好不管它，勉強譯成「變了琴音，令君王頓斂豪情」。下面兩段都摘自馬羅的敘事詩〈希羅與琳達〉（"Christopher Marlowe: Hero and Leander"）：

> She wore no gloves, for neither sun nor wind
> Would burn or parch her hands, but to her mind
> Or warm or cool them, for they took delight
> To play upon those hands, they were so white.

> So lovely fair was Hero, Venus' nun,
> As Nature wept, thinking she was undone,
> Because she took more from her than she left
> And of such wondrous beauty her bereft;

前一段說美人希羅纖手之白，日不忍曬，風不忍吹，反而照她的意思，該暖則暖，要涼就涼，因為太陽與風都樂於撫弄那雙柔荑。問題在於，後兩行一口氣來了三個複數的代名詞「它們」，中間的 they 指的是太陽與風，其他的兩個卻是指手。英文已經夾纏，譯成中文就更混亂，所以根本譯不得，只好不理，另想辦法逕稱代名詞所代的原物。

　　後一段說希羅太美，造化只能自認不幸，因為希羅得自造化者（她的天生麗質）竟多於造化所剩者（指造化之美一半以上已鍾於她的一身）。這一段的代名詞加上屬有格有五個之多，偏偏造化也是女性，所以要弄清楚：第二行的「她」是指造化，第三行的三個「她（的）」依次是指希羅、造化、希羅，末行的「她的」

則是指造化。好用代名詞，就容易張冠李戴；英文文法之瑣細，簡直是自設陷阱。譯者要是一一直譯交代，豈非自討苦吃？

　　另一可怕的迷宮，是抽象名詞也要插進來攪局，而其分身的代名詞竟然還有陽性、陰性、中性之分，而且分得無理可喻。請看下面這兩段：

> And mutual fear brings peace,
> Till the selfish loves increase;
> Then Cruelty knits a snare,
> And spread his baits with care.
>
> He sits down with holy fears,
> And waters the ground with tears;
> Then Humility takes its root
> Underneath his foot.
>
> ——William Blake: "The Human Abstract"

這種強把抽象觀念擬人化的西洋詩，中國人讀來最覺詩意單薄。前段的擬人格是「殘暴」，後段的則是「自謙」，可是「殘暴」的代名詞是陽性的「他」，「自謙」的代名詞卻是中性的「它」，實在令人困惑。也許男人比較殘暴吧，可是下面的幾段詩又推翻了這假設：

> Love seeketh not Itself to please,
> Nor for itself hath any care;
> But for another gives its ease,
> And builds a Heaven in Hell's despair.
>
> ——William Blake: "The Clod and the Pebble"

Love is swift of foot;

Love's a man of war,

　　　　And can shoot,

And can hit from far.

Who can 'scape his bow?

That which wrought on thee,

　　　　Brought thee low,

Needs must work on me.

　　　　　　——George Herbert: "Discipline"

在浪漫派詩人布雷克看來，愛是中性的或是物性的，而且連說了
三次。但在玄學派詩人侯伯特的眼裡，愛卻是陽性，而且是 man
of war（古代有帆的軍艦，但字面是男性戰士）。如果把布雷克詩
的第一行直譯為「愛並不要滿足它自己」，中文的「它」字並無
意義，還不如根本不譯。至於侯伯特詩的第五行，當然可譯「有
誰能躲過他的箭呢？」其實此地的 his 已經暗示是愛神邱比特在
射箭，也許逕譯「有誰能躲過愛神的箭呢？」更易解吧。下面再
看玄學派詩人克拉蕭詠耶穌降世的一段聖詩：

We saw thee in Thy balmy nest,

Young Dawn of our eternal day!

We saw Thine eyes break from their east,

And chase the trembling shades away.

We saw Thee, and we blest the sight;

We saw Thee by Thine own sweet light.

　　——Richard Crashaw: "In the Holy Nativity of Our Lord God"

短短的六行詩中，竟有十三個代名詞或其所有格，平均每行不止兩個。第三行的 their 指的原主是 eyes；原主本來是「祢的」，但目中自有的曙光，一瞬間竟換了位，變成了「它們的」。這麼曲折的文法根本與中文絕緣。如果逕譯成「我們見祢的目光從它們的東天破曙」，讀者一定不知所云。英文的文法虛字成災，真可謂「負了代名詞的重擔」（pronoun-ridden）。

最後要說到最難對付的一類虛字，包括 where, when，《牛津高階英漢雙解辭典》稱之為「關係副詞」（relative adverb）。這一類虛字，尤其是 where，在中譯裡最難安頓，直譯非常不妥，因為它後面跟的子句多半尾大不掉。其實，在許多場合，根本不必睬它，忘之為吉。丁尼生的名詩〈夏洛之淑女〉（Alfred Tennyson: The Lady of Shalott），有這麼一段：

And up and down the people go,
Gazing where the lilies blow
Round an island there below,
　　The Island of Shalott.

第二行如果從俗，依原文的文法譯為「望著有百合盛開的地方」，也就算不錯了，只是下句就比較難接，而本句的字序也未能遵循。所以不妨把「……的地方」那生硬的公式拋開，譯成：

行人在路上來來往往，
望著一處有百合盛放，
圍著腳底的一個島上，
　　叫做夏洛的小島。

有時候句法緊湊，不容「⋯⋯的地方」那公式迴旋，同時 where 也往往不是指空間，而是指場合、程度或境界。例如頗普（Alexander Pope）的警句：

Fools rush in where angels fear to tread.

如果譯成「天使都不敢踐踏的地方，愚人卻一衝而進」，也不算差了，可是句子太長了，全無原詩的精鍊，讀來不像警句。其實可以完全不理睬 where，而改用古詩體來譯：

　　天使方踟躕，愚夫相競入。

　　英文的成語 Where there's a will, there's a way. 通常都譯成「有志者，事竟成」。當年我讀初中，面對這一個 where，兩個 there，再也想不通為什麼要用這三個虛無縹緲的字眼來說這麼一句怪話。其實這三個虛字根本不必翻，何況要翻也翻不過來。這些轉彎抹角的虛字，只是搭了一個空架子，根本入不了中文。所以只好意譯：「有志者，事竟成」可以，「只要有決心，自然有辦法」也行。

　　白朗寧的名句 Where the heart lies, let the mind lie also. 意思也似乎相近。同樣地，where 也不必理睬。倒是 mind 相當麻煩，因為「心」在中文裡兼有 heart 與 mind 的意思。前面的 heart 如果譯成「心」，後面的 mind 勢必另謀出路。這句詩如果譯成「心之所在，腦應相隨」，也勉強能達意了。不過在中國傳統裡，「腦」字罕見入詩，所以讀起來不像成語，也許可以改為「心之所寄，智之所出」，或者「心之所趨，智亦相隨」。

　　更難纏的，是佛洛斯特的這句名言：Home is the place where,

when you have to go there, they have to take you in。普通的譯者恐怕會譯成：「家是一個當你必須回去他們就必須接受你的地方。」這樣譯不但生硬累贅，而且還有個突兀的「他們」。這種句子又有關係副詞，又有代名詞，真是集虛字之大成。要化解這些，就得先擺平虛字，免得它來攪局。也許可以這樣中譯：「家是這麼一個地方，要是你非去不可，裡面的人就只好留你」或者「有個地方，要是你非去不可，裡面的人只好留你，那就是家」。

郝思曼有一首〈勸酒歌〉（A. E. Housman: Terence, This Is Stupid Stuff），末段說到東方有位君王，為防諸侯陰謀毒害，乃遍嘗毒物，由少而多，久之百毒不侵。最後諸侯在他的肉食與酒中暗下劇毒，覘其必死，竟不得逞。此詩最後幾行如下：

> They put arsenic in his meat
> And stared aghast to watch him eat;
> They poured strychnine in his cup
> And shook to see him drink it up:
> They shook, they stared as white's their shirt:
> Them it was their poison hurt.
> —I tell the tale as I heard told.
> Mithridates, he died old.

倒數第三行的賓格代名詞（objective pronoun）them，在文法上本來是一個不起眼的弱勢字眼，經詩人破格提前，置於一個倒裝句首，彈力陡增，非常驚人。如果還原為 It was them that their poison hurt，彈力就大減了。但是對這樣的反彈句，中文完全無能為力。英文反常語法的優勢，叫再好的譯者也只有望洋興歎了。

　　　　　　　——二〇〇四年五月，出自二〇〇八年《舉杯向天笑》

翻譯之為文體

　　中文的文體若以古今、難易、雅俗、駢散、長短的對比來區分，固然種類繁多，但是大致上可以粗別為文言與白話。文言文當然有駢散之分，不過對仗的駢文畢竟苛求而難工，形式重於內容，使用自然有限；所以散行的古文，筆隨意轉，情由心生，久成文體的主流。詩又不同，律詩與古風幾乎分庭抗禮。

　　白話文當然不是一夕之變，而是從話本與舊小說的文體演化而來，不過五四以後歷經歐風美雨，不但思想大開，而且吸收新語新詞，漸採西方文法，不再是「看官有所不知……且聽下回分解」了。儘管如此，舊小說的語言，雅俗共賞，通俗又通變，在文言與白話之間承上接下，左右逢源，不失為中文文體的「第三空間」。且看《隋唐演義》寫秦瓊金盡，只好忍痛把黃驃馬牽去賣掉：

> 王小二開門，叔寶先出門外，馬卻不肯出門，逕曉得主人要賣他的意思。馬便如何曉得賣他呢？此龍駒神馬乃是靈獸，曉得才交五更。若是回家，就是三更天也備鞍轡，捎行李了。牽棧馬出門，除非是飲水齕青，沒有五更天牽他飲水的理。馬把兩隻前腿蹬定門檻，兩隻後腿倒坐將下去。

這一段文字當然不是文言，卻也不是今日流行的白話文，文藝腔，但是語氣自然，句法靈活，推理細緻，敘事生動，感情深

厚，令人讀來不由落淚。比起今日某些前衛或後現代的小說來，我寧可讀這樣的「演義體」。

五四以來，白話成了中文的主流，至今未滿百年，其文體歷經變化。民初的報刊文章，尤其是社論之類，流行過淺近的文言，從梁啟超到張季鸞，都是此體名家。另一方面，北京話成為國語之後，順口滑舌的「兒化語」一時就「扶正」為新詩與散文的正腔。後來因為英文成了學校的重課，譯文成了西洋文化啟蒙的入口，留學生等等高級知識分子又長久沉浸於西語，漸漸地，白話文裡出現了翻譯的影響。一種新文體終於成形，那便是「翻譯體」，英文謂之 translationese。

早年的文人，文言根柢好，面對西文多能轉化意譯，不致亦步亦趨。後來的一輩又一輩，中文底子日薄，西文濡染日深，不是習焉不察，就是欲拒無力，只有日漸西化下去。中文西化當然不是積極的運動，而是消極的陋習，其來不外兩途：一是來自翻譯、直譯；二是學者或作家明明是在寫作或創作而不是在翻譯，卻因無知、無力或偷懶，而擺不脫西文意識或西文語法的糾纏，筆下的中文乃傾向西化或竟陷入惡性的西化。可悲的是：學者、作家、媒體「示範」於前，一般人以為流行的中文本來應該如此，自然就效顰起來。

中文西化之病，一方面由於作者或譯者中文太弱，在強勢的英文前只好稱臣，一任西風壓倒東風。另一方面是由於英文不夠好，所以無法窺其「虛實」，進而知道如何「應戰」。真正的高手不但要中、英文兼擅，更要經常留心兩種語文何以相異，才能在應戰之際，只顧實拳，不接虛招。此語聽來似乎太玄，其實我用武功的說法，是我翻譯多年的心得，讀者不妨當作我的「譯林祕笈」。

中、英語文各有生態。在文法上，甲之必須，於乙則可有可

無。由此觀之，英文文法的「詞類」（parts of speech）之中，頗有幾類簡直可稱「虛字」，因為在中文的生態之中，那些字眼不過是虛晃一招，在翻譯時往往不需理會。初譯者不知虛實，不敢不理，因而逢招就接。其實有不少「資深」而欠灼見的譯者，也是如此。諸如冠詞、介詞、連接詞、主詞之類，由英文譯成中文，有時，甚至往往，可以不加理會。且列簡例如下：

1. a wonderful idea（妙想、高招）
2. Ms Found in a Bottle（瓶中稿）
3. father and son（父子）
4. I miss you terribly.（想死你了）

此地我要特別強調的，是西文之中，好用代名詞與其所有格（例如 he, his），而中文則少用，往往甚至可免。我翻譯班上的學生曾將 He is his father's only son. 譯成「他是他父親唯一的兒子。」其實只要說「他是獨子」就行了。在美國教中文時，我要美國孩子把 It is raining, isn't it? 譯成中文。結果成了「它是雨了，它不是嗎？」其實中文往往不用主詞，更不用虛設的 it 做主詞：只要說「下雨了，是吧？」或者「下雨了吧？」

　　英文不但好用代名詞，更難纏的是好用 it 來代替前文的抽象名詞或後文的子句；最可怕的，是這種身分的 it 有時更變成複數代名詞，指的是幾個抽象名詞。對於中國的讀者，英文之惑人常是前文說著 an unspoken suspicion，到下一句忽然變成了 it；或是上一句的 such haunting memories 到下一句竟已易容成 them。這種迷宮到了詩裡，更令人茫然四顧。西方詩所以難讀，文法要占一半，西方文法難纏，代名詞可謂禍首。我常說：詩的花園雖然誘人，可惜門口守著文法的惡犬。英文詩也不例外，往往才讀了

幾行，就會遇上幾個來歷不明的代名詞，不知道代的是前面的哪
個名詞。回頭去找，則前面已有三兩名詞；再三核對，實在很難
決定究竟是誰代表了誰。讀英文詩的疲勞，至少有一半是因為要
抓這些文法的逃犯。例如柯立基名作〈午夜之霜〉（S. T.
Coleridge: "Frost at Midnight"）這一段：

> Only that film, which fluttered on the grate,
> Still flutters there, the sole unquiet thing.
> Methinks its motion in this hush of nature
> Gives it dim sympathies with me who live,
> Making it a companionable form,
> Whose puny flaps and freaks the idling Spirit
> By its own moods interprets, everywhere
> Echo or mirror seeking of itself,
> And makes a toy of thought.

這一段說的是詩人霜夜獨坐，靜觀爐架上的煙灰撲動，萬籟俱寂
之中，似與詩人心靈相通。此時詩人正閒情無聊，遍尋自我之回
音或投影，乃依當下之心境來詮釋煙灰輕拍作態之含義，而遐想
自娛。這一段詩只有兩句話：前兩行是一句；後面的六行半是另
一句，文法頗為複雜，主要的骨架是：Its motion gives it
sympathies with me, making it a companionable form, whose flaps
and freaks the idling Spirit, seeking echo or mirror of itself
everywhere, interprets by its own moods, and makes a toy of thought.
這一段不過八行半，細數一下，竟有八個代名詞之多，可見英文
中的代名詞使用之頻。其中 who, whose, which 所代何人何物，十
分明確，但是兩個 it，兩個 its，一個 itself，究竟所指為何，卻要

費神苦找。只有英文很好而文法精通的譯者，才能確定兩個 it 均指 film，第一個 its 是指 film，第二個 its 是指 Spirit，而 itself 也是指 Spirit。

　　問題是：就算譯者能把這些分身的代名詞追溯到個別的名詞本身，他還得設法把眾多的代名詞安置在譯文之中。究竟他應該直譯過來，變成「它，它的，它自己」呢，還是把這些「它族」泯化於無形，免得妨礙中文的生態？如果直譯過來，則兩個「它的」該如何區分，而兩個「它」與「它自己」又如何判別？如何使用中文語法把這些「它族」妥加化解，對譯者中文的功力該是一大考驗，只怕許多譯者都過不了關。

　　英文之難懂、難譯，與代名詞及其所有格使用太頻，很有關係。不要以為拜倫、雪萊的詩好譯；某些淺顯小品當然可解，但是較長較深之作，要讀通都不容易，遑論翻譯了。雪萊有一篇力作〈白朗峰〉（"Mont Blanc"），長一百四十四行，非常雄奇、深峭。僅前兩段四十八行之中，代名詞及其所有格就出現了三十九次，其中包括 I, my, thou, thy, thee, thine, his, they, them, their, it, its, that, which, whose, 平均每一‧二七行就出現一次。如果把這四十八個代名詞全譯過來，不但冗贅瑣碎，而且不合中文生態，全然不像詩句，甚至不像流暢的散文。下面讓我並列一首唐詩與一首古英詩，再加以比較：

　　君問歸期未有期

　　巴山夜雨漲秋池

　　何當共剪西窗燭

　　卻話巴山夜雨時

　　　　　　　　　　　　　　　——李商隱〈夜雨寄北〉

O Western wind, when wilt thou blow

That the small rain down can rain?

Christ, that my love were in my arms

And I in my bed again!

——Anonymous: "Western Wind"

唐詩成於九世紀，英國民歌傳自十五世紀，都是情詩，都是男子遠在他鄉，渴望早日歸去，與所愛重聚。唐詩比較典雅、含蓄，英詩比較熱切、直露，都很感人。我特別要指出的，是唐詩四句裡只有一個代名詞，但是英國民歌裡卻有四個，足見兩種語文的生態很不一樣。中國古詩裡當然不是全然不用代名詞，但是用得極少，而且所指都很明確，不致誤會。例如李白的〈贈汪倫〉：「李白乘舟將欲行，忽聞岸上踏歌聲。桃花潭水深千尺，不及汪倫送我情。」王維的〈渭城曲〉：「渭城朝雨浥輕塵，客舍青青柳色新。勸君更盡一杯酒，西出陽關無故人。」

可惜中國古典詩在文法上這種圓轉無礙的美德，後人未加珍視，五四以來反被西方詩的文法取代，以致文字繁瑣，指涉含糊，讀來大減詩意。茲舉數例以為印證：

你底年齡裡的小小野獸，

它和春草一樣地呼吸，

它帶來你底顏色，芳香，豐滿，

它要你瘋狂在溫暖的黑暗裡。

我越過你大理石的理智殿堂，

而為它埋藏的生命珍惜；

你我底手底接觸是一片草場，

那裡有它底固執，我底驚喜。

——穆旦〈詩八首之三〉

這八行詩中竟有十一個代名詞，其中「它」有五個，前三個全無必要。第四個「它」應該是指「理智殿堂」，卻容易和前三個「它」混淆。第五個「它」指的究竟是「小小野獸」呢，「理智殿堂」呢，還是「一片草場」？如果是指野獸，則不該隔得這麼遠，因為跟第四個「它」太貼近了，似乎不該捨近求遠。這一筆糊塗帳都是濫用代名詞的結果，不但詩意因此含混，文字也糾纏不清。這雖然不是譯詩，卻和一般譯詩一樣難懂。其實，「它要你瘋狂在溫暖的黑暗裡」一句，也有問題。前面已說「它」帶來顏色，怎麼又會黑暗呢？末行的「那裡」，全是英文 where 的用法，在一般譯文中更是常見。

在自由與不自由之間
天鵝們游在公園的湖水上
過路的鷺鷥來了又去了
它們的翅膀沒有剪過
天鵝典雅地生活在
公園的中間狀態
沒有人知道
它們是不是幸福

——鄭敏〈天鵝的翅膀〉

此詩的象徵寄託頗有可取，可惜也因西化的語法而未竟全功。首先，天鵝加了「們」顯然是複數；相對地，鷺鷥未加「們」似乎是單數。偏偏第一個「它們」指的是鷺鷥而非天鵝。第二次說到

天鵝，卻又不加「們」了，偏偏第二個「它們」說的卻是天鵝。採用西化的複數詞卻不認真貫徹，實在徒增紛擾。其實一首小詩何必大動複數代名詞呢？如果第一個天鵝不加「們」，而兩個「它們」都改成各自代表的名詞本身，第一個改成「鷺鷥」，第二個改成「天鵝」，這首小詩就玲瓏多了。

俗傳曹丕逼曹植七步成詩，謂之〈七步詩〉：「煮豆燃豆萁，豆在釜中泣，本是同根生，相煎何太急？」此詩如用西化語法來寫，說不定會變成：「煮豆燃豆萁，它在釜中泣，它們同根生，煎它何太急？」

> 然後，雨雲出現了
>
> 陰黑了青山
>
> 它在天空的地板上狂馳
>
> 充滿了急躁與愛情
>
> 一把抓住海的長髮
>
> 將她向後推搡
>
> 閃電瞧著她的臉
>
> 要求她坦白自己的夢
>
> 海順從了它的暴力
>
> 月亮黑了
>
> 只有海浪敲打著岩石
>
> 要進入它的胸膛
>
> 但岩岸捏緊
>
> 她那撕抓擊打的手
>
> 將它劫回她那原始的洞穴
>
> ——鄭敏〈雲〉

十五行中動用了九個代名詞，變得複雜而又迂迴。第一個「它」
應該指雨雲。第二個「它」當仍指雨雲，但是靠閃電太近，容易
誤會是指閃電。第三個「它」應該是指前一行的岩石，但也容易
誤會是仍指雨雲。三個「它」糾纏不已，字同而所指不同，最是
惱人。五個「她」應該都是指海，但第四個也像在指海浪。剩下
單獨一個「他」，顯然是指岩岸了。雲、海、岸三者的戲劇關係，
本來可以寫得更生動而具體，卻各戴上了「它、她、他」的代名
詞面具，變得間接而且抽象。李白的妙喻：「抽刀斷水水更流，
舉杯消愁愁更愁。」多麼明快醒目，萬一遭西化派點金成鐵，改
成了「我抽刀斷水它更流，我舉杯消愁它更愁」，就神氣全非了。
馮至的《十四行集》有意把西方的古典詩體引進中國新詩，在哲
理的探討上有其貢獻，可惜他在句法上未能完全擺脫西方的語
態，所以有時他的創作不免近似譯文，而代名詞，尤其是第一人
稱的複數，用得太多，正是一大原因。下面引述的這四行，當可
印證：

　　什麼能從我們身上脫落，
　　我們都讓它化作塵埃；
　　我們安排我們在這時代
　　像秋日的樹木，一棵棵

　　　　　　　　　　　　——馮至〈十四行之二〉

四行中有五個代名詞，似乎多了。四個「我們」之中有兩個簡直
構成了「反身動詞句」（reflexive verb structure）。第三行簡直就
像 We set ourselves in this age. 的直譯。
　　譯文體正是今日中文的變體，在文言文、白話文、舊小說文
體之外，成為第四文體。第四文體不一定限於譯文，也包括直接

受西文影響與間接受譯文薰陶的寫作甚至創作。正如混血種能兼兩族之美，最好的譯文體也可以美得出奇；但是譯文體也往往失控，會淪為非驢非馬的怪胎。不幸的怪胎正暗暗地侵蝕中文瀕危的生態。

> 在所有這些混亂的展出品當中，他的作品〈塞納河〉突然能令我們駐足以觀……但是這種狂熱似的評語並不足以做為一般群眾之普通反應的徵兆。

比起這種「怪胎體」來，我在文首所引的那一段《隋唐演藝》顯然好懂多了，也好看多了。有時候，今日的許多白話文作品比古文還要難懂。

　　　　——二〇〇六年七月九日，出自二〇〇八年《舉杯向天笑》

文法與詩意

阿西曼達斯　雪萊

我遇見來自古國的旅人，
說：軀體不存的兩柱石足
矗立在大漠……在近旁，半沉
在沙裡，更有具破臉，怒眉緊蹙，
唇角下撇，君臨天下而冷笑。
足見雕師通透那桀驁心情，
刻入這頑石，仍栩栩如生，
而雕者的手，像主的心已朽掉。
座基上仍可見兩句碑銘：
「吾乃阿西曼達斯，萬王之王，
觀吾大業，眾霸主，誰能模仿！」
除此更了無一物，巨像已塌，
虛墟四顧是無限的空曠，
平沙寂寂一直遠伸到天涯。

越過沙洲　丁尼生

落日西沉，有黃昏星，
　有朗朗召我的呼喚！
但願我要出海的時辰

　　　　沙洲上沒有悲歎，

　　只有輕移如寐的晚潮，
　　　滿得無聲也無浪：
　　當初誰來自無邊的浩淼，
　　　此刻要回鄉。

　　暮色沉沉，晚鐘聲聲，
　　　接下來便是黑暗！
　　但願沒有訣別的傷心，
　　　當我要上船。

　　從人世間時空的範疇
　　　潮水或載我遠行，
　　但願能親見我的舵手，
　　　當我越過了沙汀。

此地我譯的這兩首詩：雪萊的〈阿西曼達斯〉（"Ozymandias"）與
丁尼生的〈越過沙洲〉（"Crossing the Bar"），在一般英國詩選中
乃必選之作。雪萊所寫的埃及法老王，譯音本應作「阿西曼地亞
斯」，在句中嫌長，雪萊算音拍時也把 dias 只算一拍，我乃縮為
五字。雪萊這首詩，顯然是要採用十四行體，但是他不擅寫十四
行詩，所以每寫必錯，既非意大利原體，也非英國的變體，有點
不上不下。不過，以商籟而言雖然不工，寫出來的卻是一首好
詩，我在朗誦會上常常選用。

　　雪萊自己不按格律押韻，我也就不客氣，不全遵守他的韻
序。他的韻序是 ababacdc，edefef；我的則是 ababcddc，deefef。

阿西曼達斯指的是公元前十三世紀的埃及君王蘭姆西斯二代（Ramses II）；雪萊作此詩，在一八一七年，正是拿破崙囚於聖赫麗娜島之第三年，當有影射之意。譯文倒數第四行的「眾霸主」一詞，原文為 ye Mighty；ye 乃古文第二人稱複數，故譯為「眾」。但 Mighty 亦可指神，加上 ye 字，似乎順理成章，可譯「眾神」。可是公元前一世紀希臘史家席庫勒斯（Diodorus Siculus）曾謂：「埃及最巨大的雕像上有題辭：『吾乃阿西曼達斯，萬王之王；任誰欲問吾為何人，長眠何地，曷就吾之功業，一較短長。』」（I am Ozymandias, King of Kings; if anyone wishes to know what I am and where I lie, let him surpass me in some of my exploits.）此地之「任誰」顯然是指人而非神。

　　此詩之文法有一陷阱，在第五行至第八行，原文是：Tell that its sculptor well those passions read / Which yet survive, stamped on these lifeless things, / The hand that mocked them, and the heart that fed. 譯者必須看清文法，看出 them 是指 passions，而 fed 的受詞也是 them，但被省去。最重要的是，譯者應該知道 survive 乃及物動詞，才能去追蹤其受詞：the hand，the heart。這一層關係不能掌握，譯文就會不知所云。The hand that mocked them 意為雕者的手描摹了君王的表情；the heart that fed（them）意為君王的心流露出面上的那些表情。原文自第三行後半截一直到第八行末，一氣呵成，用意深刻，但文法斷而再接，頗為曲折。如果按文法來譯，勢必尾大不掉，淪為冗贅的散文，所以我快刀斬亂麻，乾脆斷為兩句。細心的讀者若能讀通原文，看透文法，當解吾意。

　　丁尼生的〈越過沙洲〉真如中文成語所云：「視死如歸」，所以他有遺言，凡他的詩選，都應將此詩置於卷末。此詩分成短段，文法並不曲折，不算難譯，但粗心的譯者也常落入陷阱。誤

譯常在第一段與第二段交接之處，其原文如下：

And may there be no moaning of the bar,
When I put out to sea,

But such a tide as moving seems asleep,
Too full for sound and foam,

一般譯者沒注意第一段末的標點不是句號，而是逗點，因此文法也好，文意也好，必須連接下一段始能完成。同時，下一段首的 but 並非連接詞，所以不能譯成「但是」；而是介詞，意為「除了」，在文法上乃上承前一段的 no。在文法上，When I put out to sea 乃插入的副詞子句（adverbial clause）。文法的主脈是 May there be no moaning of the bar but such a tide as...。有些譯者把 but 譯成「但是」，卻忽略了後面根本找不到主動詞，足見 but 絕非連接詞。

譯界常有「唯詩人始可譯詩」之說，未必正確。詩人創作，「獨贏」便可，若奢言譯詩，卻必具「雙贏」的功力。姿態降低一點，說法平實一點，我們倒不妨說：「未入文法之門，莫闖譯詩之宮」。

——二〇〇七年三月，出自《舉杯向天笑》

唯詩人足以譯詩？

1

　　譯界久有「唯詩人足以譯詩」之說，其實未必盡然。當代的譯詩名家如梁實秋、施穎洲、楊憲益、王佐良、許淵沖、魏里、霍克思（David Hawkes）、彭鏡禧、金聖華等，均非詩人。儘管如此，卻沒有人認為「唯散文家足以譯散文」，或者「唯小說家足以譯小說」。可見詩在各種文體之中，該是最難翻譯，所以似乎應由當行本色的詩人來應付。其實詩人大半不足以譯詩，因為寫詩可以選擇自己熟悉的主題與詩體，而譯詩卻必須遷就原詩的主題與詩體，躲避不掉。寫詩乃展己之長，譯詩卻是成人之美。目前的新詩人十之八九都自稱是在寫自由詩，於格律詩素欠鍛鍊，一旦要譯西方的格律詩如十四行詩（sonnet）或四行體（quatrain），怎麼就有功力應付？自由詩善放而不善收，怎麼能應付收斂有度的古典詩？所以硬譯之態，不是句長失控就是押韻勉強，甚至放棄押韻。

　　此外，譯者在自己的母語之外，至少得通一種外文。如果他將外文詩譯成母語，就必須充分了解外文，並充分掌握母語，而對於原文涉及的主題也應具適度的知識。所以我常說，譯者是不寫論文的學者，沒有作品的作家。準此，則譯者也是一種學者。但是一般的詩人未必是夠格的學者，甚至未必是詩學家；而另一方面，往往也不是兼擅雙語的通人。

2

　　當年我在南京讀高中，國文課本裡竟然有譯詩，令我十分驚喜。原文是拜倫的〈哀希臘〉（"The Isles of Greece"），由拜倫後期的長篇傑作《唐璜》摘出。〈哀希臘〉一詩三譯，詩體各殊：蘇曼殊譯成五古，馬君武譯成七古，胡適則譯成騷體。我一收到課本，就發現這三篇譯文，吟誦再三，非常感動，心想「有為者當如是也」，他日我也要譯詩。

　　這三位譯者都是詩人：蘇曼殊與馬君武本來就是古典詩人；胡適的氣質並非詩人，雖然適逢新舊交替，乘潮而起，成了新詩的先驅，詩藝實在不精，幸而他的譯文用了騷體，而非生澀淺白的語體，所以吟詠起來遠勝於他刻意鼓吹的白話詩。

　　中西詩人譯詩蔚為盛況，分析起來大致不外三途：將外語詩譯成母語；將母語詩譯成外語；將自己的詩譯成外語。

　　第一類將外語詩譯成自己的母語，應該最為常見：因為此一過程所要求的，是對外語的了解，加上對母語的掌握，其方向是「入境」，入母語之語境。相反地，第二類將母語詩譯成外語，要具備的條件是對母語的了解，加上對外語的掌握，其方向是「出境」，也就是入外語之語境，畢竟不如第一類那麼方便，順手。因此五四以來中國詩人如胡適、郭沫若、徐志摩、梁宗岱、卞之琳、馮至、穆旦等大都是將外文詩譯成中文，卻罕見將中文詩譯成外文。在英語世界，外詩（古詩）英譯也常出詩人之手，有名的例子包括齊阿地（John Ciardi）所譯但丁的《神曲》、華納（Rex Warner）所譯尤利比底斯的《米蒂亞》、葛瑞格利（Horace Gregory）所譯的卡大勒思抒情詩、甘寶（Roy Campbell）所譯的卡德隆的《人生如夢》。但是將英文詩倒譯成外文的卻少見，倒譯成古文的更不可能。古代的情況也如此，一部英國文學史，從魏亞特爵士（Sir Thomas Wyatt）與塞瑞伯爵（Henry Howard, the

Earl of Surrey）到蔡普曼（George Chapman），朱艾敦（John Dryden）、頗普（Alexander Pope）、庫伯（William Cowper）與羅賽蒂（D. G. Rossetti），眾多詩人所譯的莫非荷馬、但丁、維榮的作品。

3

不過將外語詩，尤其是古外語詩譯成母語，有一個含糊的地帶，那地帶不能算是正式的翻譯，只能算是「改編」（adaptation），「改寫」（rewriting），「整容」（transfiguration），或「脫胎換骨」（transformation），亦即莎士比亞所說的「海變」（sea change / into something rich and strange）。例如江森的名詩〈贈西麗亞〉（Ben Jonson: "To Celia"），就是取材自希臘辯士費洛斯崔特斯的《書翰集》（*Philostratus: Epistles*）五段文字，加以整編，改寫成詩，傳後迄今而享譽不衰。另一佳例是頗普的名詩〈隱居〉（Alexander Pope: "Solitude"），乃自羅馬詩人霍瑞斯的〈長短句：第二篇〉（Horace: "Epode II"）摹擬而來；據說當時頗普只有十二歲，真是神童。

現代詩的顯例可舉龐德的「名作」"The River-Merchant's Wife: A Letter"。這首詩其實是譯自李白的樂府〈長干行〉；原詩與譯詩如下：

長干行

妾髮初覆額，折花門前劇。
郎騎竹馬來，遶床弄青梅。
同居長干里，兩小無嫌猜。
十四為君婦，羞顏未嘗開。

低頭向暗壁，千喚不一回。
十五始展眉，願同塵與灰：
常存抱柱信，豈上望夫臺？
十六君遠行，瞿塘灩澦堆，
五月不可觸，猿聲天上哀。
門前遲行跡，一一生綠苔，
苔深不能掃，落葉秋風早。
八月蝴蝶黃，雙飛西園草，
感此傷妾心，坐愁紅顏老。
早晚下三巴，預將書報家。
相迎不道遠，直至長風沙。

The River-Merchant's Wife: A Letter

While my hair was still cut straight across my forehead
I played about the front gate, pulling flowers.
You came by on bamboo stilts, playing horse,
You walked about my seat, playing with blue plums.
And we went on living in the village of Chokan:
Two small people, without dislike or suspicion.

At fourteen I married My Lord you.
I never laughed, being bashful.
Lowering my head, I looked at the wall.
Called to, a thousand times, I never looked back.

At fifteen I stopped scowling,

I desired my dust to be mingled with yours

Forever and forever and forever.

Why should I climb the lookout?

At sixteen you departed,

You went into far Ku-to-yen, by the river of swirling eddies,

And you have been gone five months.

The monkeys make sorrowful noise overhead.

You dragged your feet when you went out.

By the gate now, the moss is grown, the different mosses,

Too deep to clear them away!

The leaves fall early this autumn, in wind.

The paired butterflies are already yellow with August

Over the grass in the West garden;

They hurt me. I grow older.

If you are coming down through the narrows of the river

　　Kiang,

Please let me know beforehand,

And I will come out to meet you

As far as Cho-fu-sa.

先論詩體，原詩是五古，換韻自由，共有四韻。英譯沒有押韻，不必苛求；句長相當參差，與原詩頗有出入，幸而句型大半是西方詩的煞尾句（end-stopped line），和漢詩相去不遠。再論詩意，就頗有訛誤。「竹馬」誤為 bamboo stilts，不可思議。「抱柱信」的典故躲掉了，情有可原；就算勉強譯出，又要加注，反而不

美。「五月不可觸」是指峽石當流，夏日水漲成了暗礁，舟人難防，不是夫君遠行，一連五個月失去聯絡之意。「一一生綠苔」誤成 the different mosses，更難明其意。「八月蝴蝶黃」譯成 yellow with August，很美，但是古中國的八月已入白露、秋分，應該譯成 September 了。至於「感此傷妾心，坐愁紅顏老」之美，遠非英文的 They hurt me. I grow older 之淺白無趣可比，但也不必奢求了。

倒是原詩的三個地名「長干里、瞿塘灩澦堆、長風沙」變成了有音而無意的 Chokan, Ku-to-yen, Cho-fu-sa，簡直抽象得毫無詩意，尤其「長風沙」與「道遠」的呼應更完全失去。其實龐德根本不通中文，連粗通都說不上。他這麼收編中國文學，擴據詩經與李白，大半是依賴費內羅沙的遺孀提供乃夫的稿件。逕以譯詩自命，其實只是轉譯，當然隔靴搔癢，不但地名和化，連李白的大名竟也以 Rihaku 的面貌出現。龐德是現代主義的教父，更是海明威、喬艾斯、艾略特，尤其是艾略特的師兄。他兼通多種語文，有意融貫「古今英外」，最喜歡向古典與中世紀甚至東方的傳統去串聯轉化，翻新主題與詩體，其結果簡直像國際文學的公然走私，那些假翻譯為創作的「作品」也頗像現代繪畫的拼貼藝術（collage）。他的師弟艾略特更大言不慚宣稱龐德「發明了中國詩」。前輩葉慈也指出他的詩：「風格多於形式……像一個才氣橫溢的即興作家，只瞄一眼某卷不知來歷的希臘傑作，逕自迻譯了起來。」

4

我一生寫詩近一千首，譯詩當在四百首以上：譯詩之中大半是將英美詩譯成中文，另有六十首是土耳其現代詩經英譯轉譯而來。至於將中文詩譯成英文，也接近二百首，其中超過一百首是

英譯我自己的創作。餘下的便是我將中國的古典詩詞與臺灣其他詩人的創作譯成英文。我可以毫不猶豫地宣稱：我中譯的英美詩，比起龐德英譯的漢詩如〈長干行〉與〈何草不黃〉來，當然貼近原詩得多，因為我對自己母語掌握不會遜於龐德之於英語，而我對英美詩的了解必然遠高於龐德之於漢詩。我這麼說，並無自誇之嫌，因為英語納入我國語文課本，成為中學必修的第一外語，已近百年：中國人的英語程度當然遠高於英美人的中文程度。實際的情況是：中國人學英語已經這麼久，學好了沒有還難說，但是自己的中文卻相對疏遠了，不但疏遠了，而且在英文的壓力下，變得愈來愈西化，有時甚至淪為惡性西化。時至今日，用中文來譯英文，遠比用英文來譯中文「順手」，因為濡染既久，中文「遷就」英文早成習慣，而英文根本還沒有開始「遷就」中文。且以崔顥的〈橫塘〉為例：

家臨九江水，
來去九江側；
同是長干人，
生小不相識。

其中的詩意，換了是經過英文「洗禮」（洗腦）的一般新詩人來寫，可能如下：

我家啊就在長江的邊上，
所以來來去去都不外岸邊；
我們原來是南京的同鄉，
卻從小就沒有機會見面。

所謂新詩究竟「新」在哪裡呢？無非是文法打扮得西化些，多攙些囉嗦的虛字冗詞進去。因此今日，用已經西化成習的中文來譯英文，當然比用尚未漢化的英文來譯中文「順手」得多。我中譯英詩，對於原文的格律，認真亦步亦趨，緊追其段式、句式、韻式，讀者僅憑譯文就看得出原詩的體貌和節奏。且以朱艾敦的〈論米爾頓絕句〉（"Epigram on Milton"）為例：

Three poets, in three distant ages born,
Greece, Italy, and England did adorn.
The first in loftiness of thought surpassed,
The next in majesty, in both the last:
The force of nature could no farther go;
To make a third, she joined the former two.

三位詩人，遠生在三個時代，
為希臘、意大利、英國添光采。
第一人以思想之高超出眾，
第二人以雄偉，第三人兼通：
造化之功更無力向前推移，
為生第三人惟將前二人合一。

朱艾敦此詩用的體裁是英雄體的偶句（heroic couplet）。下列佛洛斯特的名詩〈雪晚林邊歇馬〉（"Stopping by Woods on a Snowy Evening"）的獨特詩體，則是將英詩傳統最常見的四行體與但丁《神曲》使用的三行連鎖體（terza rima）巧加結合。即使在我的譯文中，讀者也看得出此詩的體態：

我想我認得這座森林。
林主的房子就在前村；
卻見不到我在此歇馬，
看他林中飄滿的雪景。

我的小馬一定很驚訝，
周圍望不見什麼人家，
竟在一年最暗的黃昏，
寒林和冰湖之間停下。

馬兒搖響身上的串鈴，
問我這地方該不該停。
此外只有微風拂雪片，
再也聽不見其他聲音。

森林又暗又深真可羨，
但是我已經有約在先，
還要趕多少路才安眠，

Whose woods these are I think I know.
His house is in the village though;
He will not see me stopping here
To watch his woods fill up with snow.

My little horse must think it queer
To stop without a farmhouse near
Between the woods and frozen lake

The darkest evening of the year.

He gives his harness bells a shake
To ask if there is some mistake.
The only other sound's the sweep
Of easy wind and downy flake.

The woods are lovely, dark, and deep.
But I have promises to keep,
And miles to go before I sleep,
And miles to go before I sleep.

格律詩要譯得工整，難能可貴，但是所謂自由詩要譯得流暢卻不落入散文化，也絕非易事。下面我所譯的艾略特中期作品〈三智士朝聖行〉（"Journey of the Magi"），限於篇幅，只引其首段：

"A cold coming we had of it,
Just the worst time of the year
For a journey, and such a long journey:
The ways deep and the weather sharp,
The very dead of winter."
And the camels galled, sore-footed, refractory,
Lying down in the melting snow.
There were times we regretted
The summer palaces on slopes, the terraces,
And the silken girls bringing sherbet.
Then the camel men cursing and grumbling

And running away, and wanting their liquor and women,

And the night-fires going out, and the lack of shelters.

And the cities hostile and the towns unfriendly

And the villages dirty and charging high prices:

A hard time we had of it.

At the end we preferred to travel all night,

Sleeping in snatches,

With the voices singing in our ears, saying

That this was all folly.

「好冷的，那次旅途，

撿到一年最壞的季節

出門，出那樣的遠門。

道路深陷，氣候凌人，

真正的隆冬。」

駝群擦破了皮，害著腳痛，難以駕馭，

就那麼躺在融雪之上。

好幾次，我們懊喪地想起

半山的暑宮，成排的坡屋，

還有綢衣少女進冰過的甜食。

然後是駝奴們罵人，發牢騷，

棄隊而逃，去找烈酒和女人，

營火熄滅，無處可投宿，

大城仇外，小城不可親，

村落不乾淨，開價還很高：

苦頭，我們真吃夠。

終於我們還是挑夜裡趕路，

趕一陣睡一陣，

而一些聲音在耳邊吟唱，說

這完全是愚蠢。

5

我將母語譯成英文，有三種方式。第一種是譯中國古典詩，第二是譯當代臺灣的新詩，第三則是譯自己的詩。譯古詩為英文，最難。古詩用語簡潔，少用英文慣用的前置詞、連接詞、代名詞，甚至主詞與受詞，但在英譯時常需補足，所以譯文的句子常會冗長。例如「江村、江月、江風」一類複合名詞，到了英文裡面就無法保持簡潔，不可逐譯 river village, river moon, river breeze。例如「一樽還酹江月」在英譯時就得補上主詞與前置詞，說成什麼 Let me offer libation to the moonlit river。如果譯成 I'll pour a cup of wine on the moon's reflection on the river，就更不像詩了。典故也是一大難題：如果要直譯，不但難懂、冗贅，而且阻礙了上下文的暢流；如果意譯，又會喪失歷史或神話的呼應。至於地理的專有古稱，例如「吳頭楚尾」、「塞北江南」、「樓船夜雪瓜洲渡，鐵馬秋風大散關」之類，到了英文裡都變得平面而抽象。更大的困境是韻律：五言或七言的奇偶相濟不可能轉為英詩行中的頓挫（caesura），平仄的呼應更無能為力。韻要押得穩當而又自然，亦大費周章。要安排可押之字在句尾出現，往往牽一髮而動全身，非句法之高手不能為功。要是讓人看出是勉強在「湊韻」，就不足道了。我英譯的古詩不過三十首，有一些是因為寫英文論文需要引證，只能自己動手來譯。下面是蘇軾的七絕名作〈題西林寺壁〉、顧敻的詞〈訴衷情〉與我的英譯：

題西林寺壁

橫看成嶺側成峰，

遠近高低各不同。

不識廬山真面目，

只緣身在此山中。

Inscribed on the Wall of Xilin Temple

A ridge in full view, but, sideways, a peak:

With distance and angle the spectacles change.

The truth about Mount Lu is hard to tell

So long as you're within the mountain range.

訴衷情

永夜拋人何處去？

　絕來音，

　香閣掩，

　眉斂，

　月將沉，

爭忍不相尋？

　怨孤衾，

　換我心，

　為你心，

始知相憶深。

The Heart's Complaint

Whither have you gone all night long,

    Message there is none?

    My bower's shut,

    My brows knit,

    The moon about to set.

How could you refrain from coming?

    O the lonely bed:

    Just trade your heart with mine

    To know how much I pine.

6

臺灣現代詩人之中有好幾位身兼學者，並通英文，而且英譯過自己的詩，甚至編譯過臺灣的現代詩選：葉維廉和張錯都是顯例。齊邦媛為國立編譯館主編的英譯《臺灣現代文學選》中，我也參加翻譯，英譯過約八十首詩。至於我英譯自己的詩八十五首，也已出版了中英對照本《守夜人》（*The Night Watchman*），由臺北九歌出版社印行。

整部英國文學史中，似乎從未有詩人自譯其詩為外文甚至出版專書的例子。西方詩人成名後，可以等外國的譯者來譯介其詩，不勞自己來動手。何況歐洲的作家與學者往往兼通一種甚至數種外文，尤其是歐洲的幾大語系。時至今日，英文實際上已成世界語，因此英、美、加、澳、紐西蘭、南非，甚至印度的作家，只要寫好母語，就不愁沒有外國讀者，直接來讀原文，或間接來讀譯本。白居易和蘇軾不必面對這問題，朝鮮、日本、安南的讀書人都懂漢詩。他們只要把漢文寫好，根本無需學習外文，更不勞自己來譯詩。但是今日亞洲的詩人，包括以中文為母語的

詩人，如要贏得英語世界的知音，就必須借助於**翻譯**。譯詩的高手顯然少於其他文類，於是詩人而能譯詩者，就只有自己來動手了。

有人說，有三件事情只能用母語來做：吵架、遺囑、寫詩。我可以用英文寫論文，但是除遊戲之作，從未打算用英文來抒情、寫詩。不過翻譯自己的詩是另一回事，因為感情已經表現完整，只要用另一種語文來呈現。誤解，當然不會，但是要說得跟母語一樣好，卻不可能。只能盡力逼近原文，至於能逼多近，就要靠英文的功力了。

我讀英詩，畢竟有六十多年了，而教英美詩，前後也有三十多年，英詩的意象、節奏、韻律、句法早已深入我的感性，成為我詩藝的一大來源。英詩的基本節奏，諸如抑揚五步格（iambic pentameter）與抑揚四步格（iambic tetrameter）等等，久已為我的聽覺所吸收，變成我呼吸的習慣了。因此我的詩分段時，自然吸收了英詩的段式（stanzaic structure），而一氣呵成不分段時，英詩的無韻體（blank verse）自然就融入了中國的七言古詩，一方面一句橫跨數行甚至十行以上，另一方面又隨機押韻、轉韻，其結果是大開大闔，兼有兩者的彈性與氣勢。我的詩得益於英詩既如此之多，反過來譯成英文時非但不會格格不入，反而裡應外合，順理成章，與英譯中文古詩之難以交融，大不相同。

雪萊曾經英譯過希臘、羅馬、西班牙與德國的詩，篇幅雖然不長，但是也不失為有益的鍛鍊。但丁的《神曲》他雖然只譯過五十多行，但也練習了三行換韻的連鎖體，俾在他的名作〈西風頌〉中，將此體與十四行詩巧妙結合，開闔吞吐，十分壯闊。我在熟讀英詩，久教英詩之外，更漢譯了兩百多首英美詩，下的功夫超過雪萊很多。凡此種種的自我鍛鍊，等到我英譯自己的創作時，真正像「養兵千日，用於一朝」所言，自然合成一氣，為我

所用。對於兼通雙語的詩人說來，創作與翻譯相輔相成，都有助於自己的詩藝。以下且引我英譯自己的詩四首：兩首是分段的格律詩，另外兩首是不分段落的整體詩，一半上承中國的「古風」，一半旁採西方的「無韻體」，看看我是否真能融匯中西，提煉出合金來：

民歌

傳說北方有一首民歌
只有黃河的肺活量能歌唱
從青海到黃海
　　風　也聽見
　　沙　也聽見

如果黃河凍成了冰河
還有長江最最母性的鼻音
從高原到平原
　　魚　也聽見
　　龍　也聽見

如果長江凍成了冰河
還有我，還有我的紅海在呼嘯
從早潮到晚潮
　　醒　也聽見
　　夢　也聽見

有一天我的血也結冰

還有你的血他的血在合唱
從 A 型到 O 型
　哭　　也聽見
　笑　　也聽見

A Folk Song

By legend a song was sung in the north
By the Yellow River, with her mighty lungs.
From Blue Sea to Yellow Sea,
It's heard in the wind,
And heard in the sand.

If the Yellow River froze into icy river,
There's the Long River's most motherly hum.
From the plateau to the plain,
It's heard by the dragons,
And heard by the fish.

If the Long River froze into icy river,
There's myself, my Red Sea howling in me.
From high tide to low tide,
It's heard full awake,
And heard full asleep.

If one day my blood, too, shall freeze hard,
There's the choir of your blood and his blood.

From type A to type O,

It's heard while crying

And heard while laughing.

冰姑，雪姨
——懷念水家的兩位美人

冰姑你不要再哭了

再哭，海就要滿了

北極熊就沒有家了

許多港就要淹了

許多島就要沉了

不要再哭了，冰姑

以前怪你太冷酷了

可遠望，不可以親暱

都說你是冰美人哪

患了自戀的潔癖

矜持得從不心軟

不料你一哭就化了

雪姨你不要再逃了

再逃，就怕真失蹤了

一年年音信都稀了

就見面也會認生了

變瘦了，又匆匆走了

不要再逃了，雪姨

以前該數你最美了
降落時那麼從容
比雨阿姨輕盈多了
潔白的芭蕾舞鞋啊
紛紛旋轉在虛空
像一首童歌，像夢

不要再哭了，冰姑
鎖好你純潔的冰庫
關緊你透明的冰樓
守住兩極的冰宮吧
把新鮮的世界保住
不要再哭了，冰姑

不要再躲了，雪姨
小雪之後是大雪
漫天而降吧，雪姨
曆書等你來兌現
來吧，親我仰起的臉
不要再躲了，雪姨

Aunt Ice, Aunt Snow
—in memory of two beauties in the Water family

Aunt Ice, please cry no more
Or the seas will spill all over,
And homeless will be the polar bear,
And harbors will be flooded,
And islands will go under.
Cry no more please, Aunt Ice.

We blamed you for being so cold,
Fit to behold, but not to hold.
We called you the Icy Beauty,
Mad with self-love on keeping clean,
Too proud ever to become soft.
Yet, when you cry so hard, you melt.

Aunt Snow, please hide no more
Or you will truly disappear.
Almost a stranger year after year,
When you do come, you're less familiar,
Thinner and gone again sooner.
Please hide no more, Aunt Snow.

You were beloved as the fairest:
With such grace you used to descend,
Even more lightly than Aunt Rain.
Such pure white ballerina shoes
Drift in a whirl out of heaven
Like a nursery song, a dream.

Cry no more please, Aunt Ice.

Lock up your rich treasury,

Shut tight your translucent tower,

And guard your palaces at the poles

To keep the world cool and fresh.

Cry no more please, Aunt Ice.

Hide no more please, Aunt Snow.

"Light Snow is followed by Heavy Snow."

Descend in avalanche, Aunt Snow!

Your show the Lunar Pageant waits.

Come and kiss my upturned face.

Hide no more please, Aunt Snow.

如果遠方有戰爭

如果遠方有戰爭，我應該掩耳

或是該坐起來，慚愧地傾聽？

應該掩鼻，或應該深呼吸

難聞的焦味？　我的耳朵應該

聽你喘息著愛情或是聽榴彈

宣揚真理？　格言，勳章，補給

能不能餵飽無饜的死亡？

如果有戰爭煎熬一個民族，在遠方

有戰車狠狠地犁過春泥

有嬰孩在號咷，向母親的屍體

號咷一個盲啞的明天

如果一個尼姑在火葬自己

寡慾的脂肪炙響一個絕望

燒曲的四肢抱住涅槃

為了一種無效的手勢。如果

我們在床上，他們在戰場

在鐵絲網上播種著和平

我應該惶恐，或是該慶幸

慶幸是做愛，不是肉搏

是你的裸體在懷裡，不是敵人

如果遠方有戰爭，而我們在遠方

你是慈悲的天使，白羽無疵

你俯身在病床，看我在床上

缺手，缺腳，缺眼，缺乏性別

在一所血腥的戰地醫院

如果遠方有戰爭啊這樣的戰爭

吾愛，如果我們在遠方

If There's a War Raging Afar

If there's a war raging afar, shall I stop my ear

Or shall I sit up and listen in shame?

Shall I nip my nose or breathe and breathe

The smothering smoke of troubled air? Shall I hear

You gasp lust and love or shall I hear the howitzers

Howl their sermons of truth? Mottoes, medals, widows,

Can these glut the greedy palate of Death?

If far away a war is frying a nation,

And fleets of tanks are ploughing plots in spring,

A child is crying at its mother's corpse

Of a dumb and blind and deaf tomorrow;

If a nun is squatting on her fiery bier

With famished flesh singeing despair

And black limbs ecstatic round Nirvana

As a hopeless gesture of hope. If

We are in bed, and they're in the field

Sowing peace in acres of barbed wire,

Shall I feel guilty or shall I feel glad,

Glad I'm making, not war, but love,

And in my arms writhes your nakedness, not the foe's?

If afar there rages a war, and there we are-

You a merciful angel, clad all in white

And bent over the bed, with me in bed

Without hand or foot or eye or without sex

In a field hospital that smells of blood.

If a war O such a war is raging afar,

My love, if right there we are.

翠玉白菜

前身是緬甸或雲南的頑石

被怎樣敏感的巧腕

用怎樣深刻的雕刀

一刀刀，挑筋剔骨

從輝石玉礦的牢裡

解救了出來，被瑾妃的纖指
愛撫得更加細膩，被觀眾
豔羨的眼神，燈下聚焦
一代又一代，愈寵愈亮
通體流暢，含蓄著內斂的光
亦翠亦白，你已不再
僅僅是一塊玉，一顆菜
只因當日，那巧匠接你出來
卻自己將精魂耿耿
投生在玉胚的深處
不讓時光緊迫地追捕
凡藝術莫非是弄假成真
弄假成真，比真的更真
否則那栩栩的蟲斯，為何
至今還執迷不醒，還抱著
猶翠的新鮮，不肯下來
或許，他就是玉匠轉胎

The Emerald White Cabbage

Ore-born of Burmese or Yunnan descent,
By whose hand, sensitive and masterly,
Driving and drilling its way so surely,
Leaving clean all the tendons and bones,
Are you released from the jadeite jail?
Refined further by the fingers of Jin,
The royal concubine, and polished bright

By the spectators' adoring gaze

Focused under the light, year after year,

Until a liquid clarity is lit within,

Verdant and pearly; no longer are you

Merely a piece of jade or a cabbage

Since the day the sculptor set you free

And left, instead, his own devoted soul

Reincarnate in the womb of the jade,

Beyond the relentless pursuit of time.

Art is simply play become truth,

Truth at play, even truer than real.

Or why is that vivid katydid,

Unmoved in its belief, still holding on

To the fresh green without regret?

Perhaps it's the sculptor in his rebirth⋯

半世紀來臺灣的現代詩已習於不用標點符號，讀者勢必自己去分段、斷句，決定某一行詩究竟是起句還是續句，是承先還是啟後，因此易生誤會。我英譯自己的詩，一定加上標點，以便釐清文意，方便讀者，同時也表示自己的詩是經得起文法的考驗的。其實一首詩如果通不過文法的究詰，恐怕命意本就不清。某些譯者英譯未加標點的現代詩，也不加上標點，我認為並不可取。

前列四首之中，〈民歌〉與〈冰姑，雪姨〉是分段詩，格律較為工整，近於歌曲，因此句法明快而短捷，多煞尾句而少跨行。〈如果遠方有戰爭〉與〈翠玉白菜〉則是不分段的整體詩，因此句法有長有短，長短相濟，長者多見跨行，體勢近於西方的無韻體，但仍有用韻，則又是繼承中國的古風了。凡此種種，在

英譯之中也保留了下來。

　　然而我自己的英譯，究竟只能算翻譯呢還是變相的創作呢？當然是翻譯。其實創作也是一種翻譯：將作者內心的美感經驗翻譯成語言。美感經驗是情感、思緒、感官直覺等等的混合，必須經過澱定、澄清、重整、提煉之後，始能落實成為文字。如果美感經驗是「本文」，則詩正是其譯文，不過「本文」究竟是什麼狀態，一開始並不清楚，更難窺全貌，必須在「翻譯」時才逐漸成形，而終於真相大白。譯者與作家的差別，在於譯者一開始就面對一篇眉目清楚的原文。他無須去澄清、提煉，卻必須把原文帶入另一「語境」的世界，必須入境問俗，才能一路過關，順利「到位」，成為快樂的「移民」。在這過程中，譯者仍有相當的自由，可以選擇最恰當的字眼，安排最有效的順序，營造最自然的組合。同一原文，而譯文妍媸互異，成敗各殊，就全看譯者的修養與功力了。如果譯者是詩人，所譯又是自己的詩，可謂「一心二用」，只要真正用心，當可「見異思遷」，將此心「移民」到另一身體裡去。如此說來，詩人自譯也未必沒有重生甚至輪迴的機會。如果龐德竟然可以假道日本租界逕攘李白的詩為自己的創作，則我自譯的詩難道不能宣稱是自己的領土，自己的填海新生地，海外殖民地？

　　但是詩人自己也知道，有些作品，有些詩句，或因典故曲折，或因遣辭別致，或因音調特殊，總之，都像烙了母語的胎記，簡直無法在國際上展覽，就只能留在本土，等待民族的知音了。也就是說，有些作品是不能譯的。無論什麼高手都譯不出去的。且舉數例如下：在〈飛將軍〉一詩中，我寫到李廣射虎、中石、沒簇的傳說。

　　　弦聲叫，矯矯的長臂抱

咬，一匹怪石痛成了虎嘯
箭羽輕輕在搖

在〈山雨〉中，我用立體主義（cubism）與點畫派
（pointillism）的技法描摹雨景。

霧愈聚愈濃就濃成了陣雨
人愈走愈深就走進米南宮裡
路愈轉愈暗就暗下來吧黃昏

在〈絕色〉中，我把月亮比成譯者，能將金色的日光譯成銀
色，又把雪也比成譯者，能將汙濁的世界譯成純潔，到了末段更
引出美人在月光下雪地上如何婀娜走來：

若逢新雪初霽，滿月當空
下面平鋪著皓影
上面流轉著亮銀
而你帶笑地向我步來
月色與雪色之間
你是第三種絕色
不知月色加反光的雪色
該如何將你的本色
——已經夠出色的了
合譯成更絕的豔色？
　　　——二〇〇九年二月，出自二〇一八年《從杜甫到達利》

譯無全功

——認識文學翻譯的幾個路障

希臘神話裡有九個姊妹，號稱「九繆思」，來輔佐詩神阿波羅，共掌文藝的創作。不過她們的專職不很平衡，例如歷史與天文都各有所司的繆思，而藝術卻無人管，至於翻譯，就更無份了。翻譯好像不是創作，但對於文化的貢獻至為重大：如果沒有佛經和《聖經》，宗教能夠普及麼？如果西方文學不經翻譯，能夠促進中國的新文學麼？所以我曾戲言：如果繆思能擴充名額，則第十位繆思應該認領翻譯。

一位夠格的翻譯家，尤以所譯是文學為然，應該能符合這幾個條件：第一，他應該通兩種語文，其一他要能深入了解，另一他要能靈活運用。如果不能充分了解「施語」（source language），就會曲解；另一方面，如果無力驅遣「受語」（target language），就會隔靴搔癢，辭不達意。此外，他還得具備兩個條件：專業知識與常識。作品既然表現人生百態，題材自然不一而足，譯者防不勝防，怎能樣樣都懂？只能盡人事吧，例如多查資料，多請教行家，多參考前例等等。倒是常識十分重要：此情此景，能有此事麼？放在上下文裡，說得通麼？說不通，就有問題了，必須另謀出路。

再回到前文提到應通兩種語文之事，關鍵全在這「通」字，如果只停留在語文的表面，仍不算真通，譯者還要透過語文去了解它背景的文化，也就是形而上的上下文，才算到位。例如西方的 dragon 雖可中譯為龍，但和中國文化的龍大有差異；jade 雖然

指玉，但其他的含意卻為負面，而 jaded 更是負面的形容詞。另一要求，便是文學作品的譯者還得應付各種文體：包括詩、散文、戲劇、評論等等。譯詩得像詩，譯戲劇臺詞得像口語，否則就沒「到位」，所以稱職的譯家理應是一位文體家。例如格言，如果是一般文章所引，其「語境」當突出於較白的上下文，才能成就「立體感」，也才能成就「權威」。譯小說，甚至譯論文，其中若引了詩句，怎麼能躲過不譯或譯得不像詩呢？我譯史東名著《梵谷傳》（*Lust for Life*），其〈聖瑞米〉一章之第二回，貝隆大夫對梵谷說了一段話，曾引英國詩人朱艾敦（John Dryden）之句："There is pleasure, sure, in being mad, which none but madmen know." 我譯成「狂中自有狂中樂，除卻狂人誰得知？」要這樣譯，才像詩，而且平仄對仗，像是七絕或七律。文言出現於白話的上下文裡，始成立體。又例如法國文豪伏爾泰的名言 "The best is the enemy of the good." 有人譯成「最佳容不得尚佳」，又有人譯成「上佳是次佳的敵人」，都似乎還不到位。我收到研究生的習題，乃改成「至善者，善之敵也」。這才是「精益求精」的本意，但用文言說來，才像格言。再舉莎翁商籟一一六號為例：

Let me not to the marriage of true minds
Admit impediments.

如果直譯為「讓我不對真心的結合／承認有障礙」或是「讓我不對真情的姻緣／接受其挫折」，都不像詩。關鍵全在原文的句法和中文格格不入，恐須另起爐灶才行。也許可以大動手術，譯成：

兩心相許竟橫加阻擋，

岂甘罷休。

或者稍加變通，改成：

兩心相許而良緣受梗，
我決不甘休。

相對於「詩無達詁」，我們甚至於可說「譯無全功」。文學的翻譯，尤其是難有達詁的詩文翻譯，要求竟其全功，實在是可遇而不可求。兩種語文，先天背負著各自的文化傳統，要求其充分通譯，一步到位，實在是奢求，所以好的翻譯不過是某種程度的「逼近」（approximation），不是「等於」。理想的原文與譯文，該是孿生，其次是同胞，再次是堂兄表妹之屬，更差的就是同鄉甚至陌生人了。翻譯正如婚姻或政治，是一種妥協的藝術：雙方都得退讓一步。所謂直譯，就是讓譯文委屈一點，而意譯，就是比較委屈原文。此於成語格言之類為尤然。成語翻譯，最容易攀親認故，有點語貫中西的得意。例如 Great minds think alike. 就易聯想到「英雄所見略同」，而 The leopard does not change his spots. 也易於搭上「江山易改，本性難移」。但是有人把 If the sky falls we shall have larks. 譯成「塞翁失馬，焉知非福」，就似乎扯得太遠了。其實好的譯文不但方便了讀者，同時也可以擴大讀者的視域，讓他直接欣賞到異國的情趣。所以前引的 If the sky falls we shall have larks.，也大可「直譯」成「天塌下來，也有雲雀可吃」。雲雀一飛沖天，正如雪萊所言，所以天如塌下，正可饕餮雲雀，也非全然壞事：說來多麼樂觀瀟灑！因此適度的直譯能夠引進外國的成語，擴大本國的語境。

　　一個人長期從事翻譯，如果能把經驗歸納為心得，就等於修

了一門比較語言學。我一生譯過十五本書，免不了也累積了一些心得。在此一一道來，或許對後之譯者不無助益。

　　抽象名詞在西文中十分普遍，中文卻頗難對應。詞典裡多的是 internationalization 一類的名詞，中文譯來是「國際化」，倒很省事。中文的方塊字在文法上往往沒有明確的身分。例如一個「喜」字，可以是名詞（喜怒哀樂），可以是形容詞（喜氣洋洋），可以是動詞（人皆喜之），還可以充副詞（王大喜曰），全由上下文來斷定。英文成語 Familiarity breeds contempt. 有人譯成「親暱生狎侮」，似乎文了些；其實此語近於「近之則不遜」，也不妨簡化為「久狎失敬」或「近狎則鄙」，無論如何，在中文裡其抽象性就不明確。王爾德的四部喜劇我全譯過，他的臺詞就常見抽象名詞，例如《不可兒戲》（*The Importance of Being Earnest*）裡少女 Gwendolen 如此形容她的監護人：Earnest has a strong upright nature. He is the very soul of truth and honour. Disloyalty would be impossible to him as deception. 抽象名詞之多真難消化。末句如果譯成「不忠對於他將如欺騙一樣不可能」，不但聽眾聽來茫然，演員說來更是可笑。我的譯文是「他絕對不會見異思遷，也不會作假騙人」。中文的四字詞千萬不可小看。在詩文裡它也許不宜多用，但一般人的口頭和演員的臺詞裡，比起二字詞來，卻響亮而穩當。所以用中文的短句來化解英文的抽象名詞，該頗有效。同一劇中 Lady Bracknell 有臺詞如後：Sit down immediately. Hesitation of any kind is a sign of mental decay in the young, of physical weakness in the old. 第二句首的 hesitation 一詞，如果只譯成「猶豫」或者「遲疑」，都太簡短而且突兀。我的譯文是「猶豫不決，無論是什麼姿態，都顯示青年人的智力衰退，老年人的體力虛弱」。化解之道，仍然是以四字短句來取代二字名詞。

　　另一問題是專有名詞，及其專有的形容詞。這些字眼往往都

比較深，難以雅俗共賞，用在戲劇臺詞裡時，尤其不易一聽就懂。王爾德的《不可兒戲》用典不多，我在譯文裡一律加以通俗化了。例如希臘神話的 Gorgon，我乾脆譯成「母夜叉」；It is rather Quixotic of you，我譯成「你真是天真爛漫」。最可笑的一句是電鈴忽響，少年亞吉能驚呼：「啊！這一定是歐姨媽了。只有親戚或者債主上門，才會把電鈴撳得這麼驚天動地」。後面的一句原文是 Only relatives, or creditors, ever ring in that Wagnerian manner. 真是好笑，因為當時華格納去世不久，又是與王爾德爭雄的蕭伯納大力鼓吹的歌劇大師，其音樂鼓號震耳，以氣魄見長。可惜這典故解人固然一聽就笑，但一般聽眾，尤其是中國的聽眾，未必都懂。

代名詞及其所有格，乃西文文法之常態，出現率極高，遠高於中文文法。英文的複合長句，在主詞尚未出現時，其代名詞竟然會出現在其前的附屬子句，例如 Before he moved to Glasgow with his parents, Edwin Muir had been an islander, a native of the Orkneys. 中文文法絕對不可如此，中國古典詩的靈巧自如，一大原因正在少用代名詞。例如王維的七絕〈九月九日憶山東兄弟〉：「獨在異鄉為異客，每逢佳節倍思親。遙知兄弟登高處，遍插茱萸少一人」。用英文文法來說，勢必加上一大堆代名詞：「我獨自在異鄉做客，我每逢佳節就會倍加思念我的親人。我遙知我的兄弟登高處，他們遍插茱萸，唯獨少了我一人」。又如李白〈宣州謝朓樓餞別校書叔雲〉的名句：「抽刀斷水水更流，舉杯消愁愁更愁」。如果用英文文法來說，就會變成「我抽刀斷水，它更流；我舉杯消愁，它更愁」。西文慣用代名詞及其所有格，可舉雪萊長詩〈白朗峰〉（"Mont Blanc"）為極端之例。該詩長一百四十四行，其首段及次段四十八行所用 thou、thee、thine、it、its、his、they、their、I、my、that、which、whose 等等，竟多達三十

四處。這些可怕的「路障」簡直要令譯者大嘆「行路難」。再舉朱艾敦的〈亞歷山大慶功宴〉（John Dryden: "Alexander's Feast"）來說明：

The master saw the madness rise,

His glowing cheeks, his ardent eyes;

And while he heaven and earth defied,

Changed his hand, and checked his pride.

詩中場合是亞歷山大既敗波斯，大張慶宴，樂官狄馬諧師奏樂助興，大帝聽了意氣風發。Master 指樂官；二、三兩行的 his 和 he，均指大帝；末行的兩個 his 卻各有所指，前一個指樂官手法一變，高調轉低，後一個指大帝豪氣頓歛。四行詩用了五個代名詞，末行緊接的兩個 his 卻分指不同的人。如此混淆，怎能照譯呢？只好一概不理，譯成「手法一變，令君王頓歛豪情」。

　　中文常有實字、虛字之說。所謂實字，多為具體可見，指的是名詞、動詞、狀詞，其他的詞類則大半承上啟下，依附於實字之間，稱為虛字。實字乃文句之主體，功在結構之平衡。虛字乃其附體，功在伸縮自如。散文用字往往虛實交錯；詩貴精練，多用實字。杜甫的「造化鍾神秀，陰陽割昏曉」，平衡而鏗鏘，全用實字。陳子昂的「念天地之悠悠，獨愴然而涕下」，加入了散文的成分，也就是動用了虛字，失去平衡，卻添了彈性。用這種觀點來看英文，則介詞和連結詞都像是虛字，很難翻譯，更不可直譯。例如 He is on duty. 只能譯成「他正值班」，卻看不出有介詞。又如 She is with child. 只能譯成「她有孕」或「她是孕婦」，也不像有介詞。至於連結詞，中文也遠比英文少用，例如「父子」、「夫妻」、「左右」、「前後」都不用連結。不但名詞之間如

此，即使動詞之間亦然，例如「雲破月來花弄影」、「地崩山摧壯士死」、「斷絃離柱箭脫手，飛電過隙珠翻荷」，都排得很緊，根本插不下什麼連結詞。

英文裡面最難對付的虛字，該是 where、when 一類的「關係副詞」，其功端在穿針引線，出沒於主句與子句之間。Where 尤其難於安頓，因為它後面引進的子句多半尾大不掉。其實這種虛字根本拿不到中文的身分證，根本不必理它。頗普（Alexander Pope）的警句：Fools rush in where angels fear to tread. 用白話根本不行，但用文言卻迎刃而解。「天使不敢踐踏的地方，愚人卻一衝而進」。白話太冗長了，文言卻正好：「天使方踟躕，愚夫相競入」。英文成語 Where there's a will, there's a way. 當年我讀初中，面對這一個 where，兩個 there，再也參不透何以要這麼虛來虛去。其實這只是一個空架子，便於把實字搭上去而已，非但不必翻，而且無法翻。

另一相關的問題，是英文文法的修飾語（modifier）可以放在被修飾名詞之前，也可以放在其後。為了便於分析，不妨稱之為「前飾」或「後飾」。例如 a handsome boy of seventeen；boy 的前飾是 a 與 handsome，而後飾是 of seventeen：前飾往往是形容詞，後飾往往是一個介詞片語（prepositional phrase）或者修飾子句（modifying clause）。例如 a fellow student of mine who excelled in basketball；a 與 fellow 均為前飾，of mine 則是後飾介詞片語，而 who excelled in basketball 則是後飾子句。如果我們把 boy 的片語譯成「十七歲的美少年」，那就只有前飾了。如果把 student 那一段譯成「我的一個籃球健將的同學」，結果也只有前飾。萬一後飾很長，尾大不掉，不宜轉成前飾，則笨拙的譯者往往會硬轉成前飾，而變通的譯者就會保留其後飾的地位：例如「我有個同學，很會打籃球」。

　　譯詩的時候就常會面臨這問題。詩句以精練取勝，柯立基曾說詩乃「最佳的字眼，排成最佳的次序」（the best words in their best order），所以較長的後飾語最好保持後飾。濟慈的十四行詩 To one who has been long in city pent，中間有這麼一段：

Who is more happy, when, with heart's content,
Fatigued he sinks into some pleasant lair
Of wavy grass, and reads a debonair
And gentle tale of love and languishment?

誰比他快樂呢，他多逍遙，
倦了，便躺在起伏的草間，
窩得好樂，而且讀一篇
優雅的故事，講為情苦惱。

A debonair and gentle tale of love and languishment 一段，有前飾也有後飾，我的譯文順水推舟，保留了原句的次序。也許有人拘於英文，會說 debonair 和 gentle 是兩個字，我的譯文何以只有一個。其實中文的「優雅」本來就是兩個同義詞組成的複合詞，詩句貴精，寸土寸金，當然能省則省。至於後飾的 of love and languishment，用「講」即點出主題，足以當 of 之用；「為情苦惱」也已概括了 love and languishment，等於用一個短句化解了一個介詞片語。這四行在穆旦的譯文裡如下：

他可以滿意地，懶懶躺在
一片青草的波浪裡，讀著
溫雅而憂鬱的愛情小說，

有什麼能比這個更愉快？

穆譯有不少毛病，不能詳述，但其中 a debonair and gentle tale of love and languishment 一段，他把前飾與後飾全堆在 tale 的前面了，因此打亂了原文的流暢節奏。再舉濟慈的十四行詩 "Happy is England"（〈快哉英倫〉）首段為例：

Happy is England! I could be content

To see no other verdure than its own;

To feel no other breezes than are blown

Through its tall woods with high romances blent;

四行之中有兩處 no other than 加兩個代名詞所有格 its，指的都是英國，非常難譯。末行指英國的大森林曾流傳有多少好漢出沒，不外是羅賓漢吧。我如果直譯成「它的茂林跟壯烈的傳奇難分」，未免太拘泥字面，而且難懂。我的譯文如下：

快哉英倫，我本已心滿意足，

不想出國觀賞異國的青翠，

也不望異國的清風來吹

祖國高聳的森林，英雄所出。

With high romances blent 乃 tall woods 之後飾，我把它留後才發，不但維持了原文的節奏，而且也起了餘音不絕之效吧。這一關，譯詩者應早參透。

　　下面我要分析譯家的另一個「路障」。西語的句法好用插入句（parenthesis），尤其是詩句，為了押韻和節奏，常要割裂句

法，其結果是在主句的骨架中插入附屬的子句或片語，交枝錯藤之餘，句法的來龍去脈往往難以追認，乃生誤讀。因此主客之勢該如何掌握，便成了學者及譯者之基本功夫。例如濟慈名詩〈希臘古甕頌〉的末五行：

> When old age shall this generation waste,
> Thou shalt remain, in midst of other woe
> Than ours, a friend to man, to whom thou say'st
> "Beauty is truth, truth beauty, ---that is all
> Ye know on earth, and all ye need to know."

我們應該看出，主句是 Thou shalt remain a friend to man，其前飾子句是 when old age shall waste this generation，而其前飾介詞片語是 in midst of other woe than ours。所以我的譯文是：

> 當老邁將我們這一代耗損，
> 你仍會久傳，去面對來世
> 新的煩惱，與人為友，且說
> 「美者真，真者美」——此即爾等
> 在人世所共知，所應共知。

將我的譯文和穆旦所譯相比，就可見穆旦未能看出主句的脈絡被 in midst of other woe than ours 的插入片語從中截斷，致上下文難以銜接：

> 等暮年使這一世代都凋落，
> 只有你如舊，在另外的一些

憂傷中，你會撫慰後人說：
「美即是真，真即是美」，這就包括
你們所知道、和該知道的一切。

在此，a friend to man 不見了：friend 變成了「撫慰」，man 變成了「後人」。末行的 all 竟變成「包括」，on earth 也失蹤了。

另一佳例是雪萊的十四行詩 "Ozymandias"。其前八行如下：

I met a traveller from an antique land
Who said:'Two vast and trunkless legs of stone
Stand in the desert. Near them, on the sand,
Half sunk, a shattered visage lies, whose frown,
And wrinkled lip, and sneer of cold command,
Tell that its sculptor well those passions read
Which yet survive, stamped on these lifeless things,
The hand that mocked them and the heart that fed.

第七行的及物動詞 survive，和第八行的兩個受詞 the hand（of the sculptor）and the heart（of the King Ozymandias）之間，被形容詞片語 stamped on these lifeless things 所隔，不少粗心的譯者都會被絆一跤。從 near 到 fed，此一長句橫跨了五行半，主句之中包含了三個附屬子句，層層相套有如俄羅斯的木偶。但是這連環套在中文的句法裡不可能保留，只好拆散了譯。下面是我的譯文：

我遇見來自古國的旅人，
說軀體不存的兩柱石足
矗立在大漠。在近旁，半沉

在沙裡，更有具破臉，怒眉緊蹙，

唇角下撇，君臨天下而冷笑。

足見雕師通透那桀驁心情，

刻入這頑石，仍栩栩如生，

而雕者的手，像主的心早朽掉。

可見我的譯文必須參透原文文法的連環套，才能化整為零，變成兩句話。我如此大動手術，是為了讀者能夠看懂。The hand that mocked them 是指當年雕師得把像主的表情臨摹下來，them 指前文的 frown、lip、sneer。The heart that fed 則指君王的表情原是君王的心情所浮現。雪萊用心實在很深。

最後談到譯文的最高層次：風格。決定風格的該是作家驅遣語言的特色，到了這個層次，就不僅是對錯的問題，而是整篇作品給讀者的總印象了。這綜合印象又和該作品的文類（genre）有關。且讓我用自己的譯品來說明。

一般譯者以為外國文學的中譯是新文學發展的副產，理應用白話文來運作。其實外國文學的經典往往是百年前甚至千年前的語文，為了在語感或語境上相應，我們也不妨酌用一些文言的語彙或句法。此所以博學的錢鍾書反而能夠接受林琴南的翻譯。其實佛經的翻譯不正是「譯梵為唐」麼？我絕對無意提倡用文言來譯西方文學，只是認為如有需要，文言也不妨出手來濟白話之不足。我自己創作詩文時，多年來就強調「白以為常，文以應變」的原則。例如葉慈的短詩〈華衣〉（"A Coat"），句法精簡，韻律妥貼，我就忍不住要用古樸的文言來對應：

I made my song a coat

Covered with embroideries

Out of old mythologies
From heel to throat;
But the fools caught it,
Wore it in the world's eyes
As though they'd wrought it.
Song, let them take it!
For there is more enterprise
In walking naked.

為吾歌織華衣，
織錦復繡花，
繡古之神話，
自領至裾；
但為愚者攘去，
且衣之以炫人，
若自身所手紉。
歌乎，且任之，
蓋至高之壯志
唯赤體而行。

好用典故而且擅於變奏古體的美國詩人龐德，寫過一首精美的小品，歌詠遁世逃名的情懷，叫做〈罪過〉（"An Immorality"）；如果純用白話來譯，就失色了：

Sing we for love and idleness,
Naught else is worth the having.

Though I have been in many a land,
There is naught else in living.

And I would rather have my sweet,
Though rose-leaves die of grieving,

Than do high deeds in Hungary
To pass all men's believing.

罪　過

且歌吟愛情與懶散，
此外皆何足保持。

縱漫遊多少異邦，
人生亦別無樂事。

寧廝守自身之情人，
縱薔瓣憂傷而死，

也不立大功於匈牙利，
令世人驚異不置。

但是另一方面，像美國詩人傑佛斯的〈野豬之歌〉（"The Stars Go over the Lonely Ocean"）的末段，就不能不用口語，甚至「粗口」，來傳其神了：

'Keep clear of the dupes that talk democracy
And the dogs that bark revolution,
Drunk with talk, liars and believers.
I believe in my tusks.
Long live freedom and damn the ideologies,'
Said the gamey black-maned wild boar
Tusking the turf on Mal Paso Mountain.

「管他什麼高談民主的笨蛋，
什麼狂吠革命的惡狗，
談昏了頭啦，騙子和信徒。
我只信自己的獠牙。
自由萬歲，他娘的意識形態」，
黑鬃的野豬真有種，他這麼說，
一面用獠牙挑毛巴索山的草皮。

同樣地，康明斯以詩為畫、以文字之伸縮重組為立體派畫風的創新，使現代詩耳目一新，而讀者變成了觀眾，譯文當然也應亦步亦趨，讓妙運「神智體」的蘇軾看了，也會撫掌而笑吧。下面是康明斯的 "Chanson Innocente"（〈天真之歌〉）：

in Just-
spring when the world is mud-
luscious the little
lame balloonman

whistles   far   and wee

and eddieandbill come
running from marbles and
piracies and it's
spring

when the world is puddle-wonderful

the queer
old balloonman whistles
far　　and　　wee
and bettyandisbel come dancing

from hop-scotch and jump-rope and

it's
spring
and
　　　the
　　　　　goat-footed
balloonMan　whistles
far
and
wee

在恰恰—
春天　當世界正泥濘—
芬芳，那小小的

跛腳的賣氣球的

吹口哨　遠　而渺

艾迪和比爾跑來
扔下打彈子和
海盜戲，這是
春天

當世界正富於奇幻的水塘

那古怪的
賣氣球的老人吹口哨
遠　而　渺
蓓蒂和伊莎白跳舞而來

扔下跳房子和跳繩子

這是
春天
那個
　山羊腳的
賣氣球的　吹口哨
遠
而
渺

　　　　——二〇一二年四月，出自二〇一八年《從杜甫到達利》

輯二

中國古典詩的句法

1

中國的古典文學，是世界上最古老也是最年輕的文學之一：最古老，是因為我們的詩經比荷馬的史詩為時更早；最年輕，是因為中國的文字彈性極大，文法變遷極小，因而一千年前甚或兩千年前的一首詩，往往能以原文訴諸今日的讀者。李白的〈下江陵〉，十二個世紀後誦之，仍似剛剛釀醅出來的那樣新鮮。真的，中國古典文學的「文字障」遠不如西洋文學的那樣嚴重。和英國文學相比之下，中國文學對於一位現代讀者的「可讀性」畢竟大得多了。英國文學史的長度大約相當於中國文學史的三分之一，可是六百年前的喬叟已然古色斑斕，不易卒讀了。我們讀元末明初的詩，可說毫無困難。連三百多年前莎士比亞的作品，也不是一般英美學生容易了解的，所以詩人佛洛斯特曾經半帶戲謔地說：「要教莎士比亞嗎？那不難──也不容易，你得把莎士比亞的原文翻譯成英文。」

中國古典文學所以能如此「壽而不耄」，大半得歸功於中國文字的特性。中國文法的彈性和韌性是獨特的。主詞往往可以省略，例如「卻下水精簾，玲瓏望秋月」。甚至動詞也可以不要，例如「雨中黃葉樹，燈下白頭人」。在西洋文法上不可或缺的冠詞、前置詞、代名詞、連繫詞等等，往往都可以付諸闕如。例如「吾愛孟夫子，風流天下聞」兩句，如果是英文，恐怕中間就免不了要加一個關係代名詞；而「誰愛風流高格調，共憐時世儉梳粧」兩句，也顯然缺少了兩個所有格代名詞。中國文字，又往往

一字數用，極經濟之能事。例如一個「喜」字，至少就可以派四種用場，當作動詞、名詞、形容詞、和副詞。加上名詞不標單複數（「臨風聽暮蟬」，是一蟬還是數蟬？），動詞不標今昔（幾乎一切動詞皆是眼前事，但釋為追憶往事亦無不可），省去的主詞不標人稱（「銀箏夜久殷勤弄，心怯空房不忍歸」，究竟是王維寫「她」呢，還是女孩子述「我」？），乃使中國古典詩在文法上和意義上獲致最大的彈性與可能性。

　　類此的問題，在專研中國古典詩本身的時候，可能反而不受注意，但是，在比較文學及翻譯的研究之中，就無可忽略了。一位富有經驗的譯者，於漢詩英譯的過程之中，除了要努力傳譯原作的精神之外，還要決定，在譯文裡面，主詞應屬第幾人稱，動詞應屬何種時態，哪一個名詞應該是單數，哪一個應該是複數等等。這些看來像細節的問題，事實上嚴重地影響一首詩的意境，如果譯者的選擇不當，他的譯文再好，也將難以彌補了解上的缺失。例如李益的〈江南曲〉：「嫁得瞿塘賈，朝朝誤妾期；早知潮有信，嫁與弄潮兒。」詩中主詞，一目了然，應該是第一人稱的「我」。但是遇到像李白的〈玉階怨〉：「玉階生白露，夜久侵羅襪；卻下水精簾，玲瓏望秋月」一類的詩，我們就頗費躊躇了。如果譯文用第一人稱的 I，則詩的主題直逼眉睫，我們不僅同情那美人，我們簡直就是那美人自己了。如果譯文用第三人稱 she，則詩的主題就推遠了，我們遂從合一（identification）退為同情（sympathy），也就是說，從參加（participation）退為旁觀（observation）。

　　由此可見，僅僅是人稱的不同，就決定了讀者與一首詩之間的距離，和他對那首詩的態度。此外，動詞的時態也影響到這種距離，例如用現在式就比用過去式的距離要縮短許多。因此，我們不妨在各種可能的組合中，就〈玉階怨〉一詩，整理出四種距

離來：

甲：第一人稱，現在式

乙：第一人稱，過去式

丙：第三人稱，現在式

丁：第三人稱，過去式

從上表看來，甲的距離無疑最小，丁的距離無疑最長。至於乙丙的距離孰短孰長，則頗難決定，因為乙的人稱雖然較近，而時態又顯然較遠，似乎兩相對消了。可是，最重要的是：譯文雖有上述四種可能的組合，但李白的原文卻只有一種，這正是中國古典詩的「模稜之美」。英文詩中，盡多 ambiguity 之說，但絕大多數的詩，卻是人稱分明，時態判然，在這方面一點也不含糊。

2

上述種種情形，加上不講究字形變化（inflection）及語態（voice）等特性，遂使中國古典詩在文法上伸縮自如，反覆無礙，極富彈性。這種現象，在句法（syntax）的安排上，最為顯著。所謂句，原是一首詩中語意上、文法上和節奏上一個極重要的單位。如果我們將一首詩中的字比擬為個人，而整首詩為一社會，則句的重要性正如家庭，一方面容納個人，另一方面又為社會所容納。家之不齊，國將焉附？句法的必須講究，是顯而易見的。

可是，同為大詩人，有人似乎並不刻意鍊句，有人則俯仰其間，經營之誠，一若大將用兵，忠臣謀國。前者有李白，後者有杜甫。中國古典詩的句法，到了杜甫手裡，真是進入了一片新的疆土，可以說縱之斂之，吞之吐之，反覆迴旋，無所不宜。杜甫

當然不是每詩如此。在古風和樂府之中，他的句法和其他大詩人之間也似乎沒有太顯著的差異。他那獨運匠心的句法，在律詩中表演得最為生動多姿。律詩講究聲調和對仗，句法當然比較謹嚴，往往不免交錯甚或倒裝，可是像杜甫那樣工於鍛鍊，不但把字的功效發揮至極限，抑且把辭的次序安置到最大的張力的，幾乎絕無僅有。下面是他的〈房兵曹胡馬詩〉：

　　胡馬大宛名　　鋒棱瘦骨成
　　竹批雙耳峻　　風入四蹄輕
　　所向無空闊　　真堪托死生
　　驍騰有如此　　萬里可橫行

八句之中，至少有三句是倒裝。第二句可以說是「瘦骨成鋒棱」的倒裝。末二句在散文裡的次序，應該是「有如此驍騰，可橫行萬里」。不過，更吸引我們注意的，是三四兩句。我們不能確定說這一聯是倒裝，因為我們無法妥善地把它還原。杜甫句法的波詭雲譎，超越常軌，也就在此。撇開上下文平仄的規律不談，就句法論句法，這兩句似乎有下面各種可能的排列：

　　竹批峻雙耳　　風入輕四蹄
　　峻竹批雙耳　　輕風入四蹄
　　雙耳批峻竹　　四蹄入輕風
　　雙耳峻批竹　　四蹄輕入風
　　雙耳批竹峻　　四蹄入風輕
　　批竹峻雙耳　　入風輕四蹄

也許，「峻耳雙批竹，輕蹄四入風」是第七種可能的排列，只是

後半聯甚為彆扭，已鄰於不通。在這七種排列之中，似乎第二、三兩種比較接近原來的散文次序。怪就怪在這裡：在這樣的對仗之中，「峻竹」是虛，「輕風」是實；另一方面，「批」是真的批，「入」卻是似真似幻之間了。

可是，杜甫的原文次序仍是最佳的安排，且具最高的效果。因為在「竹批雙耳峻，風入四蹄輕」之中，「峻」和「輕」儼然有英文文法受詞補足語（objective complement）的功用，不但分別補足「批」和「入」的語勢，而且標示出兩個動詞作用在受詞「雙耳」和「四蹄」上的後果。所以「峻」和「輕」兩個形容詞，不但分別疊合了竹與雙耳，風與四蹄，也使「批」與「入」的動作臻於高度的完成。本來，如果沒有這兩個形容詞，僅僅是「竹批雙耳，風入四蹄」，已經足以構成相當美好的意境。但是加上這兩個形容詞，那意境就更高妙了。有了「峻」，竹之峻就轉移為耳之峻，以致竹與耳疊合為一體；同樣，有了「輕」，風之輕也換位為蹄之輕，乃使風與蹄疊合為一體。在這種疊合的過程中，如果說「批」與「入」是變（becoming），則「峻」與「輕」便是成（being）了。因此，這一類的句法，可以歸納成這樣的公式：

A（名詞）變（動詞）B（名詞）成（形容詞）

〈旅夜書懷〉的第一聯，「星垂平野闊，月湧大江流」，似乎也可以納入這種模式。不過杜詩的句法出奇制勝，變幻莫測，實在不容我們將活生生的藝術強為納入死板的公式。如果我們稍稍用心，便不難發現，《草堂集》中多的是這種虛實互轉主客交替的奇幻句法。像「星臨萬戶動，月傍九霄多」，像「永夜角聲悲自語，中天月色好誰看」，像「江間波浪兼天湧，塞上風雲接地

陰」，像「野哭幾家聞戰伐，夷歌數處起漁樵」，像「波漂菰米沉雲黑，露冷蓮房墜粉紅」等佳句，如果仔細分析起來，章法莫不饒有奇趣。像這樣的奇句，我至少讀過千遍以上，但至今也不曾讀厭。主要的原因，恐怕還是句法安排的高妙。譬如「夷歌數處起漁樵」一句，如果理順為「漁樵數處起夷歌」，恐怕念到第二遍就已興味索然了。

由於中文文法富於彈性，在短短五言或七言的一句律詩中，盡有足夠的天地，容詩人的寸心反覆迴旋。例如杜甫的一聯詩「海內風塵諸弟隔，天涯涕淚一身遙」，拆而復裝，便有下面各種可能的組合：

風塵諸弟隔海內，涕淚一身遙天涯
風塵諸弟海內隔，涕淚一身天涯遙
風塵海內隔諸弟，涕淚天涯遙一身
風塵海內諸弟隔，涕淚天涯一身遙
諸弟風塵隔海內，一身涕淚遙天涯
諸弟風塵海內隔，一身涕淚天涯遙
諸弟海內風塵隔，一身天涯涕淚遙
諸弟海內隔風塵，一身天涯遙涕淚
海內諸弟風塵隔，天涯一身涕淚遙
海內諸弟隔風塵，天涯一身遙涕淚
海內風塵隔諸弟，天涯涕淚遙一身

當然，在英文詩中，並不是沒有這種再組的可能性。例如華茲華斯〈西敏斯特橋上賦〉（"Composed upon Westminster Bridge"）的第十二行：The river glideth at his own sweet will，便可作下列各種重組：

The river at his own sweet will glideth.

Gildeth the river at his own sweet will.

Gildeth at his own sweet will the river.

At his own sweet will glideth the river.

At his own sweet will the river glideth.

華茲華斯這行詩，八個字，十個音節，長度甚於杜詩，照說句法
迴旋的空間應該更寬，但排列組合的結果，可能性竟不及杜詩之
半。何況杜詩重組之際，是兩行依相當的部位同時變換，照說牽
制應該更多。事實上，換了杜甫來寫華茲華斯的十四行，這句詩
很可能解除了英文文法的束縛，而成為下列的方式：

river glide own sweet will.

直譯就成為「河流自甘願」。這當然不像話。如果譯為「水流自
欣欣」，那至少可作下列七種組合，比英文原句多出兩種：

水自欣欣流

水流自欣欣

流水自欣欣

欣欣自流水

欣欣水自流

自流欣欣水

自流水欣欣

也許「水自流欣欣」是第八種可能的組合，彆扭當然彆扭，但也

不會比 Glideth at his own sweet will the river 更牽強吧。中國古典詩的句法，就是這麼神奇地富於彈性，甚至可以反覆誦讀，例如迴文。英文也有迴文，叫做「百靈鐘」（palindrome），例如下列調侃拿破崙的句子：

Able was I ere I saw Elba.

倒念起來，仍是原句。也有倒念起來成一新句的，例如 Lewd did I live，倒念便成 Evil I did dwel 了。不過這種文字遊戲是沒有什麼價值的。

3

論者常說太白飄逸，子美沉潛，似乎這是一種非人力所能分析的神祕對比。事實上，這種對比的成因，是可以分別從題材、體裁、閱世態度、用字遣詞各方面詳加分析的。我想，節奏的輕重疾徐，多少也能夠反映兩人氣質的差異。大致上，李疾杜徐，李突兀，杜均衡；律詩那種從容不迫有呼必應的節奏與結構，正宜於杜甫氣質的表現。李白的句法，甚少倒裝或迴旋之勢，即使在寫律詩的時候，也不在這方面下功夫，因此他的律詩，節奏恆比杜甫的為快。像「客心洗流水」之類略微倒裝的句法，在李白五律之中實在少見。即以「客心洗流水」一聯而言，緊接著而來的仍是極暢順的「餘響入霜鐘」。像「月下開天鏡，雲生結海樓」和「山隨平野盡，江入大荒流」的句法，在李白，已經算得上夠曲折的了。杜甫則不然。往往，他不但創造了新的詩句，同時也創造了該詩句所依附的新節奏、新句法。以句法而論，杜甫可以說是詩人中的雕刻大師。他的句法，蟠蜿旋轉，蓄勢待發，正如米開朗基羅腕下出現的扭曲人體。呼吸著這樣的節奏，氣蟠胸

臆，我們遂說那是沉潛甚或沉鬱的了。

　　　——一九六七年九月，出自一九六八年《望鄉的牧神》

中西文學之比較

中西文學浩如煙海，任取一端，即窮畢生精力，也不過略窺梗概而已。要將這麼悠久而繁複的精神領域，去蕪存菁，提綱挈領，作一個簡明的比較，真是談何容易！比較文學，在西方已經是一門晚近的學問，在中國，由於數千年來大半處於單元的文化環境之中，更是在五四以後才漸漸受人注意的事情。要作這麼一個比較，在精神上必然牽涉到中西全面的文化背景，在形式上也不能不牽涉到中西各殊的語文特質，結果怎不令人望洋興歎？一般人所能做的，恐怕都只是管中窺豹，甚至盲人摸象而已。面對這麼重大的一個問題，我只能憑藉詩人的直覺，不敢奢望學者的分析，也就是說，我只能把自己一些尚未成熟的印象，作一個綜合性的報告罷了。

造成中西文學相異的因素，可以分為內在的和外在的兩種：內在的屬於思想，屬於文化背景；外在的屬於語言和文字。首先，我想嘗試從思想的內涵，將中西文學作一個比較。西方文化的三大因素——希臘神話、基督教義、近代科學——之中，前二者決定了歐洲的古典文學。無論是古典的神話，或是中世紀的宗教，都令人明確地意識到自己在宇宙的地位、與神的關係、身後的出處等等。無論是希臘的多神教，或是基督的一神教，都令人感覺，主宰這宇宙的，是高高在上的萬能的神，而不是凡人；而人所關心的，不但是他和旁人的關係，更是他和神的關係，不但是此生，更是身後。在西方文學之中，神的懲罰和人的受難，往往是動人心魄的主題：以肝食鷹的普洛米修斯、推石上山的薛西

弗司、流亡海上的猶利西斯、墮落地獄的浮士德等等，都是很有名的例子。相形之下，中國文學由於欠缺神話或宗教的背景，在本質上可以說是人間的文學，英文所謂 secular literature，它的主題是個人的、社會的、歷史的，而非「天人之際」的。

　　這當然不是說，中國文學裡沒有神話的成分。后羿射日、嫦娥奔月、女媧補天、共工觸地，本來都是我國神話的雛型。燧人氏相當於西方的普洛米修斯，羲和接近西方的亞波羅。然而這些畢竟未能像希臘神話那樣蔚為大觀，因為第一，這些傳說大半東零西碎，不成格局，加起來也不成其為井然有序互相關聯的神話（mythology），只能說是散漫的傳說（scattered myths），不像希臘神話中奧林帕斯山上諸神，可以表列為宙斯的家譜。第二，這些散漫的傳說，在故事上過於簡單，在意義上也未經大作家予以較深的引申發揮，作道德的詮釋，結果在文學的傳統中，不能激發民族的想像，而贏得重要的地位。《楚辭》之中是提到不少神話，但是故事性很弱，裝飾性很濃，道德的意義也不確定。也許是受了儒家不言鬼神注重人倫的入世精神所影響，《楚辭》的這種超自然的次要傳統（minor tradition of supernaturalism）在後來的中國文學中，並未發揮作用，只在部分漢賦、嵇康郭璞的遊仙詩，和唐代李賀盧仝等的作品中，傳其斷續的命脈而已。在儒家的影響下，中國正統的古典文學——詩和散文，不包括戲劇和小說——始終未曾好好利用神話。例如杜甫的「羲和鞭白日，少昊行清秋」，只是一種裝飾。例如李賀的「女媧煉石補天處，石破天驚逗秋雨」，只是一閃簡短的想像。至於〈古詩十九首〉中所說「仙人王子喬，難可與等期」，簡直是諷刺了。

　　至於宗教，在中國古典文學之中，更沒有什麼地位可言。儒家常被稱為儒教，事實上儒家的宗教成分很輕。祭祀先人或有虔敬之心（不過「祭如在」而已），行禮如儀也有 ritual 的味道；可

是重死而不重生，無所謂浸洗，重今生而不言來世，無所謂天國地獄之獎懲，亦無所謂末日之審判。最重要的是：我們的先人根本沒有所謂「原罪」的觀念，而西方文學中最有趣最動人也最出風頭的撒旦（Satan, Lucifer, Mephistopheles or the Devil），也是中國式的想像中所不存在的。看過《浮士德》、《失樂園》，看過白雷克、拜倫、愛倫坡、波德萊爾、霍桑、麥爾維爾、史蒂文森、杜思托也夫斯基等十九世紀大家的作品之後，我們幾乎可以說，魔鬼是西方近代文學中最流行的主角。中國古典文學裡也有鬼怪，從《楚辭》到李賀到《聊齋》，那些鬼，或有詩意，或有惡意，或亦陰森可怖，但大多沒有道德意義，也沒有心理上的或靈魂上的象徵作用。總之，西方的誘惑、譴罰、拯救等等觀念，在佛教輸入之前，並不存在於中國的想像之中；即使在佛教輸入之後，這些觀念也只流行於俗文學裡而已。在西方，文學中的偉大衝突，往往是人性中魔鬼與神的鬥爭。如果神勝了，那人就成為聖徒；如果魔鬼勝了，那人就成為魔鬼的門徒；如果神與魔鬼互有勝負，難分成敗，那人就是一個十足的凡人了。不要小看了魔鬼的門徒，其中大有非凡的人物：浮士德、唐璜、阿哈布、亞伯拉德，都是傑出的例子。中國文學中人物的衝突，往往只是人倫的，只是君臣（屈原）、母子（焦仲卿）、兄弟（曹植）之間的衝突。西方固然也有君臣之間的衝突，不過像湯默斯・貝凱特（Thomas Becket）之忤亨利第二，和湯默斯・莫爾（Thomas More）之忤亨利第八，雖說以臣忤君，畢竟是天人交戰，臣子站在神的那一邊，反而振振有辭，雖死不悔，雖敗猶榮。屈原固然也說「雖九死其猶未悔」，畢竟在「神高馳」與「陟升皇」之際，仍要臨睨舊鄉，戀戀於人間，最後所期望的，也只是「彭咸之所居」，而不是天國。

　　西方文學的最高境界，往往是宗教或神話的，其主題，往往

是人與神的衝突。中國文學的最高境界，往往是人與自然的默契（陶潛），但更常見的是人間的主題：個人的（杜甫〈月夜〉），時代的（〈兵車行〉），和歷史的（〈古柏行〉）主題。詠史詩在中國文學中的地位，幾乎可與西方的宗教詩相比。中國式的悲劇，往往是屈原、賈誼的悲劇，往往是「江流石不轉，遺恨失吞吳」，是「華亭鶴唳詎可聞，上蔡蒼鷹何足道」；像〈長恨歌〉那樣詠史而終至超越時空，可說是少而又少了。偶而，中國詩人也會超越歷史，像陳子昂在「念天地之悠悠，獨愴然而涕下」，像李白在「古來聖賢皆寂寞，唯有飲者留其名」中那樣，表現出一種莫可奈何的虛無之感。這種虛無之感，在西方，只有進化論既興基督教動搖之後，在現代文學中才常有表現。

　　中西文學因有無宗教而產生的差別，在愛情之中最為顯著。中國文學中的情人，雖欲相信愛情之不朽而不可得，因為中國人對於超死亡的存在本身，原來就沒有信心。情人死後，也就與草木同朽，說什麼相待於來世，實在是渺不可期的事情。〈長恨歌〉雖有超越時空的想像，但對於馬嵬坡以後的事情，仍然無法自圓其說，顯然白居易自己也只是在敷衍傳說而已。方士既已「昇天入地」，碧落黃泉，兩皆不見，乃「忽聞海上有仙山，山在虛無飄渺間」。可見這裡所謂仙山，既不在天上，又不在地下，應該是在天涯海角的人間了。詩末乃又出現「迴頭下望人寰處，不見長安見塵霧」的句子，這實在是說不通的。所以儘管作者借太真之口說「但教心似金鈿堅，天上人間會相見」，數十年後，寫詠史詩的李商隱卻說：「海外徒聞更九州，他生未卜此生休」。大致上說來，中國作家對於另一個世界的存在，既不完全肯定，也不完全否定，而是感情上寧信其有，理智上又疑其無，倒有點近於西方的「不可知論」（agnosticism）。我國悼亡之詩，晉有潘岳，唐有元稹。潘岳說：「落葉委埏側，枯荄帶墳隅。孤魂獨煢

笫，安知靈與無？」元稹說得更清楚：「同穴窅冥何所望？他生緣會更難期！」話雖這麼說，他還是不放棄「與君營奠復營齋」。

在西方，情人們對於死後的結合，是極為確定的。米爾頓在〈悼亡妻〉之中，白朗寧在〈展望〉之中，都堅信身後會與亡妻在天國見面。而他們所謂的天國，幾乎具有地理的真實性，不盡是精神上象徵性的存在，也不是〈長恨歌〉中虛無飄渺的仙山。羅賽蒂（D. G. Rossetti）在〈幸福的女郎〉中，設想他死去的情人倚在天國邊境的金欄干上，下瞰地面，等待下一班的天使群攜他的靈魂昇天，與她相會。詩中所描繪的天國，從少女的服飾，到至聖堂中的七盞燈，和生之樹上的聖靈之鴿，悉據但丁《神曲》中的藍圖，給人的感覺，簡直是地理性的存在。也因為有這種天國的信仰支持著，西方人的愛情趨於理想主義，易將愛情的對象神化，不然便是以為情人是神施恩寵的媒介（見蘭尼爾的詩〈我的雙泉〉）。中國的情詩則不然，往往只見一往情深，並不奉若神明。

我的初步結論是：由於對超自然世界的觀念互異，中國文學似乎敏於觀察、富於感情，但在馳騁想像、運用思想兩方面，似乎不及西方文學；是以中國古典文學長於短篇的抒情詩和小品文，但除了少數的例外，並未產生若何宏大的史詩或敘事詩，文學批評則散漫而無系統，戲劇的創造也比西方遲了幾乎兩千年。

可是中國文學有一個極為有利的條件：富於彈性與持久性的文字。中國方言異常紛歧，幸好文字統一，乃能保存悠久的文學，成為一個活的傳統。今日的中學生，讀四百年前的《西遊記》，或一千多年前的唐詩，可以說毫無問題。甚至兩千年前的《史記》，或更古老的《詩經》的部分作品，藉註解之助，也不難了解。這種歷久而彌新的活傳統，真是可驚。在歐美各國，成為文言的拉丁文已經是死文字了，除了學者、專家和僧侶以外，已

經無人了解。在文藝復興初期，歐洲各國尚有作家用拉丁文寫書：例如一五一六年湯默斯‧莫爾出版的《烏托邦》，和十七世紀初米爾頓所寫的一些輓詩，仍是用拉丁文寫的。可是用古英文寫的《貝奧武夫》，今日英美的大學生也不能懂。即使六百年前喬叟用中世紀英文寫的《康城故事集》，也必須譯成現代英文，才能供人欣賞。甚至三百多年前莎士比亞的英文，也要附加註解，才能研讀。

　　是什麼使得中文這樣歷久不變，千古長新的呢？第一，中國的文字，雖歷經變遷，仍較歐洲各國文字為純。中國文化，不但素來比近鄰各國文化為高，抑且影響四鄰的文化，因此中國文字之中，外來語成分極小。歐洲文化則交流甚頻，因此各國的文字很難保持純粹性。以英國為例，歷經羅馬、盎格魯‧撒克遜、丹麥，和諾爾曼各民族入侵並同化的英國人，其文字也異常龐雜，大致上可分為拉丁（部分由法文輸入）、法文，和古英文（盎格魯‧撒克遜）三種來源。所以在現代英文裡，聲音剛強含義樸拙的單音字往往源自古英文，而發音柔和意義文雅的複音字往往源自拉丁文。例如同是「親戚」的意思，kith and kin 便是頭韻很重的剛直的盎格魯‧撒克遜語，consanguinity，便是柔和文雅的拉丁語了。漢姆萊特臨終前對賴爾提斯說：

> If thou didst ever hold me in thy heart,
> Absent thee from felicity a while,
> And in this harsh world draw thy breath in pain,
> To tell my story.

歷來為人所稱道，便是因為第二行的典雅和第三行的粗糙形成了文義所需要的對照，因為賴爾提斯要去的地方，無論是天國或死

亡之鄉，比起「這苛嚴的世界」，在漢姆萊特看來，實在是幸福得多了。在文字上，所以形成這種對照的，是第二行中的那個拉丁語系的複音字 felicity，和第三行那些盎格魯‧撒克遜語系的單音字。這種對照——不同語系的字彙在同一民族的語文中形成的戲劇性的對照——是中國讀者難於欣賞的。

　　其次，中國文字在文法上彈性非常之大，不像西方的文法，好處固然是思考慎密，缺點也就在過分繁瑣。中文絕少因文法而引起的字形變化，可以說是 inflection-free 或者 non-inflectional。中文的文法中，沒有西方文字在數量（number）、時態（tense）、語態（voice）和性別（gender）各方面的字形變化；例如英文中的 ox, oxen; see, saw, seen; understanding, understood; songster, songstress 等等的變化，在中文裡是不會發生的。單音的中文字，在變換詞性的時候，並不需要改變字形。例如一個簡單的「喜」字，至少可以派四種不同的用場：

　　（一）名詞　喜怒哀樂（cheer）
　　（二）形容詞　面有喜色（cheerful）
　　（三）動詞　問何物能令公喜（cheer up）
　　（四）副詞　王大喜曰（cheerfully）

又因為中文不是拼音文字，所以發音的變化並不影響字形。例如「降」字，可以讀成「絳、祥、洪」三個音，但是寫起來還只是一個「降」字。又如今日國語中的一些音（白、雪、絕），在古音中原是入聲，但是聲調變易之後，並不改變字形。英文則不然。姑不論蘇格蘭、愛爾蘭、威爾斯等地的方言拼法全異，即使是英文本身，從喬叟到現在，不過六百年，許多字形，便因發音的變化影響到拼法，而大大地改變了。據說莎士比亞自己的簽

名，便有好幾種拼法，甚至和他父親的姓，拼法也不相同。

中國文法的彈性，在文學作品，尤其是詩中，表現得最為顯明。英文文法中不可或缺的主詞與動詞，在中國古典詩中，往往可以省去。綴系動詞（linking verb）在詩和散文中往往是不必要的。「方山子，光黃間隱人也」，就夠了，什麼「是、為、係、乃」等等綴系動詞都是多餘。又如「細草微風岸，危檣獨夜舟」，兩句沒有一個動詞。賈島的〈尋隱者不遇〉：

松下問童子　言師採藥去
只在此山中　雲深不知處

四句沒有一個主詞。究竟是誰在問，誰在言，誰在此山中，誰不知其處呢？雖然詩中沒有明白交代，但是中國的讀者一看就知道了；從上下文的關係他立刻知道那是詩人在問，童子在答，師父雖在山中，童子難知其處。換了西洋詩，就必須像下列這樣，把這些主詞一一交代清楚了：

Beneath the pines look I for the recluse.

His page replies: "Gathering herbs my master's away.

You'll find him nowhere, as close are the clouds,

Though he must be on the hill, I dare say."

中文本來就沒有冠詞，在古典文學之中，往往也省去了前置詞、連接詞，以及（受格與所有格的）代名詞。以華茲華斯名詩〈水仙〉首段為例：

I wandered lonely as a cloud

That floats on high o'er vales and hills,

When all at once I saw a crowd,

A host, of golden daffodils;

Beside the lake, beneath the trees,

Fluttering and dancing in the breeze.

如果要陶潛來表達同樣的意境，結果中文裡慣於省略的詞都省去了，可能相當於下列的情形：

wander lonely as a cloud

float high over dale hill

all at once see a crowd

a host golden daffodil

beside lake beneath tree

flutter dance in breeze

中國文學的特質，在面臨翻譯的時候，最容易顯現出來。翻譯實在是比較文學的一個有效工具，因為譯者必須兼顧兩種文學的對照性的特質。例如「日暮東風怨啼鳥，落花猶似墜樓人」，其中的鳥和花，究竟是單數還是多數？在中文裡本來不成其為問題，在英文裡就不能不講究了。又如「三日入廚房，洗手作羹湯。未諳姑食性，先遣小姑嘗」一詩，譯成英文時，主詞應該是第一人稱呢，還是第三人稱？應該是「我」下廚房呢，還是「她」下廚房？至於時態，應該是過去呢，還是現在？這些都需要譯者自己決定，而他的抉擇同時也就決定了作品與讀者之間的關係：譬如在第一人稱現在式的情形下，那關係便極為迫切，因為讀者成了演出人；在第三人稱過去式的情形下，那關係便淡得多，因為讀

者已退為觀察人了。李白兩首七絕，用英文翻譯時，最應注意時態的變化：

蘇臺覽古

舊苑荒臺楊柳新　菱歌春唱不勝春
只今唯有江西月　曾照吳王宮裡人

越中覽古

越王勾踐破吳歸　義士還家盡錦衣
宮女如花滿春殿　只今唯有鷓鴣飛

兩首詩在時態上的突變，恰恰相反。前者始於現在式，到末行忽然推遠到古代，變成過去式；後者始於過去式，到末行忽然拉回眼前，變成現在式。尤其是後者，簡直有電影蒙太奇的味道。可是中文文法之妙，就妙在朦朧而富彈性。〈越中覽古〉一首，儘管英譯時前三行應作過去式，末行應作現在式，但在中文原文中，前三行的動詞本無所謂過去現在，一直到第三行結尾，讀者只覺得如道眼前之事，不暇分別古今；到了「只今唯有鷓鴣飛」，讀者才會修正前三行所得的印象，於是剎那之間，古者歸古，今者歸今，平面的時間忽然立體化起來，有了層次的感覺。如果在中文原文裡，一開始就從文法上看出那是過去式，一切過於分明，到詩末就沒有突變的感覺了。

中國詩和西洋詩，在音律上最大的不同，是前者恆唱，後者亦唱亦說，寓說於唱。我們都知道，中國古典詩的節奏，有兩個因素：一是平仄的交錯，一是句法的對照。像杜甫的〈詠懷古

跡〉：

> 支離東北風塵際　　漂泊西南天地間
> 三峽樓臺淹日月　　五溪衣服共雲山
> 羯胡事主終無賴　　詞客哀時且未還
> 庾信平生最蕭瑟　　暮年詩賦動江關

一句之中，平仄對照，兩句之中，平仄對仗。第三句開始時，平仄的安排沿襲第二句，可是結尾時卻變了調，和第四句對仗。到了第五句，又沿襲第四句而於結尾時加以變化，復與第六句對仗，依此類推。這種格式，一呼一應，異而復同，同而復異，因句生句，以至終篇，可說是天衣無縫，盡善盡美。另外一個因素，使節奏流動，且使八句產生共鳴的，是句法，或者句型。中國古典詩的句型，四言則上二下二，五言則上二下三，七言則上四下三，而上四之中又可分為二二；大致上說來，都是甚為規則的。前引七律句法，大致上就是這種上四下三的安排。變化不是沒有，例如前兩行，與其讀成「支離東北──風塵際，漂泊西南──天地間」，何如讀成「支離──東北風塵際，漂泊──西南天地間」。不過這種小小的變調，實在並不顯著，也不致破壞全詩的諧和感。

　　西洋詩就大異其趣了。在西洋詩中，節奏的形成，或賴重音，或賴長短音，或賴定量之音節，在盎格魯・撒克遜的古英文音律中，每行音節的數量不等，但所含重音數量相同，謂之「重讀詩」（accentual verse）。在希臘羅馬的古典詩中，一個長音節在誦讀時所耗的時間，等於短音節的兩倍，例如荷馬的史詩，便是每行六組音節，每組三音，一長二短。這種音律稱為「計量詩」（quantitative verse）。至於法文詩，因為語言本身的重音並不顯

明，所注重的卻是每行要有一定數量的音節，例如古法文詩的
「亞歷山大體」（Alexandrine）便是每行含有十二個音節。這種音
律稱為「音節詩」（syllabic verse）。古典英詩的音律，兼有「重
讀詩」和「音節詩」的特質，既要定量的重音，又要定量的音節。
最流行的所謂「抑揚五步格」（iambic pentameter），便規定要含
有十個音節，其中偶數的音節必須為重音。下面是濟慈一首商籟
的前八行：

> To one who has been long in city pent,
> 'Tis very sweet to look into the fair
> And open face of heaven,——to breathe a prayer
> Full in the smile of the blue firmament.
> Who is more happy, when, with heart's content
> Fatigued he sinks into some pleasant lair
> Of wavy grass, and reads a debonair
> And gentle tale of love and languishment?

這種音律和中國詩很不相同。第一，中國字無論是平是仄，都是
一字一音，仄聲字也許比平聲字短，但不見得比平聲字輕，所以
七言就是七個重音。英文字十個音節中只有五個是重讀，五個重
音之中，有的更重，有的較輕，例如第一行中，has 實在不能算
怎麼重讀，所以 who has been long 四個音節可以一口氣讀下去。
因此英詩在規則之中有不規則，音樂效果接近「滑音」，中國詩
則接近「斷音」。第二，中國詩一行就是一句，行末句完意亦
盡，在西洋詩的術語上，都是所謂「煞尾句」。英詩則不然，英
詩的一行可能是「煞尾句」，也可能是「待續句」。所謂「待續
句」，就是一行詩到了行末，無論在文法上或文意上都沒有結

束，必須到下一行或下數行才告完成。前引濟慈八行中，第二、三、五、六、七諸行都是「待續句」。第三，中國詩的句型既甚規則，行中的「頓」（caesura）的位置也較為固定。例如七言詩的頓總在第四字的後面，五言詩則在第二字後。在早期的中國詩中，例如《楚辭》，頓的地位倒是比較活動的。英詩句中的頓，可以少也可以多，可以移前也可以移後，這樣自由的挪動當然增加了節奏的變化。例如在濟慈的詩中，第三行的頓在第七音節之後，其後數行的頓則依次在第四、第五、第二、第四音節之後，到了第八行又似乎滑不留舌，沒有頓了。這些頓，又可以分為「陰頓」（feminine caesura）和「陽頓」（masculine caesura）兩類，前者在輕音之後，後者在重音之後，對於節奏的起伏，更有微妙的作用。第四，中國詩的句型既甚規則，又沒有未完成的「待續句」，所以唱的成分很濃。西洋詩的句型因頓的前後挪動而活潑不拘，「煞尾句」和「待續句」又相互調劑，因此詩的格律和語言自然的節奏之間，既相迎合，又相排拒，遂造成一種戲劇化的對照。霍普金斯稱這種情形為「對位」。事實上，不同速度的節奏交匯在一起時，謂之「切分法」（syncopation）。我說西洋詩兼唱兼說，正是這個意思。而不論切分也好，對位也好，都似乎是中國古典詩中所沒有的。中國的現代詩，受了西洋詩的影響，似乎也有意試驗這種對位手法，在唱的格式中說話，但是成功與否，尚難斷言。

　　當然中國文學也有西方不及之處。因為文法富於彈性，單音的方塊字天造地設地宜於對仗。雖然英文也有講究對稱的所謂Euphuism，天衣無縫的對仗仍是西洋文學所無能為力的。中國的古典詩有一種圓融渾成，無始無終，無涯無際，超乎時空的存在。由於不拘人稱且省略主詞，任何讀者都恍然有置身其間、躬逢其事之感。由於不拘時態，更使事事都逼眼前，歷久常新。像不拘晨昏無

分光影的中國畫一樣，中國詩的意境是普遍而又永恆的。至於它是
否宜於表現現代人的情思與生活，那又是另一個問題了。

　　——一九六七年十月二十四日，出自一九六八年《望鄉的牧神》

　　附註：五十六年十一月六日，應中國廣播公司之邀，在亞洲廣
播公會的座談會上，主講「中西文學之比較」。本文即據講稿寫成。

幾塊試金石

——如何識別假洋學者

　　自從西洋文學輸入中國以來，我們的文壇上就出現了一群洋學者，企圖嚼西方的麵包，餵東方的讀者，為中國文學吸收新的養分。這原是一件極有意義的工作，可是，正如其他的學問一樣，這一行的學者有高明的，也有不高明的。不高明的，照例比高明的一群，要多出十倍，甚至百倍。由於語言隔閡，文化迥異，一般讀者對於這一行的學者，常感眼花繚亂，孰高孰下，頗難分斷。如果哪位洋學者筆下不中不西，夾纏含混，讀者會原諒那是艱奧的原文使然。如果他信筆胡謅，作無根之談，發荒唐之論，讀者會想像他自出機杼，不共古人生活。如果他東抄西襲，餖飣成篇，讀者反會認為他群書博覽，所以左右逢源。真正的內行人畢竟是少數。在少數人的緘默和多數人的莫測高深之間，此輩假洋學者遂自說自話，得以繼續濫竽充數。長此發展下去，西洋文學的譯介工作，真要變成洋學者的租界地了。在此地，我無意作學術性的研討。我只想指出這塊租界上一些不正常的現象，好讓一般讀者知道鑑別之法，自衛之方，而此輩洋學者知所警惕。

　　首先，要鑑別洋學者的高下，最簡便的方法，便是看他如何處理專有名詞。所謂專有名詞，包括人名、地名、書名等等；在這些名詞上面，假洋學者最容易露出馬腳。先說地名，英國地名以 ham、mouth、cester 等結尾的，在此輩筆下，很少不譯錯的。再說書名：書名最容易譯錯，因為不諳內容，最易望文生義。西

洋文學作品的標題，往往是有出處的。不是真正在古典傳統中沉浸過的老手，面臨這樣的書名，根本不會料到，其中原來大有文章。例如現代小說家赫克思里（Aldous Huxley）（編註：也譯為赫胥黎）的書名，不是出自莎士比亞的名句，便是引自米爾頓和丁尼生的詩篇。其中如《美好的新世界》（*Brave New World*）一書，典出《暴風雨》；譯介赫克思里的洋學者，沒有幾個人不把它譯成《勇敢的新世界》的。要做一個夠格的洋學者，僅憑一部英漢字典，顯然是不夠的。如果只會翻字典，聯單字，結果當然是類似「英國的馬甲和蘇格蘭的檢閱」的怪譯了。

　　面臨人名，尤其是作家姓名，洋學者更是馬腳畢露。例如美國詩人 Edgar Allan Poe，中文譯成愛倫坡，原是大錯（朱立民先生曾有專文說明）。坡的原名是艾德嘉・坡，而愛倫是他養父的姓，後來才插進去的。法國人一向不理會這個「中名」，例如波德萊爾和馬拉美就只叫他 Edgar Poe。所以坡的名字，不是 Edgar Poe 就是 Edgar Allan Poe，斷乎不能呼為 Allan Poe。素以法國詩的介紹為己任的覃子豪先生屢次在愛倫坡的名下註上 Allan Poe，足證他對馬拉美的種種，亦不甚了了。這種錯誤在他的《論現代詩》一書中，比比皆是。一個更嚴重的例子，是丁尼生的原名。在該書中，丁尼生數以 A. L. Tennyson 的姿態出現，實在是荒謬的。按丁尼生的原名加上爵位，應該是 Alfred, Lord Tennyson。其中 Lord 是爵號而非名字，怎麼能和 Alfred 混為一談，且加以縮寫？如果這也可行，Sir Philip Sidney 豈不要縮寫成 S. P. Sidney？覃子豪先生在詩的創作上頗有貢獻，他的創造力非但至死不衰，抑且愈老愈強。他對於中國現代詩的見解，亦有部分可取之處。但是在西洋文學的譯介上，他是不夠格也不負責的。

　　一般洋學者好在作家譯名之下，加註英文原名。這種做法，目前已到濫的程度。我國譯名向來不統一，加註英文原名，算是

一種補救之道，俾免張冠李戴，滋生誤會。但是這種做法，應該有一個不移的原則，就是，不在易招誤會的場合，就盡可能避免使用。例如英國文學史上，有兩位名詩人，都叫做傑姆斯‧湯姆森，還有兩位名作家，都叫山繆‧伯特勒。遇見這種情形，除了加註英文原名，更有註明年代的必要。前文提到赫克思里，我曾加註英文原名，那是因為他的家庭先後出過好幾個名人的關係。一般洋學者的幼稚病，在於每逢提起人盡皆知的大文豪，如莎士比亞和里爾克時，也要附註英文和生卒年分；有時東拉西扯，一口氣點了十幾個大名字，中間夾夾纏纏，又是外文，又是阿拉伯數字，真是叫人眼花撩亂。這種洋規矩發展下去，終有一天，在提到孔子的時候，也會加上（Confucius, 551-479, B.C.）一串洋文的。曾見一篇空洞的短文，加起來不過一千字，其中附註原名和年代，幾占五分之一的篇幅。如果我是該刊編輯，一定倒扣他的稿費。

其次，談到詩文的引用。這也是洋學者的一塊試金石。在這方面，一般洋學者更是「不拘小節」，往往竊據前賢或時人的譯文以為己譯，或者毫無交代，含混支吾過去。我在《美國詩選》中的一些譯詩，就常為此輩利用，而不加聲明。在西方的學術界，這樣子的公然為盜，已經構成嚴重的法律問題。有時這些洋學者也會聲明引用的來源，可是對於譯文的處理，並不依照原有的形式，或者疏於校對，錯字連篇，致令原譯者的名譽蒙受損失。這些洋學者公然引用他人譯文，有時那效果近於「殉葬」。由於原有的譯文錯誤百出，洋學者照例不與原文對照審閱，或即有意審閱亦無力識辨，結果是糊裡糊塗，將自己的聲名押在別人的聲名上面，遂成「殉葬」之局。

校對是另一塊試金石。這句話似乎不合邏輯，或者幾近武斷，但我相信必邀內行首肯。一般說來，高級的校對不一定能保

證高級的內容，可是反過來，低級的校對未有不洩漏低級的水準的。例外不是沒有。只是根據我的經驗，一本評介西洋文學的書中，如果外文的校對極端草率，那本書的學術水準一定高不到哪裡去。英文的校對好像是細節，可是字首究應大寫或小寫，一字中斷該在何處分出音節，這些問題，一舉手一投足之間，莫不間接反映出洋學者的文字修養。一本書，如果在校對方面已經引起讀者的疑慮，在其他方面恐怕也難贏得他的信任吧。我有一個近於迷信的偏見：每逢收到這樣的一本書，我很少先看內容。相反地，我往往先看校對；如果校對令我滿意，我便欣然讀下去，否則，我的興趣就銳減了。

洋學者的洋學問，往往在一個形容詞或一句論斷之中，暴露無遺。如果一篇譯介性的文章，左一句「薄命詩人濟慈」，右一句「很有一種羅曼蒂克的情調」，作者的趣味一定高不了。一篇評介性質的文章，是「湊」的還是「寫」的，內行人一目了然。討論一位西方作家之前，如果對於該國的文學史與該一時代的文學趨勢欠缺通盤的認識，對於他的作品，平素又少涉獵，竟想臨時拼湊資料，敷衍成文，沒有不露出馬腳來的。大學裡常有所謂「開卷考試」（open book test）。洋學者寫這類文章，事實上也是一種開卷考試。開卷者，抄書也，可是該抄些什麼，從哪裡抄起，外行人仍是摸不著頭腦的。平素欠缺研究的人，即使把書攤在他的眼前，仍會抄到隔壁去。結果是，一位二流的詩人被形容成大詩人，一位通俗的作家被稱為巨匠，一篇含蓄至深的作品被稱為反叛傳統，一首十四行被誤解為自由詩。由於自己欠缺批評的能力，這樣的洋學者對於他所介紹的西方作家，往往只有報導，沒有分析，只有溢美，沒有批評。最幼稚的一類，簡直像在做特效藥的廣告。

至於洋學者的中文，照例是不會高明的。邏輯上說來，窮研

外文勢必荒廢了國文。事實上並沒有這麼簡單。因為一般的洋學者，中文固然不夠雅馴，外文似乎也並未念通。筆下不通，往往是心中不通的現象。如果真想通了，一定也會寫通。我甚至有一個不移的偏見，以為中文沒有寫通的人，外文一定也含混得可以。中文不通，從事任何文學的部門都發生資格問題，從事以洋學誨人的工作，更不例外。表面上，似乎洋學者的中文，何妨打個折扣，從寬發落？其實洋學者正加倍需要雄厚的中文修養，才能抵抗那些彆扭的語法和歐化的詞句，也才能克服中西之異，真正把兩種文學「貫」起來。不幸的是，我們的洋學者寫起中文來恍若英文，寫起英文來又像道地的中文，創作時扭捏如翻譯，翻譯時瀟灑如創作，真是自由極了。至於數落西方文豪如開清單，而於中國文學陌生如路人，更是流行一時的病態。

　　這篇短文，和學術扯不上什麼關係。我只想用最淺近的方式，教無辜的讀者一些實用的防身術，免得他們走過洋學者的租界時，平白被人欺負罷了。

　　　　——一九六八年六月二十五日，出自一九七二年《焚鶴人》

外文系這一行

我曾經是外文系的學生,現在我是外文系的教授,可是在自己的感覺裡,我永遠是外文系的學生,我學的是這一行,幹的是這一行,迷的也是這一行。三位一體,我的快樂便在其中。對於自己當初的抉擇,我從未懊悔過。

我曾經考取過五家大學的外文系:北大、金大、廈大、臺大、師院(即師大前身)。北大沒有進成,因為當時北方不寧,可是對於考取北大這件事,直到現在,我還保持一份高中生的自豪。師院也沒有去,因為同時考取了臺大。不過和師院的緣分,並未因此斷絕;自從做講師以來,我始終沒有脫離過師大。梁實秋先生對英千里先生嘗戲謂我是「楚材晉用」。楚人顯然不急於收回這塊「楚材」,因為我回到母校去兼課,已經是畢業後十四年的事了。至於「晉用」,也有一段「祕辛」:我任師大的講師,先後垂八年之久,這在儒林正史上雖然不算最高紀錄,相去恐亦不遠了。「蹲蹬」了這麼久,事實上還是該怪自己不善於填表格,辦手續。最後,還是先做了美國的副教授,才升為中國的副教授的,「楚材晉用」變成了「夏材夷用」,很有一點「遠交近攻」的意味。

我的外文系老師,包括英千里、蘇維熊、黎烈文、梁實秋、趙麗蓮、曾約農、黃瓊玖和吳炳鍾。最前面的三位不幸作古;最後面的一位是電視名人,他的一張「娃娃臉」很是年輕。「吳炳鍾也教過你嗎?」是朋友們常有的反應。

不過,在語文上影響我最大,大得使我決定念外文系的,卻是在中學時代教了我六年英文的老師孫良驥先生。他出身金陵大

學外文系，發音清暢，教課認真，改起卷子來尤其仔細，在班上，他對我一直鼓勵多於呵責，而且堅信自己這位學生將來一定會有「成就」。那已經是三十年前的事了。少年時代的恩師是不是還在大陸，甚至還在世上，已經十分渺茫，雖然直到此刻，他的教誨，和嚴峻中透出慈祥的那種神情，猶迴盪在我的心中。時常，面對著自己滿架的著作和翻譯，最大的遺憾，就是不能把這些書親手捧給孫老師看。

現在輪到自己背負黑板，面對下面的青青子衿，不免有一種輪迴的感覺。輪到自己來教英詩，恰恰也在臺大文學院樓下的那間大教室，一面朗吟莎翁的十四行，一面打量左邊角落裡的一位學生，可是我並沒有看見她，我只是在搜尋自己，十六年前坐在那座位上的自己，一個不快樂其實也並不憂愁的青年。一面朗吟，一面在想，十六年前坐在這講臺上的英先生，心裡在想些什麼，講到這一首的時候，他的詮釋是什麼？

十多年來，我教過的科目，包括英國文學史、比較文學、散文、翻譯、英詩和現代詩，儘管自己寫的是現代詩，最樂意教的卻是古典的英詩。一位充實的學者未必是一個動聽的講師：後者不但要了然於心，而且要豁然於口。一位成功的講師應該是一個巫師，念念有詞，在神人之間溝通兩個世界。春秋佳日，寂寂無風的上午，面對臺下那些年輕的臉龐，娓娓施術，召來濟慈羞怯低徊的靈魂，附在自己的也是他們的身上。吟誦之際，鏗然揚起所謂金石之聲，那真是一種最過癮的經驗。一堂課後，如果毫無參加了召魂會（séance）的感覺，該是一種失敗。詩，是經驗的分享，只宜傳染，不宜傳授。

詩人而來教詩，好處是以過來人的身分現身說法，種種理論，皆有切身經驗作為後盾。缺點至少有二：第一，詩人富於經驗，但不盡巧於理論，長於綜合，但不盡擅於分析，也就是說，

作家未必就是學者。第二，詩人論詩，難免主觀：風格相近，則欣然引為同道，風格相遠，則怫然斥為異端。知性主義的名詩人奧登在《十九世紀英國次要詩人選集》的引言中曾說，雪萊的詩，他一首也不喜歡，雖然他明知雪萊是大詩人。知道詩人有這種偏見，我在講授英詩的時候，就竭力避免主觀的論斷，在時代和派別的選擇上，也竭力避免厚此薄彼甚至顧此失彼的傾向。我的任務是把各家各派的代表人物介紹給學生認識，至於進一步的深交，就有待他們的「慧根」和努力了。

　　文學教授私下交談，常有一項共同的經驗，那就是，無論你多麼苦口婆心或者繡口錦心，臺下儼然危坐的學生之中，真正心領神會的，永遠只有那麼三五個人。對於其餘的聽眾，下課的鐘聲恐怕比史雲朋的音韻更為悅耳吧。「但為君故，沉吟至今」：事實上，只要有這麼三五個知音，這堂課講得再累，也不致「咳唾隨風」了。

　　幾乎每次演講，都有人會問我，英詩，或者一般的英國文學，該怎麼研讀。如果他是外文系的學生，我會為他指出三條途徑。如果他志在語言而不在文學，則欣賞欣賞便可。如果他要做一位文學的學者，就必須博覽群籍，認真而持續地研究。如果他要做一位作家，則他只要找到能啟發他滋潤他的先驅大師就行了。對於一位學者，文學的研究便是目的；研究成功了，目的便已達到。對於一位作家，文學的研究只是一項手段；研究的心得，必須用到未來的創作裡，而且用得有效，用得脫胎換骨，推陳出新，才算大功告成。要做學者，必須熟悉自己這一行的來龍去脈，行話幫規，必須在紛然雜陳的知識之中，整理出自己獨到的見解。要做作家，可以不必理會這些；他只要選擇自己需要的養分，善加吸取便可。學者把大師之鳥剝製成可以把玩諦視的標本，作家把大師之蛋孵成自己的鳥。

　　二十年來，臺大外文系出了不少作家，形成了一個可貴的傳統。其他大學的外文系，產生的作家雖然少些，可是仍然多於中文系。平均說來，中文系如果出了一位作家，外文系至少要出六、七位。中文系面對這個現象，有一個現成的答覆：中文系不是作家的培養所。誠然誠然。可是緊接著的一個問題是：難道外文系就是作家的培養所嗎？同樣都無意培養作家，為什麼外文系柳自成陰呢？原因固然很多，我想其一可能是外文系沒有所謂道統的包袱，文學就是文學，界限分明，無須向哲學和史學的經典俯首稱臣。其二可能是外文系研究的對象，既然是外國文學，則訓詁考據等事，天經地義該讓外國學者自己去做，我們樂得欣賞詞章，唯美是務，其三可能是研究外國文學，便多了一個立腳點，在比較文學的角度上，回顧本國的文學傳統，對於盧山面目較易產生新的認識，截長補短，他山之石也較能用得其所。其四可能是，外文系接受的，既然是「西化」的觀念，一切作風理應比較民主、開放，師生之間的關係也就較有彈性，略多溝通吧。

　　儘管如此，作家仍屬可遇難求，我們無法責成外文系供應作家，但至少可以要求外文系多培養一些學者，譬如說，外文系就應該多出一些批評家。至於翻譯家的培養，當仁不讓，更是外文系的天職。今天文壇的學術水準如要提高，充實這兩方面的人才，應該是首要之務。文學批評如果是寫給本國人看的，評者的中文，不能文采斐然，至少也應該條理清暢。至於翻譯，那就更需要高水準的中文程度了。不幸中文和中國文學的修養，正是外文系學生普遍的弱點。我國批評文體的生硬，和翻譯文體的彆扭，可以說大半起因於外文這一行的食洋不化，和中文不濟。這一點，外文系的學生要特別注意。理論上來說，外文系的人憑藉的是外文，可是實際上，外文出身而業翻譯的人，至少有一半要靠中文。外文系的翻譯一課，系方和學生似乎都不夠重視，其實

它日後對學生的影響非常重大。同時，這一課的教授，絕非僅通英文的泛泛之輩所能勝任。

我國文化的傳統，由於崇古和崇拜權威，頗有鼓勵人「述而不作」的傾向。目前大專教授升等，規定只能憑藉論述，而不得用創作或翻譯代替，正是「述而不作」的心理在作祟。事實上，中文、外文、藝術、音樂、戲劇等系的教授，能夠不述而作，或是述作俱勝，不也同樣可以鼓舞學生嗎？中文系如果擁有一位李白或曹霑，豈不比擁有一位許慎或鍾嶸更能激發學生的熱情？同時，與其要李白繳一篇「舜目重瞳考」式的論文，何不讓他多吟幾篇「遠別離」之類的傑作呢？

外文系和上述的其他各系一樣，如果永遠守住「述而不作」的陣地，只能算是一種消極的姿態。假設有這麼一位狄更斯的權威某某教授，把他生平所學傳授給高足某某，這位高足去國外留學，專攻的也是狄更斯，回到國內，成為狄更斯權威二世，二世的高足出國留學，回到國內，成為狄更斯權威三世……師生如此相傳，成為外國傳統忠誠的守護人，這樣當然很高級，也很夠學術，問題在於：這樣子的「學術輪迴制」究竟為中國的小說增加了什麼呢？上述其他各系的人也不妨反躬自問：他們為中國的這一種藝術增加了一些什麼？以音樂系為例，多年來一直是三B的天下，現在可能加上巴爾托克、貝爾克和巴爾伯，可是中國的現代音樂在哪裡呢？小市民聽的是國語歌曲，知識青年聽的是西方的熱門音樂，學院裡提倡的是西方的古典音樂。少數的作曲家如許常惠等，確是在創造中國的新音樂，可是一般人不要聽，而要聽的少數卻不常聽得到，成為濟慈所謂的「無聲的旋律」。

「我為中國的新文學做了些什麼？」各說各話，自說自話的結果，我只能提出這麼一個問題，獻給同行，也用以質問我自己。

——一九七二年元月三十日，出自一九七四年《聽聽那冷雨》

用現代中文報導現代生活

　　如果說，電視是現代人的眼睛，而廣播是現代人的耳朵，那麼，報紙就應該是我們的千里眼兼順風耳了。在時效方面，報紙每天出版一次，看得沒有電視那麼快，也不像廣播聽得那麼迅速。可是映像和音波一縱即逝，太緊張太短暫了，不像報紙握在手，當天固然可以從容閱讀，事後也可以保存，留待將來參考。同時，報紙的價錢便宜，訂一份報紙二十年的代價，比買一架電視機還要節省。電視機和收音機不免需要修理，報紙的讀者沒有這種煩惱。電視機和收音機，往往成為噪音的來源，報紙，卻是最安靜的大眾傳播工具。

　　比起電視和廣播來，報紙確實是資歷最久的大眾傳播事業。如果說，電視和廣播更富於現代科技的精神，在另一方面，也可以說，報紙的文化背景比較悠遠，文化氣質也比較濃厚。在近代中國，報紙常常成為所謂「書生論政」的講壇，梁啟超、張季鸞的風骨已經成為我國報人的傳統精神。可是目前我們已經進入一個嶄新的時代。知識的爆發，生活的繁複，使得書生的一枝筆無法面面兼顧。同時，民主時代的新聞報導和社會教育，要求的是客觀和普及，更不容書生之筆在高速印刷機畔從容「生花」。中文報紙要把現代人的生活報導得客觀而又普及，就不能不用所謂「現代中文」了。

　　什麼才是現代中文呢？所謂現代中文，應該是寫給現代中國人看的一種文字。這種文字必須乾淨，因為不乾淨就不可能客觀，同時必須平易，因為不平易就不可能普及。一篇報導的文

字，既不客觀，又不普及，怎能忠實反映現代人的生活？不客觀，就失去了實事求是的科學精神；不普及，就失去了家喻戶曉的民主意義。科學和民主，正是現代生活的兩大支柱，不科學也不民主的文字，當然不能成為現代中文。

分秒必爭的電視和廣播，尤其是電視，為了必須在最短的時間內把新聞報導給觀眾和聽眾，自然要用最直接最有效的口語。相形之下，報紙上使用的文字就顯得太文了一點。事實上，目前中文報紙習用已久的不少語彙，都可以改得更淺白一些。像最近報上的一段消息：「行政院國家科學委員會昨日表示，旅外學人回國任教時，如攜帶自用汽車入境，不能請求免稅。」如果記者改寫成「行政院國家科學委員會昨天說，學人回國教書，如果把自用汽車帶回來，不能請求免稅」，豈不是更加淺白易解？中國的文言好用重疊的同義字和四言成語，結果是寧可說「攜帶汽車」，不肯直說「帶汽車」，寧可說「購置儀器」，不肯直說「買儀器」。像「攜」和「購」這種字眼，不但語意太文，筆畫也太複雜了，如果能夠避免，何必自討苦吃？再看下面一段消息：「百樂大廈二十五日連續發生兩件竊案，大廈三樓毗鄰的兩家住戶遭竊盜潛入，竊走價值五十餘萬元的珠寶飾物和現款。」裡面的文言有必要嗎？「遭竊盜潛入」一類的文言，非但詰屈聱牙，也不很通順，念起來太可怕了。我們不妨把這段話改淺些，變成「百樂大廈二十五日一連發生兩件竊案，小偷進入三樓兩家隔壁的住戶，偷走的珠寶和現款，值五十多萬元。」

麥克魯亨（Marshall MacLuhan）曾經再三強調：「工具就是消息」，又說：「社會之形成，有賴於大眾傳播工具之性質者，甚於傳播之內容。」報紙傳播的工具既然是文字，平易淺近的白話當然該漸漸代替艱澀拗口的文言。用白話來代替文言，不但是為了好懂，也是為了更接近現代人的觀念和意識。文言裡有許多詞

彙，不但深奧難懂，而且隱隱約約，包含了多少重官輕民尊卑必分的暗示作用。白話的用語，顯然就缺少這方面的種種聯想。白話和文言之分，正如現代公務員和封建時代的官吏之分。美國內戰的時候，畢克斯比太太的五個兒子都為國犧牲了。林肯寫給她的那封有名的慰問信，譯成中文，如果用白話，一定非常貼切，換了文言，恐怕就不容易保存一個民主國家的元首那種平易而又懇切的語氣了。最近，臺灣各地法院的公文漸漸有改用白話的趨勢，輿論的反應非常歡迎。這種變化，表面上是語文的改革，實際上卻是意識的修正，因為公文用了白話，那種衙門在上刁民在下的訓誨語氣，就用不上來了。同樣，報紙改用平易的白話後，不但可以普及大眾，更可以在民主意識的培養上，收潛移默化之功。

也許有人要說，報紙捨文言而就白話，長此以往，俚淺的俗語取代了典雅的文言，傳統中文裡多少優美的字彙和詞句，豈不日久失傳，湮沒殆盡？長此以往，未來的中文豈不日趨單調、膚淺而狹窄？我的答案是：報紙既然是大眾傳播的工具，當然應以方便大眾為前提。迅速、簡潔、正確、客觀、普及，這些都是新聞的美德。新聞的文體，平易清暢就已稱職。至於更進一步，要創造優美、雅健，或是雄偉的文體，那就涉及副刊、專欄和社論，是作家的責任了。作家的責任是創造，記者的責任則是報導。固然也有不少記者的筆下，出現了可讀可誦的文章，那畢竟是意外的收穫，對於高級的讀者，算是一項可喜的花紅吧。記者需要的，畢竟是倚馬可待之才，不是閉門覓句之功。學術性的論著，或是文藝性的作品，應該保留酌量運用古典詞藻的權利，至於新聞報導，應該盡量使用白話。

當然，也有不少文言成語，像「每況愈下」、「望洋興歎」、「莫名其妙」、「旁觀者清」等等，早已家喻戶曉，成為日常用語，

口頭尚且通行，筆下豈可廢止？至於太過生僻的字句或典故，就必須避免了。新聞不是文學，因為前者以客觀報導為貴，而後者常是主觀的創造。可是仍然有一些報紙，無論在標題或是內文裡，每每把兩者混為一談。結果是無屍不豔，有巢皆香。一個三流的演員死了，也是「一代佳人，玉殞香消」。任何女人偷了東西，必歎「卿本佳人，奈何作賊？」現實的醜，用文學的美來掩飾，變成了所謂「雅到俗不可耐」。同樣地，「紅杏出牆」、「使君有婦」、「季常之癖」、「河東獅吼」、「玉體橫陳」、「不愛江山愛美人」等等成語，經常出現在報紙的社會版或是花邊新聞裡，和電影廣告的措辭遙相呼應，形成讀者視覺的一大汙染。像「玉體橫陳」和「不愛江山愛美人」等等成語，出現在原來的古典詩賦裡，本有諷諭之意，可是到了今天，「玉體橫陳」已經成為黃色新聞的術語，而「不愛江山愛美人」竟用來形容並未誤國的溫莎公爵。

　　新聞報導濫用典故，至少有三個惡果。第一，如果是冷僻的典故，用意太深，一般讀者無法接受，就有違普及之旨。不說「失火」，偏要大掉書袋，說什麼「祝融肆虐」、「回祿之災」，就未免太文了。第二，如果用得不當，扭曲了典故的原意，會給讀者謬誤的印象。文學的暗示性太強；新聞側重客觀的報導，應該輪廓分明，線條清晰才對。第三，許多優雅的古典辭句，到了今天，全都淪為陳腔濫調，不堪入目。見報率太頻，經常跟內幕穢聞聯想在一起，恐怕是一大原因。聯想的反應已成必然，今天我們回頭再去讀杜甫的「問柳尋花到野亭」，李商隱的「花鬚柳眼各無賴」，或是葉適的「春色滿園關不住，一枝紅杏出牆來」，簡直像唸打油詩，不可能不啞然失笑。

　　新聞的文體，一方面要從傳統的陳腔濫調裡解脫出來，另一方面，恐怕還要努力戒除洋腔洋調，報紙上的洋腔洋調，正如瀰

漫在文壇和學府的洋腔洋調一樣，都是英文意識和翻譯體影響之下的產物。我說「英文意識」，是指了解英文的人而言，至於「翻譯體」，則指不解外文但接受譯文語法暗示的人。文壇和學府的洋腔洋調，來自外文書籍的翻譯，報紙的洋腔洋調，則來自外電的翻譯。翻譯一般書籍，可以從容推敲；翻譯外電，為了爭取時間，不能仔細考慮，如果譯者功力不濟，就會困在外文的句法裡，無力突圍。

　　請看下面的兩個例子：（一）「正當一名不明身分的人宣讀聲明，聲稱陸軍已決定接管政權時，達荷美國家電臺正播放著軍樂。」（二）「日本大藏省計畫，當國會通過為避免日圓再升值而設計的此一調整日本外貿關係的法案後，立刻實行此一降低關稅及有關措施。」第一個例子裡，顯然包含了一個使用過去進行式的字句。可是在譯文裡，主句的「正當」和子句的「正」糾纏在一起，「宣讀」和「播放」兩個動詞之間的關係，遂變得非常曖昧。同時，「宣讀聲明，聲稱（陸軍如何如何）」一類的句法，也相當彆扭。如果譯者多為讀者設想，也許會把這句話譯成：「一個身分不明的人宣讀聲明，說陸軍已決定接管政權，這時，達荷美國家電臺正播放軍樂。」至於第二個例子，「日本大藏省『計畫』……」，計畫幹什麼呢？啊，仔細一看，原來是要在「國會（如何如何）之後，『立刻實行』（什麼什麼）」。在動詞和受詞之間，竟隔了三十一個字。這在中文的文法來說，就有點失卻聯絡了。甚至在三十一個字的副詞子句裡，動詞「通過」和受詞「法案」之間，相隔仍長達二十三個字，這二十三個字，夾夾纏纏，竟形成了兩段修飾語，修飾後面的受詞「法案」。問題在於，讀報的人大半很忙，誰能定下心來，慢慢分析一個歐化長句的結構呢？我認為，報上的文句，如果要讀者重讀一遍才能了解，就不算成功，如果竟要再三研讀才有意義，那就整個失敗

了。富有翻譯經驗的人，也許還能猜出原文的結構。可是一般讀者，只有茫然的感覺吧。面對這種複雜的長句，譯者實在不必拘泥原文的結構。他不妨把長句拆散，然後重裝。也許這句譯文，可以改寫如下：「日本大藏省的計畫是，調整日本外貿關係的這項法案，原為避免日圓再升值而設，只要國會通過，立刻就執行降低關稅及有關措施。」

還有一種新聞譯文，雖然不難了解，卻也不太可讀，毛病全在累贅。再舉兩個例子：（一）「一個二十三歲的紡織工人正確的猜對本週末的十三場足球賽，中了巴西的足球彩票。」（二）「馬可仕總統答覆提出問題的記者說：『情況嚴重，我已經要求將最新消息從越南發來給我。』」第一句中，「正確的猜對」是可笑的，只要說「猜對」就夠了。第二句中，「馬可仕總統答覆提出問題的記者說」也是可笑的，因為「答覆」兩字原就是「問題」的反應，只要說「馬可仕總統答覆記者說，（如何如何）」，也就夠了。

新聞的譯文體，通常有一個現象，就是，句法是歐化的，用語卻往往是文言的。句法歐化，因為譯者的功力無法化解繁複的西式句法，只好依樣畫葫蘆。用語太文，因為譯者幻想文言比較節省篇幅。可是我們不要忘記，為了千萬人讀來省力，寧可一個人譯來費力。電視和廣播的新聞報導，照說應該比報上的接近口語，容易聽懂，可是事實上往往也有上述歐化句法文言用語的現象。電視和廣播的歷史比報紙要淺，在這方面也許是受了報紙的影響吧。

新聞報導要做到客觀，那是記者態度的問題。同時還要做到專業化，那就牽涉到記者的能力了。記者要報導的現代生活，繁複紛紜，多彩多姿，在各殊的現象後面，牽涉的各行知識，是無窮無盡的。現代的社會分工日細，知識的爆發永無止境。大學裡新開的課程，究竟在研究些什麼，對外行人來說，恐怕永遠是一

個謎。要求一個忙碌的記者，報導一行就精通一行，當然是不公平也不可能的。記者接觸的範圍那麼廣闊，任何問題都要略窺一二，獲得一點基本的常識，已經會有「生也有涯」之歎。可是記者專業化的要求是不容忽視的；現代社會愈發展，專業化的要求也愈加迫切。一個記者要是沒有「適度」的內行知識，不要說談問題力不從心，甚至於報導專家學者的談話，也會露出馬腳來的。

　　就拿跟我這一行相近的文教新聞做例子吧。現代文藝思潮不斷輸入我國，和我們傳統的思想相磨相盪，在許多場合，一個文教記者免不了要訪問作家或學者，或是報導一個座談會或一次展覽。由於欠缺事先的準備，或是事後的核對，有時難免寫出外行話來。十多年前，所謂「抽象畫」開始困擾我們的觀眾，在某些特寫或報導之中，「抽象」和「印象」常常混為一談，乃令迷惘的觀眾益加茫然。同樣地，「新潮」一語原來特指現代電影的某種手法或派別，不幸往往張冠李戴，套到其他藝術的頭上，竟成為「亂七八糟」的代用語了。有一次我演講，提到美國的江湖作家，所謂「落拓派」者，第二天見報，竟成了「駱駝牌」。隔行如隔山，我舉了這些例子，用意只是說明專業化的重要性，不是要諷刺那一位記者。如果要我去訪問一位科學家，我的訪問記照樣會記到隔壁去。記者之中，當然也有不少專門人才，可是大千世界，尤其是變化多端的現代生活，實在太豐富了，一般的記者，在定義上說來，該是站在內行人和外行人之間的傳人，把少數內行人的觀念和知識，不斷傳播給廣大的外行人，包括我這位門外漢。

　　　　——一九七二年十月，出自一九七四年《聽聽那冷雨》

哀中文之式微

「關於李商隱的〈錦瑟〉這一首詩，不同的學者們是具有著很不相同的理解方式。」「陸游的作品裡存在著極高度的愛國主義的精神。」類此的贅文冗句，在今日大學生的筆下，早已見慣。簡單明瞭的中文，似乎已經失傳。上文的兩句話，原可分別寫作：「李商隱〈錦瑟〉一詩，眾說紛紜。」「陸游的作品富於愛國精神。」中文式微的結果，是捨簡就繁，捨平易而就艱拗。例如上引兩句，便是一面濫用大而無當的名詞（理解方式，高度，愛國主義），一面亂使浮而不實的動詞（是具有著，存在著）。毛病當然不止這些，此地不擬贅述。

日常我所接觸的大學生，以中文、外文兩系最多。照說文學系的學生，語文表達的能力應無問題，而筆下的中文竟然如此，實在令人擔憂。我教翻譯多年，往往，面對英文中譯的練習，表面上是批改翻譯，實際上主要是在批改作文。把「我的手已經喪失了它們的靈活性」改成「我的兩手都不靈了」，不是在改翻譯，而是在改中文。翻譯如此，他如報告、習作、論文等等，也好不了許多。香港的大學生如此，臺灣的大學生也好得有限。

此地所謂的中文程度，卑之無甚高論，不是指國學的認識或是文學的鑑賞，而是泛指用現代的白話文來表情達意的能力。然則，中文何以日漸低落呢？

現代的教育制度當然是一大原因。古人讀書，經史子集，固亦浩如煙海，但究其範圍，要亦不出人文學科，無論如何，總和語文息息相關。現代的中學生，除了文史之外，英文、數學、理

化、生物等等，樣樣要讀，「於學無所不窺」，儼然像個小小博士。要我現在回頭去考大學，我是無論如何也考不取的。中學課程之繁，壓力之大，逼得學生日與英文、數學周旋，不得不將國文貶於次要地位。所謂國文也者，人人都幻覺自己「本來就會」，有恃無恐，就算臨考要抱佛腳，也是「自給自足」，無須擔心。

文言和白話對立，更增加中文的困難。古之學者，讀的是文言，寫的也是文言，儘管口頭所說與筆下所書大不相同，形成了一種病態，可是讀書作文只要對付一種文體，畢竟單純。今之學者，國文課本，讀的大半是文言，日學寫的卻是白話，學用無法一致，結果是文言沒有讀通，白話也沒有寫好。兩短相加，往往形成一種文白夾雜的拗體。文白夾雜，也是一種不通，至少是不純。同時，國文課本所用的白話文作品，往往選自五四或三十年代的名家，那種白話文體大半未脫早期的生澀和稚拙，其尤淺白直露者，只是一種濫用虛字的「兒化語」罷了。中學生讀的國文，一面是古色斑斕的文言，另一面卻是「我是多麼地愛好著那春季裡的花兒」一類的嫩俚腔，筆下如何純得起來？

不純的中文，在文白夾雜的大難之外，更面臨西化的浩劫。西化的原因有二，一為直接，一為間接，其間的界限已難於劃分。直接的原因，是讀英文。英文愈讀愈多，中文愈讀愈少，表現的方式甚至思考的方式，都不免漸受英文意識的侵略。這一點，在高級知識分子之間，最為顯著。「給一個演講」，「謝謝你們的來」，是現成的例子。至於間接的影響，則早已瀰漫學府、文壇，與大眾傳播的媒介，成為一種文化空氣了。生硬的翻譯，新文藝腔的創作，買辦的公文體，高等華人的談吐，西化的學術論著，這一切，全是間接西化的功臣。流風所及，純正簡潔的中文語法眼看就要慢慢失傳了。三、五年之後，諸如「他是一位長期的素食主義的奉行者」的語法，必成為定格，恐怕沒有人再說

「他吃長素」了。而「當被詢及其是否競逐下屆總統，福特微笑和不作答」也必然取代「記者問福特是否競選下屆總統，他笑而不答」。

　　教育制度是有形的，大眾傳播對社會教育或「反教育」的作用，卻是無形的。中文程度低落，跟大眾傳播的方式有密切的關係。古人可以三年目不窺園，今人卻不能三天不讀報紙，不看電視。先說報紙。報紙逐日出版，分秒必爭的新聞，尤其是必須從速處理的外電譯稿，在文字上自然無暇仔細推敲。社論和專欄，要配合時事近聞，往往也是急就之章。任公辦報，是為了書生論政，志士匡時，文字是不會差的。今人辦報，很少有那樣的抱負。進入工業社會之後，更見廣告掛帥，把新聞擠向一隅，至於文化，則已淪為游藝雜耍。報上常見的「翻譯體」，往往是文言詞彙西化語法組成的一種混血文體，不但行之於譯文，更且傳染了社論及一般文章。「來自四十五個國家的一百多位代表們以及觀察員們，參加了此一為期一週的國際性會議，就有關於成人教育的若干重要問題，從事一連串的討論。」一般讀者天天看這樣的中文，習以為常，怎能不受感染呢？

　　自從電視流行以來，大眾和外面世界的接觸，不再限於報紙。讀者變成了觀眾或者「觀聽眾」，和文字的接觸，更疏遠了一層。以前是「讀新聞」，現在只要「聽」新聞甚至「看」新聞，就夠了。古人要面對文字，才能享受小說或傳奇之趣，今人只須面對電視，故事自然會展現眼底，文字不再為功。螢光幕上的文字本不高明，何況轉瞬已逝，也不暇細究了。「消息端從媒介來」，麥克魯亨說得一點也不錯。我曾和自己的女兒說笑：「男朋友不准打電話來，只准寫情書。至少，爸爸可以看看他的中文通不通。」

　　戲言自歸戲言。如果教育制度和大眾傳播的方式任其發展，

中文的式微是永無止境，萬劫難復的。

　　　　　——一九七六年二月，出自一九七七年《青青邊愁》

論中文之西化

1

語言和錢幣是人與人交往的重要工具。同胞之間，語言相通，幣制統一，往來應無問題，但是和外國人往來，錢幣就必須折合，而語言就必須翻譯。折合外幣，只須硬性規定；翻譯外文，卻沒有那麼簡單，有時折而不合，簡直要用「現金」交易。所以 Kung Fu 在英文裡大行其道，而「新潮」、「迷你」之類也流行於中文。外來語侵入中文，程度上頗有差別。「新潮」只是譯意，「迷你」則是譯音。民初的外語音譯，例如「巴立門」、「海乙那」、「羅曼蒂克」、「煙士披里純」、「德謨克拉西」等等，現在大半改用意譯，只有在取笑的時候才偶一引用了。真正的「現金」交易，是直引原文，這在二十年代最為流行：郭沫若的詩中，時而 symphony，時而 pioneer，時而 gasoline，今日看來，顯得十分幼稚。

英國作家常引拉丁文，帝俄作家常引法文，本是文化交流不可避免的現象。今日阿拉伯的數字通行世界，也可算是一種「阿化」：西方書中，仍有少數在用羅馬數字，畢竟是漸行淘汰了。中國的文化博大而悠久，語文上受外來的影響歷來不大；比起西歐語文字根之雜，更覺中文之純。英國九百年前亡於法系的諾曼第，至今英文之中法文的成分極重，許多「體面」字眼都來自法文。例如 pretty 一字，意為「漂亮」，但要意指美得高雅拔俗，卻要說 beautiful──究其語根，則 pretty 出於條頓族之古英文，故較「村野」，而 beautiful 出於古法文，更可上溯拉丁文，故較「高

貴」。在莎劇中，丹麥王子臨死前喘息說：

Absent thee from felicity a while,

And in this harsh world draw thy breath in pain,

歷來評家交相推許，正因前句死的紓解和後句生的掙扎形成了鮮明的對照，而 absent 和 felicity 兩個複音字都源出拉丁，從古法文傳來，harsh, world, draw, breath 四個單音字卻都是古英文的土產。在文化上，統治者帶來的法文自然比較「高貴」。相對而言，中國兩度亡於異族，但中文的「蒙古化」和「滿化」卻是極其有限的。倒是文化深厚的印度，憑宗教的力量影響了我們近兩千年之久。但是，儘管佛教成為我國三大宗教之一，且影響我國的哲學、文學、藝術等等至為深遠，梵文對中文的影響卻似乎有限。最淺顯的一面，當然是留下了一些名詞的音譯或意譯。菩薩、羅漢、浮圖、涅槃、頭陀、行者、沙彌之類的字眼，久已成為中文的一部分了。我們習焉不察，似乎「和尚」本是中文，其實這字眼也源於梵文，據說是正確譯音「鄔波脩耶」在西域語中的訛譯。又如中文裡面雖有「檀越」一詞，而一般和尚卻常用「施主」而不叫「檀越」。

梵文對於中文的影響，畢竟限於佛經的翻譯，作用的範圍仍以宗教為主，作用的對象不外乎僧侶和少數高士。劉禹錫「可以調素琴，閱金經」，李賀「楞伽堆案前，楚辭繫肘後」，柳宗元「閒持貝葉書，步出東齋讀」；其實真解梵文的讀書人，恐怕寥寥無幾。到了現代，英文對中國知識分子的影響，不但藉基督教以廣傳播，而且納入教育正軌，成為必修課程，比起梵文來，實在普遍得多，但對中文的害處，當然也相應增加。佛教傳入中國之初，中國文化正當盛期，中文的生命厚實穩固，自有足夠的力量

加以吸收。但民初以來，西方文化藉英文及翻譯大量輸入，卻正值中國文化趨於式微，文言的生命已經僵化，白話猶在牙牙學語的稚齡，力氣不足，遂有消化不良的現象。梵文對中文的影響似乎止於詞彙，英文對中文的影響已經滲入文法。前者的作用止於表皮，後者的作用已達周身的關節。

2

　　六十年前，新文化運動發軔之初，一般學者的論調極端西化，語文方面的主張也不例外。早在民國七年三月十四日，錢玄同在〈中國今後文字問題〉一文中就說：「中國文字，論其字形，則非拼音而為象形文字之末流，不便於識，不便於寫；論其字義，則意義含糊，文法極不精密；論其在今日學問上之應用，則新理新事新物之名詞，一無所有；論其過去之歷史，則千分之九百九十九為記載孔門學說及道教妖言之記號……欲使中國不亡，欲使中國民族為二十世紀文明之民族，必以廢孔學，滅道教為根本之解決，而廢記載孔門學說及道教妖言之漢文，尤為根本解決之根本解決。至廢漢文之後，應代以何種文字，此固非一人所能論定；玄同之意，則以為當採用文法簡賅，發音整齊，語根精良之人為的文字 Esperanto。唯 Esperanto 現在尚在提倡之時，漢語一時亦未能遽爾消滅；此過渡之短時期中，竊謂有一辦法：則用某一種外國文字為國文之補助……照現在中國學校情形而論，似乎英文已成習慣，則用英文可也；或謂法蘭西為世界文明之先導，當用法文……從中學起，除國文及本國史地外，其餘科目，悉讀西文原書。如此，則舊文字之勢力，既用種種方法力求滅殺，而其毒燄或可大減──既廢文言而用白話，則在普通教育範圍之內，斷不必讀什麼『古文』發昏作夢的話……新學問之輸入，又因直用西文原書之故，而其觀念當可正確矣。」

在錢文之前，《新世紀》第四十號已發表吳稚暉的意見：「中國文字，遲早必廢。欲為暫時之改良，莫若限制字數；凡較僻之字，皆棄而不用，有如日本之限制漢文……若為限制行用之字所發揮不足者，即可攙入萬國新語（即 Esperanto）；以便漸攙漸多，將漢文漸廢。」

錢文既刊之後，胡適和陳獨秀立表贊同。胡適說：「我以為中國將來應該有拼音的文字。但是文言中單音太多，絕不能變成拼音文字。所以必須先用白話文字來代替文言的文字，然後把白話的文字變成拼音的文字。」陳獨秀則說：「吳先生『中國文字，遲早必廢』之說，淺人聞之，雖必駭怪；循之進化公例，恐終無可逃，惟僅廢中國文字乎？抑並廢中國言語乎？此二者關係密切，而性質不同之問題也，各國反對廢國文者，皆破滅累世文學為最大理由，然中國文字，既難傳載新事新理，且為腐毒思想之巢窟，廢之誠不足惜……當此過渡時期，惟有先廢漢文，且存漢語，而改用羅馬字母書之。」

六十年後重讀這些文章，其幼稚與偏激，令人不能置信。所謂世界語，始終不成氣候，將來可見也難成功。至於中文，豈是少數一廂情願的「革命家」所能廢止？即使是在中國大陸，即使是在文革期間，中文也只做到字體簡化，不能改為拼音，更不用提什麼廢止。六十年來，中文不但廢止不了，而且隨教育的普及更形普及，近年西方學生來中國學習中文的，更是愈來愈多。我國學者和外國的漢學家，對中國古典文學不但肯定其價值，而且加強其評析，並不當它做「腐毒思想之巢窟」。六十年來，我國的作家一代接一代努力創作，累積下來的成就足以說明，用白話文也可以寫出優秀的詩、散文、小說、評論。

但是六十年前，所謂文學革命的健將，一味鼓吹西化，並未遠矚到這些前景。民國八年二月十一日，傅斯年在〈漢語改用拼

音文字的初步談〉長文裡說：「近一年來，代死文言而興的白話發展迅速得很，預計十年以內，國語的文學必有小成。稍後此事的，便是拼音文字的製作。我希望這似是而非的象形文字也在十年後入墓。」

傅斯年此文論調的激烈，和他的那些新派老師是一致的。此文刊出前一個半月，他已發表了一篇長文，叫做〈怎樣作白話文〉。他認為中國白話文學的遺產仍太貧乏，不足借鏡，要把白話文寫好，得有兩個條件。第一就是乞靈於說話，留心聽自己說話，也要留心聽別人怎樣說話。傅氏說：「第一流的文章，定然是純粹的語言，沒有絲毫屬雜；任憑我們眼裡看進，或者耳裡聽進，總起同樣的感想，若是用耳聽或眼看，效果不同，便落在第二流以下去了。」不過，傅氏立刻指出，語文合一的條件並不充足，因為口語固然有助文章的流利，卻無助文章的組織，也就是說，有助造句，卻無助成章。所以，要寫「獨到的白話文，超於說話的白話文，有創造精神的白話文」，尚有賴於第二個條件。

這第二個條件，傅氏說，「就是直用西洋人的款式，文法、詞法、句法、章法、詞枝（figure of speech）……一切修詞學上的方法，造成一種超於現在的國語、歐化的國語，因而成就一種歐化國語的文學。」

傅氏又說，理想的白話文應該包括「（一）邏輯的白話文：就是具邏輯的條理，有邏輯的次序，能表現科學思想的白話文。（二）哲學的白話文：就是層次極複，結構極密，能容納最深最精思想的白話文。（三）美術的白話文：就是運用匠心做成，善於入人情感的白話文。」照傅氏的看法，「這三層在西洋文中都早做到了。我們拿西洋文當做榜樣，去摹仿他，正是極適當極簡便的辦法。所以這理想的白話文，竟可說是——歐化的白話文。」

最後，傅氏又說：「練習作文時，不必自己出題、自己造

詞。最好是挑選若干有價值的西洋文學,用直譯的筆法去譯他;逕自用他的字調、句調,務必使他原來的旨趣,一點不失……自己作文章時,逕自用我們讀西文所得,翻譯所得的手段,心裡不要忘歐化文學的主義。務必使我們作出的文章,和西文近似,有西文的趣味。這樣辦法,自然有失敗的時節,弄成四不像的白話。但是萬萬不要因為一時的失敗,一條的失敗,丟了我們這歐化文學主義。總要想盡辦法,融化西文詞調作為我用。」

傅斯年的這些意見,六十年後看來,自然覺得過分。實際上,新文學運動初期的健將,例皆低估了文言,高估了西文。胡適在當時,一口咬定「自從三百篇到於今,中國的文學凡是有一些兒價值有一些兒生命的,都是白話的,或最近於白話的。」他認為我們愛讀陶淵明的詩,李後主的詞,愛讀杜甫的〈石壕吏〉、〈兵車行〉,因為這些全是白話的作品。但是證以近年來的文學批評,不近於白話的李賀、李商隱,也盡多知音,甚至於韓愈、黃庭堅,也不曾全被冷落。杜甫的語言,文白雅俚之間的幅度極大,有白如〈夜歸〉之詩句「峽口驚猿聞一個」和「杖藜不睡誰能那」,也有臨終前艱奧多典的「風疾舟中伏枕書懷」那樣的作品。年輕一代的學者評析杜詩,最感興趣的反而是〈秋興八首〉那一組七律。

新文學的先鋒人物對舊文學那麼痛恨,自有其歷史背景,心理的反應該是很自然的。前面引述的幾篇文章,大都發表於民國七年(公元一九一八年),與廢科舉(光緒三十一年,公元一九○五年)相距不過十三年,科舉的桎梏猶有餘悸。年事較長的一輩,如梁啟超、吳稚暉、蔡元培、陳獨秀等,且都中過舉,具有親身經驗。所謂八股文,所謂桐城謬種選學妖孽,對他們來說,正是吞吐已久的文學氣候。我們不要忘了,曾國藩死的那年,吳稚暉已經七歲,很可能已經在讀桐城派的古文了。曾國藩說:

「古文無施不宜，但不宜說理耳」，乃被錢玄同抓到把柄。當時的史記小說多為聊齋末流，正如胡適所嘲，總不外如下的公式：「某地某生，遊某地，眷某妓。情好綦篤，遂訂白頭之約……而大婦妒甚，不能相容，女抑鬱以死……生撫尸一慟幾絕。」林琴南譯小說，把「女兒懷了孕，母親為她打胎」的意思寫成「其女珠，其母下之」，一時傳為笑柄。這些情形，正是新文學先鋒人物反文言的歷史背景。

　　不過胡適、傅斯年等人畢竟舊學深邃，才能痛陳文言末流之種種弊病。他們自己動筆寫起文言來，還是不含糊的。以傅斯年為例，他最初發表〈文學革新申議〉和〈文言合一草議〉，是用文言，到了發表〈怎樣做白話文〉時，就改寫白話了。一個人有了傅斯年這麼深厚的中文根柢，無論怎麼存心西化，大致總能「西而化之」，不至於畫虎類犬，陷於「西而不化」之境。民國三十九年，孟真先生歿前數月，傳來蕭伯納逝世的消息，他一時興感，寫了三千多字的一篇悼文〈我對蕭伯納的看法〉，刊在《自由中國》半月刊上。文中對那位「滑稽之雄」頗有貶詞，但是今我讀之再三而低徊不已的，卻是那簡潔有力的白話文。足見真通中文的人，體魄健全，內力深厚，所以西化得起。西化不起，西而不化的人，往往中文原就欠通。今日大學生筆下的中文，已經夠西化的了，西化且已過頭，他們所需要的，倒是「華化」。

3

　　民國三十五年，朱自清在〈魯迅先生的中國語文觀〉一文中，說魯迅「贊成語言的歐化而反對劉半農先生『歸真返璞』的主張。他說歐化文法侵入中國白話的大原因不是好奇，乃是必要。要話說得精密，固有的白話不夠用，就只得採取些外國的句法。這些句法比較的難懂，不像茶泡飯似的可以一口吞下去，但

補償這缺點的是精密。」在該文結尾時，朱氏又說魯迅主張白話文「不該採取太特別的土話，他舉北平話的『別鬧』、『別說』做例子，說太土。可是要上口、要順口。他說做完一篇小說總要默讀兩遍，有拗口的地方，就或加或改，到讀得順口為止。但是翻譯卻寧可忠實而不順；這種不順他相信只是暫時的，習慣了就會覺得順了。若是真不順，那會被自然淘汰掉的。他可是反對憑空生造；寫作時如遇到沒有相宜的白話可用的地方，他寧可用古語就是文言，絕不生造。」

就這兩段引文而言，魯迅的「白話文觀」可以歸納為三點：第一、白話文的西化是必要的，因為西文比中文精確，而忠實不順的直譯也有助於西化。第二、白話文不宜太用土語。第三、白話不濟的時候，可濟之以文言，卻不可生造怪語。這三點意見，我想從後面論起。

白話不足，則濟之以文言：這是好辦法，我在寫散文或翻譯時，就是如此。問題在於，今日的大學生和不少作家，文言讀得太少，中文底子脆薄，寫起白話文來，逢到筆下周轉不靈，山窮水盡之際，胸中哪有文言的詞彙和句法可以乞援？倒是英文讀過幾年，翻譯看過多本，於是西化的詞彙和句法，或以「折合」，或以「現金」的姿態，一齊奔赴腕底來了。五四人物危言聳聽，要全盤西化，畢竟因為腹笥便便，文理通達，筆下並沒有西化到哪裡去。受害的倒是下一代以至下兩代，因為目前有些知識分子，口頭雖然奢言要回歸文化傳統，或者以民族主義者自許，而將他人斥為洋奴，卻很少檢點自己筆下的中文已經有多西化。

至於白話文不宜太用土語，當然也是對的。酌量使用方言，尤其是在小說的對話裡，當有助於鄉土風味，現場感覺，但如大量使用，反成為「外鄉人」欣賞的障礙。有所得必有所失：要走方言土語的路子，就不能奢望遍及全國的讀者。不過魯迅說北平

話如「別鬧」、「別說」之類太土，不宜入白話文，卻沒有說中。「別鬧」、「別說」、「別東拉西扯」等等說法，隨著國語的推廣，早已成為白話文的正宗了。

和本文關係最密切，而我最難接受的，是魯迅白話文觀的第一點。忠實而不順的譯文，是否真為忠實，頗成問題。原文如果本來不順，直譯過來仍是不順，才算忠實。原文如果暢順無礙，譯文卻不順，怎麼能算「忠實」？不順的直譯只能助長「西而不化」，卻難促進「西而化之」。天曉得，文理不順的直譯誤了多少初試寫作的青年。至於西化之為必須，是因為西文比中文精確──這一點，不但魯迅一口咬定，即連錢玄同、胡適、傅斯年等人，也都深信不疑。西文果真比中文精確周密嗎？中文西化之後，失之於暢順者，果真能得之於精密嗎？

凡熟悉英國文學史的人，都知道十六世紀的英國散文有一種「優浮綺思體」（Euphuism），句法浮華而對稱，講究雙聲等等效果，又好使事用典，並炫草木蟲魚之學。照說這種文體有點近於中國的駢文與漢賦，但因西文文法繁複，虛字太多，語尾不斷變換，字的音節又長短參差，所以比起中國駢文的圓美對仗來，實在笨拙不靈，難怪要為文豪史考特所笑。此後十七世紀的文風漸趨艱奧繁複，去清新自然的語調日遠，幾位散文名家如柏爾敦、布朗、泰勒等都多少染上此體。至於米爾頓，則無論在詩篇或論文中，都好用迂迴雕琢的句法，生僻擬古的字眼，而典故之多，也不下於杜甫或李商隱。直到朱艾敦出現，這種矯揉造作的文風才被他樸實勁拔的健筆所廓清，頗有「文起八代之衰」的氣概。

至於英詩的難懂，古則有鄧約翰、白郎寧、霍普金斯，現代的詩人更是車載斗量，不可勝數。艾略特、奧登、狄倫‧湯默斯等人的作品，即使經人註解詮釋，仍是不易把握。拜倫與華茲華斯同時，卻嘲其晦澀，說只有妄人才自稱能懂華茲華斯的詩。丁

尼生與白郎寧同為維多利亞大詩人，卻說白郎寧的長詩〈梭德羅〉，他只解其首末兩句。有這麼多難懂的作品而要說英文如何精密，總有點勉強吧。

莎士比亞的詩句：

Most busy lest, when I do it;

有四家的詮釋各不相同。莎翁另一名句：

All that glitters is not gold.

按文法意為「凡耀目者皆非黃金」，但原意卻是「耀目者未必皆黃金」。這些，也不能叫做精密。也許有人要說，詩總不免曲折含蓄一些，那麼，梅禮迪斯、喬艾斯等人的小說，又如何呢？再看《史記》中的名句：

廣出獵，見草中石，以為虎而射之，中石，沒鏃，視之，石也，因復更射之，終不能復入石矣。

漢學名家華茲生（Burton Watson）的英譯是：

Li Kuang was out hunting one time when he spied a rock in the grass which he mistook for a tiger. He shot an arrow at the rock and hit it with such force that the tip of the arrow embedded itself in the rock. Later, when he discovered that it was a rock, he tried shooting at it again, but he was unable to pierce it a second time.

華茲生是美國年輕一代十分傑出的漢學家兼翻譯家，他英譯的這篇〈李將軍列傳〉我曾選入政大的《大學英文讀本》。前引李廣射石之句的英譯，就英文論英文，簡潔有力，實在是上乘的手筆。為了追摹司馬遷樸素、剛勁、而又明快的語調，華茲生也盡量使用音節短少意義單純的字眼。但是原文十分濃縮，詞組短而節奏快，像「中石，沒鏃，視之，石也」八字四組，逼人而來，頗有蘇軾「白戰不許持寸鐵」的氣勢，而這是英文無能為力的。此句原文僅三十三字，英譯卻用了七十個字。細閱之下，發現多出來的這三十七個字，大半是中文所謂的虛字。例如原文只有一個介系詞「中」、三個代名詞「之」，但在英文裡卻有七個介系詞、十二個代名詞。原文的「因」字可視為連接詞，英文裡的連接詞及關係代名詞如 when, which, that 之類卻有五個。原文沒有冠詞，英文裡 a, an, the 之類卻平添了十個。英文文法的所謂「精密」，恐怕有一大半是這些虛字造成的印象。李廣射虎中石的故事，司馬遷只用了三十三個字，已經具體而生動地呈現在我們眼前，誰也不覺得有什麼含糊或者遺漏的地方，也就是說，不覺得有欠「精密」。中英文句相比，英譯真的更精密嗎？原文一句，只有「廣」一個主詞，統攝八個動詞，氣貫全局，所以動作此起彼伏，快速發展，令人目不暇給。英譯裡，主詞李廣卻一化為七，散不成形。同時，中文一個單句，英文卻繁衍為三個複合句，緊張而急驟的節奏感已無從保留。也許英譯把因果關係交代得顯眼一些，但是原文的效果卻喪失了。我絕對無意苛求於華茲生，只想說明：英文的「文法機器」裡，鏈條、齒輪之類的零件確是多些，但是功能不一定就比中文更高。

　　再以賈島的五絕〈尋隱者不遇〉為例：

> 松下問童子
> 言師採藥去
> 只在此山中
> 雲深不知處

四句話都沒有主詞。在英文的「文法機器」裡，主詞這大零件是缺不得的。為求精密，我們不妨把零件全給裝上去，然後發動新機器試試看：

> 我來松下問童子
> 童子言師採藥去
> 師行只在此山中
> 雲深童子不知處

這一來，成了打油詩不打緊，卻是交代得死板落實，毫無回味的餘地了。這幾個主詞不加上去，中國人仍然一目了然，不會張冠李戴，找錯人的。這正好說明，有時候文法上的「精密」可能只是幻覺，有時候恐怕還會礙事。

有人會說，你倒省力，把太史公抬出來鎮壓洋人——拿史記原文跟英譯來比貨色，未免不公道。這話說得也是。下面且容我以洋制洋，抬出英文的大師來評英文吧。哲學家羅素舉過這麼一個例句：

Human beings are completely exempt from undesirable behavior pattern only when certain prerequisites, not satisfied except in a small percentage of actual cases, have, through some fortuitous concourse of favorable circumstances, whether congenital or environmental, chanced to combine in producing an individual in whom many factors deviate from the norm in a socially advantageous manner.

羅素是哲學家裡面文筆最暢達用字最淳樸的一位。他最討厭繁瑣又淺陋的偽學術論文；他說，前引的長句可以代表晚近不少社會科學論文的文體，其實這長句反來覆去說了半天，拆穿了，原意只是：

All men are scoundrels, or at any rate almost all. The men who are not must have had unusual luck, both in their birth and in their upbringing.

羅素只用二十八個字就說清楚的道理，社會學家卻用了五十五個字，其中還動員了 prerequisites, concourse 一類的大名詞，卻愈說愈糊塗。這種偽學術論文在英文裡多得很，表面上看起來字斟句酌，術語森嚴，其實徒亂人意，並不「精密」。

　　另一位慨歎英文江河日下的英國人，是名小說家歐威爾（George Orwell）。他是二十世紀前半期一位真正反專制（尤其共產主義式專制）的先知。他的〈政治與英文〉（"Politics and the English Language"，一文，犀利透澈，是關心此道的志士不可不讀的傑作。歐威爾此文雖以英文為例，但所涉政治現象及原理卻極廣闊，所以也可用其他語文來印證。他認為一國語文之健康與否，可以反映並影響社會之治亂，文化之盛衰，而專制之政權，必須使語言的意義混亂，事物的名實相淆，才能渾水摸魚，以鞏固政權。他指出，由於政黨和政客口是心非，指鹿為馬，濫用堂皇的名詞，諸如「民主」、「自由」、「正義」、「進步」、「反動」、

「人民」、「革命」、「法西斯」等等字眼已經沒有意義。他在文中
舉出五個例句，證明現代英文的兩大通病：意象陳腐，語言不
清。下面是其中的兩句：

1. I am not, indeed, sure whether it is not true to say that the
   Milton who once seemed not unlike a seventeenth-century
   Shelley had not become, out of an experience ever more bitter
   in each year, more alien to the founder of that Jesuit sect which
   nothing could induce him to tolerate.

2. All of the "best people" from the gentlemen's clubs, and all the
   frantic fascist captains, united in common hatred of Socialism
   and bestial horror of the rising tide of the mass revolutionary
   movement, have turned to acts of provocation, to foul
   incendiarism, to medieval legends of poisoned wells, to
   legalize their own destruction of proletarian organizations, and
   rouse the agitated petty-bourgeoisie to chauvinistic fervour on
   behalf of the fight against the revolutionary way out of the
   crisis.

第一句摘自拉斯基（Harold Laski）教授的《言論自由》一書。拉
斯基是牛津出身的政治學家，曾任英國工黨主席，在二次大戰前
後名重士林，當時費孝通等人士幾乎每文必提此公大名。但是前
引論述米爾頓宗教態度轉變的例句，在五十三個字裡竟一連用了
五個否定詞，乃使文義反覆無定，簡直不知所云。同時，該用
akin（親近）之處，竟然用 alien（疏遠），又使文義為之一反。
至於第二句，則摘自英共宣傳小冊。歐威爾說，這樣的句子裡，
語言幾乎已和所代表的意義分了家；又說這種文章的作者，通常

只有一腔朦朧的情緒，他們只想表示要攻擊誰，拉攏誰，至於推理的精密細節，他們並不關心。

歐威爾前文曾說現代英文意象陳腐，語言不清，茲再引用他指責的兩個例句，加以印證：其一是 The Fascist octopus has sung its swan song.（法西斯的八腳章魚已自唱天鵝之歌——意即法西斯雖如百足之蟲，如今一敗塗地，終於僵斃。）這句話的不通，在於意象矛盾：法西斯政權既然是章魚，怎麼又變成天鵝了呢？章魚象徵勢力強大無遠弗屆的組織，天鵝卻是一個高雅美妙的形象，而天鵝之歌通常是指作家或音樂家臨終前的作品。兩個意象由法西斯貫串在一起，實在不倫不類。其二是 In my opinion it is a not unjustifiable assumption that……（意為「在我看來，下面的假設不見得不能成立」。）其實，只要說 I think 兩個字就已足夠。這種迂迴冗贅的語法，正是「精密」的大敵。英文裡冠冕堂皇，冗長而又空洞的公文體，所謂「高拔的固格」（gobbledygook），皆屬此類文字汙染。

魯迅認為中文西化之後，失之於生硬者，得之於精密。傅斯年認為邏輯、哲學、美術三方面的白話文都應以西文為典範，因為西文兼有三者之長。從前引例句的分析看來，西文也可能說理含混，往往不夠精密，至於「入人情感」之功，更不見得優於中文。魯迅、傅斯年等鼓吹中文西化，一大原因是當時的白話文尚未成熟，表達的能力尚頗有限，似應多乞外援。六十年後，白話文去蕪存菁，不但鍛鍊了口語，重估了文言，而且也吸收了外文，形成了一種多元的新文體。今日的白話文已經相當成熟，不但不可再加西化，而且應該回過頭來檢討六十年間西化之得失，對「惡性西化」的各種病態，尤應注意革除。

——一九七九年七月，出自一九八一年《分水嶺上》

早期作家筆下的西化中文

　　新文學早期的白話文，青黃不接，面對各種各樣的挑戰，一時措手不及，頗形凌亂。那時，文言的靠山靠不住了，外文的他山之石不知該如何攻錯，口語的俚雅之間分寸難明。大致上，初期則文言的餘勢仍在，難以盡除，所以文白夾雜的病情最重。到了三十年代，文言的背景漸淡漸遠，年輕一代的作家漸漸受到西化的壓力。在學校裡，文言讀得少，英文讀得多。同時，人文科學和社會科學書籍的翻譯日多，其中劣譯自然不少，所以許多無法領略外文的作家，有意無意之間都深受感染。文言底子像梁啟超、蔡元培、魯迅、胡適那麼厚實的人，無論怎麼吹歐風淋美雨，都不至於西化成病。但到了三十年代，文言的身子虛了，白話的發育未全，被歐風美雨一侵，於是輕者噴嚏連連，咳嗽陣陣，重者就生起肺炎來了。幾乎沒有一位名作家不受感染。以下且抽出一些樣品，略為把脈：

1

　　戰士戰死了的時候，蒼蠅們所首先發現的是他的缺點和傷痕，嘬著，營營地叫著，以為得意，以為比死了的戰士更英雄。但是戰士已經戰死了，不再來揮去他們。於是乎蒼蠅們即更其營營地叫，自以為倒是不朽的聲音，因為牠們的完全，遠在戰士之上。

（摘自〈戰士和蒼蠅〉）

　　魯迅在早期新文學作家之中，文筆最為恣縱剛勁，絕少敗筆，行文則往往文白相融，偶有西化，也不致失控。他倡導直譯，成績不高，時至今日，看得出他的創作影響仍大，但他的翻譯未起多大作用。他在譯文裡盡力西化，但在創作裡卻頗有分寸，不過，偶然的瑕疵仍所難免。引文中「戰士戰死」的刺耳疊音凡兩見，為什麼不說「陣亡」或「成仁」呢？這當然不是西化的問題。複數的「蒼蠅們」卻是有點西化的，但是群蠅嗡嗡拿來襯托一士諤諤，倒也有其效果。不過「蒼蠅們」的代名詞，時而「他們」，時而「牠們」，卻欠周密。至於「牠們的完全」一詞中的「完全」，也不太可解。魯迅原意似乎是戰士帶傷，肉體損缺，而群蠅爭屍，寄生自肥。既然如此，還不如說「它們的完整」或者「它們軀體的完整」，會更清楚些。

2

　　周氏兄弟並為散文名家，而樹人辛辣，作人沖和，風格迥異。周作人的散文娓娓道來，像一位學識淵博性情溫厚的高士品茗揮扇的趣談，知音原多，無須我來詳述。只是高手下筆，破綻仍是有的，而比起他的哥哥來，似乎還要多些。請看下面這一段：

　　蒼蠅不是一件很可愛的東西，但我在做小孩子的時候卻有點喜歡他。我同兄弟常在夏天乘大人們午睡，在院子裡棄著香瓜皮瓤的地方捉蒼蠅……我們現在受了科學的洗禮，知道蒼蠅能夠傳染病菌，因此對於他們很有一種惡感。三年前臥病在醫院時曾作有一首詩，後半云：

　　大小一切的蒼蠅們，
　　美和生命的破壞者，

中國人的好朋友的蒼蠅們啊，

我詛咒你的全滅，

用了人力以外的

最黑最黑的魔術的力。

（摘自〈蒼蠅〉）

這樣的散文和詩，恐怕難當「大師」之名。名詞而標出複數，是西化的影響，但在這段引文裡，時而「蒼蠅」時而「蒼蠅們」，而其代名詞，前句用「他」，後句用「他們」，到了詩裡，對複數「蒼蠅們」說話，卻用單數的「你」，十分紊亂。末三行詩把「用了人力以外的最黑最黑的魔術的力」這介系詞片語置於句尾，是西化倒裝句法，但沒有什麼不好。但是「我詛咒你的全滅」則不但西化，還有語病，因為按常理而言，詛咒的對象總是可恨的，而從此句的上下文看來，「你的全滅」卻是可喜的。把句法稍改，變成「我咒你全部毀滅」，就可解多了。

　　周作人的文章裡，文理欠妥的西化句還有不少，再舉二例：（一）「小詩的第一條件是須表現實感，便是將切迫地感到的對於平凡的事物之特殊的感興，迸躍地傾吐出來，幾乎是迫於生理的衝動，在那時候這事物無論如何平凡，但已由作者分與新的生命，成為活的詩歌了。」（二）「好的批評家便是一個記述他的心靈在傑作間之冒險的人。」第一句長達八十三字，不但文理凌亂，「便是將切迫地感到的對於平凡的事物之特殊的感興」一段，名詞之間的關係也很不清，「感到的……感興」尤其敗筆。至於第二句，原來譯自法朗士的名言 A good critic is one who narrates the adventures of his mind among masterpieces.（Le bon critique est celui qui raconte les aventures de son âme au milieu des chefs-d'oeuvre.）周作人此句未能化解形容詞子句，是典型的西化拗

句。其實這種定義式的敘述句，在中文裡往往應該倒過來說。譯得拘謹些，可以說「能敘述自己的心靈如何在傑作之間探險的人，才是好批評家。」放達些呢，不妨說成「能神遊傑作名著之間而記其勝，始足為文評行家。」

3

「單獨」是一個耐尋味的現象。我有時想它是任何發現的第一個條件。你要發現你的朋友的「真」，你得有與他單獨的機會。

（摘自〈我所知道的康橋〉）

韓昌黎以文為詩，徐志摩以詩為文。在早期新文學的散文家中，徐志摩是很傑出很特殊的一位，以感性濃烈，節奏明快，詞藻瑰麗，想像灑脫，建立自己的風格。魯迅老練中透出辛辣，周作人苦澀中含有清甘，朱自清溫厚中略帶拘謹，這些多少都是中年人的性情；唯獨徐志摩洋溢著青年的熱烈和天真，加上愛情的波瀾和生命的驟逝，最能牽惹少男少女的浪漫遐想。徐志摩和冰心，均以詩文名世，在二十年代的文壇上，像一對金童玉女。那時，冰心在作品裡扮演的，是一個依戀母親、多愁多病的女兒，所以玉女的形象比金童似乎又更小了些。儘管如此，當時的散文在抒情和寫景的方面，恐怕沒有人能勝過這位金童。所以〈我所知道的康橋〉裡，最好的段落，亦即英文所謂織錦文（purple patches），仍是情景交融的第四段。第三段相比之下，又是英文，又是地名，又是引詩，就顯得餖飣堆砌。至於第一段交代背景，第二段企圖說理，其實都不出色，只能勉盡「綠葉」之責。前引的兩句正從第二段來，就顯得西而不化。「單獨」用了兩次，第一次是抽象名詞（相當於 solitude），第二次是動詞（相當於 to be alone with），兩次都用得生硬，第二次甚至欠通。其實第一個「單獨」原意是「獨居」，「獨處」，「離群索居」，這樣也才像個名詞；只用引號括起來，並未解決問題。第二個「單獨」呢，恐怕還得改成「單獨盤桓」、「旬月流連」，或者「共處」，才像個動詞。大概還是「共處」最合中文，因為在中文裡，兩人在一起很難稱為「單獨」。至於前引文字的第二句：「我有時想它是任何發現的第一個條件」，更是不像中文；用「它」來做抽象名詞的代名詞，尤其迂迴惑人。〈我所知道的康橋〉第一段末句「我不曾知道過更大的愉快」，也是西化不良之例。「知道」顯然來自英文 know 一字，其實中文應說「體會」或「經驗」。

4

我這本書只預備給一些「本身已離開了學校，或始終就無從接近學校，還認識些中國文字，置身於文學理論，文學批評，以及說謊造謠消息所達不到的那種職務上，在那個社會裡生活，而且極關心全個民族在空間與時間下所有的好處與壞處」的人去看……我將把這個民族為歷史所帶走向一個不可知的命運中前進時，一些小人物在變動中的憂患，與由於營養不足所產生的「活下去」以及「怎樣活下去」的觀念和欲望，來作樸素的敘述。

（摘自《邊城》題記）

沈從文出身於阡陌行伍之間，受知於徐志摩與胡適，最熟悉農民與兵士的生活，卻不走工農兵文學的路線，而成為真正的鄉土作家。他的小說產量既豐，品質亦純，字裡行間有一種溫婉而自然的諧趣，使故事含一點淡淡的哲理，為湘西的田園與江湖添一點甜甜的詩意。這當然是鼓吹階級鬥爭的左翼文藝所不容的，

但是中國的新文學史上，沈從文的小說自有其不可磨滅的地位。
論者欣賞他素淨清新的語言，說他是一位文體家。其實這頭銜有
點曖昧，因為凡是獨創一格的作家，誰不曾琢磨出自己特有的文
體呢？細加分析，可以發現沈氏的一枝筆，寫景、敘事、抒情，
都頗靈活；對話呢，差堪稱職，未見出色；可是說起理來，就顯
得鈍拙。《邊城》小說的本身，語言上雖偶見瑕疵，大致卻是穩
健可讀，但這篇交代主題且為自己辯護的前言，卻囁嚅其詞，寫
得蕪雜而冗贅，看不到所謂文體家的影子，或是作者自稱的「樸
素的敘述」。前面的一句，主句是「我這本書只預備給一些……
人去看」，結構本極單純，不幸中間硬生生插進了一個文理不清
文氣不貫的冗長子句，來形容孤零零的這麼一個「人」字。至於
「全個民族在空間與時間下所有的好處與壞處」這一段，字面似
乎十分精密，含意卻十分晦昧，真個是「匪夷所思」。後面的一
句，主要骨架是「我要把一些小人物的憂患，觀念和欲望，來作
樸素的敘述」，可是加上了兩個子句和一個形容片語之後，全句
的文理亂成一團。「這個民族為歷史所帶走向一個不可知的命運
中前進時」這一段尤其拗口，述語被動於前卻又主動於後，真是
惡性西化的樣品。

5

　　像多霧地帶的女子的歌聲，她歌唱一個充滿了哀愁和愛情的
古傳說，說著一位公主的不幸，被她父親禁閉在塔裡，因為
有了愛情……現在，都市的少女對於愛情已有了一些新的模
糊的觀念了。我們已看見了一些勇敢地走入不幸的叛逆者
了。但我是更感動於那些無望地度著寂寞的光陰，沉默地，
在憔悴的朱唇邊浮著微笑，屬於過去時代的少女的。

　　　　　　　　　　　　　　　　　　　　　　　（摘自〈哀歌〉）

何其芳在三十年代的文壇，詩和散文均有相當的成就，其兩美兼擅的地位，差可比肩於二十年代的徐志摩。但是兩人的風格大不相同：徐志摩文氣流暢，下筆輕快，何其芳韻味低徊，下筆悠緩；徐志摩幾乎慢不下來，何其芳呢，很難快得起來。論詩，何與卞之琳齊名，何詩重感性，卞詩具知性；何詩媚，卞詩巧；兩人是北大同學，何修哲學而詩中欠哲理，卞修外文而詩中富哲意。論散文，何與另一位北大同學李廣田齊名：何文纖柔而好夢幻，李文純樸而重現實。何其芳的作品截然可分兩個階段：青年時代耽於唯美，愁來無端，風格嫵媚而文弱；中年左傾以後，又滿紙人民與革命的八股，只重主題，不講文采，趨於另一極端。那時候的作家在創作方向上往往像鐘擺一樣，奔於兩極之間，也並不限於何其芳一人。他的散文，好處是觀察細膩，富於感性與想像，缺點是太不現實，既少地方色彩，又乏民族背景，讀來恍惚像翻譯。至於語法，往往西而不化，不是失之迂迴，就是病於累贅。前引例句不過百中舉一，可見病態之深。第一句不但西化，且有邏輯上的毛病。「多霧地帶女子的歌聲」，究竟是形容「她」，還是「她歌唱」，還是「古傳說」呢？如果減為「像多霧地帶的女子」，就合理多了。至於被父親禁閉的，究竟是公主還是公主的不幸，也很含糊。要文理清楚，就要說「說一位不幸的公主，被她父親禁閉在塔裡」或者「說一位公主，不幸被父親禁閉在塔裡。」第三句的意思，其實是「我們已經看見一些反叛的少女，勇於投入不幸的愛情。」何氏的說法卻是西化最劣的樣品。在中文裡，把「不幸」之類的狀詞當抽象名詞使用，本來極易失手，不像 misery 和 miserable 的詞性那麼一目了然。在英文裡，最多表示身分的名詞，中文卻難「兌現」。例如 vegetarian, misogynist, misogamist 等字，譯成「素食主義者（或素食者，吃素的人）」，「女性憎恨者（或恨女人的人）」，「婚姻憎恨者（或

恨婚者，恨婚姻的人）」，都很不妥貼。「叛逆者」這名詞生硬拗口，為什麼不用現成的「叛徒」呢？如果嫌「叛徒」像男性，也不妨使用「孽女」或「女叛徒」。最後一句的西化大病，是在句末拖一個尾大不掉的形容詞子句，一連串支離而繁重的形容詞，勉強「少女」兩字來頂受。更糟的是中文「是如何如何的」之句法，在何文中拉得漫長無度，在「是」與「的」之間橫阻了三十九個字，文氣為之梗斷。何文句法頗似英文的 I am more moved by those girls who……只是何其芳根本無力化解，乃淪為冗贅。

6

告訴你
我也是農人的後裔──
由於你們的
刻滿了痛苦的皺紋的臉
我能如此深深地
知道了
生活在草原上的人們的
歲月的艱辛。

（摘自〈雪落在中國的土地上〉）

艾青是崛起於三十年代的左翼詩人，但不太遵循黨的文藝路線，先後在反右運動和文革期間遭受整肅。他的詩相當多產，在篇幅和主題上也頗有野心，一揮筆便是百十來行，頗能給人「氣勢壯闊」的幻覺。可是他不解濃縮之道，也不明白有時候盤馬彎弓蓄勢待發，比一瀉千里的流水賬更有力量，所以他的詩往往只見其長，不覺其大。他的主題往往選得不錯，結構也頗平穩，卻給他散漫、累贅，且又生硬的語言困住，發揮不出力量來。艾青

的語言西而不化，像是生手的譯文，既乏古典的老練，又欠西文的鮮活。前引這段詩，無論在鍊字、組詞，造句，營篇各方面，都很笨拙。對於艾青這樣的詩人，所謂句法，只是一種刻板的公式，那就是名詞墊底，上面一串串頂上形容詞，至於纍纍的形容詞之間應該如何組合，卻無須理會。其實艾青筆下的形容詞，往往只是在名詞後面加一個「的」，所以他的詩裡，名詞與名詞之間的關係，大半依賴一個「的」字。例如「臉」，就有兩個形容詞──「你們的」和「刻滿了痛苦的皺紋的」，而後面這大形容詞裡又包含一個小形容詞「痛苦的」。末二行中，「艱辛」是「歲月的」，「歲月」又是「人們的」，「人們」則是「生活在草原上的」──這麼「的，的，的」一路套下來，結果是節奏破碎，句法僵硬，詞藻平庸，詩意稀薄，味同嚼蠟。至於對農人說話，不說「子孫」，「後代」，卻說文謅謅的「後裔」；這樣用字，加上西而不化的句法，名義上是所謂普羅文學，實際上哪一個工、農、兵能領會呢？

　　我無意苛責早期的新文學作家。在他們那時代，文言日趨式微，白話文尚未成熟，西化之潮原難抗拒。從魯迅到艾青，白話文西化之頹勢日益顯著。如果有誰認為前引的例句不過是偶犯，不必斤斤計較，我就想告訴他，這樣的例子在早期，甚至近期的作品裡，俯拾即是，何止千百，原就不須刻意去搜集。讀者如果經常面對這樣的文章，怎能不受惡性西化的侵蝕？

　　　　──一九七九年七月，出自一九八一年《分水嶺上》

從西而不化到西而化之

新文學迄今已有六十年的歷史，白話文在當代的優秀作品中，比起二、三十年代來，顯已成熟得多。在這種作品裡，文言的簡潔渾成，西語的井然條理，口語的親切自然，都已馴馴然納入了白話文的新秩序，形成一種富於彈性的多元文體。這當然是指一流作家筆下的氣象，但是一般知識分子，包括在校的大專學生在內，卻欠缺這種選擇和重組的能力，因而所寫的白話文，惡性西化的現象正日益嚴重。究其原因，讀英文的直接作用，看翻譯的間接默化，都有影響。所謂翻譯，並不限於譯書與譯文；舉凡報紙、電視、廣播等大眾媒介慣用的譯文體，也不無汙染之嫌。有時候，文言也可以西化的。例如「甘迺迪總統曾就此一舉世矚目之重大問題，與其白宮幕僚作深夜之緊急商討」一句，便是半弔子文言納入西文句法後的產品。中文通達的人面對無所不在的譯文體，最多感到眼界不清耳根不淨，頗為惱人。中文根柢原就薄弱的人，難逃這類譯文體的天羅地網，耳濡目染，久而習於其病，才真是無可救藥。

我曾另有文章抽樣評析成名作家筆下西化的現象，下文我要從目前流行的西化用語和句法之中，舉出一些典型的例子來，不但揭其病狀，還要約略探其病根。我只能說「約略」，因為目前惡性西化的現象，交莖牽藤，錯節盤根，早已糾成了一團，而溯其來源，或為外文，或為劣譯，或為譯文體的中文，或則三者結為一體，渾沌而難分了。

（一）那張唱片買了沒有？

　　　買了（它了）。

　　　（它）好不好聽？

　　　（它）不太好聽。

（二）你這件新衣真漂亮，我真喜歡（它）。

（三）他這三項建議很有道理，我們不妨考慮（它們）。

（四）花蓮是臺灣東部的小城，（它）以海景壯美聞名。

（五）舅舅的雙手已經喪失了（它們的）一部分的靈活性了。

　　西化病狀很多，濫用代名詞是一種。前面五句括弧裡的代名詞或其所有格，都是多餘的，代名詞做受詞時更常省去。文言裡的「之」卻是例外：李白詩句「青天有月來幾時？我今停盃一問之」正是如此。第五句整句西而不化，問題還不止於濫用代名詞所有格。其實「還原」為自然的中文，無非是「舅舅的雙手已經有點不靈了。」

（六）一年有春、夏、秋和冬四季。

（七）李太太的父親年老和常生病。

（八）我受了他的氣，如何能忍受和不追究？

（九）同事們都認為他的設計昂貴和不切實際。

　　目前的中文裡，並列、對立的關係，漸有給「和」字去包辦的危機，而表示更婉轉更曲折的連接詞如「而」、「又」、「且」等，反有良幣見逐之虞。這當然是英文的 and 在作怪。在英文裡，名詞與名詞，形容詞與形容詞，動詞與動詞，副詞與副詞，甚至介系詞與介系詞，一句話，詞性相同的字眼之間，大半可用 and 來連接，但在中文裡，「和」、「及」、「與」等卻不可如此攬

權。中文說「笑而不答」、「顧而樂之」、「顧左右而言他」，何等順暢；一旦西化到說成「笑但不答」、「顧與樂之」、「顧左右以及言他」，中文就真完了。此外，中文並列事物，往往無須連接詞，例如「生老病死」、「金木水火土」等，都不應動員什麼連接詞。句六當然應刪去「和」字。句七可作「年老而多病」或「年老多病」。句八可以「而」代「和」，句九亦然。

（十）（關於）王教授的為人，我們已經討論過了。

（十一）你有（關於）老吳的消息嗎？

（十二）（關於）這個人究竟有沒有罪（的問題），誰也不敢判斷。

介系詞用得太多，文句的關節就不靈活。「關於」、「有關」之類的介系詞在中文裡愈來愈活躍，都是 about, concerning, with regard to 等的陰影在搞鬼。前面這三句裡，刪去括弧內的字眼，句法一定乾淨得多。有人曾經跟我抬槓，說「關於老吳的消息」是聽別人說的，而「老吳的消息」是直接得自老吳的，怎可不加區別？英文裡 hear from 和 hear of 確是判然有別，但在中文裡，加不加「關於」是否可資區別，卻不一定。加上「關於」，是否就成間接聽來，不加「關於」，是否就來自老吳自己；在中文裡還作不得準。所以這一點「精密」還只是幻覺。

（十三）作為一個中國人，我們怎能不愛中國？

（十四）作為一個丈夫的他是失敗的，但是作為一個市長的他卻很成功。

（十五）緹縈已經盡了一個作為女兒的責任了。

　　表示身分的介系詞早已滲透到中文裡來了。其實在中文裡，本來只用一個「做」字。句十四大可簡化成「他做丈夫雖然失敗，做市長卻很成功。」句十五也可改為「緹縈已經盡了做女兒的責任了。」句十三的毛病，除了「作為」之外，還有單複數不相符合；最自然的說法該是「身為中國人，怎能不愛中國？」

（十六）（對於）這件事，你們還沒有（作出）決定嗎？
（十七）敵方對我們的建議尚未作出任何的反應。
（十八）對史大林的暴政他（作出）強烈抗議。
（十九）報界對這位無名英雄一致作出哀痛與惋惜。
（二十）兄弟兩人爭論了一夜，最後還是哥哥（作出）讓步。

　　在英文裡，許多東西都可以「作出」來的：賺錢叫「做錢」，求歡叫「做愛」，眉目傳情叫「做眼色」，趕路叫「做時間」，生火叫「做火」，生事叫「做麻煩」，設計叫「做計畫」，決策叫「做政策」。在中文裡，卻不是這種做法。近年來，「作出」一語日漸猖獗，已經篡奪了許多動詞的正位。這現象目前在中國大陸上最為嚴重，香港也頗受波及。結果是把許多現成而靈活的動詞，貶成了抽象名詞，再把這萬事通的「作出」放在前面，湊成一個刻板無趣蒼白無力的「綜合動詞」。以前「建議」原是自給自足獨來獨往的動詞——例如「他建議大家不妨和解」——現在卻變成了「作出建議」綜合動詞裡的受詞。其實「建議」之為動詞，本來就已是一個動詞（建）加名詞（議）的綜合體，現在無端又在前面加上一個極其空泛的動詞（作出），不但重複，而且奪去了原來動詞的生命，這真是中文的墮落。近年來這類綜合動詞出現在報刊和學生習作之中，不一而足：硬牽到「作出」後面來充受詞的字眼，至少包括「主動」、「貢獻」、「讚歎」、「請求」、「犧

牲」、「輕視」、「討論」、「措施」等等，實在可怕！其實這些字眼的前面，或應刪去這萬惡的「作出」，或應代以他詞。例如「採取主動」、「加以討論」、「極表輕視」，就比漫不經心的代入公式來得自然而道地。

在現代英文裡，尤其是大言夸夸的官樣文章，也頗多這種病狀：《一九八四》的作者歐威爾在〈政治與英文〉（"Politics and the English Language": by George Orwell）裡早已慨乎言之。例如原來可用單純明確的動詞之處，現在大半代以冗長雜湊的片語。原來可說 cause，現在卻說 give rise to；同樣地，show, lead, serve to, tend to 等也擴充門面，變成了 make itself felt, play a leading role in, serve the purpose of, exhibit a tendency to。歐威爾把 prove, serve, form, play, render 等一拍即合的萬能動詞叫做「文字的義肢」（verbal false limb）。「作出」，正是中文裡的義肢，裝在原是健全卻遭摧殘的動詞之上。

（二一）杜甫的詩中存在著濃厚的人民性。

（二二）臺北市的交通有不少問題（存在）。

（二三）中西文化的矛盾形成了代溝（的存在）。

（二四）旅伴之間總難免會有摩擦（的發生）。

（二五）我實在不知道他為什麼要來香港（的原因）。

「有」在中文裡原是自給自足的大好動詞，但早期的新文學裡偏要添上蛇足，成為「有著」，甚至「具有著」，已是自找麻煩。西化之後，又有兩個現象：一是把它放逐，代以貌若高雅的「存在」；一是仍予保留，但覺其不堪重任，而在句末用隆重的「存在」來鎮壓。這大概也算是一種「存在主義」吧。句二十一中「存在著」三字，本來用一個「有」字已足。不然，也可用「富

於」來代替「存在著濃厚的」。至於句二十四末之「發生」及句二十五末之「原因」，也都是西化的蛇足，宜斬之。

（二六）截至目前為止，劫機者仍未有明確的表示。

（二七）「漢姆萊特」是莎士比亞的名劇（之一）。

（二八）李白是中國最偉大的詩人之一。

（二九）在一定的程度上，我願意支持你的流行歌曲淨化運動。

（三十）陳先生在針灸的醫術上有一定的貢獻。

英文文法有些地方確比中文精密，但絕非處處如此。有時候，這種精密只是幻覺，因為「精密」的隔壁就住著「繁瑣」。中文說「他比班上的同學都強」，英文卻要說「他比班上的任何其他同學都強。」加上「任何其他」，並不更精密多少，就算精密一點，恐怕也被繁瑣抵消了吧。英文的說法，如果細加分析，當會發現「任何」的意思已經包含在「都」裡；至於「其他」二字，在表面的邏輯上似乎是精密些，但是憑常識也知道：一個學生不會比自己強的。同樣，英文說「漢城的氣候比臺北的（氣候）熱」，也不見得就比中文的「漢城的氣候比臺北熱」精密多少。句二十六之首六字如改為「迄今」，意義是一樣的。句二十七刪去「之一」，毫無損失，因為只要知道莎士比亞是誰，就不會誤會他只有一部名劇。句二十八如寫成「李白是中國的大詩人」或者「李白是中國極偉大的詩人」，意思其實是一樣的。英文「最高級形容詞＋名詞＋之一」的公式，其客觀性與精密性實在是有限的：除非你先聲明中國最偉大的詩人在你心目中是三位還是七位，否則李白這「之一」的地位仍是頗有彈性的，因為其他的「之一」究有多少，是個未知數。所以「最偉大的某某之一」這公式，

分析到底，恐怕反而有點朦朧。至於「之一」之為用，也常無必然。例如「這是他所以失敗的原因之一」，就等於「這是他所以失敗的一個原因」，因為「一個原因」並不排除其他原因。如果說「這是他所以失敗的原因」，裡面這「原因」就是唯一無二的了。同樣，「這是他所以失敗的主要原因之一」，也可說成「這是他所以失敗的一大原因」。

至於句二十九，有了句首這七字，反而令人有點茫然，覺得不很「一定」。這七字訣的來源，當是 to a certain degree，其實也是不精密的。如果說成「我願意酌量（或者：有限度地）支持你的……運動」，就好懂些了。句三十裡的「一定」，也是不很一定的。中文原有「略有貢獻」、「頗有貢獻」、「甚有貢獻」、「極有貢獻」、「最有貢獻」之分；到了「一定的貢獻」裡，反而分不清了。更怪的用法是「他對中國現代化的途徑有一定的看法。」附帶可以一提，「肯定」原是動詞，現在已兼營副詞了。我真見人這麼寫過：「你作出的建議，肯定會被小組所否定。」前述「一定」和「肯定」的變質，在中國大陸上也已行之有年，實在令人憂慮。

（三一）本市的醫師（們）一致拒絕試用這新藥。
（三二）所有的傘兵（們）都已安全著陸。
（三三）全廠的工人（們）沒有一個不深深感動。

中文西化以前，早已用「們」來表複數：《紅樓夢》裡就說過「爺們」、「丫頭們」、「娼婦們」、「姑娘們」、「老先生們」，但多半是在對話裡，而在敘述部分，仍多用「眾人」、「眾丫鬟」、「諸姐妹」等。現在流行的「人們」卻是西化的，林語堂就說他一輩子不用「人們」。其實我們有的是「大家」、「眾人」、「世

人」、「人人」、「人群」，不必用這舶來的「人們」。「人人都討厭他」豈不比「人們都討厭他」更加自然？句三十一至三十三裡的「們」都不必要，因為「一致」、「所有」、「都」、「全廠」、「沒有一個不」等語已經表示複數了。

（三四）　這本小說的可讀性頗高。

（三五）　這傢伙說話太帶侮辱性了。

（三六）　他的知名度甚至於超過了他的父親的知名度，雖然他本質上仍是一個屬於內向型的人。

（三七）　王維的作品十分中國化。

中文在字形上不易區別抽象名詞與其他詞性，所以 a thing of beauty 和 a beautiful thing 之間的差異，中文難以翻譯。中文西化之後，抽象名詞大量滲入，卻苦於難以標識，俾與形容詞、動詞等分家自立。英文只要在字尾略加變化，就可以造成抽象名詞，甚至可以造出 withness 之類的字。社會科學，自然科學的術語傳入中國或由日本轉來之後，抽象名詞的中譯最令學者頭痛。久而久之，「安全感」、「或然率」、「百分比」、「機動性」、「能見度」等詞也已廣被接受了。我認為這類抽象名詞的「漢化」應有幾個條件：一是好懂，二是簡潔，三是必須；如果中文有現成說法，就不必弄得那麼「學術化」，因為不少字眼的「學術性」只是幻覺。句三十四其實就是「這本小說很好看」。句三十五原意是「這傢伙說話太無禮」或「這傢伙說話太侮辱人了」。跟人吵架，文謅謅地還說什麼「侮辱性」，實在可笑。句三十六用了不少偽術語，故充高級，反而囉嗦難明。究其實，不過是說「他雖然生性內向，卻比他父親還更有名。」十六個字就可說清的意思，何苦扭捏作態，拉長到三十六個字呢？句三十七更有語病，因為王維

又不是外國人，怎麼能中國化？發此妄言的人，意思無非是「王維的作品最具中國韻味」罷了。

（三八）　這一項提案已經被執行委員會多次地討論，而且被通過了。

（三九）　那名間諜被指示在火車站的月臺上等候他。

（四十）　這本新書正被千千萬萬的讀者所搶購著。

（四一）　季辛吉將主要地被記憶為一位翻雲覆雨的政客。

（四二）　他的低下的出身一直被保密著，不告訴他所有的下屬。

　　英語多被動語氣，最難化入中文。中文西化，最觸目最刺耳的現象，就是這被動語氣。無論在文言或白話裡，中文當然早已有了被動句式，但是很少使用，而且句子必短。例如「為世所笑」、「但為後世嗤」、「被人說得心動」、「曾經名師指點」等，都簡短而自然，絕少逆拖倒曳，喧賓奪主之病。還有兩點值得注意：其一是除了「被」、「經」、「為」之外，尚有「受」、「遭」、「挨」、「給」、「教」、「讓」、「任」等字可以表示被動，不必處處用「被」。其二是中文有不少句子是以「英文觀念的」受詞為主詞：例如「機票買好了」、「電影看過沒有？」就可以視為「機票（被）買好了」、「電影（被）看過沒有？」也可以視為省略了主詞的「（我）機票買好了」、「（我）電影看過沒有？」中文裡被動觀念原來很淡，西化之後，凡事都要分出主客之勢，也是自討麻煩。其實英文的被動句式，只有受者，不見施者，一件事只呈現片面，話說得謹慎，卻不清楚。「他被懷疑並沒有真正進過軍校」：究竟是誰在懷疑他呢？是軍方，是你，還是別人？

　　前引五句的被動語氣都很拗口，應予化解。句三十八可改成

「這一項提案執行委員會已經討論多次，而且通過了。」句三十九可改成「那名間諜奉命在火車站的月臺上等候他。」以下三句也可以這麼改寫：句四十：「千千萬萬的讀者正搶購這本新書。」句四十一：「季辛吉在後人的記憶裡，不外是一位翻雲覆雨的政客。」（或者「歷史回顧季辛吉，無非是一個翻雲覆雨的政客」。）句四十二：「他出身低下，卻一直瞞著所有的部屬。」

（四三）獻身於革命的壯烈大業的他，早已將生死置之度外。

（四四）人口現正接近五百萬的本市，存在著嚴重的生存空間日趨狹窄的問題。

（四五）男女之間的一見鍾情，是一種浪漫的最多只能維持三、四年的迷戀。

英文好用形容詞子句，但在文法上往往置於受形容的名詞之後，成為追敘。中文格於文法，如要保留這種形容詞子句的形式，常要把它放在受形容的名詞之前，顫巍巍地，像頂大而無當的高帽子。要化解這種冗贅，就得看開些，別理會那形容詞子句表面的身分，斷然把它切開，為它另找歸宿。前引三句不妨分別化為：句四十三：「他獻身於革命的壯烈大業，早已將生死置之度外。」句四十四：「本市人口現正接近五百萬，空間日趨狹窄，問題嚴重。」句四十五：「男女之間的一見鍾情，是一種浪漫的迷戀，最多只能維持三、四年。」英文裡引進形容詞子句的代名詞和副詞如 which, who, where, when 等等，關節的作用均頗靈活，但在中文裡，這承先啟後的重擔，一概加在這麼一個小「的」字上，實在是難以勝任的。中文裡「的，的」成災，一位作家如果無力約束這小「的」字，他的中文絕無前途。

（四六）　當你把稿子寫好了之後，立刻用掛號信寄給編
　　　　　輯。

（四七）　當許先生回到家裡看見那枝手槍仍然放在他同事
　　　　　送給他的那糖盒子裡的時候，他放了心。

（四八）　你怎麼能說服他放棄這件事，當他自己的太太也
　　　　　不能說服的時候？

　　英文最講究因果、主客之分──什麼事先發生，什麼事後來
到，什麼事發生時另一件事正好進行到一半，這一切，都得在文
法上交代清楚，所以副詞子句特多。如此說來，中文是不是就交
代得含糊了呢？曰又不然。中文靠上下文自然的順序，遠多於文
法上字面的銜接，所以貌若組織鬆懈。譬如治軍，英文文法之嚴
像程不識，中文文法則外弛內張，看來閒散，實則機警，像飛將
軍李廣。「當……之後」、「當……的時候」一類的副詞子句，早
已氾濫於中文，其實往往作繭自縛，全無必要。最好的辦法，就
是解除字面的束縛，句法自然會呼吸暢通。句四十六可簡化為
「你稿子一寫好，立刻用掛號信寄給編輯。」句四十七只須刪去
「當……的時候」之四字咒，就順理成章，變成「許先生回到家
中，看見那枝手槍仍然放在他同事送他的那糖盒子裡，就放了
心。」句四十八的副詞子句其實只關乎說理的層次，而與時間的
順序無涉，更不該保留「當……的時候」的四字咒。不如動一下
手術，改作「這件事，連他自己的太太都無法勸他放手，你又怎
麼勸得動他？」

（四九）　我絕不原諒任何事先沒有得到我的同意就擅自引
　　　　　述我的話的人。

（五十）　那家公司並不重視劉先生在工商界已經有了三十
　　　　　多年的經歷的這個事實。

（五一）　他被委派了明天上午陪伴那位新來的醫生去病房
　　　　　巡視一週的輕鬆的任務。

　　英文裡的受詞往往是一個繁複的名詞子句，或是有繁複子句修飾的名詞。總之，英文的動詞後面可以接上一長串字眼組成的受詞，即使節外生枝，也頓挫有致，不嫌其長。但在中文，語沓氣洩，虎頭蛇尾，而又尾大不掉，卻是大忌。前引三句話所以累贅而氣弱，是因為受詞直到句末才出現，和動詞隔得太遠，彼此失卻了呼應。這三句話如果是英文，「任何人」一定緊跟在「饒恕」後面，正如「事實」和「任務」一定分別緊跟著「重視」和「委派」，所以動詞的作用立見分曉，語氣自然貫串無礙。中文往往用一件事做受詞（字面上則為短句），英文則往往要找一個確定的名詞來承當動詞：這分別，甚至許多名作家都不注意。例如「張老師最討厭平時不用功考後求加分的學生」，句法雖不算太西化，但比起「張老師最討厭學生平時不用功，考後求加分」來，就沒有那麼純正、天然。同樣，「我想到一條可以一舉兩得的妙計」也不如「我想到一條妙計，可以一舉兩得。」關鍵全在受詞是否緊接動詞。茲再舉一例以明。「石油漲價，是本週一大新聞」比「石油的漲價是本週一大新聞」更像中文，因為前句以一件事（石油漲價）為主詞，後句以一個名詞（漲價）為主詞。

　　要化解句四十九至五十一的冗贅，必須重組句法，疏通關節，分別改寫如下：句四十九：「任何人事先沒有得到我同意就擅自引述我的話，我絕不原諒。」句五十：「劉先生在工商界已經有了三十多年的經歷，這件事，那家公司並不重視。」句五十一：「院方派給他的輕鬆任務，是明天上午陪伴那位新來的醫生

去病房巡視一週。」（或者：他派定的任務輕鬆，就是明天上午陪伴那位新來的醫生，去病房巡視一週。）

　　以上所論，都是中文西化之病。當代的白話文受外文的影響，當然並不盡是西化。例如在臺灣文壇，日本文學作品的中譯也不無影響，像林文月女士譯的《源氏物語》，那裡面的中文，論詞藻，論句法，論風格，當然難免相當「和化」。讀者一定會問我：「中文西化，難道影響全是反面效果，毫無正面價值嗎？」

　　當然不盡如此。如果六十年來的新文學，在排除文言之餘，只能向現代的口語，地方的戲曲歌謠，古典的白話小說之中，去吸收語言的養分——如果只能這樣，而不曾同時向西方借鏡，則今日的白話文面貌一定大不相同，說不定文體仍近於《老殘遊記》。也許有人會說，今日許多聞名的小說還趕不上《老殘遊記》呢。這話我也同意，不過今日真正傑出的小說，在語言上因為具備了多元的背景，畢竟比《老殘遊記》來得豐富而有彈性。就像電影的黑白片傑作，雖然仍令我們弔古低徊，但看慣彩色片之後再回頭去看黑白片，總還是覺得缺少了一點什麼。如果六十年來，廣大的讀者不讀譯文，少數的作家與學者不讀西文，白話文的道路一定不同，新文學的作品也必大異。中文西化，雖然目前過多於功，未來恐怕也難將功折罪，但對白話文畢竟不是無功。犯罪的是「惡性西化」的「西而不化」。立功的是「善性西化」的「西而化之」以致「化西為中」。其間的差別，有時是絕對的，但往往是相對的。除了文筆極佳和文筆奇劣的少數例外，今日的作者大半出沒於三分善性七分惡性的西化地帶。

　　那麼，「善性西化」的樣品在哪裡呢？最合理的答案是：在上乘的翻譯裡。翻譯，是西化的合法進口，不像許多創作，在暗裡非法西化，令人難防。一篇譯文能稱上乘，一定是譯者功力高

強，精通截長補短化淤解滯之道，所以能用無曲不達的中文去誘
捕不肯就範的英文。這樣的譯文在中西之間折衝樽爼，能不辱中
文的使命，且帶回俯首就擒的西文，雖不能就稱為創作，卻是
「西而化之」的好文章。其實上乘的譯文遠勝過「西而不化」的
無數創作。下面且將夏濟安先生所譯〈古屋雜憶〉（"The Old
Manse": by Nathaniel Hawthorne）摘出一段為例：

> 新英格蘭凡是上了年紀的老宅，似乎總是鬼影幢幢，不清
> 不白，事情雖怪，但家家如此，也不值得一提了。我們家
> 的那個鬼，常常在客廳的某一個角落，唱然長歎；有時也
> 翻弄紙張，簌簌作響，好像正在樓上長廊裡研讀一篇講道
> 文——奇怪的是月光穿東窗而入，夜明如晝，而其人的身
> 影總不得見。

夏濟安的譯文純以神遇，有些地方善解原意，在中文裡著墨較
多，以顯其隱，且便讀者，不免略近意譯，但譯文仍是上乘的，
不見「西而不化」的痕迹。

再從喬志高先生所譯《長夜漫漫路迢迢》（*Long Day's
Journey into Night*: by Eugene O'Neill）錄一段對話：

> 你的薪水也不少，憑你的本事要不是我你還賺不到呢。要
> 不是看你父親的面子沒有一家戲園老板會請教你的，你的
> 名聲實在太臭了。就連現在，我還得不顧體面到處替你求
> 情，說你從此改過自新了——雖然我自己知道是撒謊！

夏濟安的譯文裡，成語較多，語氣較文，句法較鬆動。喬志高的
譯文句法較緊，語氣較白，末句更保留倒裝句式。這是因為夏譯

要應付十九世紀中葉的散文，而喬譯面對的是二十世紀中葉的對白。二譯在文白上程度有異，恐怕和譯者平日的文體也有關係。茲再節錄湯新楣先生所譯《原野長宵》（*My Antonia*: by Willa Cather）：

> 隆冬在一個草原小鎮上來得很猛，來自曠野的寒風把夏天裡隔開一家家庭院的樹葉一掃而光，一座座的房屋似乎湊近在一起。屋頂在綠蔭中顯得那麼遠，而現在卻暴露在眼前，要比以前四周綠葉扶疏的時候難看得多。

三段譯文相比，夏譯不拘小節，幾乎泯滅了原作的形迹；喬譯堅守分寸，既不推衍原作，也不放任譯文；湯譯克己禮人，保留原作句法較多，但未過分委屈中文。換句話說，夏譯對中文較為照顧，湯譯對原作較為尊重，喬譯無所偏私。三段譯文都出於高手，但論「西而化之」的程度，夏譯「化」得多，故「西」少；湯譯「化」得少，故「西」多；喬譯則行乎中庸之道。純以對中文的西化而言，夏譯影響不大——輸入的英文句法不多，當然「教唆」讀者的或然率也小。湯譯影響會大些——輸入的英文句式多些，「誘罪率」也大些；當然，湯譯仍然守住了中文的基本分寸，所以即使「誘罪」，也無傷大雅。

　　本文旨在討論中文的西化，無意深究翻譯，為了珍惜篇幅，也不引英文原作來印證。「善性西化」的樣品，除了上乘的譯文之外，當然還有一流的創作。在白話文最好的詩、散文、小說，甚至批評文章裡，都不難舉出這種樣品。但是並非所有的一流創作都可以用來印證，因為有些創作的語言純然中國韻味，好處在於調和文白，卻無意去融匯中西。例如梁實秋先生精於英國文學，還譯過莎氏全集，卻無意在小品文裡搞西化運動。他的《雅

舍小品》享譽已久，裡面也盡多西化之趣，但在文字上並不刻意引進英文語法。梁先生那一輩，文言底子結實，即使要西化，也不容易西化。他雖然佩服胡適，但對於文言的警策，不肯全然排斥，所以他的小品文裡文白相濟，最有彈性。比他年輕一輩而也中英俱佳的作家，便兼向西化發展。且看張愛玲的〈傾城之戀〉：

> 流蘇吃驚地朝他望望，驀地裡悟到他這人多麼惡毒。他有意的當著人做出親狎的神氣，使她沒法可證明他們沒有發生關係。她勢成騎虎，回不得家鄉，見不得爺娘，除了做他的情婦之外沒有第二條路。然而她如果遷就了他，不但前功盡棄，以後更是萬劫不復了。她偏不！就算她枉擔了虛名，他不過口頭上占了她一個便宜。歸根究柢，他還是沒得到她。既然他沒有得到她，或許他有一天還會回到她這裡來，帶了較優的議和條件。

張愛玲的文體素稱雅潔，但分析她的語言，卻是多元的調和。前引一段之中，像「勢成騎虎」、「前功盡棄」、「萬劫不復」等都是文言的成語；「回不得家鄉，見不得爺娘」近乎俚曲俗謠；「驀地裡悟到」、「枉擔了虛名」，像來自舊小說，至少巴金的小說裡絕少出現；其他部分則大半是新文學的用語，「他還是沒得到她」之類的句子當然是五四以後的產品。最末一句卻是頗為顯眼的西化句，結尾的「帶了較優的議和條件」簡直是英文的介系詞片語，或是分詞片語——譯成英文，不是 with better terms of peace，便是 bringing better terms of peace。這個修飾性的結尾接得很自然，正是「善性西化」的好例。下面再引錢鍾書四十年代的作品〈談教訓〉：

上帝要懲罰人類，有時來一個荒年，有時來一次瘟疫或戰爭，有時產生一個道德家，抱著高尚到一般人所不及的理想，更有跟他的理想成正比例的驕傲和力量。

這顯然是「善性西化」的典型句法，一位作家沒有讀通西文，或是中文力有不逮，絕對寫不出這麼一氣貫串、曲折而不蕪雜的長句。這一句也許單獨看來好處不很顯眼，但是和後面一句相比，就見出好在哪裡了：

當上帝要懲罰人類的時候，祂有時會給予我們一個荒年，有時會給予我們一次瘟疫或一場戰爭，有時甚至於還會創造出一個具有著高尚到一般人所不及的理想的道德家——這道德家同時還具有著和這個理想成正比例的驕傲與力量。

後面這一句是我依「惡性西化」的公式從前一句演變來的。兩句一比，前一句的簡潔似乎成了格言了。

我想，未來白話文的發展，一方面是少數人的「善性西化」愈演愈精進，一方面卻是多數人的「惡性西化」愈演愈墮落，勢不可遏。頗有不少人認為，語言是活的，大勢所趨，可以積非成是，習慣成自然，一士諤諤，怎麼抵得過萬口囁囁，不如算了吧。一個人抱持這種觀念，自然比較省力，但是我並不甘心。一個民族的語言自然要變，但是不可以變得太快、太多、太不自然，尤其不可以變得失盡了原有的特性與美質。我們的教育界、文化界，和各種傳播的機構，必須及時警惕，預為良謀。否則有一天「惡性西化」的狂潮真的吞沒了白話文，則不但好作品再無知音，連整個民族的文化生命都面臨威脅了。

　　　　　　　　——一九七九年七月，出自一九八一年《分水嶺上》

白而不化的白話文

——從早期的青澀到近期的繁瑣

　　半個世紀以來，盤據在教科書、散文選、新文學史，被容易滿足的人奉為經典之作模範之文，一讀而再讀的，是二十年代幾篇未盡成熟，甚或頗為青澀的「少作」。這真是所謂新文學的一則神話。這些人裡面，有文藝青年，有文藝中年，說不定還有一些文藝老年。他們習於誦讀這些範文，久而不倦，一直到現在，還不肯斷五四的奶。

　　也許很多人都不曾留意，民初作家寫這些「範文」的時候，有多年輕。朱自清生於一八九八年，〈荷塘月色〉寫於一九二五年，當時作者是二十七歲。〈槳聲燈影裡的秦淮河〉更早兩年，是他二十五歲的作品。當時同遊的俞平伯也寫了一篇遊記，題名相同，而俞平伯比朱自清還小一歲。冰心寫〈山中雜記〉和〈寄給母親〉時，也只有二十四歲。徐志摩的〈我所知道的康橋〉寫得較晚，但作者當時也不過三十。其他的文體也有這現象，例如郁達夫的小說〈沉淪〉寫於二十五歲，聞一多的詩〈死水〉則為二十七歲之作。從這些例子看來，課本和文選的新文學，幾乎全是「金童玉女」的天下。所以我在中文大學講「現代文學」，就時常提醒班上的同學說：「不要忘了，這些作家當時只比各位大四、五歲。」

　　作家有夙慧，天才多早熟。少作當然不一定不如晚作。《古文觀止》的幾篇名作，像〈過秦論〉、〈滕王閣序〉、〈阿房宮賦〉、〈留侯論〉等，都是少作。蘇轍那封〈上樞密韓太尉書〉，寫於十

九歲（按西方算法只有十八歲），是最早的了。可是他那篇〈黃州快哉亭記〉卻寫於四十五歲。他的哥哥天才蓋世，二十二歲就以〈刑賞忠厚之至論〉嚇了歐陽修一跳，可是像〈方山子傳〉、〈赤壁賦〉、〈石鐘山記〉等傑作都成於四十五歲以後。歐陽修的〈秋聲賦〉（五十二歲）、〈祭石曼卿文〉（六十一歲）、〈瀧岡阡表〉（六十四歲）等文，更是晚年之作。

　　有的作家早熟，但更多的是大器晚成，老而益肆。至少同一天才如果寫作不斷，當能變化風格，恢宏胸襟，層樓更上，而盡展所長。民初的作家裡面，絕少能像杜甫、陸游，或是西方的哈代、葉慈那樣，認真寫作到老，當然大器晚成的機會也就不多。朱湘、徐志摩、梁遇春、陸蠡等人天不假年，固無機會。長壽如冰心，又愈寫愈退步。何況再長壽的作家，從反右一直沉默到文革，能保命已經不易，還想保筆，簡直是奢望了。半百而折的幾位，如朱自清和聞一多等，後期都做了學者，不再創作。朱自清在三十三歲所寫的〈論無話可說〉一文中說：「十年前我寫過詩，後來不寫詩了，寫散文；入中年以後，散文也不大寫得出了——現在是，比散文還要『散』的無話可說！」一班人過譽朱自清為散文大師，其實他的文集不過薄薄的四冊（其中兩冊大半是詩，一冊有一半是序跋書評之類），外加兩冊旅遊雜記而已。他的最後一本散文集《你我》出版於一九三四年，正當作者三十六歲的壯年，可見文思筆力無以為繼。試問韓柳歐蘇，或者約翰生、蘭姆、卡萊爾、羅斯金等等，有這種早竭的現象麼？

　　其他的作家也多有這種現象。以詩人為例，聞一多一生只有薄薄兩本集子，不滿百首，三十二歲便告別了繆思。徐志摩年齡和拜倫相若，但詩的產量還不及拜倫的十分之一。戴望舒的作品總數是八十八首。辛笛的更少，只得四十六首。古典的大詩人中，李白全集有九百多首，杜甫的超過一千四百，白居易、蘇軾

都在兩千以上，楊萬里有四千二百。陸游更多達九千二百餘篇。即使二十七歲便夭亡的李賀，也有二百四十多首。比起古人來，早期的新詩人真是單薄。

作品貴精不貴多。少產的作家如果佳作頗多，則量之不足還有質來彌補。可是民初的那些名作，以白話文而言，每有不順、不妥、甚至不通的句子；要說這樣的文筆就能成名成家，那今日的臺灣至少有五百位散文作者成得了家。請看朱自清的文句：「但一箇平常的人像我的，誰願憑了理性之力去醜化未來呢？我寧願自己騙著了。不過我的社會感性是很敏銳的；我的思力能拆穿道德律的西洋鏡，而我的感情卻終於被他壓服著……在眾目睽睽之下，這兩種思想在我心裡最為旺盛。他們暫時壓倒了我的聽歌的盼望，這便成就了我的灰色的拒絕。」

這樣生硬晦澀的句子，就算是譯文，也不夠好。生硬的不看，且看流暢的吧。下面是朱自清另一名作〈匆匆〉的起首二段：

> 燕子去了，有再來的時候；楊柳枯了，有再青的時候；桃花謝了，有再開的時候。但是，聰明的，你告訴我，我們的日子為什麼一去不復返呢？——是有人偷了他們罷：那是誰？又藏在何處呢？是他們自己逃走了罷：現在又到了那裡呢？

> 我不知道他們給了我多少日子；但我的手確乎是漸漸空虛了。在默默裡算著，八千多日子已經從我手中溜去；像針尖上一滴水滴在大海裡，我的日子滴在時間的流裡，沒有聲音，也沒有影子。我不禁頭涔涔而淚潸潸了。

這真是憂來無端的濫情之作。一個人在世上過了八千多個日子，

正是二十幾歲的青年，朝前看還來不及，何以如此惆悵地回顧，甚至到「頭涔涔而淚潸潸」的地步？這青年也未免太愛哭了。朱自清在〈背影〉哭了三次，我已經覺得太多了一點；不過那是親情之淚，總還算事出有因。但是〈匆匆〉裡的潸潸之淚，卻來得突兀而滑稽。如果歲月消逝就令人一哭，那年輕人的生日都應該舉哀，不該慶祝了。

古典詩文對時間素來最為敏感，也表現得最出色，最動人。曹操的〈短歌行〉，王羲之的〈蘭亭集序〉，在這方面都很感人。曹丕的名句：「古人賤尺璧而重寸陰，懼乎時之過已。而人多不強力，貧賤則懾于飢寒，富貴則流于逸樂，遂營目前之務，而遺千載之功。日月逝于上，體貌衰于下，忽然與萬物遷化，斯志士之大痛也！」說得多麼沉鬱。再看李白〈日出入行〉的詩句：「日出東方隈，似從地底來。歷天又復西入海，六龍所舍安在哉？其始與終古不息，人非元氣，安得與之久徘徊？」說得有多驚心動魄。

〈匆匆〉這兩段還有別的毛病。朱自清像許多民初作家一樣，愛用代名詞，卻有許多用得全無必要。例如〈槳聲燈影裡的秦淮河〉末段，就有三十四個代名詞，其中「我們」占了二十六個。西化的毛病很多，濫用代名詞是其一端。〈匆匆〉首段的句子「是有人偷了他們罷」，此地的「他們」指誰呢？從中文文法上根本找不出來，但就文意可知是指「日子」。因為日子有八千多個，所以其代名詞要用表多數的「他們」。下面那句「是他們自己逃走了罷」，當然也是指八千多個日子。問題就在第二段又出現了一個「他們」，所指何物卻很曖昧。「我不知道他們給了我多少日子」：這第三個「他們」原應承接上文，指逝去的八千多個日子，但句意豈不等於「我不知道逝去的日子給了我多少日子」？這實在混亂不堪。而所以混亂，就是因為濫用代名詞。

　　一定有人為作者辯護，說何必這麼認真呢，朱自清當時不過二十四歲，白話文當時也不過三歲（從五四算起），能寫到這樣，已經很不錯了。我也正是這個意思。民初作家年輕時用青澀的白話文寫出來的不很成熟的作品，值得全國青年當做經典範文，日習而夜誦嗎？民初的這幾位作家，停筆又早，作品又少，而寥寥幾篇不耐嚼咀不堪細析的少作，卻盤據課本和文選達數十年之久，這真是一個怪現象。也難怪今天還有不少青年寫的是「她是有著一顆怎樣純潔的心兒呀」一類幼稚而夾纏的白話文。

　　二十年代白話文的生硬青澀，今日讀來，恍如隔世。五四初期，身受科舉之害或其遺風影響的文人學者，大半都反對文言。最激烈的一些，例如吳稚暉和錢玄同，更恨不得廢掉中國文字。另一方面，則對西文十分羨慕，於是翻譯主張直譯，創作則傾向西化。最淺俗的現象便是嵌用英文，於是 S 君、M 城、W 教授之類大行其道，魯迅也不能免。有時候會夾上整個英文字，甚至整句英文：郭沫若的詩、徐志摩的散文常常如此。有時退而求其次，就譯英文的音，從「梵婀玲」到「辟克匿克」，從「煙士披里純」到「德謨克拉西」，不一而足。可是這些「音不及義」的譯名，不能令人顧名思義，有時也嫌太長，所以大半都淘汰了。就連魯迅筆下的什麼「海乙那」（hyena）、「惡毒婦」（old fool）等，也保不住。倒是林語堂譯音的「幽默」，並未隨潮流俱逝，連再三嘲諷他的錢鍾書，也不能不採用，真是始料不及的反諷了。

　　錢玄同為胡適的詩集作序，認為「辟克匿克來江邊」一句並無不當。他說：「語言本是人類公有的東西，甲國不備的話，就該用乙國話來補缺：這『攜食物出遊，即於遊處食之的』意義，若是在漢文沒有適當的名詞，就可直用『辟克匿克』來補他。」錢玄同的主張若加貫徹，今天的中文豈不要平添千百個「德律

風」，甚至「德律維生」之類的怪字？其實「辟克匿克」這件事，中文並不是全無說法：例如《桃花扇》就叫它做「花裡行廚」。今日「野餐」一詞早成定案，回頭再讀胡適這句詩，竟有打油的味道了。

一國的文字多用外來語，尤其是直接的使用，當然是消化不良的過渡現象。二十年代的作家要廢除文言，改寫白話，乃朝與文言相反的兩個方向探索：朝外的探索是西化，朝下的探索是俗化。俗化的現象有二，一是採用俚詞俗語，一是多用虛字冗詞。

俚詞俗語來自方言，民初既定北京話為國語，當時的白話文就自然染上北京方言的色彩。從明代以來，中國的作家南方人愈來愈多，五四以來尤其如此。以楊牧所編的《中國近代散文選》為例，入選的五十四人，從梁實秋到王孝廉，北方人只有十位，餘皆南方人。這本書不收近三十年來的大陸作家，南北之比當然更加懸殊。不過，即以林文月為分水嶺，南北之比也是三十比六。二十年代在北方寫作、教書的名家多為南方人，尤其是江浙人氏，可是筆下卻極力模仿北方土語，尤其是「花兒、蟲兒、魚兒、鳥兒」之類的兒化語。影響所及，可憐今日美國的大孩子還在牙牙學語地念「雞子兒」一類的土語，而我班上有些廣東大孩子還在寫「我獨個兒在校園躑躅著」之類文白夾雜刺耳的句子。

虛字冗詞的問題更大。所謂虛字，根據馬建忠《文通》的分類，包括介字、連字、助字、歎字，以別於代字、名字、動字、靜字、狀字組成的實字。這九種字的分類，相當於英文文法的九個詞類，只是大致說來，英文沒有「矣、焉、乎、哉」或「哩、嗎、呢、吧」之類的助字，而中文也不用或少用 a, an, the 之類的冠詞。平常都說「之、乎、者、也」是虛字，其實這四字已包括了介字、助字、代字。白話文廢了之乎者也，改用的了嗎呢，許多作家不知節制，以為多用這些新虛字才算新文學。其實一切文

學作品皆貴簡潔，文言如此，白話亦然。黃遵憲所說的「我手錄我口」，因為從口到手，還有選擇、重組、加工等過程，即使出口成章的人，也不能免，否則寫作豈不等於錄音？有時在我演講之後，別人把記錄稿拿給我修改，記錄得愈忠實，愈令我驚訝，因為「我口」太不像「我手」了。

　　虛字是文章的潤滑劑，可以調節實字之間的關係，助長文句的語氣和態勢。用得恰當，文句便周轉自如，用濫了，反而亂人耳目，造成淤塞：於是虛字比實字還要實了。例如「他講了老李的許多往事」，原是一句乾乾淨淨的話，改成「他講了許多有關於老李的往事」，便是濫用虛字，平添麻煩。五四以來，為害最大的虛字，便是出現得最頻的那個「的」字。我常覺得，知道省用「的」字，是一切作家得救的起點。〈荷塘月色〉便有這樣的「的的句」：

> 月光是隔了樹照過來的，高處叢生的灌木，落下參差的斑駁的黑影，峭楞楞如鬼一般；彎彎的楊柳的稀疏的倩影，卻又像是畫在荷葉上。

短短一句話就用了七個「的」，文筆這麼冗贅，那裡稱得上範文？許多作家或出於懶惰，或出於無能，把形容詞和名詞的關係，一律交給「的」字去收拾。換了今日臺港比較有心的作家，大概會這樣改寫：

> 月光隔樹照過來，高處叢生的灌木，落下參差而斑駁的黑影，峭楞楞如鬼一般；楊柳彎彎，稀疏的倩影卻又像畫在荷葉上。

　　至於冗詞，則品類繁複，不但包括許多礙手礙腳的虛字，還有一些不必要的實字。濫用代名詞便是常見的現象，尤其是所有格。試看何其芳〈哀歌〉裡的句子：「我們的祖母，我們的母親的少女時代已無從想像了……我們的姊妹，正如我們，到了一個多變幻的歧途。最使我們懷想的是我們那些年輕的美麗的姑姑……停止了我們的想像吧。關於我那些姑姑我的記憶是非常簡單的。」除了一路的的不絕之外，句中那些代名詞大半也可以省略。中文的代名詞及其所有格，往往可以由常情或上下文推斷，所以大半不用標明。例如「父親老了，要人陪伴」一句，當然就等於「我的父親老了，要人陪伴他」。世界上的東西無不彼此相屬，如果一一標明，豈不是自找麻煩？杜甫詩句：「絳脣珠袖兩寂寞，晚有弟子傳芬芳」，如果用虛冗的白話來寫，真可能變成「她的絳脣和她的珠袖，它們都消逝了呢；幸好在她的晚年還有她的弟子們繼續著她的芬芳。」白話文要是朝這方面發展，我實在看不出它有什麼理由取代文言。

　　二十年代的作家去古未遠，中文根柢仍厚，西化之病只在皮毛。逕嵌英文，或採音譯，不過像臉上生些小瘡。到了三十年代，像何其芳筆下的西化，就已經危及句法、語法，和思考方式了。另一惡性西化的顯例是艾青。下面的句子摘自他為《戴望舒詩選》所寫的序言：

　　　這個時期的作品，雖然那種個人的窄狹的感情的詠歎，依舊佔有最大的篇幅，但調子卻比過去明朗，較多地採用現代的日常口語，給人帶來了清新的感覺……不幸這種努力並沒有持續多久，他又很快地回到一個思想上紊亂的境地，越來越深地走進了虛無主義，對自己的才能作了無益的消耗……詩人在敵人的佔領的區域過著災難的歲月。他

吞嚥著沉哀地過著日子，懷念著戰鬥的祖國。

魯迅筆下儘管也有Ｃ君、阿Ｑ之類的皮毛西化，他的中文卻很老練，少見敗筆。艾青的西化不但在皮毛，更深入了筋骨。前引的句子沒有一句是清純道地的中文，好像作者只讀過翻譯的書，根本沒接觸過古典文學。也許作者要揚棄的，正是封建的文言，所以現成的語彙不用，要大繞圈子說話。例如「日常口語用得較多」要說成「較多地採用現代的日常口語」。「浪拋了自己的才能」要說成「對自己的才能作了無益的消耗」。「淪陷區」（至少可說「敵人的占領區」）偏要說成「敵人的占領的區域」。而最令人驚訝的一句，是「他吞嚥著沉哀地過著日子」。這一句的文法極盡糾纏之能事，原來「他過著日子」是句子的骨架，「吞嚥著沉哀地」是副詞，形容「過著」。句句化簡為繁，也是一種特殊的本領。

也許艾青不能充分代表三十年代的作家。那就再引曹禺的一段文章作抽樣檢查。曹禺在《日出》的跋裡說：

　　《日出》末尾方達生說：「我們要做一點事，要同金八拼一拼！」原是個諷刺，這諷刺藏在裡面，（自然我也許根本沒有把它弄顯明，不過如果這個吉訶德真地依他所說的老實做下去，聰明的讀者會料到他會碰著怎樣大的釘子。）

臺詞寫得好的劇作家，說起話來總更像話些。前引的一段比艾青的文字顯然要好，卻也不夠順暢，更說不上精警。括弧裡的句子有點半生不熟，基調卻是曖昧的西化；「沒有把它弄顯明」七個字，也生硬得可觀。

　　這就是二、三十年代眾口交響的散文家、詩人、劇作家所寫

的白話文。在抽樣的時候，我不用苦心搜尋，也無意專挑最差的段落來以偏概全，因為類似的病句敗筆，正如梁錫華先生所說，俯拾皆是，並不限於前引的少數作家。半世紀來，在政治背景和文學風氣等等的影響下，課本、文選、新文學史對白話文作者的取捨揚抑，經常顯示批評眼光的偏失。其結果，是少數未盡成熟的作家被譽為大師，幾篇瑜不掩瑕的作品被奉作範文，竟而忽略了少人吹噓卻大有可觀甚至更好的一些作家、作品。坊間流行的不少散文選，都收入了郭沫若、茅盾、巴金等人的作品，似乎只要是名家便無所不能。其實這些人絕非當行本色的散文家，入選的作品也都平庸無味。反之，像梁實秋、錢鍾書、王力這些學貫中西，筆融文白的文章行家，卻遭到冷落。另一方面，像陸蠡這樣柔美清雅的抒情小品，也一直無緣得到徐志摩、朱自清久享的禮遇，而聲名也屈居在毛病較多的何其芳之下。看來散文選必須重編，散文史也必須改寫。

三十年代白話文西化之病，近三十年來在中國大陸愈演愈重，恐已積習難返，不是少數清明雅健的作家學者所能挽回。目前的現象是：句長語繁，文法幾已全盤西化，文氣筆勢，扣得刻刻板板，繃得緊緊張張，幾乎不留一點餘地給彈性。下面的一句，摘自一九八〇年出版的《歷代遊記選》，頗能代表這種繁硬文體：

優秀的遊記作者，在再現這樣或那樣的自然景象時，往往把自然「擬人化」，以他自己對於現實的認識和態度去豐富這種描寫，去發現並且美學地評價它的典型的、本質的方面，使得這個被包含在社會實踐中的描寫，在社會意義上凝固起來。

　　我不相信這句話的意思不能用淺白的語言、清暢的音調表達出來。這種文句語法僵硬，語言枯澀，語意糾纏難解，正是民初白話文許多不良傾向長期演變的結果。當時的作家學者對中國傳統文化及其流傳所賴的文言，雖然態度激烈，必欲盡廢而後快，畢竟曾在其中涵泳，語文的表達能力總無問題。不幸到了三十年代，文言早成所謂封建的遺產而遭唾棄，英文呢，真正讀通而能消化的文人畢竟太少；至於白話文本身的基礎，如果不上溯到紅樓、西遊、水滸，就只能乞援於五四以後的單薄成就，和一些不太可讀的翻譯，何況就這單薄的成就而言，取法的青年也往往蔽於俗見，未必取法乎上。這麼一來，這位青年作者的師承和鍛鍊，也就少得可憐了。

　　前面引述的這種繁硬文體，在今日的中國大陸固然最為常見，但其堂兄表弟，面目依稀，談吐彷彿，在臺灣和香港的白話文裡，也不時露面，尤其是某些自命科學的人文學科和社會科學的學術論文。其實這種繁硬文體，對中文說來已成遠親，對西文說來才是近鄰，真已駸駸然變為第三種語言了，也難怪讀者無論如何努力，只能跟它發生第三類接觸。

　　白話文運動推行了六十年的結果，竟然培養出這麼可怕的繁硬文體，可見不但所謂封建的文言會出毛病，即連革命的白話也會毛病百出，而愈是大眾傳播的時代，愈是如此。章學誠列舉古文十弊，但至少那時候還沒有文白夾雜，西化為害，術語成災。我不相信，使用這樣的白話文，能想得暢通，寫得清楚。這個危機目前當然不像政治、經濟、人口等等問題這麼迫切，但是長此以往，對於我們的文化必有嚴重影響。胡適當初期待的「文學的國語」，絕對不是這個樣子。

　　　　──一九八三年四月，出自一九九四年《從徐霞客到梵谷》

橫行的洋文

　　十八世紀法國的大文豪伏爾泰，在流放英國的期間才開始學習英文，他發現 Plague（瘟疫）只有一個音節，而 ague（瘧疾）居然有兩個，大不高興，說這種不合理的語言應該分成兩半，一半交給「瘟疫」，另一半交給「瘧疾」。後來他應腓特烈大帝之邀，以國師身分去普魯士作客，又學起德文來。一試之下，他幾乎嗆住，又說但願德國佬多些頭腦，少些子音。法國人最自豪於本土的母語，對於條頓鄰居不免有點優越感。唯其如此，他們講英語總不脫家鄉的高盧腔，不是這裡 r 裝聾，便是那裡 h 作啞，而且把重音全部放鬆，弄得一點兒稜角都沒有。我從來沒有見一個法國人能把英語講純。據說象徵派詩人馬拉美的職業是英文教師，我相信他是勝任的，卻不大相信他能講道地的英語。從前我在師大教英文散文，課本裡有一則笑語，說法國人初學英文，心無兩用，不慎踩著香蕉皮，滑了一跤，急得對扶他起來的英國朋友說：I glode. I treaded on banana hide!

　　伏爾泰的憤怒，是初學外文常有的反應。語言，天生是不講理的東西，學者必須低首下心，唯命是從，而且晝思夜夢，念念有詞，若中邪魔，才能出生入死，死裡求生。學外文，必須先投降，才能征服，才能以魔鬼之道來服魔。去年秋天，去了一趟委內瑞拉之後，我才下定決心，學起西班牙文來。三種形態的動詞變化。鎮日價格唔吟哦，簡直像在念咒。不過這種咒也真好聽，因為不但圓轉響亮，而且變化無窮。換了是中文，如果「我唱、你唱、他唱」地一路背下去，豈不像個白癡？有人笑稱，學習外

文之道，始於寒暄而終於吵架。也就是說，如果你能用外語跟人對罵，功夫就到家了。因為一人個吵架的時候，言詞出口，純以神遇，已經不暇推理了。

外文應從小學起。等到大了再學，早已舌頭硬成石頭，記性開如漏斗，不但心猿無定，意馬難收，而且凡事都養成了喜歡推理的惡習，本該被動地接受，卻要主動地去分析，精力常常浪費於無謂的不釋。「他是一個大壞蛋，他不是嗎？他不是一個大壞蛋，他是嗎？」這種彆扭的句法真會使中國人讀得扭筋，而尤其尷尬的，是成年人初學外文，心智早已成熟，卻要牙牙學語，一遍又一遍地說什麼「我是一只小蘋果，請吃我，請吃我。」

學西方語言，最可怕的莫過於動詞，一切是非都是它惹出來的。規規矩矩的動詞變化，在西班牙文裡至少有四十七種；如果講究細分，就會弄出七十八種來，而三種形態的動詞變化當然還要加倍。至於不規則的動詞，還不在內。好像還嫌這不夠繁瑣，西班牙人更愛用反身動詞。中文裡面也有「自治」、「自愛」、「律己」、「反躬」、「自食其果」、「自我陶醉」一類的反身動作，但是用得不多，而且限於及物動詞。這類反身動詞在西班牙文裡卻無所不在，而且為禍之廣，連不及物動詞也難倖免。明明可以說 Visto de prisa（我匆匆穿衣），卻偏要說 Me visto de prisa（我匆匆為自己穿衣）；明明可以說 Desayunamos（我們吃早飯），卻偏要說 Nos desayunamos（我們餵自己吃早飯）。這觀念一旦橫行，天下從此多事矣。

其他西方語言的煩人，也不相讓。中國人的祖宗真是積德，一開始就福至心靈，不在動詞上玩花樣，真是庇蔭子孫，不用我們來受這「原罪」。杜牧的名句：「秦人不暇自哀，而後人哀之。後人哀之而不鑑之，亦使後人而復哀後人也。」如果用西文來說，簡簡單單一個「哀」字就不曉得在動詞變化上，要弄出多少

名堂來。西方語言這麼苛分動詞的時態，很可能是因為西方文化以時間觀念為主，所以西洋繪畫考究明暗烘托，物必有影，而光影正是時間。中國繪畫不畫物影，也不分晨昏，似乎一切都在時間之外，像中文的動詞一樣。

除英文外，西方許多語言更愛把無辜的名詞，分成陽性、陰性，甚至中性。往往，這陰陽之分也無理可喻。中國人把天地叫做乾坤，又叫皇天后土。法文、德文、西班牙文也都把天想成陽性，地想做陰性。法文和西班牙文都把山看成陰性，河看成陽性，不合中國人的看法。在德文裡，山與河卻都是陽性。一般語言都把太陽叫成陽性，月亮叫成陰性；唯獨德國人拗性子，偏要把太陽叫做 die Sonne，把月亮叫做 der Mond，簡直顛倒乾坤。

西班牙人把春季叫做 la primavera，其他三季都作陽性。意大利人把春夏都看成女人，秋冬則看成男人。這都是多情的民族。法國人把春夏冬三季都派成男人，唯獨秋季可陽可陰。德國人則絕對不通融，四季一律是陽性。單看四季，已經亂成一團，簡直是「瞎搞性關係」。中國人常把燕子來象徵女性，說是「鶯鶯燕燕」；在法、德、意、西等語言裡，燕子也都是陰性。連英國詩人史雲朋在名詩〈伊緹勒絲〉（"Itylus", by A. C. Swinburne）裡也說：

　　燕子啊我的妹子，啊，妹妹燕子，
　　你心裡怎麼會充滿了春意？
　　一千個夏天都過去了，都逝去。

可見燕子做女人是做定了。不過她帶來的究竟是春天還是夏天，則未有定論。英文有一句成語：「一隻燕子還不算夏天」（One swallow does not make a summer.），意指不可以偏概全。西班牙人

也說 Una golondrina no hace verano，這都是認為燕子帶來夏天。法國人和意大利人卻說：「一隻燕子還不算春天」。法文是 Une hirondelle ne fait pas le printemps；義文是 Una rondine non fa primavera。這想法倒跟咱們中國人相同。奇怪的是，西班牙和意大利的緯度相等，為什麼燕歸來的時節不同？

　　西文的蠻不講理，以花為例，可見一斑。西班牙文與意大利文同樣源出拉丁文，可謂同根異葉，許多字眼的拼法完全一致，或者近似。然而「花」在西班牙文裡（la flor）是陰性，在意大利文裡（il fiore）卻是陽性。在西班牙文裡，同樣是花，玫瑰（la rosa）是陰，康乃馨（el clavel）卻是陽。中國人會說，既然都是嬌滴滴的花，為什麼不索性一律派作陰性？其實，這陰陽之分不過取決於字面：玫瑰以 a 結尾，故陰，康乃馨以 l 作結，故陽。春天是 primavera，故陰；夏秋冬（verano, otono, invierno）都以 o 作結，故陽。如此而已。問題是，當初為什麼不叫春天 primavero，不叫康乃馨 clavela 呢？中國哲學最強調陰陽之分，本來也可能掉進這糊塗的「性關係」裡去。幸好太極圖分陰陽，中間是一條柔美的曲線，陰中有陽，陽中有陰，而陰陽相抱，不是一條決絕的直線。中文的方塊字不分陰陽，對我們那些嚴內外之防的祖宗，也沒有造成什麼不便。當初只要倉頡博士一念之差，凡字都要一分雌雄，我們就慘了。也許一天到晚，都得像西方人那樣，奔命於公雞母狗之間。

　　英國人比較聰明，不在字面上計較雌雄，但是在代名詞裡，潛意識就洩漏出來了。所以上帝和魔鬼都派男人去做，不是 he 便是 him；國家和輪船就充滿母性，成為 she 或者 her；而不解人道的小朋友則貶為 it，與無生物同其渾沌。

　　西文裡面還有一層麻煩，就是名詞的數量（number）。文法規定：動詞的數量要向其主詞看齊，但是有許多場合卻令一般作

者舉棋不定。單數主詞與述詞中的複數名詞之間，如果是用連繫動詞，一般作者就會莫知所從，有時竟喧賓奪主，寫出 The only thing that made it real were the dead Legionnaires 一類的句子來。用 all 和 what 做主詞，也會因為述詞裡的名詞是複數而誤用動詞的數量，例如：What Jane is clutching to her bosom are four kittens。此外，one of the few writers in the country who has made a living being funny 之類的錯誤，也常有人犯。None 做主詞的時候，該用單數或複數動詞，也迄無定論；中間如果再來上 or，就更要命。巴仁（Jacques Barzun）就指出下列的句子：None, or at least very few, was used before the war. 是錯誤的，因為 was 應改成 were。這件事，在大詩人之間都不一致，例如朱艾敦的名句 none but the brave deserves the fair（唯勇士可配美人），用的是單數；但是惠特曼的句子 have found that none of these finally satisfy, or permanently wear，用的卻是複數。最惑人的便是像剪刀（scissors）、風箱（bellows）、眼鏡（glasses）等物，明明是一件東西，卻必須用複數動詞。所以不能說 Where is my glasses？

中文的名詞和動詞完全不理會什麼單數複數，來去毫無牽掛。中文說「墨西哥的建築物很有趣」，完全不標數量。英文說 Mexican buildings are very interesting。西班牙文卻要說 Los edificios mexicanos son muy interesantes。英文裡只有兩個字表示複數；西班牙文裡卻要用五個字，連冠詞和形容詞都得跟著變。在中國人看來，這真是自討苦吃。

比起來，還是中國文化看得開些──陰陽不分，古今同在，眾寡通融，真是了無絆礙。文法這麼簡便，省下來的時間拿來做什麼呢？拿來嘛──西方人作夢也想不到──拿來推敲平仄，對對子了，哈哈！

　　　　──一九八四年十一月，出自一九八七年《記憶像鐵軌一樣長》

中文的常態與變態

1

自五四新文化運動以來，七十年間，中文的變化極大。一方面，優秀的作家與學者筆下的白話文愈寫愈成熟，無論表情達意或是分析事理，都能運用自如。另一方面，道地的中文，包括文言文與民間文學的白話文，和我們的關係日漸生疏，而英文的影響，無論來自直接的學習或是間接的潛移默化，則日漸顯著，因此一般人筆下的白話文，西化的病態日漸嚴重。一般人從大眾傳媒學到的，不僅是流行的觀念，還有那些觀念賴以包裝的種種說法；有時，那些說法連高明之士也抗拒不了。今日的中文雖因地區不同而互見差異，但共同的趨勢都是繁瑣與生硬。例如中文本來是說「因此」，現在不少人卻愛說「基於這個原因」；本來是說「問題很多」，現在不少人卻愛說「有很多問題存在」。對於這種化簡為繁、以拙代巧的趨勢，有心人如果不及時提出警告，我們的中文勢必愈變愈差，而道地中文原有的那種美德，那種簡潔而又靈活的語文生態，也必將面目全非。

中文也有生態嗎？當然有。措詞簡潔、語法對稱、句式靈活、聲調鏗鏘，這些都是中文生命的常態。能順著這樣的生態，就能長保中文的健康。要是處處違拗這樣的生態，久而久之，中文就會汙染而淤塞，危機日漸迫近。

目前中文的一大危機，是西化。我自己出身外文系，三十多歲時有志於中文創新的試驗，自問並非語文的保守派。大凡有志於中文創作的人，都不會認為善用四字成語就是創作的能事。反

之，寫文章而處處仰賴成語，等於只會用古人的腦來想，只會用古人的嘴來說，絕非豪傑之士。但是，再反過來說，寫文章而不會使用成語，問題就更大了。寫一篇完全不帶成語的文章，不見得不可能，但是很不容易；這樣的文章要寫得好，就更難能可貴。目前的情形是，許多人寫中文，已經不會用成語，至少會用的成語有限，顯得捉襟見肘。一般香港學生目前只會說「總的來說」，卻似乎忘了「總而言之」。同樣地，大概也不會說「一言難盡」，只會說「不是一句話就能夠說得清楚的」。

成語歷千百年而猶存，成為文化的一部分。例如「千錘百鍊」，字義對稱，平仄協調，如果一定要說成「千鍊百錘」，當然也可以，不過聽來不順，不像「千錘百鍊」那樣含有美學。同樣，「朝秦暮楚」、「齊大非偶」、「樂不思蜀」等語之中，都含有中國的歷史。成語的衰退正顯示文言的淡忘，文化意識的萎縮。

英文沒有學好，中文卻學壞了，或者可以說，帶壞了。中文西化，不一定就是毛病。緩慢而適度的西化甚至是難以避免的趨勢，高妙的西化更可以截長補短。但是太快太強的西化，破壞了中文的自然生態，就成了惡性西化。這種危機，有心人都應該及時警覺而且努力抵制。在歐洲的語文裡面，文法比較單純的英文恐怕是最近於中文的了。儘管如此，英文與中文仍有許多基本的差異，無法十分融洽。這一點，凡有中英文互譯經驗的人，想必都能同意。其實，研究翻譯就等於研究比較語言學。以下擬就中英文之間的差異，略略分析中文西化之病。

2

比起中文來，英文不但富於抽象名詞，也喜歡用抽象名詞。英文可以說「他的收入的減少改變了他的生活方式」，中文這麼說，就太西化了。英文用抽象名詞「減少」做主詞，十分自然。

中文的說法是以具體名詞，尤其是人，做主詞：「他因為收入減少而改變生活方式」，或者「他收入減少，乃改變生活方式」。

　　中文常用一件事情（一個短句）做主詞，英文則常用一個名詞（或名詞片語）。「橫貫公路再度坍方，是今日的頭條新聞」，是中文的說法。「橫貫公路的再度坍方，是今日的頭條新聞」，就是英文語法的流露了。同理，「選購書籍，只好委託你了」是中文語法。「書籍的選購，只好委託你了」卻是略帶西化。「推行國語，要靠大家努力」是自然的說法。「國語的推行，要靠大家的努力」卻嫌冗贅。這種情形也可見於受詞。例如「他們杯葛這種風俗的繼續」，便是一句可怕的話。無論如何，「杯葛繼續」總嫌生硬。如果改成「他們反對保存這種風俗」，就自然多了。

　　英文好用抽象名詞，其結果是軟化了動詞，也可以說是架空了動詞。科學、社會科學與公文的用語，大舉侵入了日常生活，逼得許多明確而有力的動詞漸漸變質，成為面無表情的片語。下面是幾個常見的例子：

apply pressure: press

give authorization: permit

send a communication: write

take appropriate action: act

在前例之中，簡潔的單音節動詞都變成了含有抽象名詞的片語，表面上看來，顯得比較堂皇而高級。例如 press 變成了 apply pressure，動作便一分為二，一半馴化為靜止的抽象名詞 pressure，一半淡化為廣泛而籠統的動詞 apply。巴仁（Jacques Barzun）與屈林（Lionel Trilling）等學者把這類廣泛的動詞叫做「弱動詞」（weak verb）。他們說：「科學報告不免單調而冷淡，

影響之餘，現代的文體喜歡把思路分解成一串靜止的概念，用介詞和通常是被動語氣的弱動詞連接起來。」[1]

巴仁所謂的弱動詞，相當於英國小說家歐威爾所謂的「文字的義肢」（verbal false limb）[2]。當代的中文也已呈現這種病態，喜歡把簡單明瞭的動詞分解成「萬能動詞＋抽象名詞」的片語。目前最流行的萬能動詞，是「作出」和「進行」，惡勢力之大，幾乎要吃掉一半的正規動詞。請看下面的例子：

（一）本校的校友對社會作出了重大的貢獻。

（二）昨晚的聽眾對訪問教授作出了十分熱烈的反應。

（三）我們對國際貿易的問題已經進行了詳細的研究。

（四）心理學家在老鼠的身上進行試驗。

不管是直接或間接的影響，這樣的語法都是日漸西化的現象，因為中文原有的動詞都分解成上述的繁瑣片語了。前面的四句話本來可以分別說成（一）本校的校友對社會貢獻很大。（二）昨晚的聽眾對訪問教授反應十分熱烈。（三）我們對國際貿易的問題已經詳加研究。（四）心理學家用老鼠來做試驗。（或：心理學家用老鼠試驗。）

巴仁等學者感慨現代英文喜歡化簡為繁、化動為靜、化具體

1　Follett, Wilson: *Modern American Usage*, ed. and completed by Jacques Barzun in collaboration with Lionel Trilling and others. New York: Warner Paperback Library, 1974, p.286. See also such items as "jargon," "journalese," "nounplague,"and "scientism" in Chapter IV on Style.

2　Orwell, George: "Politics and the English Language."

為抽象、化直接為迂迴，到了「名詞成災」（noun-plague）的地步。學問分工日細，各種學科的行話術語，尤其是科學與社會科學的「夾槓」，經過本行使用，外行借用，加上「新聞體」（journalese）的傳播，一方面固然使現代英文顯得多彩多姿，另一方面卻也造成混亂，使日常用語斑駁不堪。英國詩人格雷夫斯（Robert Graves, 1895-1986）在短詩〈耕田〉（"Tilth"）裡批評這現象說：

Gone are the sad monosyllabic days

When "agricultural labour? still was tilth;

And "100% approbation", praise;

And "pornographic modernism", filth—

And still I stand by tilth and filth and praise.

「名詞成災」的流行病裡，災情最嚴重的該是所謂「科學至上」（scientism）。在現代的工業社會裡，科學早成顯貴，科技更是驕子，所以知識分子的口頭與筆下，有意無意，總愛用一些「學術化」的抽象名詞，好顯得客觀而精確。有人稱之為「偽術語」（pseudo-jargon）。例如：明明是 first step，卻要說成 initial phase；明明是 letter，卻要說成 communication，都屬此類。

　　中文也是如此。本來可以說「名氣」，卻憑空造出一個「知名度」來，不說「很有名」，卻要迂迴作態，貌若高雅，說成「具有很高的知名度」，真是酸腐可笑。另一個偽術語是「可讀性」，同樣活躍於書評和出版廣告。明明可以說「這本傳記很動人」，「這本傳記引人入勝」，或者乾脆說「這本傳記很好看」，卻要說成「這本傳記的可讀性頗高」。我不明白這字眼怎麼來的，因為這觀念在英文裡也只用形容詞 readable 而不用抽象名詞

readability。英文會說：The biography is highly readable，卻不說 The biography has high readability。此風在臺灣日漸囂張。在電視上，記者早已在說「昨晚的演奏頗具可聽性」。在書評裡，也已見過這樣的句子：「傳統寫實作品只要寫得好，豈不比一篇急躁的實驗小說更具可看性？」

　　我實在不懂那位書評家何以不能說「豈不比一篇⋯⋯更耐看（更動人）？」同理，「更具前瞻性」難道真比「更有遠見」要高雅嗎？長此以往，豈不要出現「他講的這件趣事可笑性很高」一類的怪句？此外，「某某主義」之類的抽象名詞也使用過度，英美有心人士都主張少用為妙[3]。中國大陸的文章很愛說「富於愛國主義的精神」，其實頗有語病。愛國只是單純的情感，何必學術化為主義？如果愛國也成主義，我們豈不是也可以說「親日主義」、「仇美主義」、「懷鄉主義」？其次，主義也就是一種精神，不必重複，所以只要說「富於愛國精神」就夠了。

　　名詞而分單數與複數，是歐洲語文的慣例。英文文法的複數變化，比起其他歐洲語文來，單純得多。請看「玫瑰都很嬌小」這句話在英文、法文、德文、西班牙文、意大利文裡的各種說法：

The roses are small.

Les roses sont petites.

Die Rosen sind klein.

Las rosas son chiquitas.

3　Follett, Wilson: *Modern American Usage*, pp.266-237.

Le rose sono piccole.

每句話都是四個字，次序完全一樣，都是冠詞、名詞、動詞、形容詞。英文句裡，只有動詞跟著名詞變化，其他二字則不分單、複數。德文句裡，只有形容詞不變。法文、西班牙文、意大利文的三句裡，因為做主詞的名詞是複數，其他的字全跟著變化。

　　幸而中文的名詞沒有複數的變化，也不區分性別，否則將不勝其繁瑣。舊小說的對話裡確有「爺們」、「娘們」、「丫頭們」等複數詞，但是在敘述的部分，仍用「諸姐妹」、「眾丫鬟」。中文要表多數的時候，也會說「民眾」、「徒眾」、「觀眾」、「聽眾」，所以「眾」也有點「們」的作用。但是「眾」也好，「們」也好，在中文裡並非處處需要複數語尾。往往，我們說「文武百官」，不說「官們」，也不說「文官們」、「武官們」。同理，「全國的同胞」、「全校的師生」、「所有的顧客」、「一切乘客」當然是複數，不必再畫蛇添足，加以標明。不少國人惑於西化的意識，常愛這麼添足，於是「人們」取代了原有的「人人」、「大家」、「大眾」、「眾人」、「世人」。「人們」實在是醜陋的西化詞，林語堂絕不使用，希望大家也不要使用。電視上也有人說「民眾們」、「觀眾們」、「聽眾們」、「球員們」，實在累贅。尤其「眾、們」並用，已經不通。

　　中文名詞不分數量，有時也會陷入困境。例如「一位觀眾」顯然不通，但是「觀眾之一」卻嫌累贅，也欠自然。「一位觀者」畢竟不像「一位讀者」那麼現成。所以，「一位觀眾來信說……」之類的句子，也只好由它去了。

　　可是「……之一」的氾濫，卻不容忽視。「……之一」雖然是單數，但是背景的意識卻是多數。和其他歐洲語文一樣，英文也愛說 one of my favorite actresses, one of those who believe..., one of the most active promoters。中文原無「……之一」的句法，現在我們說「觀眾之一」實在是不得已。至於這樣的句子：

> 劉伶是竹林七賢之一。
> 作為竹林七賢之一的劉伶……

目前已經非常流行。前一句雖然西化，但不算冗贅。後一句卻是惡性西化的畸嬰，不但「作為」二字純然多餘，「之一的」也文白夾雜，讀來破碎，把主詞「劉伶」壓在底下，更是扭捏作態。其實，後一句的意思跟前一句完全一樣，卻把英文的語法 as one of the Seven Worthies of Bamboo Grove, Liu Ling……生吞活剝地搬到中文裡來。所以，與其說「作為竹林七賢之一的劉伶以嗜酒聞名」，何不平平實實地說「劉伶是竹林七賢之一，以嗜酒聞名」？其實前一句也盡有辦法不說「之一」。中文本來可以說「劉伶乃竹林七賢之同儕」；「劉伶列於竹林七賢」；「劉伶躋身竹林七賢」；「劉伶是竹林七賢的同人」。

「竹林七賢之一」也好，「文房四寶之一」也好，情況都不嚴重，因為七和四範圍明確，同時邏輯上也不能逕說「劉伶是竹林七賢」，「硯乃文房四寶」。目前的不良趨勢，是下列這樣的句子：

> 紅樓夢是中國文學的名著之一。
> 李廣乃漢朝名將之一。

兩句之中，「之一」都是蛇足。世間萬事萬物都有其同儕同類，每次提到其一，都要照顧到其他，也未免太周到了。中國文學名著當然不止一部，漢朝名將當然也不會祇有一人，不加上這死心

眼兒的「之一」，絕對沒有人會誤會你孤陋寡聞，或者掛一漏萬。一旦養成了這種惡習，只怕筆下的句子都要寫成「小張是我的好朋友之一」，「我不過是您的平庸的學生之一」，「他的嗜好之一是收集茶壺」了。

「之一」之病到了香港，更變本加厲，成為「其中之一」。在香港的報刊上，早已流行「我是聽王家的兄弟其中之一說的」或者「大衛連一直以來都是我最喜歡的導演其中之一」這類怪句。英文複數觀念為害中文之深，由此可見。

這就說到「最……之一」的語法來了。英文最喜歡說「他是當代最偉大的思想家之一」，好像真是精確極了，其實未必。「最偉大的」是抬到至高，「之一」卻稍加低抑，結果只是抬高，並未真正抬到至高。你並不知道「最偉大的思想家」究竟是幾位？四位嗎？還是七位？所以彈性頗大。兜了一個大圈子回來，並無多大不同。所以，只要說「他是一個大名人」或「他是赫赫有名的人物」就夠了，不必迂而迴之，說什麼「他是最有名氣的人物之一」吧。

3

在英文裡，詞性相同的字眼常用 and 來連接：例如 man and wife, you and I, back and forth。但在中文裡，類似的場合往往不用連接詞，所以只要說「夫妻」、「你我」、「前後」就夠了。同樣地，一長串同類詞在中文裡，也任其並列，無須連接：例如「東南西北」、「金木水火土」、「禮樂射御書數」、「柴米油鹽醬醋茶」皆是。中國人絕不說「開門七件事，柴、米、油、鹽、醬、醋以及茶。」誰要這麼說，一定會惹笑。同理，中文只說「思前想後」、「說古道今」，英文卻必須動用連接詞，變成「思前和想後」、「說古及道今」。可是近來 and 的意識已經潛入中文，到處

作怪。港報上有過這樣的句子：

> 在政治民主化與經濟自由化的發展道路，臺北顯然比北京
> 起步更早及邁步更快，致在政經體制改革的觀念、行動、
> 範圍及對象，更為深廣更具實質……

這樣的文筆實在不很暢順：例如前半句中，當作連接詞的「與」、「及」都不必要。「與」還可以說不必要，「及」簡直就要不得。後半句的「更為深廣更具實質」才像中文，「起步更早及邁步更快」簡直是英文。「及」字破壞了中文的生態，因為中文沒有這種用法。此地一定要用連接詞的話，也只能用「而」，不可用「及」。正如 slow but sure 在中文裡該說「慢而可靠」或者「緩慢而有把握」，卻不可說「慢及可靠」或者「緩慢與有把握」。「而」之為連接詞，不但可表更進一步，例如「學而時習之」，還可表後退或修正，例如「國風好色而不淫，小雅怨誹而不亂」，可謂兼有 and 與 but 之功用。

　　目前的不良趨勢，是原來不用連接詞的地方，在 and 意識的教唆下，都裝上了連接詞；而所謂連接詞都由「和」、「與」、「及」、「以及」包辦，可是靈活而宛轉的「而」、「並」、「而且」等詞，幾乎要絕跡了。

4

　　介詞在英文裡的用途遠比中文裡重要，簡直成了英文的潤滑劑。英文的不及物動詞加上介詞，往往變成了及物動詞，例如 look after, take in 皆是。介詞片語（prepositional phrase）又可當作形容詞或助詞使用，例如 a friend in need, said it in earnest。所以英文簡直離不了介詞。中文則不盡然。「揚州十日、嘉定三屠」

兩個片語不用一個介詞，換了英文，非用不可。

「歡迎王教授今天來到我們的中間，在有關環境汙染的各種問題上，為我們作一次學術性的演講。」這樣不中不西的開場白，到處可以聽見。其實「中間」、「有關」等介詞，都是畫蛇添足。有一些《聖經》的中譯，牧師的傳道，不顧中文的生態，會說成「神在你的裡面」。意思懂，卻不像中文。

「有關」、「關於」之類，大概是用得最濫的介詞了。「有關文革的種種，令人不能置信」；「今天我們討論有關臺灣交通的問題」；「關於他的申請，你看過了沒有？」在這些句子裡，「有關」與「關於」完全多餘。最近我擔任「全國學生文學獎」評審，有一篇投稿的題目很長，叫〈關於一個河堤孩子的成長故事〉。十三個字裡，「關於」兩字毫無作用，「一個」與「故事」也可有可無。

「關於」有幾個表兄弟，最出風頭的是「由於」。這字眼在當代中文裡，往往用得不妥：

> 由於秦末天下大亂，（所以）群雄四起。
> 由於好奇心的驅使，我向窗內看了一眼。
> 由於他的家境貧窮，使得他只好休學。

英文在形式上重邏輯，喜歡交代事事物物的因果關係。中文則不盡然。「清風徐來，水波不興」，其中當然有因果關係，但是中文只用上下文作不言之喻。換了是英文，恐怕會說「因為清風徐來，所以水波不興」，或者「清風徐來，而不興起水波」。上列的第一句，其實刪掉「由於」與「所以」，不但無損文意，反而可使文章乾淨。第二句的「由於好奇心的驅使」並沒有什麼大毛

病[4]，可是有點囉嗦，更犯不著動用「驅使」一類的正式字眼。如果簡化為「出於好奇，我向窗內看了一眼」或者「為了好奇，我向窗內看了一眼」，就好多了。第三句的不通，犯者最多。「由於他的家境貧窮」這種片語，只能拿來修飾動詞，卻不能當做主詞。這一句如果刪掉「由於」，「使得」一類交代因果的冗詞，寫成「他家境貧窮，只好休學」，反覺眉清目秀。

5

英文的副詞形式對中文危害尚不顯著，但也已經開始了。例如這樣的句子：

> 他苦心孤詣地想出一套好辦法來。
>
> 老師苦口婆心地勸了他半天。
>
> 大家苦中作樂地竟然大唱其民謠。

「苦」字開頭的三句成語，本來都是動詞，套上副詞語尾的「地」，就降為副詞了。這麼一來，文章仍然清楚，文法上卻主客分明，太講從屬的關係，有點呆板。若把「地」一律刪去，代以逗點，不但可以擺脫這主客的關係，語氣也會靈活一些。

有時這樣的西化副詞片語太長，例如「他知其不可為而為之地還是去赴了約」，就更應把「地」刪掉，代之以逗點，使句法鬆鬆筋骨。目前最濫的副詞是「成功地」。有一次我不該為入學試出了這麼一個作文題目：〈國父誕辰的感想〉，結果十個考生裡

4　疑為 prompted by curiosity 之直譯。

至少有六個都說：「國父孫中山先生成功地推翻了滿清。」這副詞「成功地」在此毫無意義，因為既然推而翻之，就是成功了，何待重複。同理，「成功地發明了相對論」、「成功地泳渡了直布羅陀海峽」也都是饒舌之說。天下萬事，凡做到的都要加上「成功地」，豈不累人？

6

白話文一用到形容詞，似乎就離不開「的」，簡直無「的」不成句了。在白話文裡，這「的」字成了形容詞除不掉的尾巴，至少會出現在這些場合：

> 好的，好的，我就來。是的，沒問題。
> 快來看這壯麗的落日！
> 你的筆乾了，先用我的筆吧。
> 也像西湖的有裡外湖一樣，麗芒分為大湖小湖兩部分。[5]
> 他當然是別有用心的。你不去是對的。

喜歡用「的」或者無力拒「的」之人，也許還有更多的場合要偏勞這萬能「的」字。我說「偏勞」，因為在英文裡，形容詞常用的語尾有 -tive, -able, -ical, -ous 等多種，不像在中文裡全由「的」來擔任。英文句子裡常常連用幾個形容詞，但因語尾變化頗大，不會落入今日中文的公式。例如雪萊的句子：

5　姚乃麟編《現代創作遊記選》，臺北：新文豐出版公司，一九八二年，頁六十九，孫伏園〈麗芒湖上〉。

An old, mad, blind, despised, and dying king——[6]

一連五個形容詞，直譯過來，就成了：

一位衰老的、瘋狂的、瞎眼的、被人蔑視的、垂死的君
王——

一碰到形容詞，就不假思索，交給「的」去組織，正是流行的白
話文所以僵化的原因。白話文所以囉嗦而軟弱，虛字太多是一大
原因，而用得最濫的虛字正是「的」。學會少用「的」字之道，
恐怕是白話文作家的第一課吧。其實許多名作家在這方面都很隨
便，且舉數例為證：

（一）月光是隔了樹照過來的，高處叢生的灌木，落下參
差的斑駁的黑影，峭楞楞如鬼一般；彎彎的楊柳的稀疏的
倩影，卻又像是畫在荷葉上。[7]
（二）最後的鴿群……也許是誤認這灰暗的淒冷的天空為
夜色的來襲，或是也預感到風雨的將至，遂過早地飛回它
們溫暖的木舍。[8]
（三）白色的鴨也似有一點煩躁了，有不潔的顏色的都市
的河溝裡傳出它們焦急的叫聲。[9]

---

6 Shelley, P.B.: "England in 1819."

7 朱自清〈荷塘月色〉。

8 何其芳〈雨前〉。

9 同註 8。

第一句的「參差的斑駁的黑影」和「彎彎的楊柳的稀疏的倩影」，都是單調而生硬的重疊。用這麼多「的」，真有必要嗎？為什麼不能說「參差而斑駁」呢？後面半句的原意本是「彎彎的楊柳投下稀疏的倩影」，卻不分層次，連用三個「的」，讀者很自然會分成「彎彎的、楊柳的、稀疏的、倩影」。第二句至少可以省掉三個「的」。就是把「灰暗的淒冷的天空」改成「灰暗而淒冷的天空」，再把「夜色的來襲」和「風雨的將至」改成「夜色來襲」、「風雨將至」。前文說過，中文好用短句，英文好用名詞，尤其是抽象名詞。「夜色來襲」何等有力，「夜色的來襲」就鬆軟下來了。最差的該是第三句了。「白色的鴨」跟「白鴨」有什麼不同呢？「有不潔的顏色的都市的河溝」，亂用「的」字，最是惑人。此句原意應是「顏色不潔的都市河溝」（本可簡化為「都市的髒河溝」），但讀者同樣會念成「有不潔的、顏色的、都市的、河溝」。

　　目前的形容詞又有了新的花樣，那便是用學術面貌的抽象名詞來打扮。再舉數例為證：

　　這是難度很高的技巧。

　　他不愧為熱情型的人。

　　太專業性的字眼恐怕查不到吧。

「難度很高的」是什麼鬼話呢？原意不就是「很難的」嗎？同理，「熱情型的人」就是「熱情的人」；「太專業性的字眼」就是「太專門的字眼」。到抽象名詞裡去兜了一圈回來，門面像是堂皇了，內容仍是空洞的。

　　形容詞或修飾語（modifier）可以放在名詞之前，謂之前飾，也可以跟在名詞之後，謂之後飾。法文往往後飾，例如紀德的作

品 La Symphonie pastorale 與 Les Nourritures terrestres，形容詞都跟在名詞之後；若譯成英文，例如 The Pastoral Symphony，便是前飾了。中文譯為「田園交響樂」，也是前飾。

英文的形容詞照例是前飾，例如前引雪萊的詩句，但有時也可以後飾，例如雪萊的另一詩句：One too like thee—tameless, and swift, and proud[10]。至於形容詞片語或子句，則往往後飾，例如：man of action, I saw a man who looked like your brother。

目前的白話文，不知何故，幾乎一律前飾，似乎不懂後飾之道。例如前引的英文句，若用中文來說，一般人會不假思索說成：「我見到一個長得像你兄弟的男人。」卻很少人會說：「我見到一個男人，長得像你兄弟。」如果句短，前飾也無所謂。如果句長，前飾就太生硬了。例如下面這句：「我見到一個長得像你兄弟說話也有點像他的陌生男人。」就冗長得尾大不掉了。要是改為後飾，就自然得多：「我見到一個陌生男人，長得像你兄弟，說話也有點像他。」其實文言文的句子往往是後飾的，例如司馬遷寫項羽與李廣的這兩句：

籍長八尺餘，力能扛鼎，才氣過人。
廣為人長，猿臂，其善射亦天性也。

這兩句在當代白話文裡，很可能變成：

項籍是一個身高八尺，力能扛鼎，同時才氣過人的漢子。

10　Shelley, P.B.: "Ode to the West Wind."

李廣是一個高個子，手臂長得好像猿臂，天生就會射箭的
人。

後飾句可以一路加下去，雖長而不失自然，富於彈性。前飾句以
名詞壓底，一長了，就顯得累贅，緊張，不勝負擔。所以前飾句
是關閉句，後飾句是開放句。

7

　　動詞是英文文法的是非之地，多少糾紛，都是動詞惹出來
的。英文時態的變化，比起其他歐洲語文來，畢竟單純得多。若
是西班牙文，一個動詞就會變出七十八種時態。中文的名詞不分
單複與陰陽，動詞也不變時態，不知省了多少麻煩。〈阿房宮賦〉
的句子：「秦人不暇自哀，而後人哀之。後人哀之而不鑑之，亦
使後人而復哀後人也。」就這麼一個「哀」字，若用西文來說，
真不知要玩出多少花樣來。

　　中文本無時態變化，所以在這方面幸而免於西化。中國文化
這麼精妙，中文當然不會拙於分別時間之先後。散文裡說：「人
之將死，其言也善」；「議論未定，而兵已渡河。」詩裡說：「已
涼天氣未寒時」[11]。這裡面的時態夠清楚的了。蘇軾的七絕：「荷盡
已無擎雨蓋，菊殘猶有傲霜枝。一年好景君須記，最是橙黃橘綠
時。」裡面的時序，有已逝，有將逝，更有正在發生，區別得準
確而精細。

　　中文的動詞既然不便西化，一般人最多也只能寫出「我們將

---

11 韓偓〈已涼〉。

要開始比賽了」之類的句子，問題並不嚴重。動詞西化的危機另有兩端：一是單純動詞分解為「弱動詞＋抽象名詞」的複合動詞，前文已經說過。不說「一架客機失事，死了九十八人」，卻說「一架客機失事，造成九十八人死亡」，實在是迂迴作態。

另一端是採用被動語氣。凡是及物動詞，莫不發於施者而及於受者。所以用及物動詞敘述一件事，不出下列三種方式：

（一）哥倫布發現了新大陸。
（二）新大陸被哥倫布發現了。
（三）新大陸被發現了。

第一句施者做主詞，乃主動語氣。第二句受者做主詞，乃被動語氣。第三句仍是受者做主詞，仍是被動，卻不見施者。這三種句子在英文裡都很普遍，但在中文裡卻以第一種最常見，第二、第三種就少得多。第三種在中文裡常變成主動語氣，例如「糖都吃光了」、「戲看完了」、「稿寫了一半」、「錢已經用了」。

目前西化的趨勢，是在原來可以用主動語氣的場合改用被動語氣。請看下列的例句：

（一）我不會被你這句話嚇倒。
（二）他被懷疑偷東西。
（三）他這意見不被人們接受。
（四）他被升為營長。
（五）他不被准許入學。

這些話都失之生硬，違反了中文的生態。其實，我們盡可還原為主動語氣如下：

（一）你這句話嚇不倒我。

（二）他有偷東西的嫌疑。

（三）他這意見大家都不接受。

（四）他升為營長。

（五）他未獲准入學。

同樣，「他被選為議長」不如「他當選為議長」。「他被指出許多錯誤」不如「有人指出他許多錯誤」。「他常被詢及該案的真相」也不如「常有人問起他該案的真相」。

目前中文的被動語氣有兩個毛病。一個是用生硬的被動語氣來取代自然的主動語氣。另一個是千篇一律只會用「被」字，似乎因為它發音近於英文的 by，卻不解從「受難」到「遇害」，從「挨打」到「遭殃」，從「經人指點」到「為世所重」，可用的字還有許多，不必套一個公式。

8

中文的西化有重有輕，有暗有明，但其範圍愈益擴大，其現象愈益昭彰，頗有加速之勢。以上僅就名詞、連接詞、介詞、副詞、形容詞、動詞等西化之病稍加分析，希望讀者能舉一反三，知所防範。

常有樂觀的人士說，語言是活的，有如河流，不能阻其前進，所謂西化乃必然趨勢。語言誠然是活的，但應該活得健康，不應帶病延年。至於河流的比喻，也不能忘了兩岸，否則氾濫也會成災。西化的趨勢當然也無可避免，但不宜太快、太甚，應該截長補短，而非以短害長。

頗有前衛作家不以杞人之憂為然，認為堅持中文的常規，會

妨礙作家的創新。這句話我十分同情，因為我也是「過來人」了。「語法豈為我輩而設哉！」詩人本有越界的自由。我在本文強調中文的生態，原為一般寫作說法，無意規範文學的創作。前衛作家大可放心去追逐繆思，不用礙手礙腳，作語法之奴。

　　不過有一點不可不知。中文發展了好幾千年，從清通到高妙，自有千錘百鍊的一套常態。誰要是不知常態為何物而貿然自詡為求變，其結果也許只是獻拙，而非生巧。變化之妙，要有常態襯托才顯得出來。一旦常態不存，餘下的只是亂，不是變了。

　　　　──一九八七年七月，出自一九九四年《從徐霞客到梵谷》

輯三

變通的藝術

——思果著《翻譯研究》讀後

「東是東，西是西，東西永古不相期！」詩人吉普林早就說過。很少人相信他這句話，至少做翻譯工作的人，不相信東方和西方不能在翻譯裡相遇。調侃翻譯的妙語很多。有人說，「翻譯即叛逆」。有人說，「翻譯是出賣原詩」。有人說，「翻譯如女人，忠者不美，美者不忠。」我則認為，翻譯如婚姻，是一種兩相妥協的藝術。譬如英文譯成中文，既不許西風壓倒東風，變成洋腔洋調的中文，也不許東風壓倒西風，變成油腔滑調的中文，則東西之間勢必相互妥協，以求「兩全之計」。至於妥協到什麼程度，以及哪一方應該多讓一步，神而明之，變通之道，就要看每一位譯者自己的修養了。

翻譯既然是移花接木，代人作嫁的事情，翻譯家在讀者心目中的地位，自然難與作家相提並論。早在十七世紀，大詩人朱艾敦就曾經指出，對翻譯這麼一大門學問，世人的讚美和鼓勵實在太少了。主要的原因，是譯者籠罩在原作者的陰影之中，譯好了，光榮歸於原作，譯壞了呢，罪在譯者。至於譯者如何慘淡經營，如何克服困難，如何化險為夷，絕處逢生，其中的種種苦心與功力，除了有能力也有時間去參照原文逐一研讀的少數專家之外，一般讀者是無由欣賞的。如果說，原作者是神靈，則譯者就是巫師，任務是把神的話傳給人。翻譯的妙旨，就在這裡：那句話雖然是神論，要傳給凡人時，多多少少，畢竟還要用人的方式委婉點出，否則那神論仍留在雲裡霧裡，高不可攀。譯者介於神

人之間，既要通天意，又得說人話，真是「左右為巫難」。讀者只能面對譯者，透過譯者的口吻，去想像原作者的意境。翻譯，實在是一種信不信由你的「一面之詞」。

有趣的是，這「一面之詞」在讀者和譯者看來，卻不盡相同。讀者眼中的「一面之詞」的確只有一面，只有中文的一面。譯者眼中的「一面之詞」卻有兩面：正面中文，反面是外文。如果正面如此如此不妥，那是因為反面如彼如彼的關係。一般譯者不會發現自己的「一面之詞」有什麼難解，累贅，甚或不通的地方，就因為他們「知己知彼」（？），中文的罪過自有外文來為它解嘲。苦就苦在廣大的讀者只能「知己」，不能「知彼」；譯者對「神話」領略了多少，他們無從判斷，他們能做的事，只在辨別譯者講的話像不像「人話」。

這就牽涉到翻譯上久持不下的一個爭端了。一派譯者認為譯文應該像創作一樣自然，另一派譯者則相反，認為既然是翻譯，就應該像翻譯。第二派譯者認為，既然是外國作品，就應該有點外國風味，而且所謂翻譯，不但要保存原作的思想，也應該保存原作的形式，何況在精鍊如詩的作品之中，思想根本不能遺形式而獨立。如果要茱麗葉談吐像林黛玉，何不乾脆去讀《紅樓夢》？有人把米爾頓的詩譯成小調，也有人把薩克瑞的小說譯成京片子。這種譯文讀起來固然「流暢」，可是原味盡失，「雅」而不信，等於未譯。

第一派譯者則認為，「精確」固然是翻譯的一大美德，但是竟要犧牲「通順」去追求，代價就太大了。例如下面這句英文：Don't cough more than you can help. 要保持「精確」，就得譯成「不要比你能忍的咳得更多」，甚至「不要咳得多於你能不咳的。」可是這樣的話像話嗎？其實呢，這句英文只是說，「能不咳，就不咳。」在堅守「精確」的原則下，譯者應該常常自問：「中國

人會這樣說嗎？」如果中國人不這樣說，譯者至少應該追問自己：「我這樣說，一般中國人，一般不懂外文的中國人，能不能了解？」如果兩個答案都是否定的，譯者就必須另謀出路了。譯者追求「精確」，原意是要譯文更接近原文，可是不「通順」的譯文令人根本讀不下去，怎能接近原文呢？不「通順」的「精確」，在文法和修辭上已經是一種病態。要用病態的譯文來表達常態的原文，是不可能的。理論上說來，好的譯文給譯文讀者的感覺，應該像原文給原文讀者的感覺。如果原文是清暢的，則不夠清暢的譯文，無論譯得多麼「精確」，對原文說來仍是「不忠」，而「不忠」與「精確」恰恰相反。

為了「精確」不惜犧牲其他美德，這種譯者，在潛意識裡認為外文優於中文，因為外文比中文「精確」。這種譯者面對「優越」而「精確」的外文，誠惶誠恐，亦步亦趨，深恐譯漏了一個冠詞、代名詞、複數、被動的語氣，或是調換了名詞和動詞的位置。比起英文來，中文似乎不夠「精確」，不是這裡漏掉「一個」，便是那裡漏掉「他的」。例如中文說「軍人應該忠於國家」，用英文說，就成了 A soldier should be loyal to his country. 如果要這類精確主義的譯者再譯成中文，一定變成「一個軍人應該忠於他的國家。」增加了「一個」和「他的」兩個修飾語，表面上看來，似乎更精確了，其實呢一點意義也沒有。這便是思果先生所謂的「譯字」而非「譯句」。再舉一個典型的例子：「一些幸福的家庭全都一樣；每一個不幸的家庭卻有它自己的不幸。」[1]恍惚一

1　一九七三年一月號《幼獅文藝》一三九頁第二行。這是托爾斯泰的小說《安娜‧卡列妮娜》的開卷語。

看，譯文好像比統計報告還要「精確」，實際上這樣的累贅毫無效果。前半句中，「一些」和「全都」不但重複，而且接不上頭，因為「一些」往往僅指部分，而「全都」是指整體。通常我們不說「一些……全都……」而說「所有……全都……」實際上，即使「所有……全都……」的句法，也是辭費。後半句中，「每一個」和「它自己」也重疊得可厭。托爾斯泰的警句，如果改譯成：「幸福的家庭全都一樣；不幸的家庭各有不幸。」省去九個字，不但無損文意，抑且更像格言。下面是一個較長的例子：

> 「你繼續讀下去，因為他已答應你一個『奇妙的』故事。作這麼大膽的一個許諾是需要一位極有自信心的長篇小說家的。但狄更司卻確信他能兌現，而這種確信，這種自信，就即時被轉移到讀者的身上。你在開頭的幾行裡就覺得你是在一位實事求是的人的面前。你知道他是當真的，他會是一個言而有信的人。某件『奇妙的』事情將會來自這個他準備講述的故事。」[2]

　　在不懂英文的中國讀者看來，上面這一段「一面之詞」的毛病是顯而易見的。第一句裡，「他已答應你一個『奇妙的』故事」的說法，不合中國語法。中國語法得加一兩個字，才能補足文意。通常不是說「他已答應給你一個『奇妙的』故事」，便是說「他已答應你說一個……」第二句的語病更大。「作……一個許諾」的說法，是典型的譯文體，且已成為流行的新文藝腔。至於

2　同一期的《幼獅文藝》一三九頁十二行至十五行。

「作……一個許諾是需要一位……的」，也是非常歐化的句法，不但彆扭，而且含混。實際上，作這種許諾（就算「作許諾」吧）的，正是下文的小說家自己，可是譯文的語氣，在不懂英文的人看來，好像是說，甲作什麼什麼，需要乙如何如何似的。同時，「一個」和「一位」也都是贅詞。第二句讓中國人來說，意思其實是：只有極富自信心的長篇小說家，才敢這麼大膽保證（或是「才敢誇下這種海口」，「才會許這麼一個大願」，「才會許諾得這麼大膽」）。第三句勉勉強強，但是後半段的「這種自信，就即時被轉移到讀者的身上」，也十分夾纏。如果我們刪去「被」字，文意就通順得多了。而其實，更簡潔的說法是「這種自信，立刻就傳到讀者的身上。」我用「立刻」而不用「即時」，因為前引譯文的第三句中，連用「卻確」和「就即」，音調相當刺耳。第四句的後半段，不但語法生硬，而且把兩個「的」放得這麼近，也很難聽。可以改成「你正面對一位實事求是的人」，或是「你面對的是一位實事求是的人。」第五句略有小疵，不必追究。最後一句的毛病也不少。首先，「某件『奇妙的』事情」，原文想是 something "wonderful"。果然，則「某件」兩字完全多餘。至於「將會來自這個他準備講述的故事」，把英文文法原封不動譯了過來，甚至保留了子句的形式，真是精確主義的又一實例。「這個」兩字橫梗其間，非但無助文意，而且有礙消化。換了正常的中文，這一句的意思無非是「『奇妙的』東西會出現在他要講的故事裡」，或者倒過來說，「他要講的故事裡會出現『奇妙的』東西。」

　　這種貌似「精確」實為不通的夾纏句法，不但在譯文體中早已猖獗，且已漸漸「被轉移到」許多作家的筆下。崇拜英文的潛意識，不但使譯文亦步亦趨模仿英文的語法，甚且陷一般創作於效顰的醜態。長此以往，優雅的中文豈不要淪為英文的殖民地？

用中文來寫科學或哲學論文，是否勝任愉快，我不是專家，不能答覆。至於用中文來寫文學作品，就我個人而言，敢說是綽綽有餘的。為了增進文體的彈性，當然可以汲取外文的長處，但是必須守住一個分寸，妥加斟酌，否則等於向外文投降。無條件的精確主義是可怕的。許多譯者平時早就養成了英文至上的心理，一旦面對英文，立刻就忘了中文。就用 family member 這個詞做例子吧，時至今日，我敢說十個譯者之中至少有七個會不假思索，譯成「家庭的一員」或「家庭的一分子」，竟忘了「家人」本是現成的中文。許多準作家就從這樣的譯文裡，去親炙托爾斯泰和佛洛貝爾、愛默生和王爾德。有這樣的譯文壯膽，許多準作家怎不油然而生「當如是也」之感？

　　在這樣的情形下，思果先生的《翻譯研究》一書，能適時出版，是值得我們加倍欣慰的。我說「我們」，不但指英文中譯的譯者，更包括一般作家，和有心維護中文傳統的所有人士。至於「加倍」，是因為「翻譯研究」之為文章病院，診治的對象，不但是譯文，也包括中文創作，尤其是飽受「惡性西化」影響的作品。從文學史看來，不但創作影響翻譯，翻譯也反作用於創作。例如十六世紀法國作家賴伯雷（François Rabelais）簡潔有力的作品，到了十七世紀蘇格蘭作家厄爾克爾特爵士（Sir Thomas Urquhart）的譯文裡，受了當時英國散文風格的影響，竟變得艱澀起來。相反地，一六一一年欽定本聖經的那種譯文體，對於後代英國散文的寫作，也有極大的影響。譯文體誠然是一種特殊的文體，但畢竟仍是一種文體，無論有多礙手礙腳，在基本的要求上，仍應具備散文常有的美德。因此，要談翻譯的原理，不可能不涉及創作。也因此，由一位精通外文的作家來談翻譯，當然比不是作家的譯者更具權威。

　　思果先生不但是一位翻譯家，更是一位傑出的散文家。他的

散文清真自如，筆鋒轉處，渾無痕跡。他自己也曾懸孟襄陽的「微雲淡河漢，疏雨滴梧桐」為散文的至高境界。思果先生前後寫了三十多年的散文，譯了二十本書，編過中文版的《讀者文摘》，教過中文大學校外進修部的高級翻譯班，更重要的是，他曾經每天用七小時半的工夫結結實實研究了七年的翻譯。由這麼一位多重身分的高手來寫這本《翻譯研究》，真是再好不過。思果先生的散文是此道的正格，我的散文走的是偏鋒。在散文的風格上，我們可說是背道而馳。在創作的理論上，我們也許出入很大。但是在翻譯的見解上，我們卻非常接近。《翻譯研究》的種種論點，除了極少數的例外，我全部贊同，並且支持。

　　我更欽佩本書的作者，早已看出翻譯的「近憂」，如不及時解救，勢必導致語文甚至文化的「遠慮」。一開卷，作者就在序言裡指出：「中國近代的翻譯已經有了幾十年的歷史，雖然名家輩出，而寡不敵眾，究竟劣譯的勢力大，電訊和雜誌上的文章多半是譯文，日積月累，幾乎破壞了中文。我深愛中國的文字，不免要婉言諷諭。」

　　在「引言」裡作者又說：「我更希望，一般從事寫作的人也肯一看這本書，因為今天拙劣不堪的翻譯影響一般寫作，書中許多地方討論到今天白話文語法和漢語詞彙的問題，和任何作家都有關係，並非單單從事翻譯的人所應該關心的。」

　　翻譯既是語文表達的一種方式，牽此一髮自然不能不動全身。文章曾有「化境」、「醇境」之說，譯筆精進之後，當然也能臻於此等境界。思果先生在《翻譯研究》裡卻有意只彈低調。他指出，妙譯有賴才學和兩種語文上醇厚的修養，雖然應該鼓勵，但是無法傳授。同時，妙譯只能寄望於少數譯家，一般譯者能做到不錯，甚至少錯的「穩境」，已經功德無量了。思果先生的低調，只是針對「惡性西化」或「畸形歐化」而發。「畸形歐化」

是目前中譯最嚴重的「疵境」，究其病源，竟是中文不濟，而不是英文不解。事實上，歐化分子的英文往往很好，只是對於英文過分崇拜至於泥不能出，加上中文程度有限，在翻譯這樣的拔河賽中，自然要一面倒向英文。所以為歐化分子修改疵譯，十之七八實際上是在改中文作文。這是我在大學裡教翻譯多年的結論。

　　思果先生的研究正好對症下藥。他給譯者最中肯的忠告是：翻譯是譯句，不是譯字。句是活的，字是死的，字必須用在句中，有了上下文，才具生命。歐化分子的毛病是，第一，見字而不見句，第二，以為英文的任何字都可以在中文裡找到同義詞，第三，以為把英文句子的每一部分都譯過來後，就等於把那句子譯過來了。而其實，英文裡有很多字都沒有現成的中文可以對譯，而一句英文在譯成中文時，往往需要刪去徒亂文意的虛字冗詞，填滿文法或語氣上的漏洞，甚至需要大動手術，調整文詞的次序。所謂「勿增、勿刪、勿改」的誡條，應該是指文意，而不是指文詞。文詞上的直譯、硬譯、死譯，是假精確，不是真精確。

　　《翻譯研究》針對畸形歐化的種種病態，不但詳為診斷，而且細加治療，要說救人，真是救到了底。照說這種臨床報告注定是單調乏味的，可是一經散文家娓娓道來，竟然十分有趣。例如七十三頁，在「單數與複數」一項下，作者為日漸蔓延的西化複數「們」字開刀，特別舉了下面幾個病例：

　　土人們都圍過來了。
　　女性們的服裝每年都有新的花樣。
　　童子軍們的座右銘是日行一善。
　　醫生們一致認為他已經康復了。

作者指出，這些「們」（也許應該說「這些『們』們」）都是可刪的，因為「都」和「一致」之類的副詞本就含有複數了，而且既言「女性」，當然泛指女人。至於「童子軍」還要加「們」以示其多，也是甘受洋罪，因為這麼一來，布告欄裡的「通學生」、「住校生」、「女生」、「男生」等等，豈不都要加上一條「們」尾了嗎？目前已經流行的兩個邪「們」，是「人們」和「先生們」。林語堂先生一看到「人們」就生氣。思果先生也指出，這個「人們」完全是無中生有，平常我們只說「大家」。「先生們」經常出現在對話的譯文裡，也是畸形歐化的一個怪物。平常我們要說「各位先生」。如果有人上臺演講，竟說「女士們，先生們」，豈不是笑話？這樣亂翻下去，豈不要憑空造出第三種語言來了嗎？

　　一四四頁，在「用名詞代動詞」項下，作者的手術刀揮向另一種病症。他指出，歐化分子有現成的動詞不用，偏愛遷就英文語法，繞著圈子把話拆開來說。例如「奮鬥了五年」不說，要說成「作了五年的奮鬥」。「大加改革」不說，要說成「作重大改革」。同樣地，「拿老鼠做試驗」要說成「在老鼠身上進行試驗」。「私下和他談了一次」要說成「和他作了一次私下談話」。「勸她」要說成「對她進行勸告」。「航行」要說成「從事一次航行」。

　　一七三頁，在「代名詞」項下，作者討論中譯的另一個危機：「They are good questions, because they call for thought-provoking answers. 是平淡無奇的一句英文。但也很容易譯得不像中文。（they 這個字是翻譯海中的鯊魚，譯者碰到了它就危險了……）就像『它們是好的問題，因為它們需要對方做出激發思想的回答』，真再忠於原文也沒有了，也不錯；就是讀者不知道那兩個『它們』是誰。如果是朗誦出來的，心中更想不起那批『人』是誰。『好的問題』，『做出……的回答』不像中國話。如果有這樣一個意思要表達，而表達的人又沒有看到英文，中國人會

這樣說：『這些問題問得好，要回答就要好好動一下腦筋（或思想一番）。』」這樣的翻譯才是活的譯句，不是死的譯字，才是變通，不是向英文投降。

一九〇頁，作者討論標點符號時說：「約二十年前我有很久沒有寫中文，一直在念英文，寫一點點英文，來港後把舊作整理，出了一本散文集。友人宋悌芬兄看了說：『你的句子太長。』這句話一點不錯。我發現我的逗點用得太少，由此悟到中英文標點最大不同點之一就是英文的逗點用得比中文少，因此把英文譯成中文，不得不略加一些逗點。」只有真正的行家才會注意到這一點。我不妨補充一句：英文用逗點是為了文法，中文用逗點是為了文氣（在我自己的抒情散文裡，逗點的運用完全是武斷的，因為我要控制節奏）。根據英文的文法，像下面的這句話，裡面的逗點實在是多餘的，可是刪去之後，中文的「文氣」就太急促了，結果仍然有礙了解：「我很明白，他的意思無非是說，要他每個月回來看我一次，是不可能的。」英文文法比較分明，句長二十字，往往無須逗點。所以歐化分子用起逗點來，也照樣十分「節省」。下面的譯文是一個極端的例子：「同時，史克魯治甚至沒有因這椿悲慘的事件而傷心得使他在葬禮那天無法做一個卓越的辦事人員以及用一種千真萬確的便宜價錢把葬禮搞得穆肅莊嚴。」[3] 數一數，六十二個字不用一個標點，實在令人「氣短」。

不過，《翻譯研究》裡面也有少數論點似乎矯枉過正，失之太嚴了。作者為了矯正畸形歐化的流弊，處處為不懂英文的讀者

3　同一期的《幼獅文藝》一四九頁三至五行。語出狄更斯的小說《聖誕頌歌》開卷第四段，裡面說些什麼，我無論如何也看不懂。從譯文裡根本看不出為什麼狄更斯是一位文豪。

設想，有時也未免太周到了。實際上，今天的讀者即使不懂英文，也不至於完全不解「西俗」或「洋務」，無須譯者把譯文嚼得那麼爛去餵他。例如一八六頁所說：「譬如原文裡說某一個國家只有美國 Nebraska 州那麼大。中國省分面積最接近這一州的是江西。不妨改為江西省。這種改編誰也不能批評。」恐怕要批評的人還不少，其中可能還有反歐化分子。因為翻譯作品的讀者，除了欣賞作品本身，也喜歡西方的風土和情調，願意費點精神去研究。記得小時候讀《處女地》的中譯本，那些又長又奇的俄國人名和地名，非但不惱人，而且在舌上翻來滾去，反而有一種如聞其聲如臨其境的快感。同時，一個外國人說得好好的，為什麼要用江西來作比呢？英文中譯，該是「嚼麵包餵人」而非「嚼飯餵人」吧。以夏代夷，期期以為不可，一笑。這些畢竟是書中的小瑕，難掩大瑜。一五二頁，作者把《紅樓夢》的一段文字改寫成流行的譯文體，讀來令人絕倒。這段虛擬的文字，無疑是「戲和體」（parody）的傑作，歐化分子看了，該有對鏡之感。在結束本文之前，我忍不住要引用一節，與讀者共賞：

在看到她吐在地上的一口鮮血後，襲人就有了一種半截都冷了的感覺，當她想著往日常聽人家說，一個年輕人如果吐血，他的年月就不保了，以及縱然活了一個較長的生命，她也終是一個廢人的時候，她不覺就全灰了她的後來爭榮誇耀的一種雄心了。在此同時，她的眼中也不覺地滴下了淚來。當寶玉見她哭了的時候，他也不覺心酸起來了。因之他問：「你心裡覺得怎麼樣？」她勉強地笑著答：「我好好地，覺得怎麼呢？」……林黛玉看見寶玉一副懶懶的樣子，只當他是因為得罪了寶釵的緣故，所以她心裡也不自在，也就顯示出一種懶懶的情況。鳳姐昨天晚

上就由王夫人告訴了她寶玉金釧的事，當她知道王夫人心裡不自在的時候，她如何敢說和笑，也就作了一項決定，隨著王夫人的氣色行事，更露出一種淡淡的神態。迎春姊妹，在看見著眾人都覺得沒意思中，她們也覺得沒有意思了。因之，她們坐了一會兒，就散了。

這樣作賤《紅樓夢》，使人笑完了之後，立刻又陷入深沉的悲哀。這種不中不西不今不古的譯文體，如果不能及時遏止，總有一天會喧賓奪主，到那時，中國的文壇恐怕就沒有一寸乾淨土了。

　　——一九七三年二月十日午夜，出自一九七四年《聽聽那冷雨》

廬山面目縱橫看
——評叢樹版英譯《中國文學選集》

　　中國古典文學的英譯，從翟理斯的《中國文學史》到現在，已經有半個世紀的歷史，論質論量，可說都不理想。文化背景迥異，語言結構不同，中國古典作品的英譯，先天上已經難關重重，不易討好。像「感時花濺淚，恨別鳥驚心」這樣的詩句，文法曖昧，歧義四出，難有定解，當然難有定譯。可是也有不少英譯，所以令人遺憾，並非天意難迴，而是人力未盡。說得簡單一點，就是譯者的中文程度不夠，而又不肯查書或問人。至於師心自用，臆測妄猜，竟爾輕下譯筆的，也大有人在。因此英譯的水準極為懸殊。最理想的譯法，應該是中外的學者作家兩相合作，中國人的中文理解力配上英美人英文的表達力，當可無往不利。龐德要是請梁啟超做翻譯顧問，該有多好。問題在於兩人如何交談。

　　加州大學東方語文系主任白芝主編的《中國文學選集》[1]，自從一九六五年出版以來，曾經美國多家大學採用，影響頗大。我在美國講授中國古典文學，也用它做課本，不是因為它有多好，而是因為別無可用之書。這本選集雖是新書，選的譯文卻新舊參半。課文是新是舊，原無所謂，只是水準高低參差，其尤下者，

1　Anthology of Chinese Literature: from early times to the fourteenth century. edited by Cyril Birch, Grove Press, 1965.

謬誤既多，文字亦欠佳。我對整部《中國文學選集》的評價是：瑜中多瑕，慎予選用。

在編輯的體例和作品的選擇上，本書大致尚稱穩妥。比例失調之處仍復不少。以詩而言，《詩經》入選三十三篇，樂府則全然未選。編者把魏晉南北朝三百年稱為「分裂時期」，另成一章，大詩人曹植之詩一篇未選，詩僧寒山的作品卻收了二十四首。寒山的詩先後經過魏里、史耐德（Gary Snyder）、華茲生（Burton Watson）三人的譯介，頗合嬉皮口味，在英美甚為流行。儘管如此，一部中國古典選集，有寒山而無曹植，是說不過去的。據說梁實秋先生正用中文寫一部英國文學史。如果他在書中大談王爾德，而於史賓塞一字不提，那樣的英國文學史，能令人接受嗎？同時，寒山明明是唐貞觀時的高僧，不置於唐，竟置於魏晉南北朝，且使前有鮑照（公元五世紀），後有陸機（公元三世紀），也是令人難以接受的事。

唐詩的安排也不很令人滿意。例如李賀，在《唐詩三百首》裡竟無一首，固然不對，在這部《中國文學選集》裡李賀一口氣選了六首，而孟浩然、韋應物、杜牧竟未列名，顯然也是輕重倒置。孟、韋以淡遠取勝，自然不如穠麗的李賀、李商隱易為外國讀者欣賞。宋詞選得也很偏。大詞家如周邦彥、辛棄疾、姜夔等一首都沒有，但二、三流的角色如鹿虔扆、閻選、毛熙震等，卻都入選。薛昭蘊也入選，但是誤譯為謝昭蘊（Hsieh Chao-yün）。宋詩之盛，只選了一位范成大。陸游之名，既不見於宋詩，也不見於宋詞，可謂怪事。

以上是編排毛病的部分例證，也許編者會自圓其說，說現成的佳譯難求，免不了掛一漏萬。其實現成的佳譯雖然不多，也不如編者想像的那麼罕見，只要他肯虛心求賢，廣為蒐輯，這部《中國文學選集》的譯文水準，當會更高。本書譯文出於二十三

人之手，其中只有五位是中國人，且皆旅居海外。臺灣和香港兩地，邃於漢學的英譯高手大有人在，盡成遺珠，未免可惜。

入選的英美譯者凡十八位。其中如格瑞安（A. C. Graham）、霍克思（David Hawkes）、海濤爾（J. R. Hightower）、賴道德（J. K. Rideout）及華茲生等，都是此中高人，即有小疵，也不掩大瑜。霍克思譯的《離騷》，華茲生譯的《李將軍列傳》，信實、流暢，整潔而有文采，堪稱此道典範，比起漢學英譯大家魏里來，可謂進一大步。最顯赫的名字當然是龐德。論創作，他是大詩人，連艾略特也以師兄相視。論漢詩英譯，他的可讀性自然很高，可靠性卻很低。《詩經》古拙天然的風味，一到龐德筆下，伸之縮之，扭且曲之，都成了意象派自由體仿古的調調兒，只能算是一位西方大詩人面對《詩經》，感發興起的摹擬之作吧，拿來當作信實的翻譯，無論如何是不稱職的。茲以小雅〈何草不黃〉為例：

何草不黃？
何日不行？
何人不將，
經營四方？

何草不玄？
何人不矜？
哀我征夫，
獨為匪民。

匪兕匪虎，
率彼曠野。
哀我征夫，

朝夕不暇。

有芃者狐，
率彼幽草；
有棧之車，
行彼周道。

Yellow, withered all flowers, no day without its march ,
Who is not altered?
Web of agenda over the whole four coigns.

Black dead the flowers,
No man unpitiable.
Woe to the levies,
Are we not human?

Rhinos and tigers might do it, drag it out
Over these desolate fields, over the sun-baked waste.

Woe to the levies,
Morning and evening no rest.
Fox hath his fur, he hath shelter in valley grass,
Going the Chou Road, our wagons our hearses, we pass.

龐德的英譯，無論在形式上或意義上，都很不忠實。原文句法整
齊，韻律鏗鏘；譯文每段行數不一，句法長短出入很大，除末二
行以外，全不押韻，至於中間稍頓的四言節奏，當然更看不出

來。譯文第一行在原文裡明明是兩句，如果在 flowers 後面就轉行，可謂輕而易舉，硬要拉得那麼長，毫無道理。譯文第二段四行均短，短得只剩五、六個音節，比起第一行的十二個音節來，簡直不成比例。《詩經》的句法短而整齊，偶有變化，也不會遠離四言的基調。龐德身為中世紀文學的行家，豈有不知民歌原則之理？試看英國古代抒情歌謠和敘事歌謠，哪一首不是長短適中、句法平衡，便於歌者換氣？

龐德的譯文是從日譯轉手，走樣在所難免 [2]，可是文義的誤解實在太多了。「草」譯為「花」已經不妥，「將」譯為 altered（改變）出入更大。「經營四方」譯成 web of agenda over the whole four coigns 也嫌做作。南北為經，東西為營；直行為經，周行為營。「經營」無非四方往來奔走之意，龐德顯然誤解，以為縱橫織布，經緯相交，所以說成「事繁如織，網牽四隅」。「不矜」是不生病的意思，譯成 unpitiable 也不妥當。譯文第三段前兩行，當作創作也不算好句，當作翻譯謬誤更多，might do it 和 over the sun-baked waste 全係添足之舉。「幽草」譯成「谷中之草」，不對。「周道」乃大道之意，誤為「周代之道路」。「有棧之車」竟變成「我們的貨車（有如）柩車」，更不應該。總之，龐德英譯《詩經》有點英雄欺人，只能視同擬古之作。

高明的譯者偶爾也難免失手，情有可原。例如海濤爾譯的〈報任少卿書〉，其中有「同子參乘，袁絲變色」一句，英譯 When T'ung-tzu shared the emperors chariot, Yüan Ssu blushed。此

2　葉慈就說龐德是「一位才氣橫溢的即興詩人，面對一篇佚名的希臘傑作，邊看邊譯。」龐德譯《詩經》，就是這種味道。

地的「同子」並非人名，而是「同名之人」的意思。司馬遷之父為司馬談，而與漢文帝同車的宦官叫趙談，所以諱稱「同子」。因此應該譯作 my fathers namesake 或逕譯 Chao T'an 以便西方讀者。同時，「變色」也不可譯成「臉紅」。

陶潛〈責子詩〉中的兩句：「阿宣行志學，而不愛文術」，在艾克爾（William Acker）的譯文裡成為 Ah-hsuan tries his best to learn / But does not really love the arts。「行志學」是「快要十五歲了」的意思，典出論語「吾十有五，而志於學」。艾克爾沒有看出來，乃譯作「努力學習」了。同樣地，把「悠然見南山」譯作 And gaze afar towards the southern mountains，也未能傳神。原來是無意間瞥見南山，竟而看出了神，在譯文中成為有意眺望，詩味大減。至於「塵網」譯作 dusty net，也欠妥。英文 dust 有死亡之意，和中文的「塵網」、「塵世」、「塵寰」等等適為相反，易招誤解。

格瑞安譯的前後〈赤壁賦〉，大體上說來，文筆清雅，堪稱力譯。毛病不是沒有。例如「望美人兮天一方」句之「美人」，只譯 the girl，未免太坦俗。「餘音嫋嫋，不絕如縷，舞幽壑之潛蛟，泣孤舟之嫠婦」諸句的英譯是 the wavering resonance lingered, a thread of sound which did not snap off, till the dragons underwater danced in the black depths, and a widow wept in our lonely boat，文學作品裡發生的事情，有虛有實，虛者實之，實者虛之，高妙的境界往往就在虛實之間。此地的蛟舞婦泣是虛擬，正如前文的馮虛御風，羽化登仙是假想的一樣。後文不用「如」、「似」之類的字眼標示出來，譯者遂將潛蛟幽舞嫠婦孤泣當作真事處理，這就是想像坐實之病，常為西方譯者所犯。其實僅僅坐實，也不為大病，可是格瑞安把「泣孤舟之嫠婦」譯成「一位寡婦在我們的孤舟上哭了起來」，卻是大錯。譯者把想像之中的孤舟和東坡與客

共泛之舟，也就是前文所謂的「一葦」，混為一談，因而把嫠婦也搬到東坡先生的船上去了。試想蘇子與客泛舟，帶一位寡婦幹什麼？幾個男人和一位寡婦「相與枕藉乎舟中」，在北宋時代可能嗎？

「方其破荊州，下江陵，順流而東也」譯為 At the time when he smote Ching-chou and came eastwards with the current down from Chiang-ling，也錯了。此地的「下」字就是「破」、「陷」的意思，正如《史記》所說：「吾攻趙，旦暮且下。」譯文的意思卻成了「從江陵順流東下」了。至於「固一世之雄也，而今安在哉？況吾與子漁樵於江渚之上，侶魚蝦而友麋鹿」一段，則被譯者誤解為「固一世之雄也，而今安在哉？況吾與子？漁樵於江渚之上……」（...truly he was the hero of his age, but where is he now? And what are you and I compared with him? Fishermen and woodcutters on the rivers isle...）我國的古文講究的就是神完氣暢，東坡行雲流水的文筆，絕對不會此地來一個急煞車的短句「況吾與子」。此地的「漁樵」，正如後文的「侶」、「友」、「駕」、「舉」等字眼，全是承接「吾與子」而來的一連串動詞。格瑞安把「況吾與子」和下文一切兩斷，乃使後面的一大段，從「漁樵於江渚之上」一直到「託遺響於悲風」，陷於群龍無首之境。

英美學者譯中國文學，好處是踏實，不輕易放過片言隻字，缺點往往也就在這裡，由於字字著力，反而拘於字面，錯呢不能算錯，可惜死心眼兒。例如「天地之間，物各有主」一句，譯成 each thing between heaven and earth has its owner，就未免太「直譯」了。「相與枕藉乎舟中」譯成 we leaned pillowed back to back in the middle of the boat，也很不妥。「舟中」其實只是「船裡」的意思，不必說成「舟之中央」，因為「一葦」之舟也無所謂中央不中央了。同樣地，「相與枕藉」也無非是說「橫七豎八地靠在

一塊兒睡」，不必那麼字字拘泥，譯成「背靠背地相倚相枕」。
〈後赤壁賦〉中的句子：「曾日月之幾何，而江山不可復識矣」格
瑞安譯成 even after so few months and days river and mountains
were no longer recognisable，也是太拘泥於字面。「江山」直譯，
倒也罷了，「日月」也直譯卻很彆扭。前後〈赤壁賦〉相去不過
三月，所以「曾日月之幾何」譯成 even after a few months 便可，
不必直譯作「才過了短短幾個月和幾天」。中文裡的「日月」一
詞，用在「日月如梭」、「日就月將」、「日積月累」等等成語裡，
等於「時間」的代詞，絕無「幾天幾月」的意思，正如「歲月」
一詞也只是泛指光陰，不能動輒譯為 years and months 吧。

　　「適有孤鶴，橫江東來」一句，譯作 Just then a single crane
came from the east across the river，是對的。孤鶴來自東岸，「掠
予舟而西也」，甚合情理。有一本《古文觀止》把「橫江東來」
語譯成「橫江朝東邊飛來」，恐怕是錯了[3]。可是格瑞安把「掠予舟
而西也」譯成 it dived at our boat and flew on westwards，則又不
妥，因為 dive 是「俯衝」，不是「掠」。

　　綜而觀之，格瑞安譯的前後〈赤壁賦〉，文筆不惡，成績可
觀。這樣高妙的神品，對翻譯的能手實在是一大考驗。細讀前後
二賦，當可發現由於季節變化，江山改觀，作者的心境亦前後相
異。表現在作品風格上的，是前賦句法舒緩，韻律開朗，造境空
靈，後賦句法緊促，韻律低抑，造境怪異，有超現實意味。表現
在哲理上的，是前賦曠達，後賦悲悵。前賦才夷然說過：「自其

3　見三民書局版，謝冰瑩、林明波、邱燮友、左松超聯合編譯的《古文觀止》
六五九頁。

不變者而觀之，則物與我皆無盡也，而又何羨乎？」後賦竟又喟歎：「曾日月之幾何，而江山不可復識矣！」這豈不是前賦所說的「自其變者而觀之」嗎？兩賦破題都平實無奇，但結句都是神來之筆，餘韻不絕。畢竟心情不同，所以前篇一結天下大白，始於夜遊，終於曉寐，而後篇一結惘然自失，始於夜而終於夜，始於不識江山而終於不見其處。另一對照則表現在敘事的角度上：前賦敘事是用第三人稱，後賦則用第一人稱。前者感覺較為悠遠從容，所以主客可以相對清談，後者逼近而切身，所以動作多而對話少。不過中文句法常常省去主詞，因此前賦表面上雖以蘇子為第三人稱，但是遇到像「舉酒屬客」之類的「無頭句」，還是有點第一人稱的感覺。中文曖昧得可愛，就在這裡。李白的〈贈汪倫〉也是這樣：

> 李白乘舟將欲行　忽聞岸上踏歌聲
> 桃花潭水深千尺　不及汪倫送我情

　　起句逕用李白之名，似乎這是第三人稱的客觀敘事，結句感情升到高潮，竟急轉直下，變成第一人稱的主觀抒情。這種人稱的轉換，在英詩之中似乎從未一見。〈前赤壁賦〉裡的蘇子，在格瑞安的譯文裡一律改為第一人稱，因此在感覺上和〈後赤壁賦〉並不能形成對照。同樣地，我在前面列舉前後兩賦的種種對比，在英譯裡都難以表現出來。例如後賦「履巉巖，披蒙茸，踞虎豹，登虯龍」四句，結構相同，給人一種快速跳鏡的動感。格瑞安的譯文是 Treading on the steep rocks, parting the dense thickets, I squatted on stones shaped like tigers and leopards, climbed twisted pines like undulating dragons. 。英譯已經很好，但是四個動詞主客異勢，分量不像中文裡那麼平衡。主詞「我」更為中文所無。同

時中文的「虎豹」與「虬龍」是虛象實用，妙處全在似幻似真之間，英譯作「蹲在形如虎豹的石上，爬上形如蟠龍的曲松」，表裡虛實判然，味道當然大減。事實上，中文語法最大的特質，對稱與平衡，一到英文裡面，往往無法保存。例如「清風徐來，水波不興」在格瑞安的英譯裡就成了 A cool wind blew gently, without starting a ripple，確是佳譯，但是後一句成了前一句的附庸，不再對等了。這當然不能怪譯者，實際上再高明的譯者往往也為之束手。我這麼說，只是想指出，中英文的語法在先天上常常鑿枘難合，不是在意義上，而是在風格上，這真是莫可奈何的事。

賓納（Witter Bynner）的翻譯尚稱流暢，但不夠精細，每有謬誤。例如在〈長恨歌〉裡，他就把「六宮粉黛無顏色」譯成 And the powder and paint of the Six Palaces faded into nothing，這也是犯了譯字而不譯詞的通病。同樣地，「九重城闕煙塵生」譯成 The Forbidden City, the nine-tiered palace loomed in the dust... 也太拘泥了。帝闕重重深閉，九重不過極言甚多，譯成「九疊宮殿」，令人誤解是樓高九層。「宛轉蛾眉馬前死」譯作（The men of the army stopped, not one of them would stir）/ Till under their horses, hoofs they might trample those eye-brows，也很不妥。此地「馬前」不過是指明皇車駕，亦即後文所謂「龍馭」，充其量是說當著兵士之面死去（事實上是縊殺佛堂之內），斷斷不可譯成「馬踐蛾眉」。同時貴妃在這句詩裡是真的死了，在譯文裡卻是六軍要她死。「宛轉」極言臨縊掙扎之苦，是很傳神的字眼，譯文根本未譯。稍後的「雲棧縈紆登劍閣。峨嵋山下少人行」原來是不相聯貫的兩句，譯文卻成為：

At the cleft of the Dagger-Tower Trail they crisscrossed

through a cloud-line

Under O-mei Mountain. The last few came.

這是大錯，譯者把「峨嵋山下少人行」斷為兩句，把前面的一半
強行併進文義既不相屬地理更不相接的「雲棧縈紆登劍閣」裡
去，直譯回來，成為：

在劍閣小徑的隘口他們曲折走過

峨嵋山下的雲索。殿後的少數人馬也到了。

白居易把幸蜀行旅寫到峨嵋山下，已經太遠，賓納錯得更加嚴
重。賓納譯了這麼多唐詩，應該知道中國古典詩句絕少像英詩那
樣跨行，更無行中斷句之理。此外，「少人行」也譯走了樣。「聖
主朝朝暮暮情」譯為 So changeless was his majesty's love and
deeper than the days 也不恰當。所謂「朝朝暮暮情」，除了日夕思
念之外，還有宋玉朝雲暮雨的聯想，譯文只有情久益深之意，失
之籠統。「椒房阿監青娥老」中的青娥是指宮女，譯者誤為清淡
的眉毛，竟譯成 And the eunuchs thin-eyebrowed in her Court of
Pepper-Trees（「椒房宮中的太監眉毛都老稀了」）。

　　「臨邛道士鴻都客，能以精誠致魂魄，為感君王展轉思，遂
教方士殷勤覓」四句，在賓納的英譯中是：

At Ling-chun lived a Taoist priest who was a guest of heaven,

Able to summon spirits by his concentrated mind.

And people were so moved by the Emperor's constant
　　brooding

That they besought the Taoist priest to see if he could find her.

此地的 people 如作「人民」解（譯文中顯然如此），就大錯特錯。安史劫餘，黎民自哀之不暇，哪有閒情去管明皇的愛情？中國詩裡省去主詞的「無頭句」，再度令譯者猜測為難。我認為此地「為感」與「遂教」兩句的主詞可能有兩解：其一是兩句主詞不同，即道士感於君王之誠，君王遂教道士尋覓。其二是兩句主詞一致，即道士為感君王之誠，於是為君王殷勤尋覓，「遂教」可作「使得」解，意思正如「遂令天下父母心」句之「遂令」；或謂明皇左右侍臣為感君主之誠，乃命道士殷勤尋覓。中國古典英譯之難，往往不在有形的詞句，而在無形的文法：省去的部分，譯者必須善加揣摩，才能妥為填補。後面的一句「蓬萊宮中日月長」，賓納譯為 And moons and dawns had become long in Fairy-Mountain Palace，直譯的情形和格瑞安的 even after so few months and days（曾日月之幾何）很相似。我在前文已經指出，「日月」只是「時間」的代用詞。在英文修辭學裡，這種手法叫做換喻（metonymy），例如以皇冠喻帝王，以鹽或焦油喻水手都是。中文裡的鬚眉、紅顏、心腹、骨肉、肝膽、耳目、手足等等也屬於這一類。這些代用語全是英譯的難題，因為在中國人的感覺裡，習用太久，它們已經成為近乎抽象的名詞，可是對於西方的讀者，它們仍是非常鮮活的形象，「具體性」很高，要但取其意而遺其形，實在很難。這也是中國人和西方人從事中國古典英譯的一大差別：遇到「日月」，中國人大概只譯其意（time），西方人往往直譯其物（sun and moon 或 days and months）。其實蓬萊歲月就是神仙的日子，也就是永恆。因此「蓬萊宮中日月長」不妨譯成 And eternity dragged on in Fairy-Mountain Palace。就算一定要保留「具體性」吧，恐怕 noons and moons 也要比 moons and dawns 好

些。[4]

艾克爾的譯文亦失之粗疏。例如李白〈月下獨酌〉之二，艾克爾是這樣英譯的：

If Heaven itself did not love wine,

Then no Wine Star would shine in the sky.

And if Earth also did not love wine,

Earth would have no such place as Wine Fountain.

Have I not heard that pure wine makes a sage,

And even muddy wine can make a man wise?

If wise men and sages are already drinkers,

What is the use of seeking gods and fairies?

With three cups I understand the great Way,

With one jar I am one with Nature.

Only, the perceptions that one has while drunk

Cannot be transmitted after one is sober.

天若不愛酒，酒星不在天。

地若不愛酒，地應無酒泉。

天地既愛酒，愛酒不愧天。

已聞清比聖，復道濁如賢，

聖賢既已飲，何必求神仙？

4　這樣的手法，豈不是有點狄倫・湯默斯的味道？湯默斯在〈薇山〉中就有 all the sun long 與 all the moon long 一類的句子。

三盃通大道，一斗合自然；
但得醉中趣，勿為醒者傳。

兩相對照，當可發現英譯錯得很多。例如「天地既愛酒，愛酒不愧天」兩句，根本漏譯了。短短十四行竟漏掉兩行，等於少了七分之一。「三杯通大道」兩句不能算譯錯，但也沒有傳神。不妨譯為 Three cups lead right to the great Way; / One jar merges me with Nature，當然這也說不上傳神。末二句的英譯再譯成中文，就成了「只是一個人醉時的種種感覺，無法在醒後向人述說」，和李白原意出入很大。〈月下獨酌〉之三句云：「窮通與修短，造化夙所稟。一樽齊死生，萬事固難審。」艾克爾的英譯是

Infinite things as well as short and long
Alike have early been offered us by Creation.
A single cup may rank with life and death,
The myriad things are truly hard to fathom.

此地「窮通」與「修短」是相對之詞；「窮通」是貧賤與顯達，指宦途；「修短」是長壽與短命，指年壽。「窮通與修短」勉強可譯為 failure and success, short life and longevity 或者 luck of career and span of life。無論如何，「窮通」在此不應作「窮理通變」解，所以譯 infinite things（無窮的事物）是不對的。何況後文的「萬事」又譯作 the myriad things 令人有詞彙貧乏之感。「一樽齊死生」是接前文「修短」來的，意謂有酒便足，醉中遑論壽夭生死，正如王羲之所說的，「修短隨化」，聽天由命吧。譯文作 A single cup may rank with life and death（一樽酒與生死等量齊觀，或者，一樽酒和生死同樣重要），與原意不符；如果稍稍更動一下，變

成 A single cup ranks life with death，就接近原意了。

郭長城與麥克休（Vincent McHugh）合譯的詩，在排列的形式上把典雅工整的中國詩割裂過甚，幾乎像現代詩人康明思的詩行。這且不去說它，可是誤譯之處卻不容忽視。例如李白〈夜泊牛渚懷古〉的頸聯：「余亦能高詠，斯人不可聞」，他們的合譯是：

> I also
>
>   can make poetry
> but that man's like
>
>   will not be found again

李白在此地用的是袁宏江上詠聲動謝尚的典故，所以「詠」和「聞」相為呼應，乃實寫，應直譯，才夠戲劇化。譯文使生動的變成呆板，索然乏味。同樣地，王維的〈渭城曲〉末二句譯成：

> I summon you:
> Drink one more cup
> No old friends, my friend
> When you start westward
>
>   for Yang Kuan

也是大錯。原文是「西出陽關無故人」，譯文竟誤為「西去陽關無故人」了，相去不可以道里計。至於「勸君」譯作 I summon you（我命你），也與原意相反。

最後，說到本書主編白芝教授自己的翻譯，有時不錯，有時也同樣令人失望。例如他譯的〈桃花源記〉，大致頗佳，可是「芳

草鮮美，落英繽紛」的名句是這樣譯的：there were fragrant flowers, delicate and lovely to the eye, and the air was filled with drifting peachbloom。英譯太冗長，倒也罷了，不過「芳草」變成了「芳花」，卻萬萬不該。原文是青草地上落滿紅英，對照才鮮明，譯文就單調了。同時，晉太元中應該是公元三七六年至三九六年，譯文註為三二六年至三九七年。可是錯得最離譜的，是他譯的〈酬張少府〉：

In evening years given to quietude,

The worlds worries no concern of mine,

For my own needs making no other plan

Than to unlearn, return to long-loved woods:

I loosen my robe before the breeze from pines,

My lute celebrates moonlight on mountain pass.

You ask what laws rule "failure" or "success"—

Songs of fishermen float to the still shore.

晚年唯好靜　萬事不關心

自顧無長策　空知返舊林

松風吹解帶　山月照彈琴

君問窮通理　漁歌入浦深

四聯八句，幾乎無聯不錯，有些地方錯得令人不敢相信。一開始，「晚年」就直譯得毫無必要。前四行既無主詞，又無動詞，英文的文法夾纏不清，王維的空靈和中國律詩的對稱，蕩然無存。第一行的分詞片語和三、四兩行的分詞片語，一被動，一主動，極不平衡，中間還夾著文法身分待考的一個句子。「自顧」

和「空知」在此地文法上的地位，是從屬性的，近於副詞，主要的動詞是「無」與「返」。「自顧無長策」意為「自己覺得沒有什麼匡君濟世的良策」，但譯者說成「沒有別的什麼打算來照顧自己」，顯然把「自顧」誤為「自顧不暇」的「自顧」了。「空知」原是「只知道」、「只好」的意思，譯文竟作 unlearn（忘掉所知，除去舊念），想必譯者把「空」當成動詞，「知」當成名詞，所以要「滌空已有的知識」吧。第五句風吹帶解，才顯得物我相忘，譯文說成詩人在風前自解衣帶，豈不做作而落實？「山月照彈琴」句譯成「我的琴音歌詠山隘口的月光」，也離題稍遠。本來是山月照著詩人彈琴，卻反過來，變成詩人彈琴以詠月，可能音樂是月光曲，倒不一定是在月下彈奏呢。末兩句最深，反而沒有譯錯，只是不很好聽罷了。

　　叢樹版《中國文學選集》一書，頗合英美讀者所需，遺憾的是，諸家譯文水準不齊，謬誤尚多，前面指出來的，只是其中的一部分而已。希望再版時能核對原著，逐一改正，同時廣蒐佳譯，予以充實。欣聞近日香港中文大學翻譯中心出版英文《譯叢》季刊一種，行於國際。漢學英譯，英美學者已經貢獻不少，該是中國學者自揚漢聲的時候了。

　　　　——一九七四年四月於臺北，出自一九七七年《青青邊愁》

與王爾德拔河記

——《不可兒戲》譯後

　　《不可兒戲》（*The Importance of Being Earnest*）不但是王爾德最流行最出色的劇本，也是他一生的代表傑作。批評家對他的其他作品，包括詩與小說，都見仁見智，唯獨對本劇近乎一致推崇，認為完美無陷，是現代英國戲劇的奠基之作。王爾德自己也很得意，叫它做「給正人看的閒戲」（a trivial comedy for serious people），又對人說：「不喜歡我的五個戲，有兩種不喜歡法。一種是都不喜歡，另一種是只挑剩《不可兒戲》。」

　　然而五四以來，他的五部戲裡，中國人最耳熟的一部卻是《少奶奶的扇子》（*Lady Windermere's Fan*）。這是一九二五年洪深用來導演的改譯本，由上海大通圖書社出版。此劇尚有潘家洵的譯本，名為《溫德米爾夫人的扇子》。兩種譯本我都未看過；不知誰先誰後。其他的幾部，據說曾經中譯者尚有《莎樂美》和《理想丈夫》；《莎樂美》譯者是田漢，《理想丈夫》的譯者不詳。至於《不可兒戲》，則承宋淇見告，他的父親春舫先生曾有中譯，附在《宋春舫論劇》五冊之中，卻連他自己也所藏不全了。剩下最後的一部《不要緊的女人》，未聞有無譯本。

　　六十年來，王爾德在中國的文壇上幾乎無人不曉。早在一九一七年二月，陳獨秀的〈文學革命論〉裡，就已把他和歌德、狄更斯、雨果、左拉等並列，當做取法西洋文學的對象了。然而迄今他的劇本中譯寥落，究其原因或有三端。一是唯美主義的名義久已成為貶詞，尤為寫實的風尚所輕。二是王爾德的作品說古典

不夠古，說現代呢又不夠新。但是最大的原因，還是王爾德的對話機鋒犀利，妙語逼人，許多好處只能留在原文裡欣賞，不能帶到譯文裡去。

我讀《不可兒戲》，先後已有十多年；在翻譯班上，也屢用此書做口譯練習的教材，深受同學歡迎。其實不但學生喜歡，做老師的也愈來愈入迷。終於有一天，我認為長任這麼一本絕妙好書鎖在原文裡面，中文的讀者將永無分享的機會，真的是「悠然心會，妙處難與君說。」要說與君聽，只有動手翻譯。

當然，王爾德豈是易譯之輩？《不可兒戲》裡的警句雋言，真是五步一樓，十步一閣，不，簡直是五步一關，十步一寨，取經途中，豈止八十一劫？梁實秋說得好：英文本就不是為翻譯而設。何況王爾德當年寫得眉飛色舞，興會淋漓，怎麼還會為未來的譯者留一條退路呢？身為譯者，只有自求多福，才能絕處逢生了。

我做譯者一向守一個原則：要譯原意，不要譯原文。只顧表面的原文，不顧後面的原意，就會流於直譯、硬譯、死譯。最理想的翻譯當然是既達原意，又存原文。退而求其次，如果難存原文，只好就逕達原意，不顧原文表面的說法了。試舉二例說明：

Algernon: How are you, my dear Ernest? What brings you up to town?

Jack: Oh, pleasure, pleasure! What else should bring one anywhere?

這是第一幕開始不久的對話。傑克的答話，如果只譯原文，就成了「哦，樂趣，樂趣！什麼別的事該帶一個人去任何地方嗎？」這樣，表面是忠於原文了，其實並未照顧到原意，等於不忠。這

種直譯，真是「陽奉陰違」。我的譯文是「哦，尋歡作樂呀！一個人出門，還為了別的嗎？」

　　Lady Bracknell: Where is that baby?
　　Miss Prism: Lady Bracknell, I admit with shame that I do not know. I only wish I could.

這是第三幕接近劇終的一段，為全劇情節所繫，當然十分重要。答話的第二句如果譯成「我但願我能夠知道」，錯是不錯，也聽得懂，可是不傳神，所以無力。我把它譯成「要是我知道就好了」。這雖然不是原文，卻是原意。要是王爾德懂中文，也會這麼說的。

　　以前我譯過詩、小說、散文、論文，譯劇本這卻是第一次。當然小說裡也有對話，可說和劇本相通。不過小說人物的對話不必針鋒相對，更少妙語如珠。戲劇的靈魂全在對話，對話的靈魂全在簡明緊湊，入耳動心。諷世浪漫喜劇如這本《不可兒戲》，尤其如此。小說的對話是給人看的，看不懂可以再看一遍。戲劇的對話卻是給人聽的，聽不懂就過去了，沒有第二次的機會。我譯此書，不但是為中國的讀者，也為中國的觀眾和演員。所以這一次我的翻譯原則是：讀者順眼，觀眾入耳，演員上口。（其實觀眾該是聽眾，或者該叫觀聽眾。這一點，英文的說法是方便多了。）希望我的譯本是活生生的舞臺劇，不是死板板的書齋劇。

　　因此本書的譯筆和我譯其他文體時大異其趣。讀我譯詩的人，本身可能就是位詩人，或者是個小小學者。將來在臺下看這戲的，卻是大眾，至少是小眾了。我的譯文必須調整到適度的口語化，聽起來才像話。同樣的字眼，尤其是名詞，更尤其是抽象名詞，就必須譯得響亮易懂，否則臺下人聽了無趣，臺上人說來

無光。例如下面這一段：

> Gwendolen: Ernest has a strong upright nature. He is the very soul of truth and honour. Disloyalty would be as impossible to him as deception.

抽象名詞這麼多，中文最難消化。末句如果譯成「不忠對於他將如騙欺一樣不可能」，臺上和臺下勢必都顯得有點愚蠢。我的譯文是「他絕對不會見異思遷，也不會做假騙人。」千萬不要小看中文裡四字詞組或四字成語的用處。在新詩和散文裡，它也許不宜多用，但在一般人的口頭或演員的臺詞裡，卻聽來響亮而穩當，入耳便化。

> Lady Bracknell: Sit down immediately. Hesitation of any kind is a sign of mental decay in the young, of physical weakness in the old.

第二句的抽象名詞也不少。尤其句首的一詞，如果譯成二字詞組「猶豫」或「遲疑」，都會顯得突兀不穩。我是這樣譯的：「猶豫不決，無論是什麼姿態，都顯示青年人的智力衰退，老年人的體力虛弱。」

　　遇見長句時，譯者要解決的難題，往往首在句法，而後才是詞語。對付繁複長句之道，不一而足，有時需要拆開重拼，有時需要首尾易位。一般譯者只知順譯（即依照原文次序），而不知逆譯才像中文，才有力。

> Lady Bracknell: I should be much obliged if you would ask

Mr. Bunbury, from me, to be kind enough not to have a relapse on Saturday, for I rely on you to arrange my music for me.

這種句法順譯不得。我便拆而復裝,成為「要是你能替我求梁勉仁先生做做好事,別盡挑禮拜六來發病,我就感激不盡了,因為我還指望你為我安排音樂節目呢。」

Miss Prism: I do not think that even I could produce any effect on a character that according to his own brother's admission is irretrievably weak and vacillating. I am not in favor of this modern mania for turning bad people into good people at a moment's notice.

兩個長句,或因副屬子句尾大難掉,或因介系詞片語一層層相套,都不宜順譯。我的譯文是:「他自己的哥哥都承認他性格懦弱,意志動搖,到了不可救藥的地步;對這種人,我看連我也起不了什麼作用。一聲通知,就要把壞蛋變成好人,現代人的這種狂熱我也不贊成。」看得出,兩句都是逆譯了。還請注意,兩句譯文都以動詞結尾,正說明了在不少情況下,英文句子可以拖一條受詞的長尾巴,中文就拖不動。所以我往往先解決複雜迤長的受詞,再施以回馬一槍。

其他的難題形形色色,有的可以克服,有的可以半懸半決,有的只好放棄。例如典故,此劇用典不多,我一律把它通俗化了,免得中國觀眾莫名其妙。像 Gorgon 就譯成「母夜叉」;It is rather Quixotic of you 就譯成「你真是天真爛漫」。如果譯詩,我大概會保留原文的專有名詞。最好笑的一句是電鈴忽響,亞吉能說:「啊!這一定是歐姨媽。只有親戚或者債主上門,才會把電

鈴撳得這麼驚天動地。」後面一句本來是 Only relatives, or creditors, ever ring in that Wagnerian manner. 我個人是覺得好笑極了。因為這時華格納剛死不久，又是蕭伯納一再鼓吹的歌劇大師，以氣魄見長。可惜這典故懂的人固然一聽到就好笑，不懂的人一定更多。

雙聲是另一個問題。拜倫〈哀希臘〉之 the hero's harp, the lover's lute，胡適譯為「英雄瑟與美人琴」，音調很暢，但不能保留雙聲。雙聲與雙關，是譯者的一雙絕望。有時或可乞援於代用品。例如 I hear her hair has turned quite gold from grief. 最後三字是從 grey from grief 變來的，妙在雙聲之格未破。我譯成「聽說她的頭髮因為傷心變色像黃金。」雙聲變做疊韻，算是妥協。

最難纏的當然是文字遊戲，尤其是一語雙關，偏偏王爾德又最擅此道。在本書中，有不少這樣的「趣剋」（trick）都給我應付了過去。有時候實在走不通，只好變通繞道，當然那「趣剋」也變質了。例如下面的對話：

Jack: Well, that is no business of yours.
Algernon: If it was my business, I wouldn't talk about it. It is very vulgar to talk about one's business. Only people like stockbrokers do that, and then merely at dinner parties.

這不能算是王爾德最精采的臺詞，可是其中 business 一字造成的雙關「趣剋」卻成了譯者的剋星。我只好繞道躲它，把 stockbroker 改成「政客」，成了「要是跟我有關係，我才不講呢。講關係最俗氣了。只有政客那種人才講關係，而且只在飯桌上講。」

有時候變通變出來的新「趣剋」，另有一番勝境，想王爾德

看了也不免一笑。例如勞小姐勸蔡牧師結婚，有這樣的妙語：

Miss Prism: You should get married. A misanthrope I can understand —— a womanthrope, never!

勞小姐咬文嚼字，把 misogynist（憎恨女人者）誤成了 womanthrope，但妙在和前文的 misanthrope 同一格式，雖然不通，卻很難纏。如果我不接受挑戰，只譯成「一個厭世者我可以了解——一個厭女者，絕不！」當然沒有大錯，可是聽眾不懂之外，還漏掉了那半通不通的怪字。最後我是這樣變通的：「一個人恨人類而要獨善其身，我可以了解——一個人恨女人而要獨抱其身，就完全莫名其妙！」

　　王爾德用人名也每有深意。主角傑克原名 Ernest，當然是和 earnest 雙關，我也用諧音的「任真」。「梁勉仁」當然是影射「兩面人」。勞小姐原文為 Miss Prism，取其音近 prim（古板）。我改為「勞」，暗寓「牢守西西麗」之意，因為它音近 prison，何況她也真是「老小姐」呀。

　　最後要交代的是：《不可兒戲》寫成於一八九四年，首演於一八九五年，出版於一八九九年；一九五二年曾拍電影。王爾德的初稿把背景設在十八世紀，不但情節更為複雜，而且還比今日的版本多出整整一幕來。終於他聽從了演出人兼演員喬治‧亞歷山大的勸告，把初稿刪節成今日的三幕，於是整齣戲才暢活起來。可見即使才高八斗，也需要精益求精，才能修成正果。

　　不過王爾德畢竟是天才。當日他寫此劇，是利用與家人去華興（書中提到的海邊小鎮）度假的空暇，只花了三星期就完成的。我從今年二月初譯到三月中，花了一倍的時間。王爾德的妙語警句終於捧到中國讀者和觀眾的面前，了卻了我十幾年來的一

樁心願。

俏皮如王爾德，讀了我的譯本，一定忍不住會說：So you have presented me in a new version of Sinicism? It never occurred to me I could be made so Sinical. 蕭條異代不同時。只可惜，他再也聽不到自己從沒講過的這句妙語了。

一九八三年清明節黃昏

王爾德的幽靈若在左右

觀弈者言

——序彭、夏譯詩集《好詩大家讀》

　　第一次注意到彭鏡禧先生的譯詩，是在《中外文學》上，時間約在一年以前。那是美國女詩人林妲·派斯坦的〈倫理學〉，我一讀之下就很喜歡，覺得不但詩選得好，譯得也夠逼真。讀譯詩，難得這麼幸運。通常的經驗是一肚子的悶氣，可歎又一篇佳作甚至傑作，平白給人糟蹋掉了。但是那首〈倫理學〉的中譯，我卻沒有白讀。後來我又讀到彭先生的幾首譯詩，益發肯定了我的第一印象：英美詩的譯界，又添一位高手。

　　等到「梁實秋翻譯獎」揭曉，詩組與散文組的冠軍赫然出現同一隻手，同一隻高手，更堅定了我對彭先生的信心。而現在，終於看到了他的這本《好詩大家讀——英美短詩五十首賞析》。

　　五十首詩裡面，英國，包括愛爾蘭，只有三分之一，其餘都屬美國，因此美重於英。至於短詩之短，則底限是無可再短的一行，例如賀蘭德的「單行詩」，而上限也只是三十六行，例如雷維多的〈祕密〉。三十多行在中國新詩裡已經不算短了，但是在英詩傳統裡，當然還是「羽量級」而已。除了三兩例外，這些短詩都是十九世紀以來的作品，而以二十世紀最多。「創作·欣賞」項下的詩，好些都是當代的美國詩人所寫，更令人目耳一新。譯者選譯這五十首詩，當然不是在編什麼詩選，因為譯詩畢竟難於選詩，並非看中了什麼詩就能譯出什麼詩來。不過其結果仍然有點迷你選集的風味，尤以「創作·欣賞」項下的幾首令人刮目。所以這本書不但中英對照，便於讀者了解原文；就算只看中譯，

也可以啟發讀者和詩人。

　　五十首詩依主題性質分成六目，大致上由淺入深，由單純而入繁複，安排得當。第六目「創作・欣賞」裡有些作品以詩藝為主題，手法含蓄而曲折，陳義頗高，一般讀者雖亦泛泛可以領會，本質上畢竟是詩人寫給同行看的「行話」。所以我說，本書不但宜於一般讀者，也有助於追求繆思的詩人。

　　本書體例，除了原文與譯文對照之外，並附作者簡介，作品短評，原文註釋，以便讀者。三項都是精簡扼要，點到為止，大抵留下相當的空間，讓讀者自己去舉一反三，追蹤循跡。若是採用為教材呢，則留白的部分有待教師領導學生更進一步去描出全貌，就像兒童圖畫的「連點遊戲」那樣。譯者在短評和註釋裡所做的，正是「佈點」。例如丁尼森的〈鷹〉，尚可說明首段乃仰觀所得之象，次段則為俯視所得，全詩的空間結構相當立體。又例如派斯坦的〈倫理學〉裡，意象之間交相影射，命意十分含蓄，字裡行間恐怕還有不少東西會被初學的人錯過。像下面這幾行：

> This fall in a real museum I stand
> Before a real Rembrandt, old woman,
> or nearly so, myself. The colors
> within this frame are darker than autumn,
> darker even than winter–the browns of earth,
> though earth's most radiant elements burn
> through the canvas.

裡面的 fall 和 autumn 不但呼應本詩第二行的 fall，且也影射老婦的暮年。This frame 當然是指畫框，但是同時也可以指老婦的「體格」。Earth's most radiant elements 一詞未始不能暗示前文的

「失火」，何況緊接的動詞正是「燃燒」。而最神奇的是：old woman, or nearly so, myself 一語，固然是作者自謂，但同時也可指畫中的老婦；恍惚之間，畫中人與觀畫人幾乎合而為一，也可見藝術與人生之互為因果，密不可分。諸如此類，恐怕讀者仍須多加點明。

翻譯向有直譯意譯之說，強為二分，令人困惑。詩乃一切作品中最精鍊最濃縮的藝術，所謂「最佳的詞句作最佳的安排」，因此譯詩不但要譯其精神，也要譯其體貌，也就是說，不但遠看要求神似，而且近接也要求面熟。理想的譯詩，正是如此傳神而又摹狀。理想當然難求，正如佳譯不可能等於原作。最幸運的時候，譯詩當如孿生之胎。其次，當如兄弟。再其次，當如堂兄表弟，或是姪女外甥。總之要令人一眼就欣然看出親屬關係。可惜許多譯者或因才力不濟，或因苦功不足，總之不夠自知，不夠敬業，結果禍延原作，害我們看不見堂兄表弟，只見到一些形跡可疑的陌生人，至多是同鄉遠親。最常見的偷工減料（sin of omission），是把一首格律詩譯成自由詩。尤其灑脫不羈的譯界名士，更把詩句任意裁併，拗成自己喜歡的樣子。這不但對不起原作者，也欺騙了讀者。

幸好譯界尚有少數的苦行僧，在維護忠於原作的職業道德，而才力又足以濟其德操：前輩之中，例如卞之琳、陳祖文、宋淇、施穎洲；少壯之中，例如本書的譯者。但願他們堅持下去，當可接上前輩的典範。

彭氏伉儷應付各種詩體，都有相當出色的表現。自由詩如惠特曼的〈一堂天文課〉、派斯坦的〈倫理學〉；半自由的變體格律詩如華茲華斯的〈我心雀躍〉、愛默生的〈寓言〉、佛洛斯特的〈火與冰〉；格律詩如莎士比亞〈我情人的眼一點也不像太陽〉、郝思蒙的〈那年我二十一歲〉等等，都能在極力傳神之餘，更苦心摹

狀，非常難得。

　　這些佳譯雖未必酷似雙胞，卻已情同手足，至少也像堂親表親。偶爾也見到一顆半顆不很像的疱或痣。例如〈倫理學〉第五行「所剩歲月無幾」和末行的「超乎兒童所能挽救」，似乎又太多了一點，我建議前一句也許可代以「來日無多」，後一句代以「不由學童來挽救」。例如莎士比亞那首十四行的第四行以「灰暗」收句，未能與第二行的「嘴唇」協韻，不妨考慮代以「沉悶」或「暗沉」。

　　佛洛斯特的〈火與冰〉末四行是：

I think I know enough of hate

To say that for destruction ice

Is also great

And would suffice.

據我對恨的體驗

敢說談到破壞冰

也蠻不錯，

一定可行。

譯得很好，可是「不錯」的姿態太低，不足以當 great，同時「蠻」也似乎稍俚；為了一併解決押韻，不知可以考慮換成「也很可觀」否？「冰」的前面，最好也用逗點隔開。又如愛默生的〈寓言〉末三行：

Talents differ: all is well

and wisely put;

If I cannot carry forests on my back,

Neither can you crack a nut.

　天賦不同：一切都有妥善安排。

　若說我扛不了森林，

　核桃你可也撬不開。

譯得極好，卻有一點未能完全追摹愛默生。原文的末句以受詞墊底，譯文把受詞提到句首，使末句變成倒裝，乃稍欠自然，而且跟前一句不成對仗，力道較差。這當然是為了遷就韻腳。如果把第一句動點手腳，也許就可以換韻而解決：

　天賦不同：一切都安排得正好。

　若說我扛不了森林，

　你可也撬不開核桃。

又例如狄瑾蓀的〈希望長著羽毛〉第二段：

And sweetest in the gale is heard;

And sore must be the storm

That could abash the little bird

That kept so many warm.

　風越大聲越甜；

　須是強勁風暴

　才可能動搖這隻

　溫暖眾生的小鳥。

譯文也完全合乎原文的格式。一、三兩行雖未押韻，並無大礙。問題是後三行原文的語氣，把強勁之極的形容詞 sore 提到句首，

配上動詞 abash，顯得非常有力，但是譯文卻難以傳達那語氣。
此地我倒想建議譯者，不妨試用反面的說法來意譯，例如：

> 風越大歌越甜；
> 普普通通的風暴
> 休想嚇倒這隻
> 溫暖眾生的小鳥。

本書的譯筆簡練老到，其一原因是譯者擅用文言的詞彙與句
法。在藍德的〈戲劇〉和賀伯的〈負心之罪〉一類詩裡，譯者文
言的掌握都很見效，為一般徒知白話的譯者所不及。不過用文言
譯詩，宜以應變為本，若是用得太多，恐失白話的清暢自然。大
致而言，簡潔誠然是文字的美德，但是詩中的重疊句法不但可以
強調文意，而且可以暢通節奏，卻不宜從簡發落。梅斯斐的〈海
戀〉正是佳例：

> I must go down to the seas again, for the call of the running tide
> Is a wild call and a clear call that may not be denied;
> I must go down to the seas again to the vagrant gypsy life,
> To the gull's way and the whale's way where the
> wind's like a whetted knife:
> 我一定得再次出海，因為那奔騰潮水的呼籲
> 是那樣粗猛而清晰得叫人無法峻拒；
> 我一定得再次出海，重做那流浪的吉普賽，
> 重回鷗鯨出沒、風吹如刀的大海：

原文連用三個 call、兩個 way，加以句法重疊，乃見氣勢奔放，

若與潮水呼應。譯文把這些統統省去，失掉的氣勢並不能用簡練來彌補。正如「魚戲蓮葉東，魚戲蓮葉西，魚戲蓮葉南，魚戲蓮葉北」四句，不可簡化為「魚戲蓮葉東、西、南、北」。

　　論人譯詩，就像觀人弈棋，在一旁閒話指點總容易得多。輪到自己下場，就會舉棋不定了。原來是為《好詩大家讀》寫序的，一路說下來，竟像在寫書評了，簡直「脫序」。觀棋人不再多敘。還是請大家好好觀賞這一局大有可觀的棋吧。

　　——一九八九年元月於西子灣，出自一九九六年《井然有序》

鏽鎖難開的金鑰匙

——序梁宗岱譯《莎士比亞十四行詩》

1

就廣義的西方現代文學而言，十四行（sonnet）恐怕是起源最早、流行最久、格律最嚴、名家最多的一大詩體了。

這詩體起源於意大利。早在十三世紀初年，達倫蒂諾（Giacomo da Lentino）與達瑞錯（Guido d'Arezzo）所作，已成此體濫觴。其後歷經卡瓦康提（Guido Cavalcanti）與但丁的發展，為時百年，至佩特拉克而體裁大備：除了每行十一音節，前半闋八行（octave）的韻腳固定為 abba, abba 之外，後半闋六行（sestet）的韻腳已從原有的 cde, cde 解放出來，可作相當自由的組合。

我一直覺得十四行格律嚴謹，篇幅緊湊，音調鏗鏘，氣象高雅，加以文人之間盛行已久，可以和中國的七言律詩相提並論。李商隱如果生在西方，必定成為十四行的聖手。佩特拉克如果是晚唐詩人，他的情人收到的也該是典雅的七言律詩。這當然只是我的綺思遐想，難以實驗。其實兩種詩體也頗多不同。到十七世紀的鄧約翰與米爾頓為止，十四行的主題大半是愛情，但是七言律詩的主題相當廣泛，像李商隱這麼用來寫愛情的，倒是少得例外。

在格律上，兩種詩體也有不同。律詩的結構全在對稱，中間的兩聯固然對仗工整，呼應緊密，前後的破題與收題也各為二句。也就是說，律詩的起承轉合平均分配，可是十四行的結構並不平衡，因為起承占去了八行，轉合的空間只剩六行。這八行與

六行之間的關係，是觀察與結論，敘述與反駁，八行與九行之間應該有「轉」（turn）。意大利的詩論家指出十四行的邏輯發展，是前四行命題，次四行證明，到了後半闋，前三行再證，末三行結論。換言之，十四行在一開一闋之際，開得慢而收得快，開得寬而收得緊。這一正一反、一主一客的矛盾與調和，問題與解決，正是十四行詩藝的關鍵。

到了十六世紀，十四行漸漸流行於西班牙、法國、英國。約在莎士比亞誕生前的二、三十年間，魏艾特爵士（Sir Thomas Wyatt, 1503–42）與塞瑞伯爵（Henry Howard, Earl of Surrey, 1517–47）已將此體傳入英國。兩人都意譯了佩特拉克的十四行，而且將原詩的格律自由處理。例如佩特拉克的原詩：Amor, che nel penser mio vive e regna，魏艾特爵士譯成 The long love that in my thought doth harbour，悉依原韻，卻把原來互不押韻的末二行改成了押韻的偶句。塞瑞伯爵將詩題譯成 Love that liveth and reigneth in my thought，卻把原詩的韻腳全部改掉，變成 abab, cdcd, efef, gg，同時原文每行十一音節也變成了英文每行十音節的「抑揚五步格」。如此一來，意大利體的十四行便脫胎換骨，成了英國體的十四行（English sonnet）；後來因為此體在莎士比亞手中臻於成熟，又名莎士比亞體的十四行（Shakespearean sonnet）。

格律既變，起承轉合之勢也隨之改觀。意大利體的「轉」在第九行，所以前八行後六行之分顯著。英國體的結構變成了三個四行段（quatrain），後面跟一個收篇的偶句（concluding couplet），前八後六之分不再顯著；往往前面一連三個四行段勢如破竹，直到偶句才煞住陣腳，作一結論。甚至有學者認為，收篇的偶句應有「警句」（epigram）的分量，才能戛然鎮住全局。這種重任，竟把急轉與驟合完全交給了收篇的偶句，結構當然大異。

2

　　莎士比亞是英國最偉大的戲劇家，三十七部戲劇是他對世界文壇的重大貢獻。至於《維納斯與阿當尼斯》和《露克莉絲之被辱》，加上一百五十四首十四行，只能視為他的副產。可是戲劇和敘事詩都是客觀無我（impersonal）的文體，所以只剩下主觀有我（personal）的十四行或可提供莎翁生平的線索了。於是成百的學者便紛紛來入洞尋寶，但是雜沓的腳印只見在洞口散布，「沒有一隻能指引出路」。

　　莎士比亞稱得上「聖之時者」，他所擅長的詩劇和十四行，都是伊麗莎白時代流行的文體。當時的詩人正如佩特拉克與洪沙（Pierre de Ronsard）一樣，慣於用十四行來歌詠愛情的專一，而且出版專集，謂之十四行集（sonnet sequence）。這種風氣大盛於十六世紀的九十年代，正當莎士比亞二十六歲到三十六歲之際。以下且舉當時最出名的七種十四行集與其出版年分為例：

> 席德尼：《愛星者與星》，一五九一
> 丹尼爾：《蒂麗亞》，一五九二
> 華特森：《愛之淚》，一五九三
> 巴恩思：《海妖戀人與海妖》，一五九三
> 康斯太保：《黛安娜》，一五九四
> 朱維敦：《意中鏡》，一五九四
> 史賓塞：《小情詩》，一五九五

這種風氣到了一五九八年忽告消沉。莎翁寫此體的時間，約在一五九○年代的後半期，當時他的十四行已經流傳於友輩之間，且有「甜味的十四行」（sugared sonnets）之稱。但是真正結集出書，卻要等到一六○九年。據說初版根本未經詩人自校，而且詩

人對於出書可能全不知情。那年六月，已經有人買到莎翁的十四行集，每冊售價是六辨士。

最令學者爭議，簡直成了猜謎大會的，是卷首的神祕獻辭。文長凡十二行，排成倒三角形，前面的七行勉強可以譯為「謹祝下列十四行的唯一生父（begetter）WH 先生萬事如意，並如我國長生詩宗所諾，永垂不朽。」這一段話裡有兩個字眼大費猜疑。其一是 begetter，本義是生父，引申義則泛指起因或根源。十四行當然不會有什麼生父，所以芸芸論者都朝靈感來源（inspirer）去大做文章，於是 WH 便成了眾槌爭敲的胡桃硬殼了。

莎翁十四行集中，有六分之五的作品都是寫給一位美少年，語氣則相當曖昧，私情暗慕顯然多於普通友誼。學者便向姓名字首為 WH 的時人去苦心索隱，揪出了一大堆嫌犯，至少包括下列這幾位：一是彭布洛克伯爵侯伯特（William Herbert, Earl of Pembroke），小莎士比亞十六歲，不但年輕俊秀，而且不願早婚。二是邵桑普敦伯爵洛思禮（Henry Wriothesley, Earl of Southampton），小莎氏九歲，對他讚賞有加，並接受莎氏少作《維納斯與阿當尼斯》和《露克莉絲之被辱》的題獻，也是不甘早婚的單身貴族。

不過侯伯特似乎太小了，而洛思禮姓名的縮寫應為 HW，不是 WH；同時把兩位伯爵叫做先生，也嫌不合。第三位侯選人是威廉・霍爾（William Hall），一位書商的伙計，也是莎翁十四行集出版人索普的朋友。他當然不是莎翁靈感之所本，但是他為索普取得這卷詩稿，也可以說是此書的催生者，符合 beggetter 的引申義了。不過這個角色是否值得莎翁甚至索普隆而重之的題辭獻書，恐怕也有問題。

最敏感的該數王爾德了。他在《WH 先生的畫像》裡說，WH 乃指當時的童男演員休斯（Willie Hughes），正好洩漏了他自

己的癖好。

英國詩人兼傳記名家管諾（Peter Quennell, 1905–）在他的《莎士比亞傳》裡，卻舉出第五個人來，當然仍是一位 WH。那便是哈維爵士（Sir William Hervey）。此人在一五八八年迎戰西班牙無敵艦隊之役殲敵有功，封從男爵，再晉勳爵。邵桑普敦伯爵的寡母，像伊麗莎白時代的許多富孀一樣，改嫁了人，不久再寡，再度改嫁，第三任丈夫正是這位哈維爵士。據說哈維一來出於愛護邵桑普敦，二來體貼妻子望兒成親之心，乃慫惥莎士比亞，邵桑普敦賞識的詩人，以詩寄意，來勸喻單身漢早日結婚，俾俊美的風範得以久傳。

就因如此，這本十四行集一開始的十七首，反覆叮嚀的便是這勸婚的主題。其實整本詩集二一五六行的第一行便是：「對天生的尤物我們要求蕃盛。」（From fairest creatures we desire increase.）緊接著第二首更強調這主題：

> 當四十個冬天圍攻你的朱顏，
> 在你美的園地挖下深的戰壕，
> 你青春的華服，那麼被人艷羨，
> 將成襤褸的敗絮，誰也不要瞧。
> 那時人若問起你的美在何處，
> 那裡是你那少壯年華的寶藏，
> 你說：「在我這雙深陷的眼眶裡，
> 是貪婪的羞恥，和無益的頌揚。」
> 你的美的用途會更值得讚美，
> 如果你能夠說，「我這寧馨小童
> 將總結我的賬，寬恕我的老邁，」
> 證實他的美在繼承你的血統。

靭靭這將使你在衰老的暮年更生，
靭靭並使你垂冷的血液感到重溫。

首行的原文：When forty winters shall besiege thy brow，不必再看下文，已感到那語調勢如破竹，不可挽回，當然是忘不掉的。「日月忽其不淹兮，春與秋其代序。惟草木之零落兮，恐美人之遲暮。」人生幾何的時間敏感症，中外同然。屈原的美人，或許是指君王，或許是指賢士，或許是詩人自喻，或許正如戴震所解，是指壯年。莎翁詩中的美人卻是一位俊逸的少年。時光無情，要長保少艾之美，在莎氏的十四行集中，有間接的二途：一為結婚生子，傳其血肉，一為詠之於詩，傳其精神。看來還是後面的一途遠為可靠，邵桑普敦或是哈維的子孫究竟相貌如何，誰知道呢？

　本集的一五四首十四行，可以分為三部。前面的一二六首正是寫給這位美少年的。在傳統的意大利十四行裡，詩人追求的情人例皆星眸含夢，玫頰暈紅，豔麗而又冷淡，可望而不可親。詩人在驚豔之餘，苦於芳澤難近，幾乎耽於自虐——這種苦肉計或者該說苦情計，和中國的閨怨成了對照。佩特拉克的洛娜（Laura）情結早成了西方情詩，尤其是十四行情詩的基調，一般詩人都追隨其主流，但是十七世紀的鄧約翰、馬爾服等也曾有反佩特拉克（anti-Petrarchan）的逆流，對美人、愛人，甚或愛情本身，包括柏拉圖式的精神戀愛，都提出了質疑，大做翻案文章。到了十八世紀，諷刺詩大盛，美人與愛情也難倖免。直到浪漫時代，拜倫仍繼承頗普的餘風，對愛情與婚姻冷潮熱諷。維多利亞後期的梅禮迪斯（George Meredith）以《現代愛情》為書名出了一本十四行集，不但把篇幅增為每首十六行，而且對愛情幻滅、婚姻破裂著力描寫，簡直成了反佩特拉克逆流的高潮。

　　莎士比亞的十四行集出現於佩特拉克主流方盛之際，當然承受了前人不少餘澤。詩人經常自誇，雖然時光蝕盡青春，藝術卻巍然長存，兼可確保所愛的人形像不朽。表現這種自信的，在佩特拉克之前早有拉丁詩人奧維德，之後繼有法國詩人洪沙。在擅寫十四行集的同輩詩人之中，大他兩歲的丹尼爾和大他一歲的朱維敦，也多少啟發了他。

　　儘管如此，莎翁的十四行裡仍然有獨特的個人處境，深婉的個人感情，迫切的個人語氣。雖以小說觀之，事件顯得稀少而單純，但其中確有一個活生生的「我」，還有一個既動人又難取悅的「你」，便是詩人要勸婚的那位美少年。無論 WH 是彭布洛克、邵桑普敦，或是一五九六年剛從加地斯凱旋回國的哈維，他都要比莎翁小上八、九歲甚至十五、六歲，總之算是晚輩了。其實莎翁此時也不過三十幾許，沉痛的語氣卻常憂老之將至，死之相催，整本詩集都籠罩在亡歿（mortality）的陰影之中。「生年不滿百，常懷千歲憂」固然是詩人的敏感，但是十六世紀的人壽命卻也遠短於今日。即以詩人的生年為例，政治犯塞瑞伯爵與狄克蓬（Chidiock Tichborne）斬首於倫敦塔，各為三十歲與二十八歲。席德尼爵士死於戰場，未滿三十二。馬羅死於私鬥，未滿三十。他如魏艾特爵士（三十九）、加斯康（三十五）、史賓塞（四十七）、皮爾（三十九）、納許（三十四）、佛烈契（四十六）、魏伯斯特（四十五）、波芒（三十二）等等，都不滿半百。即以莎翁自己的五十二歲而言，在今日幾已近夭，實難稱翁了。

　　除了「老」少對比，還有貴賤之分。在四百年前的貴族眼裡，戲劇界人士莫非伶工戲子，並不體面，那像今日的吉爾格德（John Gielgud）、奧立維耶（Laurence Olivier）以擅演莎劇而得封爵？加以身在江湖，不得不隨著劇團南奔北走，辛苦之餘，自然是聚少離多，訴相思而無由。第一一○首便說：

唉，我的確曾經常東奔西跑，
扮作斑衣的小丑供眾人賞玩，
違背我的意志，把至寶賤賣掉，
為了新交不惜把舊知交冒犯；

緊接第一一一首詩人又說：

哦，請為我把命運的女神詬讓，
她是唆使我造成業障的主犯，
因為她對我的生活別無贍養，
除了養成我粗鄙的眾人米飯。
因而我的名字就把烙印接受，
也幾乎為了這緣故我的天性，
被職業所玷汙，如同染工的手；

這種尊卑無緣之感滿紙皆是，例如在第七十一首詩人又囑咐他的少年說：「我死去的時候別再為我悲哀……免得這聰明世界猜透你的心，／我死後用我做嘲弄你的笑柄。」但是儘管命運多舛，只要一念及愛友，詩人就怨恨盡消了。第三十首獨憶往事，悲從中來，有如舊恨重演，宿債新償，「但是只要那刻我提起你，摯友，／損失全收回，悲哀也化為烏有。」命意相近的第二十九首言之最為痛切，全引如下：

當我受盡命運和人們的白眼，
暗暗地哀悼自己的身世飄零，
使用呼吁去干擾聾聵的昊天，
顧盼著身影，詛咒自己的生辰，

　　願我和另一個一樣富於希望，

　　面貌相似，又和他一樣廣交遊，

　　希求這人的淵博，那人的內行，

　　最賞心的樂事覺得最不對頭；

　　可是，當我正要這樣看輕自己，

　　忽然想起了你，於是我的精神，

　　便像雲雀破曉從陰霾的大地

　　振翮上升，高唱著頌歌在天門；

　　　　一想起你的愛使我那麼富有，

　　　　和帝王換位我也不屑於屈就。

詩人雖然言者諄諄，怎奈那俊少卻聽者藐藐，每每處之漠然。有時兩友又言歸於好，詩人曾為拋掉愛友送他的記事簿而道歉。而為了另一位詩人來爭寵，莎翁更感到非常不悅，據說那詩人便是納許（Thomas Nash）。

　　這麼說來，莎翁對他少艾的朋友懷抱的感情，究竟是深切的友誼呢還是超越了友誼。也就是說，莎翁信誓旦旦的，竟然是同性戀嗎？否則深情至愛和妒忌專私何至於到此地步？這問題理應激起爭端，因為詩中的口吻太像男女相悅了。不過伊麗莎白時代對俊彥的歌頌，原就常似在讚賞美人，納許恭維邵桑普敦，也說他是「紅玫瑰綻開的最美蓓蕾」。《莎士比亞傳》的作者管諾就指出：「其實，《十四行集》可稱為同性戀的紀念碑，立碑者原本是一位異性戀的詩人。」管諾說得很妙，他的意思應該是說：莎翁談的只是精神上的同性戀，並不要求肉體的回應。管諾更引第二十首為證：

　　你有副女人的臉，由造化親手

塑就，你，我熱愛的情婦兼情郎；
有顆女人的溫婉的心，但沒有
反覆和變化，像女人的假心腸；
眼睛比她明媚，又不那麼造作，
流盼把一切事物都鍍上黃金；
絕世的美色，駕馭著一切美色，
既使男人暈眩，又使女人震驚。
開頭原是把你當女人來創造；
但造化塑造你時，不覺著了迷，
誤加給你一件東西，這就剝掉
我的權利——這東西對我毫無意義。

　　但造化造你既專為女人愉快，
　　讓我占有，而她們享受，你的愛。

莎翁的意思，在這裡說得夠清楚了：我要的是你的心，至於你的血肉之軀，且由女人去享受吧。莎翁自有他的情婦，那便是從第一二七首到一五二首出來攪局的所謂「黑美人」（The Dark Lady）。莎翁對她毫無崇拜，說起她來也毫不浪漫，簡直是反佩特拉克的作風：

我情婦的眼睛一點不像太陽，
珊瑚比她的嘴唇還要紅得多；
雪若算白，她的胸就暗褐無光，
髮若是鐵絲，她頭上鐵絲婆娑。
我見過紅白的玫瑰，輕紗一般，
她頰上卻找不到這樣的玫瑰；
有許多芳香非常逗引人喜歡，

我情婦的呼吸並沒有這香味。

莎士比亞在第一三一首裡又對她說：

對於我，你的黑勝於一切秀妍。
你一點也不黑，除了你的人品，
可能為了這原故，誹謗才流行。

到了第一三八首詩人再將她揭發：

我愛人賭咒說她渾身是忠實，
我相信她（雖然明知她在撒謊），
讓她認為我是個無知的孩子，
不懂得世間種種騙人的勾當。
於是我就妄想她當我還年輕，
雖然明知我盛年已一去不復返，
她的油嘴滑舌我天真地信任：
這樣，純樸的真話雙方都隱瞞。

這位黑美人是已婚婦人，不但和莎翁偷情，還誘引他的愛友，可謂雙重的不貞，而且危及詩人與愛友間的恩情。顯而易見，詩人珍視愛友遠勝於耽溺情婦，他把心靈的愛慕奉給少年，餘下的情欲則對待情婦。好事的學者更向莎翁劇本裡去追尋這位黑美人，認為《羅密歐與朱麗葉》裡的洛莎琳，《安東尼與克麗奧佩翠》裡的吉普賽女人都是她的倒影。哈里森在所編的《莎氏商籟集與情人怨》裡，指出她並非女王的宮人，也非倫敦中產階級的浪女，而是豔名「黑露西」（Lucy Negro）的一位雅妓。

至於第一五三及一五四兩首，則是寫愛神邱比特，無足輕重。

歷來對於這卷十四行集臆測紛紜，有人認為是莎翁的自傳所寄，不辭燭隱探幽，務求還原落實，有人認為滿紙盟誓，無非是虛應故事，依樣典型。華茲華斯就說：「用這把鑰匙莎翁開啟了心扉。」白朗寧卻不信，反問：「是真的嗎？果然，則不配當莎翁！」真教人莫衷一是了。

但不管「內情」如何，這本十四行集所以傳後且博得眾譽，不是因為它提供了莎翁隱私的蛛絲馬跡，開闢了考據的樂團，而是因為它詠歎的主題，諸如青春易逝、美貌難留、愛情不永、情人多憂，都是千古不移的大患，在莎翁筆下更見其天荒地老，骨折心驚。然而這一切歌哭無常，偏偏供奉在十四行詩這樣高雅典麗的器皿裡，不要說饗饕盛宴了，即使手裡端著，也夠歡喜的了。

3

前文引證莎翁的詩句，中譯悉採梁宗岱先生的手筆，因為《純文學》擬出版他譯的《莎士比亞十四行詩》，林海音女士囑我為此書寫一篇序。

梁宗岱是著名的翻譯家、學者、詩人，生於一九〇三年，廣東新會人。（不免令人想起他更有名的同鄉兼同宗梁啟超。）二十歲才進嶺南大學，翌年卻去歐洲，前後留學了七年（一九二四──三一）。其間留法最久，並得親炙象徵派詩人梵樂希，成忘年交。又兩去日內瓦，謁羅曼羅蘭。最後兩年，遊德國與意大利。因此日後治學，法文最精，兼通英文與德文。在法國期間，曾發表法文詩於《歐洲》與《歐洲詩論》等刊物，所譯《陶潛詩選》亦出版單行本，得到羅曼羅蘭的賞識。一九三一年梁氏回國，主持北大法文系，並在清華兼課。三年後，他和陳瑛（筆名沉櫻）在北平結婚。一九四九年，沉櫻帶了三個孩子渡海來臺，梁宗岱

卻留在大陸，與粵伶甘少蘇成家。一九五一至五四年，他經公審，入獄三年。文革期間，梁氏遭紅衛兵抄家，所譯《浮士德》上集、《蒙田試筆》、《莎士比亞十四行詩》盡付一炬，梵樂希、羅曼羅蘭的信函也當作「四舊」燒掉。其後四度被鬥，毆成重傷。根據甘少蘇在《宗岱和我》書中所述，「十幾個大漢拿著軟鞭，鐵尺和單車鏈條，沒頭沒腦地抽打宗岱，打得他滿地亂滾，全身發黑，頭部左側被打破了一個洞，流血不止。回到家裡，已經變成了一個血人，兩件厚皮衣都浸透了鮮血，可以擰出血水來。」一九八三年，他病歿廣州。一九八八年，沉櫻病歿於美國。

　　如此慘痛的遭遇，比起愛情受挫的莎士比亞來，顯然「戲劇化」得多了。一九六七年焚於文革的那卷《莎士比亞十四行詩》，等到一九七九年才由人民文學出版社印行。其他的譯書包括《水仙辭》（一九三〇，中華），《蒙田試筆》（一九三五，商務），《一切的峰頂》（一九三七，商務；一九七六年大地出版社有臺灣版），《羅丹》（一九四一，正中）。詩創作集有《晚禱》（一九二四，商務）。傳記有《歌德與斐多汶》（一九四三，華胥）。文學評論有《詩與真》一、二集（一九三三、一九三五，商務），《屈原》（一九四一，華胥）。

　　要中譯莎翁的十四行集，至少得克服三重困難。第一重當然是格律。首先是詩行的長度。十音節的「抑揚五步格」，用十個中文方塊來對付，往往不夠迴旋，若用到十四個字以上，又勢必顯得拖沓。十一到十三個字之間，既足以迴旋，又可免於鬆散，比較可行。有人主張每行字數等長，始足以言工整。如果譯者藝高，當然不妨規嚴。可是不自然、不流暢的工整會失之呆板，也應避免。與其削足適履而舉步維艱，還不如放寬尺碼而稍具彈性。須知十四行詩和其他英詩格律一樣，工整原在聽覺而不在視覺，所以詩行的長短看起來每有參差。不信的話，容我拈出第五

十五首的幾行為例：

> Nor Mars his sword nor war's quick fire shall burn
> The living record of your memory.
> 'Gainst death and all–oblivious enmity
> Shall you pace forth; your praise shall still find room
> Even in the eyes of all posterity
> That wear this world out to the ending doom.

看來長短不一，但聽來都是十個音節。又如第八十七首：

> Farewell! thou art too dear for my possessing,
> And like enough thou know'st thy estimate.
> The charter of thy worth gives thee releasing;
> My bonds in thee are all determinate.

一、三兩行都是十一個音節，比二、四兩行多出一個來。其實此詩的第五行到第十二行，全是十一個音節。可見莎翁筆下的格律頗具彈性，中譯實在無須削成等長。

　其次便是韻腳。英國體的十四行共用 abab, cdcd, efef, gg 七個韻，比起意大利體的十四行 abba, abba, cde, cde 只用五個韻來，換韻較頻，但選擇的機會較多。押韻要準，要穩，還要自然，尤其是最後二行，如果押不好，就收不住前面十二行起起伏伏的六個韻波，壓不住陣腳。還有一點，就是相鄰的韻腳應該有抑揚頓挫，也就是國語的四聲要有變化，否則那音效不是太峭，就是太平，或者太啞。這一點，雖高手也難回回得手。以梁宗岱所譯第十首為例：

羞呀，否認你並非不愛任何人，

對待你自己卻那麼欠缺綢繆。

承認，隨你便，許多人對你鍾情，

但說你並不愛誰，誰也要點頭。

一連四個韻腳（人、繆、情、頭）全是陽平，沒有起伏變化，氣勢就弱了。加以「何」與「綢」也是同聲，而第四行中間一頓，又是一個「誰」字：七個陽平一罩上去，這四行就全扁下去了。

　　第三是每行的節奏宜奇偶相錯，始有伸縮的動感。五言和七言盛行於古典詩，正是這緣故。賀知章的〈回鄉偶書〉如果改成六言：「少小離家老回，鄉音無改鬢衰。兒童相見不識，笑問客從何來。」意思完全一樣，但是奇偶相錯的節奏感就喪失了。例如梁譯第十八首這兩行：

沒有芳豔不終於凋殘或銷毀。

但是你的長夏永遠不會凋落，

前一行的詞組是「二二三二三」，相當靈活，但後一行的詞組卻是「二二二二二二」，就平板無波了。如果改成「但你的長夏啊永遠不會凋落」或是「但是你的長夏啊永不會凋落」，六偶的困局就打開了。

　　大致說來，梁譯頗能掌握原文的格律。他把句長設定為十二個字，只偶然稍作伸縮，堪稱「得體」。不過，十二字的基數有時也會變成陷阱，因為一不小心就會落入六組皆偶之局，如前引「但是你的長夏……」那樣。另一陷阱是湊字：前文所舉第一一〇首的那句「為了新交不惜把舊知交冒犯」，裡面「舊知交」原本應是「舊交」、「舊知」、「舊雨」或「舊遊」，為了填足十二個

字卻擴為「舊知交」，讀來便拗口了。

　　至於韻腳，梁宗岱有時押得不夠準、穩、自然，不過不算嚴重，倒是四聲的調配有時未盡妥貼。前文曾引第一一一首的前七行，其中韻腳是去聲的占了五行，而第四行到第六行的「飯、受、性」更連在一起，未免太峭急了。然而梁氏畢竟是詩人，至其佳處，也會有第二十九首這樣暢快而圓滿的聲調：

　　　更像雲雀破曉從陰霾的大地
　　　振翮上升，高唱著頌歌在天門：

分析之下，就發現兩句的四個關鍵音，包括兩個韻腳和句中的兩個「頓」（caesura）：地、門、曉、升，恰恰分配成國語的四聲，加上「的大地」的雙聲，「振、升、門」和「上、唱」的疊韻，變化中有呼應，乃覺十分悅耳。

　　第二重困難在了解原文。這一點難不倒我們這博學的才子。梁氏留歐七年，既通數國語文，又譯過歌德、尼采、里爾克、囂俄、魏爾崙、梵樂希的詩，對西方詩當有縱深的認識。我相信他在翻譯莎翁十四行時，必也博覽旁參德、法的譯本，更易貫通。伊麗莎白時代的英文，無論文法或用語，都去古未遠，入今未深，往往不可望文生義。初入門的生手，憑什麼會知道，譬如說，turtle 未必是烏龜，crab 未必是螃蟹呢？梁氏的譯文對原文體會深入，詮釋委婉，謬訛絕少。但是有誤的地方應該包括下列這幾處：第十八首的這兩行：

　　And every fair from fair sometime declines,
　　By chance or nature's changing course untrimmed。
　　被機緣或無常的天道所摧折，

沒有芳豔不終於凋殘或銷毀。

「無常的天道」像是神來之筆；但「凋殘或銷毀」卻譯過了頭。更不妥的是「機緣」，因為好事才靠機緣，「摧折」卻是壞事，所以 chance 在此只能說是「意外」或「橫禍」。鄧約翰罵死神所云：Thou'rt slave to fate, chance, kings, and desperate men. 正是此意。這麼看來，「無常的天道」恐怕也有了問題。如果天道無常，豈非就有意外，那麼，中間的「或」就不通了。所以不如說是「運轉的天道」較為貼切。

Lest the wise world should look into your moan,
And mock you with me after I am gone.
免得這聰明世界猜透你的心，
在我死去後把你也當作笑柄。

第七十一首收篇的偶句也有誤解。Mock you with me 的意思是「用我來嘲弄你」，不是「連你帶我一起嘲弄」，因為從本詩的前文也好，從本集其他十四行（例如第二十九首與第一一一首）也好，詩人都表示怕自己的名字會辱沒或牽累愛友。「羞辱」（disgrace）這字眼在本集裡出現之頻，值得注意。所以這壓陣的偶句不妨如此修正：

免得世人多心來窺探你呻吟，
我死後用我做嘲弄你的笑柄。

此外，在我前文引證的第二首十四行裡，也有一處詮釋欠妥，便是該詩的第二個四行段：

Then being asked where all thy beauty lies,

Where all the treasure of thy lusty days,

To say within thine own deep–sunken eyes

Were an all–eating shame and thriftless praise.

那時人若問起你的美在何處，

那裡是你那少壯年華的寶藏，

你說：「在我這雙深陷的眼眶裡，

是貪婪的羞恥，和無益的頌揚。」

　　詩中所言，是預為四十年後未雨綢繆，免得少小不娶妻，暮年空歡老。有子，則自己華年的英姿足以傳後。否則他人日後問起，何可指證。總不能指著自己的衰目說，昔年的英姿盡在此中吧？硬說老眼裡有昔年之美，此舉必將引來恥笑，徒然成為貪婪之羞，無益之頌。羞，是自取其辱；頌，是自我陶醉。梁譯的詮釋，是把原文讀成了 To say an all–eating shame and thriftless praise were within thine own deep–sunken eyes。這麼一來，文法就不通了，不但語氣未完，文意不貼，而且 an all–eating shame and thriftless praise 如何能用 were 做動詞呢？其實此地的 were 和此詩第十三行的 were 一樣，和第九行的 deserved，第十行的 couldst 也一樣，都是文法上虛擬假設的語態，用過去式來代替臆想而已。所以這兩行在文法上應該讀成 To say (that all thy beauty）lies within thine own deep–sunken eyes were an all–eating shame and thriftless praise。此地的 were 其實也就是 would be 的意思。

　　第三重困難在於如何驅遣中文，去迫近原文的質感，追隨原文的語氣。翻譯境界一高，就不再停留在對錯的層次，而要講究如何曲傳原文語言的俚俗或高雅、句法的繁複或平易、音調的亢奮或從容，也就是風格的層次了。

　　梁氏生於民前八年，與長他一歲的譯界大師梁實秋同屬民初人物，在新文學史上該算是第二輩。那時的留學生無論如何經歷歐風美雨，古典的腹笥、中文的造詣，還是有根柢的。外文中譯，在譯者心中的意匠經營，原文是入，譯文是出，無論所入有多高妙，所受有多精緻，如果所出不準，所施粗糙，終要打些折扣。大致而言，梁宗岱的譯筆兼顧了暢達與風雅，看得出所入頗深，所出也頗純，在莎翁商籟的中譯上，自有其正面的貢獻。

　　一般的譯詩在語言的風格上，如果譯者強入而弱出，就會失之西化。另一方面，如果譯者弱入而強出，又會失之簡化，其結果是處處遷就中文，難於彰顯原文的特色。梁宗岱在這方面頗能掌握分寸，還相當平衡。他的翻譯美學比較傾向西化。早在一九三四年，他在準備出版的譯詩集《一切的峰頂》裡，曾寫下這一段序言：「至於譯筆，大體以直譯為主。除了少數的例外，不獨一行一行地譯，並且一字一字地譯，最近譯的有時連節奏和用韻也極力摹仿原作──大抵愈近依傍原作也愈甚。這譯法也許太笨拙了。但是我有一種暗昧的信仰，其實可以說迷信：以為原作的字句和次序，就是說，經過大詩人選定的字句和次序是至善至美的。如果譯者能夠找到適當對照的字眼和成語，除了少數文法上地道的構造，幾乎可以原封不動地移植過來……有時覺得反而比較能夠傳達原作的氣韻。」

　　梁宗岱既有如此的翻譯美學甚至翻譯倫理，照說他的譯文當會偏於西化。幸而他中文的功力足以扶危濟傾，尚未造成一面倒的危局。柯立基說：「散文是把字句排成最好的次序；詩是把最好的字句排成最好的次序。」譯詩，不但是譯字句，也是譯其次序。梁宗岱的美學當然是正確的，至少不失為忠貞的理想，也是我努力以赴的理想。不過詩的美有時在其特殊的句法，也就是梁宗岱前文所謂的「文法上地道的構造」，卻使譯者「望洋」興歎

而無能為力。例如第一一六首的起句，Let me not to the marriage of true minds / Admit impediments. 句法不但是半倒裝，而且是虛主詞，破空而來，戛然而止，奇特而有力。這種強弓勁句任誰也拗不過來，簡直像杜甫所說：「萬牛回首丘山重」。梁宗岱譯成「我絕不承認兩顆真心的結合／會有任何障礙」，只把意思譯了過來，戛戛獨造的句法和夭矯的氣勢卻留在原文裡，絲毫未動。碰上這樣的怪招，譯者也只有盡人事了。

　　除此之外，梁宗岱的譯筆頗能奉行自己的美學，對於原文的句法、段式、迴行、行中的停與頓、韻腳等等，莫不殷勤追隨。讀者若能與原文對照賞析，必有所獲。若要吹毛求疵，我還可以指出，英文裡的代名詞頻見，譯文實在無須照單全收。中文裡地道而有力的「世人」，也不必用西化的複數語「人們」來取代。同時，文白的兩極化也不妨稍加調整，例如「在你的飛逝裡不要把它弄髒」一句，「弄髒」就太俚了；而「請為我把命運的女神訶讓」相比之下，「訶讓」又太雅了，今日的讀者，恐怕沒有幾個會知道，「讓」在史記裡是作「責備」解的。

　　莎士比亞在第五十五首十四行裡自詡他的詩永垂不朽，並安慰愛友說：「無論戰神的劍或戰爭的烈焰／都毀不掉我對你永存的追憶。」然而即使是莎翁的傑作，梁氏的力譯，也難免紅衛兵抄家的劫火。想到這裡，就覺得這部歷劫歸來的《莎士比亞十四行詩》倍加可珍了。

　　──一九九二年清明節於西子灣，選自一九九六年《井然有序》

《守夜人》自序

　　寫詩六十多年，成詩一千多首，而翻譯外國的詩，無論是直接譯自英美，或者是間接譯自土耳其，印度、西班牙、匈牙利或南斯拉夫，也有三百多首了。但是自己的詩譯成外文，除了東零西散見於一般詩選和評介之外，成為專書的只有兩本：那便是德國詩人杜納德（Andreas Donath）的德文譯本《敲打樂》（*Music Percussive*），和我自譯的英文譯本《滿田的鐵絲網》（*Acres of Barbed Wire*）。

　　兩書均出版於一九七一年。二十年匆匆過去，Horst Erdmann Verlag 所印的德文本，和美亞書版公司所印的英文本，都早已絕版。近年臺灣日趨開放，與國際文壇交流日頻，需要譯本的壓力也顯然日增。我把自己舊譯的《滿田的鐵絲網》加以調整，並大事擴充，成了目前這本中英對照的《守夜人》。

　　這本雙語版的詩集收納了六十八首作品，約占我全部詩作的十分之一，比我一般的詩集分量重些。其中二十七首是沿用《滿田的鐵絲網》的舊譯；至於近二十年來的作品則都是新譯，內有十四首更譯於今年夏天。

　　《守夜人》有異於一般詩選，因為譯詩的選擇有其限制。一般的詩選，包括自選集在內，只要選佳作或代表作就行了，可是譯詩要考慮的條件卻複雜得多。一首詩的妙處如果是在歷史背景、文化環境，或是語言特色，其譯文必然事倍功半。所以這類作品我往往被迫割愛，無法多選，這麼委屈繞道，當然難以求全。也就是說，代表性難以充分。

　　詩人自譯作品，好處是完全了解原文，絕不可能「誤解」。苦處也就在這裡，因為自知最深，換了一種文字，無論如何翻譯，都難以盡達原意，所以每一落筆都成了歪曲。為了不使英譯淪於散文化的說明，顯得累贅拖沓，有時譯者不得不看開一點，遺其面貌，保其精神。好在譯者就是作者，這麼「因文制宜」，總不會有「第三者」來抗議吧？

　　　　——原寫於一九九二年八月，二〇一六年十月修訂於西子灣

《老人與海》譯序（二〇一〇年版）

　　我一生中譯過三本中篇小說，依序是漢明威的《老人和大海》、毛姆的《書袋》（*The Book Bag*）、梅爾維爾的《錄事巴托比》（*Bartleby the Scrivener*）。我譯的《老人和大海》於一九五二年十二月一日迄一九五三年一月二十三日在臺北市《大華晚報》上連載，應該是此書最早的中譯；但由重光文藝出版社印成專書，卻在一九五七年十二月，比張愛玲的譯本稍晚。隔了五十三年，我早年的譯本現在交由南京譯林出版社出版，改名為《老人與海》，作者也改稱海明威。其實我仍然覺得「漢」比「海」更接近原音。

　　當年我譯此書，剛從臺灣大學畢業，譯筆尚未熟練，經驗更是不足，實在相當自不量力。衡以今日的水準，當年的這譯本只能得七十分。海明威半生的專業是做記者，報導也以戰爭為主，所以他的文體習於冷眼旁觀。簡潔而且緊湊，句子不長，段落也較短。這種文體有意避免以主要子句統攝幾個附屬子句的漫長複合句，而代之以單行的 Simple sentence，所以在冗長繁瑣的維多利亞體之後出現，頗有廓清反璞之功。我常覺得英文正如其他西文，是尊卑有序、主客分明的語言（language of subordination）；中文則不然，即使長句，也是由幾個身分相當的短句串聯而成，是前呼後應、主客不分的語言（language of coordination）。海明威的句子往往是一個單行句後跟另一單行句，中間只用 and 來聯繫。下面是兩個例句：

The fish had turned silver from his original purple and silver, and the stripes showed the same pale violet colour as his tail. They were wider than a man's hand with his fingers spread and the fish's eye looked as detached as the mirrors in a periscope or as a saint in a procession.

就算在複合句中，海明威的附屬子句也往往簡短明瞭，例如：

They were very tiny but he knew they were nourishing and they tasted good. The old man still had two drinks of water in the bottle and he used half of one after he had eaten the shrimps.

這種乾淨簡明的句法，對詹姆斯（Henry James）與喬艾斯（James Joyce）誠為一大反動，可是拿來翻譯卻並不容易，正如陶潛的詩也並不好翻。

　　另一方面，海明威是陽剛體的作家，愛向敢作敢為、能屈能伸的好漢去找題材，筆下常出現戰士、拳師、獵人、鬥牛士。《老人與海》的主角桑地雅哥是古巴的老漁夫，在岸上他只跟小男孩對話，在海上只能自言自語，所能使用的詞彙不但有限，更得配合那一行業的口吻。所以翻譯起來必須對準其身分，不可使用太長、太花、太深的字眼或成語。這要求對五十多年前的我，反而頗難應付，其結果是譯得太文，不夠海明威。我也頗有自知，曾語友人，說我的中譯像是白手套，戴在老漁夫粗獷的手上。

　　五十多年後將此書譯本交給譯林出版社出版，我不得不抖擻精神大加修正，每頁少則十處，多則二十多處，全書所改，當在一千處以上，所以斷斷續續，修改了兩個月。新譯本力求貼近原

文風格，但是貼得太近，也會吃力不討好。海明威力避複合長句，往往把一句話拆成兩句來說，所以第二句常以 but 或 and 起頭。此外，原文有許多代名詞，舊譯本無力化解，常予保留。後來經驗豐富，已能參透英語文法，新譯本知所取捨，讀來就順暢多了。

　　問題當然不止這些，其中一個仍來自代名詞，例如這麼兩句：The fish was coming in on his circle now calm and beautiful looking and only his great tail moving. The old man pulled on him all that he could to bring him closer. 裡面的兩個 his、兩個 him 當然都是指大魚，但是 he 卻是指老漁夫，實在易生誤會。這不能怪海明威，只能怪英文的文法容許在同一短句之中用同一代名詞代表不同的人物。例如朱艾敦名詩〈亞歷山大之盛宴〉就有這麼四行：

> The master saw the madness rise,
>
> His glowing cheeks, his ardent eyes;
>
> And, while he heaven and earth defied,
>
> Changed his hand, and checked his pride.

第二、三兩行的 his、he 都指亞歷山大，但第四行的兩個 his，前者是指樂師提馬歇斯，後者卻是指亞歷山大。《老人與海》之中，老人與大魚的代名詞都是 he 或 him，為便於分別，我就把大魚稱為「它」了。

　　《老人與海》真是一篇陽剛、壯闊、緊湊的傑作。人際關係只在岸上，存於老人與男孩之間。但是海上的關係卻在人獸之間，人與自然之間。老人與大魚的關係，先是敵對，也就是獵人與獵物，但是大魚既被捕殺，綁在船邊，老人、小船、大魚就合為一體，以對抗來犯的鯊魚群了。至於大海呢，則相當曖昧，可

友可敵，亦友亦敵。對於漁夫這種「討海人」說來，大海提供了獵場，提供了現捕現吃的飛魚和鮪魚，還有灣流與貿易風，但是灣流也潛藏了凶猛的鯊群，令人防不勝防。老人雖然獨力勇捕了十八英尺長的馬林魚，卻無力驅殺爭食的「海盜」。他敗了，但是帶回去的馬林殘骸，向眾多漁夫見證了他虜獲的戰利品並非誇大，而是真正的光榮。故事結束時，老人不甘放棄，仍然和男孩準備再跨海出征。

——二〇一〇年五月二十日於高雄市中山大學

《濟慈名著譯述》

譯者序

1

　　浪漫主義在歐洲的發展，約在十八世紀末葉與十九世紀初期之間，大致上始於德國的狂飆運動，而終於法國的一八四〇年代。英國的浪漫主義，若以華茲華斯與柯立基的《抒情歌謠》初版為準，當始於一七九八年，若以法國大革命為準，則始於一七八九年；而其結束則沒有異議，當在一八三二年，因為那一年通過的改革法案，大幅調整了下議院的席位，廢除了萎縮選區的選舉權，並增加了新興市鎮的名次。

　　在英國文學史上，浪漫時期緊接新古典主義時期而來，三十多年後卻被維多利亞時期所取代。英國浪漫時期的文學，主要貢獻在詩，而其主要詩人之出現，可分兩代。第一代的先驅是華茲華斯和柯立基；遠在蘇格蘭的彭斯和近在倫敦市隱的布雷克，對當時的影響比較邊緣。第二代的後秀，依其出生為拜倫（1788-1824）、雪萊（1792-1822）、濟慈（1795-1821），比起前一代平均要小二十多歲。巧合的是：這三人都夭亡，但晚生的卻早殞，正如濟慈自己弔柴德敦（Thomas Chatterton, 1752-1770）之句：「夜色忽至，緊追你的朝霞。」（Oh! how nigh / Was night to thy fair morning.）

　　這三位詩人在文學史上往往相提並論，因為不但年齡相近，而且都客死他鄉。但論身世，則前兩位都是貴族，濟慈卻屬於平

民，中產以下。論教育，拜倫出身劍橋，雪萊出身牛津；濟慈未能入名校接受人文通才教育，所以讀古典名著要靠英譯。論經濟，前兩位都世襲家產，無須工作，若竟欠債，則要怪自己揮霍過度。論健康，拜倫雖有小兒麻痺症，致呈微跛，卻以騎泳無礙來補救；雪萊敏感多病，溺海而死，拜倫早夭，則是自己糟蹋的結果；濟慈卻是患了肺疾，母親和弟弟均因肺疾先他而歿。論感情，則拜倫與妻不合而豔遇過剩；雪萊再婚，法院因他不信國教而判他不得養育前妻所出，其後他一直追求「理想女性」而一再幻滅；濟慈與芬妮‧布朗（Fanny Brawne）訂了婚，卻未能終成眷屬，深感挫折。論親情，則拜倫與雪萊從不詠及父母，拜倫更與母親不合，雪萊雖有姊妹，筆下也未提及；濟慈與兩位弟弟加一位妹妹的手足之情卻可見於三首贈弟之詩，其中〈贈吾弟喬治〉採用了雙行詩體，竟長達一百四十行。論名氣，則拜倫名滿天下，銷路空前，甚至深受歌德推崇，身後更與拿破崙相提並論。雪萊生前和濟慈一樣默默無聞，死後卻享譽極隆，但在二十世紀初年卻橫遭逆轉，毀多譽少；濟慈身後則先受冷落，不久評價持續上升，迄今不衰。

　　三位青年詩人之中，拜倫與雪萊友情頗深，彼此評價亦高。濟慈在英國病重，準備去意大利養病之際，雪萊曾邀濟慈去比薩和他同住，但為濟慈婉拒。濟慈在羅馬夭亡後，雪萊又寫了一首長近五百行的輓詩（"Adonais"）來悼念。不到一年半，雪萊自己溺於地中海，屍體漂上沙灘，已經面目難認，僅憑袋中濟慈送他的詩集可以辨識，足證他對濟慈的看重。至於拜倫，應該沒見過濟慈，對他所知很淺。李衡在回憶錄中說他力勸拜倫一讀〈希臘古甕頌〉與〈夜鶯頌〉。拜倫卻表示不解何以有「聽不見的音樂」，而「滿杯溫潤的南方」又應作何解。濟慈倒是久仰拜倫的盛名，甚至在十九歲時用十四行體寫了一首〈致拜倫勳爵〉。

2

　　亞里斯多德論詩，是以敘事詩與戲劇為本的，尤其是史詩與悲劇，所以他在《詩學》中說：「是以詩之為物，比歷史更富哲理，更為高超：詩慣於表現常態，歷史則表現殊態。我所謂之常態，是指個性確定之人物按照或然率或者必然率，偶爾會有如何之言行……。」因此西方的詩人總覺得在寫抒情詩之餘，一輩子不能不經營一部長篇巨著，來考驗自己的功力。影響濟慈很深的史賓塞、米爾頓、華茲華斯等前輩都各有傳世不朽的巨著，濟慈見賢思齊，發軔之初也雄心勃勃，先後嘗試了兩個長篇：《恩迪米安》與《亥賁亮》。兩詩都取材自希臘神話：《恩迪米安》長達四千零五十行，《亥賁亮》也有八百七十七行；前者以月神 Selene 對美少年恩迪米安的迷戀為主題，濟慈自覺寫得太濫情，太雜亂；後者並未寫完，也因為作者自覺風格與句法太學米爾頓了，應該改弦更張。後來濟慈仍寫出像《奧陀大帝》（四百八十六行）、《小丑的帽與鈴》（七百八十三行，未完）、《伊莎貝拉》（五百零四行）一類的長篇，但始終不及《聖安妮節前夕》與《蕾米亞》評價之高，討論之盛。拜倫與濟慈都是英國浪漫主義的健將，可是拜倫的貢獻在長詩，《唐璜》與《天譴異夢記》之好評迄今不衰，但其短篇抒情詩並不出色，其中就算是佳作的寥寥幾首也遠比不上雪萊與濟慈；濟慈享年比拜倫少了十歲，但是在短詩與長詩兩方面都有不可磨滅的貢獻。

　　因此我在這本《濟慈名著譯述》之中，除納入了他的抒情短詩之外，也選譯了他的三個敘事長篇。他的短篇，以十四行詩與頌體為主。於十四行詩他兼工意大利原體與英國變體，所以兩體我都選了，以示他的多才。於長篇，我所選的三篇分別以嚴謹的史賓塞詩體、明快的雙行體，與大開大闔的無韻體寫成，以示其諸體皆工，而且主題的背景也有希臘神話（例如《亥賁亮之敗

亡》、《蕾米亞》）與中世紀傳說（例如《聖安妮節前夕》）之分。
我這麼做，對身為譯者的自己也存心有所激勵。

　　譯詩，是一件極不討好的工作。天生英文，不是為給人中譯
而設的，反之亦然。但是既要譯詩，就得像詩。首先，原文若是
格律詩，譯文就必須盡量保持其格律，包括分段、分行、韻序。
韻序往往不易，或根本不可能悉依原文，但至少應該有押韻，讀
來有韻文之感。坊間許多譯詩都不理原文的格律，未免太草率
了，太避難而意譯了。許多譯詩的分行，忽長忽短，非常隨便，
一看便知是力不從心。現代詩人如果學這樣的譯詩，恐無功效，
反被誤導。在這本《濟慈名著譯述》裡，我盡量依照原文的韻
序：例如在頌體中，前四行一定悉依原韻，但其後各行則有時為
求自然，酌予放寬。在雙行體中，每兩行轉一次韻，就一定做到
位，無可妥協。無韻體呢，解脫了韻腳的拘束，卻要防句法易趨
散文化。翻譯有如政治與婚姻，也是一種妥協的藝術：無論是原
文或譯文，為了成全大局，都不得不各讓一步。

　　我在本書的妥協，不外三類。第一，專有名詞如果太長，照
樣音譯過來，不但失之冗贅，而且會使句長失控；這時我就酌予
精簡，有時甚至意譯。例如〈致荷馬〉一詩，就有一系列的島群
叫 Cyclades，若加音譯，勢必動用七個字（席克拉底斯群島），
句長便失控了。因為島勢排列如環，不但地圖上如此，詞典中也
如此形容，我索性就把它簡化為「環形群島」。第二類是一行之
中偶見某字只起襯托填空之用，並非原文必須，不譯並無大礙，
譯之又恐句法太長，我就斷然捨去，以救句法，並保順暢。例如
在〈夜鶯頌〉之中，第三段第五行 Where palsy shakes a few, sad,
last gray hairs, 我只譯成「麻痺得留不住慘白的髮莖」，至於 a few
和 last 三個字，就「四捨五入」，不一一照譯了。但是在同一段，
其第三行 What thou among the leaves hast never known，我若直譯

成「你在密葉間所從未經歷的」，不免會失之空洞，而且難懂。
所以為了上下文意，又正好有助押韻，我就譯成了「你在密葉間
未經的世情」。第三，由於中文與英文先天思路不同因而句法有
異，加以古典詩的句法頗多倒裝，遂使譯者往往「臨句躊躇」，
不知「順譯」與「逆譯」之間如何取捨。例如莎翁十四行詩第一
一六號的名句：Let me not to the marriage of true minds / Admit
impediments. 一般譯者大概會順勢直譯：

> 讓我不對真心的結合
> 承認被阻礙；

但這樣的譯法不但無力，而且不像中文。可能的譯法至少有半
打；就我而言，最好的也許是下列的方式：

> 莫逼我，雖兩情已長相許，
> 卻認命甘休；

其中「逼」字也可作「令」或「害」；「情」不妨改「心」，「長」
也可以不用。我的原則是：在保持中文自然的句法下，盡量按照
英文的順勢（normal order）或倒裝（inversion）來譯，英詩如果
是迴行（run-on line），我譯時也應之以迴行。非常歡迎認真的讀
者，把我的譯文和原文對照並讀。

3

　　濟慈最早的知音與出版人，是李衡（Leigh Hunt, 1784-
1859）。這位次要詩人在政治言論上頗為激進，所以他推崇的拜
倫和雪萊乃遭保守的刊物醜化，稱之為「惡魔詩派」（Satanic

School of Poetry）。濟慈的意識形態並不激進，卻因李衡的賞識也被稱為「倫敦腔調幫」（Cockney School），飽受《評論季刊》與《黑森林雜誌》的譏諷，勸他回去本行，做他的藥劑師傅。由於他體弱多病，加上早夭，所以相傳他是被罵死的（snuff'd by an article），雪萊甚至寫了長達四百九十五行的希臘式田園輓歌來悼他。其實濟慈不但意志堅定，而且頗有自知之明，早就不滿意自己的少作《恩迪米安》而屢圖改弦更張，所以亥賁亮主題的兩首長詩都未完成就擱了筆。

安諾德把雪萊形容成象牙塔裡一位無傷大雅的天使，許多評論家也把濟慈說成遁世自戀的唯美信徒，其實都把他們過分簡化。濟慈對法國大革命的反應雖不如拜倫、雪萊之強，但對工業社會現實生活之咄咄逼人，卻是耿耿於懷的，而且在他的名作裡不斷提起，與藝術之美形成難以兩全的對照。我們甚至可以把藝術、現實、死亡三者形成的不等邊三角形，用來探討他詩中縈心的主題。

詩人的自我，形而下則為生活，形而上則為生命。生活，幾乎就是現實的代名詞，同義字。現實之苦，到死亡就告終。所以死亡可以解脫現實，此即浪漫詩人「求死」（death wish）之念，亦即里爾克所慨歎的詩人生前如天鵝在岸上，死後才如天鵝在水上。所以死亡（mortality）能剋生活，而未必能一併剋死亡，但詩人的生命卻受制、受困於生活，他的現實。

濟慈是詩人之中的美學家，他刻意要探討的，正是形與實（image vs. reality）、美與真（beauty vs. truth）、藝術與科學（art vs. science）、憂與喜（melancholy vs. joy）之間相剋相生的關係。他的五大頌甚至六大頌，不但語言高妙，聲韻圓融，美感飽滿，而且富於美學的卓見，真不愧是英詩的傳世瑰寶。〈賽姬頌〉的主題，是想像要憑藝術之功來為靈魂建一座神殿，以便靈魂接受

崇拜，同時自告奮勇，要擔任賽姬的祭司，將晚來的賽姬拱上希臘文藝的仙籍神譜。〈希臘古甕頌〉要探討古代的一件藝術品所喚醒的世界，有多麼光彩同時又有何局限，還要追究冷寂的田園藝術如何抵抗時光。〈夜鶯頌〉寫詩人神往與美合一，覺得鴉片與酒遠不及詩之想像，繼而又自覺趁夜鶯歌聲正酣就隨死神而去有多逍遙，終於懷疑詩之想像莫非是騙人的精靈，是耶非耶，夢乎醒乎，尾聲嫋嫋不絕。〈古甕〉與〈夜鶯〉二頌的第三段，都引入了生活的現實之苦，來對照能供他解脫的意園神樓，儘管只是片刻的安慰。如此一來，這兩首名作就多元而且立體了。

〈憂鬱頌〉在頌體之中雖然最短，卻最富創意，能耐久讀。此詩之哲理，在於七情六欲多為相剋、相生；其意似乎老生常譚，但到了濟慈神助的腕下（the magic hand of chance），卻噴發而成生動的意象，令人難忘。詩一開頭，紛至沓來的有毒藥草令人吃驚，足見他的藥劑學沒有白讀，實為雪萊所不及。第三段乃上升之高潮，擬人格的隱喻體系不斷翻騰，到末行遽然收筆，煞個正著。

〈懶散頌〉詩中瀰漫的慵懶情緒，正如詩人在〈憂鬱頌〉首段所痛切指陳的：「陰影加陰影未免太昏瞶，／會吞沒靈魂清醒的痛苦。」此詩要到第三段才推出主題：濟慈窮於應付的三種煩惱：愛情、野心、詩魔。詩人表明，前二者他苦追而不得，後者卻是愛恨交加而欲罷不能。一直到全詩之末，他再度聲明不甘演自憐的鬧劇，並斥走虛幻的象相閒情。

〈懶散頌〉極少入選一般的詩選集，也非學者賞析的焦點。反之，〈秋之頌〉幾乎是一切英詩選集所必選，享譽之盛迄今不衰。全詩不過三十三行，分為三段，主題該是天道順時而變，不言自化，人在其中，樂之不疲。濟慈不做哲人，卻能將此意完全泯入意象與音調，用語言的節奏來呼應季節的節奏，依次把秋天

的觸覺、視覺、聽覺演成生動的戲劇，詩藝之成熟恰似秋季之成熟。濟慈之六大頌加起來，也許還不及貝多芬或馬勒的九大交響曲那麼崇高渾厚，但在較小的規模上卻也自給自足，別有天地。何況濟慈當時不過二十四、五歲，並非大器晚成，乃是早熟的天才。

4

　　以上的論述，算是譯者對濟慈的總序。除此之外，我對所譯的各種詩體，從十四行詩、抒情詩、頌體到長詩，都各有分述，不再重複。濟慈在世，詩名未彰，知音寥寥，寸心雖有自知，但自我的評價卻頗低調。在世之時，他曾自許，說死後將列位於英國詩家之間。臨終之前，他自撰的碑文只是：「墓中人的名字只合用水來書寫。」（Here lies one whose name was writ in water.）此語一般譯者都譯成：「墓中躺著的人，名字只寫在水上。」其實此語的 in 一字，應指寫作的方式，例如 written in English，或者 written in blood。

　　濟慈寫給弟弟的信，也像梵谷寫給弟弟的信一樣，常常述及自己的作品和創作觀，在文藝史和文藝評論上頗有價值。所以我在譯詩之餘，也選譯了他的六封信，以便讀者印證之用。附錄之中，有我一九七六年在倫敦國際筆會年會上宣讀的論文〈想像之真〉，當時年會討論的主題正是濟慈致貝禮信中所言的 the truth of imagination；本書所附，是我論文的中文翻譯。二十年後，我重遊英國，又攜妻女去倫敦西北郊外的漢普斯臺荒地（Hampstead Heath）憑弔委屈的詩魂，事後寫了〈弔濟慈故居〉一詩。

　　〈如何誦讀英詩〉是為有心細讀濟慈詩作的讀者而寫。這種比較專業的訓練，恐怕連在大學裡開課的某些教授也未必受過。我也沒有特別受過，只是教了多年英詩自然應該悟出其中的道

理。詩而只解默讀，其靈魂不過只醒來一半，可惜了。

　　本書在譯文之後附錄相應的原文，有心的讀者不妨參照，當可受益更多。英詩的傳統常把相互押韻的詩句對齊排列，例如意大利體的十四行詩，在排列時按例總將第一、第四、第五、第八各行，齊頭對準，而含另一韻的第二、第三、第六、第七各行縮入二格排齊。我的譯文在這方面並不照辦，以免視覺平添紛亂。這是就六大頌而言，至於《聖安妮節前夕》的史賓賽體，末行延長為抑揚六步格，則譯文悉依原詩格式，讀者請莫誤會是我自己失控。

　　本書之譯述，時作時輟，先後久達兩年，並分別發表在《聯合副刊》、《聯合文學》、《印刻文學生活誌》和上海文聯主辦的《東方翻譯》月刊，使用了各刊不少篇幅。在此容我向各位主編衷心致謝。

　　在十四行詩、抒情詩、頌體的分別「綜述」中，有時我將自己的譯文和卞之琳、穆旦的譯文對照評析。為免此書過厚，體系太難，卞、穆兩位前賢的譯文不能全引。讀者如有意進一步詳究，請參閱《聯合文學》月刊三〇二期（二〇〇九年十二月）或《東方翻譯》雙月刊總第三期及第四期（二〇一〇年一月至四月）。

　　　　　　　　——二〇一二年一月二十六日壬辰龍年正月初四於左岸

十四行詩綜述

1

　　十四行詩（sonnet，或譯商籟，古雅而且簡潔）大盛於歐洲文藝復興時期，源出於意大利，早在十四世紀的斐楚阿克，已將此體發展得相當完美。到了十六世紀又有名家洪沙繼起，對英國詩人也有重大影響。莎士比亞的前輩如魏艾特爵士與塞瑞伯爵，

意譯斐楚阿克的十四行時，已經將之變體；到了莎翁筆下，變體成了常態，後人遂稱為莎士比亞體（Shakespearean sonnet），又稱英國體（English sonnet）。後來的英美詩人寫十四行時，兩體都有人採用，一直到二十世紀，雖無文藝復興時期之盛，卻也未盡冷落，大師如葉慈、哈代、佛洛斯特、奧登於此體仍有名作，為論者稱道。

僅論詩體，則意大利原體與英國變體均為十四行；每行都是十個音節，等分為五個音步，每音步二音節，前輕後重，這樣的一行在術語上稱為 iambic pentameter。兩體相異之處，在於意大利體全詩分成兩個部分，前半八行，稱為 octave，後半六行，稱為 sestet，簡直可比樂曲。相應地，octave 有八行的空間來呈現詩的主題，sestet 卻只有六行可以迴旋，其功用在於把前面的主題順勢發展，予以加深或擴大，不然就是逆勢操作，加以變奏或修正，甚至反向翻案。這麼一正一反，往往演成「正、反、合」的發展，其中天地似小實大，而餘味無窮。所以華茲華斯稱此體「不可輕視」（Scorn not the Sonnet），因為這小樂器能讓莎士比亞剖心，斐楚阿克療傷，又像一片桃金孃花瓣，讓但丁戴在額頭，光如螢火，卻能在暗徑為史賓塞引路，而到了米爾頓手裡又變成一支號角，其調能振奮人心。

但是英國體的十四行，在架構上卻大不相同：不再承襲意大利體的一主一客，相輔相成，而是「大放而急收」，前面的十二行分成三個「四行段」（quatrain），最末的兩行簡直像急煞車，為前面的十二行下一個定論（conclusion）。例如濟慈的〈當我擔憂〉，在文法上全詩只是一個完整句：前面的十二行半全由三個副詞子句（adverbial clause）構成，每一子句占四行，都由副詞 when 引進，正好符合三個「四行段」的要求。一直要到詩末的第十三行與第十四行，真正的主句（main clause）才出現：主詞

是 I，動詞是 stand 和 think；其實末行 Till...do sink 又自成一個附屬子句。最末這二行半當然不是結論，但是仍有總結前面三個附屬子句懸而未決的情境之功。

最後說到十四行詩的韻序（rhyming scheme）。意大利體的韻序一共動用五個韻：前八行為 abba / abba，後六行比較自由，可以是 cdcdcd，也可以是 cdecde 或其他安排。英國體則相應其本身的結構，押成 abab / cdcd / efef / gg 的七韻序列。這樣的韻序比起中國七言律詩一韻到底來，要複雜得多，對譯者的要求也更苛嚴，可說選第一行的韻腳時，就不得不考慮全詩的韻序，簡直是「牽一韻而動全詩」。

2

濟慈一共寫了六十一首十四行詩，相當多產。這產量比起英國浪漫主義的宗師華茲華斯來，當然只算小巫，但是華翁的八十歲三倍於濟慈的二十五歲還不止，而且他中年以後的十四行比之前之作都較遜色。量與質，未必能成正比。美國現代詩人莫美若（Merrill Moore）寫的十四行超過一千首，又如何呢，他仍不算是大詩人。反之，米爾頓一生只寫了二十四首十四行，因為他氣盛才高，格局恢弘，用力以史詩巨著為主，所以他的十四行多以特殊場合為主題，正是歌德所謂的 occasional poem，大半因事而發，乃能言之有物。也因此米爾頓的十四行氣盛而溢，每每會像無韻體一樣多見迴行，而且跨越前八行與後六行的「楚河漢界」。〈失明述志〉（"On His Blindness"）一詩是一佳例：十四行中竟有八行是迴行，第八行更一鼓作氣，從 octave 跨進了 sestet。濟慈受米爾頓影響頗深，例如他的十四行〈如果英語〉，在第八行末本應收句至少稍頓，卻變成迴行，無論文意或文法都要等下一行才有交代。〈艾爾金大理石雕觀後〉的第四行也以迴

行告終，要伸入第五行才能斷句。

　　濟慈寫十四行，頗得力於前輩史賓塞、莎士比亞、米爾頓、華茲華斯的啟發，六十一首作品之中，三分之二以上是意大利體，不足三分之一是英國體。難得的是：兩體他都留下了佳作，甚至傑作。例如〈初窺柴譯荷馬〉、〈久困在都市的人〉、〈蚱蜢與蟋蟀〉、〈當我擔憂〉、〈亮星啊，願我能〉等篇，都是一般英詩選集必選之作。其中〈初〉、〈久〉、〈蚱〉是意大利體，後二首則是英國體。濟慈這麼年輕，竟然兼擅兩體，真是難得。我所譯的二十首之中，自己最喜歡的卻是〈艾爾金大理石雕觀後〉。此詩十四行中竟有一半是迴行，尤其是第四行末，看來似乎是煞尾句（end–stopped），後面一行卻接踵而來，氣勢流暢，呼應明快，簡直像一對偶句（couplet）了。凡此種種，皆有米爾頓之餘風。此詩前八行儘管自稱 weak 而又 gentle，骨子裡卻不甘屈服，自有一股不可磨滅的豪氣。果然到了後六行，氣勢愈來愈盛，聲調漸次升高，有如樂曲中的 crescendo，終達末行的高潮。我每次朗誦，都自覺會意氣風發。可惜此詩在一般選集中，入選率不高。

　　我翻譯濟慈的二十首十四行詩，對他的詩體盡量緊貼；但有時為了避免湊韻而失之勉強，我也會略加變通，在意式與英式之間，權宜取捨，不以律害意。其實濟慈自己有時也未能緊守格律，例如〈重讀莎翁《李爾王》〉這一首，末二行是：

But, when I am consumèd in the fire,

Give me new Phoenix wings to fly at my desire.

　　前一行只有九個音節，其中 the 其實在快讀時算不上一個音節。經濟慈將 consumèd 加上被動式符號後，才勉強湊成十個音節，以符「抑揚五步格」之要求。至於後一行則長達十二音節，

已變成「抑揚六步格」（iambic hexameter）了。原作既不合規定
（例如 "Addressed to Haydon" 之二，其第十三行只有五個音節），
譯文又何必拘泥呢？因此在我的譯文裡，每行字數一律在九字到
十一字之間伸縮調整，才能配合原作的真正語境。

〈致柴德敦〉寫於一八一五年，是濟慈極早的少作。柴德敦
（Thomas Chatterton, 1752-1770）是上得了英國文學史的最短壽詩
人，不滿十八歲就因見棄於文壇而自盡。他死於華茲華斯出生之
年，華翁在〈果決與自立〉一詩中慨歎詩人在世，每始於喜悅而
終於絕望，特別提到柴德敦與彭斯。濟慈寫此詩時才十九歲，未
必想到自己也會夭亡，只是惺惺相惜而已；可是「夜色忽至，緊
追你的朝霞」豈不是也應在他自己身上？幸運的是，他畢竟比柴
德敦多活了八年，才能趕寫出更多傑作，在文壇的貢獻更大。這
首詩是正規的意大利體，我的譯文也完全跟上原韻。倒是濟慈自
己受害於英文本身的限制，能選的韻腳有限，不得不把 misery 和
eye 勉強相押。

〈久困在都市的人〉（"To one who has been long in city pent"）
一詩，起句就套用米爾頓《失樂園》之句（As one who long in
populous city pent），也有點像柯立基〈付夜鶯〉的一行（How
many bards in city garret pent）。這是首意大利體十四行，寫城裡
人下鄉一日之遊，雖為直敘，卻娓娓動聽。前八行（octave）寫
晝遊，後六行寫暮歸，一開一闔，遣詞典雅，節奏流利，段落分
明，多音節的長字（firmament, languishment）尤其暢快。但是後
六行（sestet）就慢了下來，用兩個迴行（– an ear, – an eye）來煞
車。小小的濟慈在結構上最會安排：整首詩只用了三整句，前四
行一句，中間四行一句，末六行一句，井然有序。中間四行文法
不可回頭，一回便尾大不掉。When 引入的漫長子句不堪照單全
收，放進中文裡來。常見一般只會「照搬」的譯者遇到諸如

where men... 的句法，不知所措，只知譯成「在那兒，人們……」，此關若參不透，譯筆永遠難成正果。又如 gentle tale of love and languishment，若只知直譯，勢必冗長如「描寫愛情與為愛憔悴的溫柔故事」，十四字之多，也是尾大不掉。我只用四字就解決了六個音節，不讓句長失控。本詩最美的兩句該是 with an ear / Catching the notes of Philomel – an eye / Watching the sailing cloudlet's bright career，尤以第二句更美。晴朗的晚空，一片流雲旋生旋滅，其生命不過轉瞬之間，故云 bright career。一片微雲，流逝天際，cloudlet 極言其小，sailing 則極言其漂游之輕逸，更含白帆趁風的意象，所以我用「一帆流雲」來概括。

　　穆旦是一位很不錯的譯家，可惜中文還不夠好，可以應變的籌碼不足。例如六、七兩行的 Fatigued he sinks into some pleasant lair / Of wavy grass...，首先 fatigued 無論如何不應譯成「滿意」，然後 sinks into 若譯為「深深躺在」，當較「懶懶」為佳，因為 sink 正與後文的 lair 互相呼應。Lair 乃獸穴或窩巢，原是名詞；pleasant lair 乃形容詞加名詞，我用動詞加副詞化開了，但此意在穆旦的譯文裡卻不見了。同時 wavy grass 穆旦譯成「青草的波浪」，未免太坐實，太重了。Catching, watching 穆譯只是「聽、觀」，沒有錯，但不到位。我稍稍加工，譯成「追聽、望斷」，當較像詩，也更合濟慈的豐富感性。流雲那一句，濟慈原意應該不止「飄過」，而是雲生雲沒只在指顧之間，並非再看已經在空中掠過，而是再看竟已不在了。如此解釋，才能配合後文的 mourns 和 passage。

　　至於此詩韻腳，前八行是 abba, abba，只用兩個韻。穆譯勉強譯成 abba, cddc，未免打了個對折。後六行是 cdcdcd，穆譯充分對應，我卻把末二行互押，倒成了英國體了，不算到位。

　　〈初窺柴譯荷馬〉（"On First Looking into Chapman's Homer"）

是濟慈最有名的十四行詩，幾乎見於一切英詩通選。濟慈二十三歲那年，十月某夜在亦師亦友的柯拉克（Cowden Clarke）家中，共讀柴普曼（George Chapman, 1559-1634）所譯荷馬史詩，十分驚喜，通宵不眠。次晨濟慈徒步回家，草就此詩，上午十時柯拉克即收到他快郵傳來這首傑作。此詩結構非常嚴謹：前四行說作者曾讀遍古典名著，後四行說只恨尚未得窺荷馬之天地；末六行用兩個比喻來形容得賞荷馬英譯本之驚喜。

　　欲譯英詩，必須熟悉英文文法，深諳中、英語法之差異究竟何在，否則譯文不像是詩，不是失之生硬，便是流於油滑。例如英文（或一切西方語文）常用代名詞或其所有格，並不妨礙詩意；反之，中文詩就絕少用這些。李白絕對不會說「抽刀斷水它更流，舉杯消愁它更愁」。王維也不會說「我獨在異鄉為異客，我每逢佳節倍思我的親人」。

　　濟慈這首詩用了十二個代名詞及所有格（I, he, his, its, which），我的譯文只用了兩個。穆旦的譯文用了八個。穆旦譯了許多西方詩，習於西方文法而不自覺，所以他自己寫的詩也頗西化，其一現象便是不知省用代名詞。其實鄭敏、馮至也有此病。我的譯文少用這些代名詞，所以每行字數較省：可以自限不逾十一個字，而短行也不會少於九字。穆旦的譯文因為費詞，所以每行常達十二字。此地我所譯濟慈八首詩[1]，都自設每行上限為十一字。吾友施穎洲譯文每行以十字為上限，未免束縛過甚，語氣太促。其實莎翁十四行詩，也常見一行含十一音節。即使濟慈此

編者注 1　此文二〇〇九年發表於《聯合文學》時，共評述了八首詩，即〈久困在都市的人〉、〈初窺柴譯荷馬〉、〈艾爾金石雕觀後〉、〈當我擔憂〉、〈亮星啊，願我能〉、〈無情的豔女〉、〈希臘古甕頌〉及〈夜鶯頌〉。

詩，其十二行 He stared at the Pacific—and all his men 也含十一音節，只是 Pacific 讀快了勉強可以二音節計而已。

此詩仍是意大利體，但是穆譯仍將前八行押成不規則的 abba, cddc，想必是無奈而非故意。其實「國、者」也不成韻。

第四行的 which 是指 western islands，穆譯作「它們」，最敗詩意。第七行的 breathe its pure serene，其 serene 一字源出拉丁，意為「清淨的天空」。穆譯把生動可感的 breathe 意譯為抽象的「領略」，可惜。原文前八行在意大利體本應自給自足，以句號點斷，穆譯句長失控，竟向末六行的 sestet 去借用半行，仍應歸咎於功力不夠老練。這樣的功力在自己創作時也就會捉襟見肘。第十行的 swims 形容星光在望遠鏡中飄忽不定，最為傳神；可惜穆旦又淪具體為抽象，反譯為平凡的「發現」。也就難怪我們讀他自己的詩，也常有「理勝於感」之憾。第十二行 his men 穆譯作「他的同夥」，也不準確。

〈寒風陣陣〉與〈致柴德敦〉完全一樣，是傳統的意大利體。寫於一八一六年十一月，作者與好友克拉克夜訪李衡於漢普斯臺地（Hampstead），要徒步五英里以上才能回到倫敦的寓所。顯然，濟慈在李衡家裡讀到米爾頓為弔劍橋同學金愛華（Edward King）溺於愛爾蘭海而寫的悼詩 "Lycidas"，又看了斐楚阿克獻給情人洛娜的十四行集。

〈蚱蜢與蟋蟀〉寫於一八一六年底，也是正規的意大利體。當時他和李衡比賽，看誰能在十五分鐘內完成以蚱蜢與蟋蟀為主題的十四行詩。結果兩人都如期成詩，但濟慈先交了卷。濟慈之作用前八行描寫夏天籬邊草間的蚱蜢，再用後六行轉敘冬晚火爐畔的蟋蟀，一起一接，完全符合意大利體的結構。其實寫蟋蟀只用了四行，剩下的兩行卻用來描寫爐邊人在暖氣中聽來，竟幻覺蟋蟀之鳴像在夏天的草坡上聽蚱蜢之歌。這正、反、合的一波三

折，贏得寫濟慈傳記的美國女詩人艾米‧羅威爾的讚美，說結句之美不但在詩藝，也在詩思。

〈快哉英倫〉是意大利體，結構非常均衡。前八行 octave 之中，前四行坦言自己愛國，住在英國已很滿意，後四行語氣一轉，說南歐的高爽晴朗也令我神往。到了本詩後六行 sestet，則其前三行先說明英國柔順白皙的少女固然可愛，但是南國拉丁女郎的激情與健美，加上睇人的眼神，似乎更迷人。前八行說南國的地理與氣候，後六行說南國的佳人，都用本國情況來對照，真是高妙。

〈艾爾金大理石雕觀後〉（"On Seeing the Elgin Marbles"）的主題，是英國駐君士坦丁堡大使艾爾金勳爵，擔心土耳其與希臘衝突會損及希臘文物，乃取得土耳其當局許可，將雅典神殿的雕飾運去英國，一八一六年由英國政府買下，供大英博物館展覽。濟慈在博物館瞻仰由這些石雕傳承的古希臘壯觀，不勝神往，乃賦此詩。

前八行寫詩人面對古文化的真蹟，震撼於其神奇壯麗，對比之下，更自覺此身之病弱渺小，正如一隻病鷹仰羨滿天風雲，卻無力飛騰。不過他並不久耽於自憐，遂告訴自己不應溺於自憐之縱情。病鷹望天之歎也不全然是比喻。這些石雕、柱飾的真蹟原是採自巍峨的神殿，而神殿更矗立於雅典山頂的衛城。詩人可以設想，此身若在現場瞻仰，不知有多棒。末六行把場景由近推遠，轉實為虛，把想像的光輝帶回空羨的惆悵。為什麼會有眩暈之苦，是因為濟慈既不懂希臘文，又無緣親訪希臘，只能徒羨神殿之高，衛城之峻，而無力高攀。學者認為此詩是對無限與永恆之讚歎，當然也說得通。不過濟慈之詩藝出眾，往往在於他能以近喻遠，以實證虛，而不淪於抽象空論。其實末三行就地取材，可以理解為是回到現場，先寫古蹟歷盡兩千多年的滄桑，再寫衛

城、神殿俯臨大海，在「西風殘照」之下，廊柱簷角投下了曳長的古建築陰影。

此詩仍是意大利體，穆譯仍然未能對應前八行大開大闔的 abba, abba，失職了。原文前四行勢如破竹，推進到第五行末文句才煞住，顯然有米爾頓之風，穆譯倒是跟上了。只是 mortality 譯成「無常」，不夠準確。三、四行的 each imagined pinnacle and steep / Of godlike hardship，穆譯是「每件神工底玄想的極峰」，不但失之過簡，而且語意不清。pinnacle 和 steep 兩個名詞，非「極峰」所能概括。godlike hardship 也不能僅僅以「神工」二字來支應。倒是原文只占半行的 tells me I must die，穆譯卻變成整行，詳略之間分配失當。

後六行穆譯失誤不少，簡直不及格。第九、第十兩行 brain 和 heart 的對比，在穆譯中完全看不出來。Dim 怎麼可譯「極盡」？The heart 的意思也不能逕以「我」來抵充。更嚴重的是末四行，關鍵在於濟慈省略了（在英文文法上可以用 do 代替的）一個動詞：bring。因為前文已用過 bring，所以到後一行就只說 do 了。末四行的文法脈絡應該是：So do these wonders bring a most dizzy pain that mingles Grecian grandeur with (1) rude wasting of Time, (2) billowy main, (3) sun, (4) shadow of magnitude。穆旦沒有看出這一層關鍵，遂令焦點模糊。「我看見的是灰色的波浪」，整句譯得唐突難解。原文在 with 之後，勢如破竹，是一連串密集而來的受詞，穆譯竟用一個修正的「卻」字阻在其間。billowy 怎麼能譯「灰色」，也很奇怪。

〈詠滄海〉又是一首工整的意大利體。主題上，前八行寫海洋本身，後六行則勸世人，在疲於市井的繁瑣與喧囂之餘，不妨去海邊靜坐冥思。前八行的音調頗能營造驚濤拍岸繼而風定浪靜的聽覺。八行之中，四個韻腳（swell, spell, shell, fell）加上 till， will 一共六個曳長的 l 尾音，頗能暗示風潮起伏之感。另一方面，破空而來的重音逆移（desolate, gluts twice ten thousand caverns, Hecate）更加強了驚濤駭浪壓捲層疊之勢。尤其是 Hecate 頭重腳輕一連三聲急驟直下，聽覺的感性特別到位：換了是同樣月神之名的 Cynthia，Diana 或 Phoebe，就不會有這種效果。

〈重讀莎翁《李爾王》〉是意大利體的變奏：前八行韻序 abba，abba 遵守傳統，後六行卻變成 cdcdee，是英國體了。我的譯文完全到位。此詩以莎翁悲劇傑作為主題，更加上濟慈重讀悲劇的感受，古今相彰，人我交感，十分成功，處處都有伏筆。詩末的「鳳翼」呼應詩首的「華羽」。濟慈重讀《李爾王》，深感慘烈焚心，故云「蹈火而過」，終於「在烈焰中耗亡」，但願能從劫灰中重生。烈焰的意象不但來自悲劇，更扣住了濟慈自己的肺病。consumed 意為「耗盡、燒光」，其名詞 consumption 有「肺病」一解。就算此詩寫於一八一八年初，作者肺病情況才初現，但母親早已死於肺病，弟弟湯姆當時也將死於此疾，他自己是醫科學生，當然知道難以倖免。就算他不知道，也可稱為「一語成讖」吧。第八行 The bitter-sweet of this Shakespearian fruit，如果直譯成「這個莎士比亞的又苦又甜的果子」，不但太累贅拖沓，而且不像詩句，更押不上韻。把 bitter-sweet 移到句末，就可解決了。可見譯詩，有時還得重組原文句法才行。

〈當我擔憂〉（"When I have fears that I may cease to be"）是一首英國體十四行，也是濟慈極有名的短篇傑作，論流暢圓融，絕不遜於莎翁。結構嚴整，段落分明，一氣呵成：全詩在文法上只是一完整長句，前面的三個四行體（quatrain）各為一副詞子句，以 when 引入，主詞要等到第十行才從容出現，卻由主動詞 think 引進第四個副詞子句 Till love and fame to nothingness do sink。前呼後擁，陣勢好不并然。這種嚴謹，這種功力，這麼年輕，是當

代詩人能企及的麼？

英國體的十四行，在結構上是三個四行段，加上結論式的雙行，韻序則為 abab, cdcd, efef, gg。穆譯大致遵行，但末段的「你、的」和「思、裡」卻押得勉強。

有趣的是：穆旦的譯文比我的淺白直露。淺易如能做到「清水出芙蓉，天然去雕飾」，反而更高明。不過新詩的主流曾是白話詩，譯詩一向也以白話為主。問題在於白話比文言「費詞」，在翻譯時往往冗長、直硬，以至句長失控，反而不如文言那麼精簡而有彈性。所以文言修養不足的詩人譯起詩來，每每捉襟見肘，周轉不靈。穆旦的弱點正是如此。何況濟慈去今已近二百年，他的英文也自有些文雅，誰規定譯二百年前英文，必須用今日的白話呢？濟慈生年與龔自珍相當，定庵當時寫的是七言律詩，典雅可與十四行詩相提並論。我當然無意用律詩來譯十四行，但是認為譯詩的時候，若能文白相濟，就多一張王牌，方便得多了。

我們不妨做一個實驗，看看穆旦的「全白」跟我的「白以為常，文以應變」相比，其間有何得失？這首 "When I have fears that I may cease to be"，我的譯文〈當我擔憂〉用了一百四十一字，穆旦的譯文〈每當我害怕〉用了一百六十五字，比我多出二十四個字；平均他每行比我多用一點七個字。他每行多則十二字，少則十一字，我多則十一字，少則九字。此外，原文的代名詞有九個，包括七個 I，兩個 it。穆譯則有八個「我」，兩個「它」；我的中譯只有六個「我」，一個「其」。穆譯有十二個「的」，外加一個「底」；我譯只有六個「的」，外加一個「之」。可見我所省去的字不是形容詞尾的「的」，就是代名詞。詩貴精簡，其道端在刪去冗字贅詞。反諷的是：我用字較少，詩行較短，反而較有彈性，也更好懂。

原文 gleaned my teeming brain，令我們聯想到米勒的名畫「拾穗者」，因此 teeming brain 自然隱喻豐盛的秋收。穆譯仍然反其道而行，淪具象為抽象，何況「思潮」之為物也很難「蒐集」。更何況後面的「穀倉」原承豐收而來，如何能接「思潮」。可惜一子落錯，全局受損。至於 charactery，乃冷僻字，意為「按字序」，尤其是 alphabetical order；穆譯「在文字裡」，令人不解。starr'd face 用動詞轉化形容詞，比 starry face 生動，但中文難以表現。穆譯「繁星的夜幕」，淪臉為幕，又把抽象代具象，誠如王國維所病，「隔」矣。我譯為「星相」，取其有面相之聯想，當較近原文。「傳奇故事的巨大的雲霧徵象」一句，連用二「的」，失之冗長，「雲霧徵象」也生硬難解。「以偶然底神筆描出它的幻象」也不足以捕捉 magic hand of chance 的妙處。我想，這種種不足穆旦也許並非沒有自覺，但是他可能更苦於安排韻腳，為了湊韻，只好扭曲句法，更難照顧詩意了。

　　濟慈此詩寫於一八一八年一月底，此後他寫十四行詩便傾向英國體，少寫意大利體了。又詩中所稱 fair creature of an hour，一般以為是他的戀人芬妮（Fanny Brawne），其實是一位無名的絕色佳人，四年前的夏天他曾在馥素館花園（Vauxhall Gardens）驚豔一瞥。除本詩外，濟慈還為了這千載一遇的女子另寫了兩首詩。

　　〈有贈〉也是一首莎翁體，譯文亦步亦趨。但在句法上，前四行組成的第一段（quatrain），其一、二兩行 Time's sea...the sand 乃主句，三、四兩行 Since I was...of thy hand 乃附屬子句：這四行如果一路順譯下來，會不像中文，所以我倒過來，把附屬子句置於主句之前。全詩末二行，依莎翁體的規矩，應當互相押韻並且獨成一句，為全詩做一結論。但在這首詩末，這一句話卻從第十二行就已開始，所以我的譯文也依樣處理。濟慈自註：〈有贈〉

的對象為一淑女，他在泰晤士河南岸的馥素館花園（Vauxhall Gardens）驚鴻一瞥。學者認為：濟慈十四行詩〈當我擔憂〉（"When I have fears"）中的 fair creature of an hour 就是她。〈有贈〉寫於一八一八年二月四日，五年前是一八一三年；濟慈認識芬妮卻在一八一八年十月底，所以 fair creature of an hour 不可能指芬妮。

〈致尼羅河〉寫於一八一八年二月四日，是濟慈和雪萊、李衡三人比賽的結果。時限是十五分鐘，濟慈和雪萊及時交卷，李衡則過了時限，卻不失為佳作。我的譯文頭兩行是倒過來意譯，若是直譯，簡直就會不知所云。我把 swart nations 譯為「黎民、群黎」，正合了中文的原意，成了雙關。第十行 'Tis ignorance that makes a barren waste / Of all beyond itself：此地的 itself 是指抽象名詞 ignorance，穆旦譯成「只有愚昧才意度自己以外／都是荒涼」讀者一定看不懂，倒不如挑明了說是「異邦」。本詩是依意大利體，不過 b 韻以 beguile 與 toil 相押，並未對準，倒不如我的譯文。濟慈和雪萊都未到過埃及，卻都題詠了此一古邦，此亦浪漫主義神馳遠古與異域之特色。雪萊的 "Ozymandias" 我也譯過。

〈致 J.R.〉的對象是賴斯（James Rice），濟慈的好友，濟慈說他是「我認識的人中最有見識甚至最有智慧的一位」。詩人自恨人生苦短，何況他注定會更短於他人，所以但願時光可以常駐，賞心樂事可以長享，而平淡的現實也可藉浪漫的東方來美化。此詩韻腳並不穩健：space 和 haze 未能押準，Ind 和 bind 也押得勉強。

〈致荷馬〉用的是英國體（亦即莎士比亞體）十四行，我也完全追隨其韻序與段式，並以末二行雙押。「連環群島」的原文是 the Cyclades，如僅譯其音，恐得動用五個漢字，甚至七個（席克拉底斯群島），倒不如逕譯其希臘文原義。這一群島嶼在希臘

東岸外海組成一圈，據說荷馬出生於其中一島。濟慈的主題是強調天才目盲而心開闊，所以天神宙父（Jove）為之掀天幕，海神（Neptune）為之撐波蓬，而牧神（Pan）為之闢森林。三界都任其自由出入，豈不等於 Diana，既是月神，又是獵人之保護神，又是左右潮汐的 Hecate 了。末二行把前文十二行做一總結，十分莊嚴。

〈詠艾爾沙危岩〉乃蘇格蘭南部的蕘爾離島，因火山爆發而升上水面，所以濟慈說它前身在海底，後身在空中，前身只識水族，後身可棲鷹隼，詩思熔地質學與想像於一爐。此詩穆旦也譯過，可惜他竟未細看題目，把 Ailsa 誤為 Alisa，譯成〈詠阿麗沙巉岩〉了。

〈寫于彭斯降世茅舍〉寫於一八一八年十一月十一日，第一行濟慈就自稱 This mortal body of a thousand days，怎麼能確定自己的陽壽只剩下一千天了呢？一千天只有三年欠三個月，後來他死於羅馬，是在一八二一年二月二十三日，距離此詩寫作之日，才兩年又三個半月，果然壽命不足千日：未必是一語成讖，因為他自己是醫科出身。在此詩寫作前四個多月，濟慈已寫過一首詩，叫做〈弔于彭斯墓前〉。他對苦命又夭亡的詩人，例如柴德敦與彭斯，都倍加惋惜，誠如雪萊在悼濟慈的長詩 "Adonais" 所云：「為他人的苦命流自傷之淚。」（in another's fate now wept his own.）

〈致睡眠〉的主題，既是歌頌睡眠也是懇求睡眠。詩人、藝術家等多思敏感，容易失眠可想而知。濟慈多病，當然亟須安眠，肺病患者呼吸不順，尤然。德國諺語便說：「病人睡得好，病體已半療。」難怪濟慈請求睡眠恩賜他「黑甜之鄉」，並說：「啊，溺愛的睡眠！肯否相助，／趁你頌歌未完就讓我欣然／合眼，莫等到阿門才將罌粟／催眠的慈悲撒遍我床畔。」第十一行

的 conscience 我故意譯成「俗念」，所以 curious conscience 譯成「多事的俗念」。俗念在此地是指：人在醒時，萬念起伏，多半是世俗名利得失的雜念。《漢姆萊特》中丹麥王子始於 To be, or not to be 的那一長段獨白，便有 Thus conscience does make cowards of us all 之句：conscience 如作「良心」解，則「良心令人怯懦」便說不通。濟慈狀物敘事，務求感性飽滿，所以常用動詞的過去分詞來做形容詞：這首十四行中，例如 passéd，oiléd，hushéd 等字，都不可念成單音節。另一方面，第三行的 embowéŕd 其實應該念成三音節，可是濟慈竟把第二個 e 省去，這麼一來，這一行只有九音節了，不應該。

〈如果英語〉既非正規的意大利體，也非英國的變體，更難稱兩者的調和、變通。韻腳次序極亂，排成 abca, beca, bceded。我的譯文稍加收拾，排成 abba, acca, dede, ff，前八行近於意大利體，後六行卻是不折不扣的英國體。濟慈此詩之主題，是勸英國詩人要把十四行體（商籟）寫好，就不可草率敷衍，而要改弦更張，全神以赴，務必使片詞隻字都發揮效果，切戒妄用枯枝敗葉來織桂冠。如此，繆思的桂冠至少由她自己作主來採織，遠勝過由庸才來劫持操縱。

〈名氣〉是一首中規中矩的英國體十四行，我大致亦步亦趨，包括韻序。年輕的濟慈病體和愛情皆無保障，經濟不穩，詩名未彰，對於成名當然是十分渴望的，所以寫過兩首以〈名氣〉為題的十四行。此詩乃詩人自勉自慰之詞，大意是說名氣無理可喻，愈求成名，愈與名氣無緣，不如順其自然，不卑不亢，反而能贏得她的青睞。濟慈追求的盛名未能及身而遂，這一點，他在〈當我擔憂〉一詩中也似有預感，在〈懶散頌〉的第三段也有涉及，稱之為「野心」（Ambition）。

〈亮星啊，願我能〉（"Bright star! would I were steadfast as

thou art"）也是英國體，學者一向認為是濟慈最後的作品，在航向意大利的船上，由他親筆謄於畫家塞文所讀的莎翁劇本，亦即〈情人訴苦〉（"A Lover's Complaint"）對面的空頁上。晚近的考證卻認為成詩日期應提前到一八一九年底，置於同一主題同一詩體致芬妮的情急之作〈苦求你給我慈悲、憐憫、愛情〉（I cry your mercy, pity, love – ay, love!）的後面。

穆譯每行長度，在十三字與十字之間，我譯在十一字與九字之間；他共用了一百六十四字，我只用了一百四十一字，差別與 "When I have fears" 一詩相同。這也許要歸因於穆旦未能節省，例如首句的 bright star，譯「亮星、明星」即可，何必非用四字，把詩行拉長到十三字？七、八兩行的 new soft–fallen mask of snow，原文只有七個音節，穆譯「飄飛的白雪，像面幕，燦爛，輕盈」，卻用了十二個字，何況「燦爛」也未能對應 new，更無端重複了首句的用詞。此外，moors 譯成「漥地」，也錯了：漥地水濕，能積雪成面具嗎？

第十行 pillow upon 譯「枕在……之上」即可，何必費詞說「以頭枕在……之上」。ripening 譯「酥軟」未免稍俗，且有「酥胸」的浮濫，倒不如直譯「成熟」。下一行 its soft swell and fall，其中 its 是指胸脯，譯成「它」沒錯，但不合中文想法，也不美。倒不如歸於「它」的主人，直接挑明「她」好。我逕譯「她」，應該更好懂吧。第十二行 in a sweet unrest 未必僅指詩人「心中」，更可能是指或是兼指詩人枕著這麼一個活枕頭，起伏不安，而又樂在其中吧。末行 live ever 譯成「活著」，是不夠的；Awake for ever 也不能只譯成「醒來」。

濟慈專家海若德（H. W. Harrod）在一九八九年牛津大學版的《濟慈詩集》評註中，指出此詩前八行的 bright star，是說北極星，這孤高不移的氣象來自莎翁的一一六號十四行詩，還加上

《凱撒大帝》第三幕第一景六十至六十二行。其實濟慈一樣崇拜米爾頓，以北極星開端時也應難避免華茲華斯以北極星喻先賢的意大利體十四行〈米爾頓，此刻你應在人間！〉（"Milton, thou shouldst be living at this hour!"）。海若德認為此詩以標榜北極星的孤高自遠開始，卻以戀情的入世狎近結束，失之勉強。我也覺得詩人又以星象高曠遠矚、堅貞自許的氣派為志，又以愛欲沉醉寧死溫柔之鄉為歸，又要求永恆，又不捨當下，由 octave 逆轉而入 sestet，矛盾未能統一，意境難稱圓滿。

——二○○九年十二月《聯合文學》三○二期

抒情詩綜述

抒情詩的範圍很廣，其實濟慈的十四行和五大頌廣義上也是抒情的，但因便於分類而且各屬特殊詩體，所以剩下來的這兩首只好分別介紹。

〈無情的豔女〉（"La Belle Dame sans Merci"）取材自中世紀的法文詩，題目也借用夏悌耶（Alain Chartier）作品的原題。其實從希臘的海妖賽倫（Siren）到德國的河妖洛麗萊（Lorelei），長髮善歌的女妖都在岩岸上用迷人的吟唱誘水手迷途而送命。濟慈最早仰慕的史賓塞（Edmund Spenser），在代表作《仙后》裡也屢有這種致命的美女：杜艾莎色誘紅十字騎士即為一例。學者多認為詩中的豔女應指濟慈的情人芬妮，我也覺得濟慈的愛情並不順利，非但成名無望，而且肺病惡化，不能結婚，心情當然是黯淡的。據說芬妮用情也不專注，使病困的詩人更增疑慮，情急之餘，更求斷然的獨占。在〈苦求你給我慈悲、憐憫、愛情〉那首十四行中，濟慈的聲調幾近哭訴：

請給我慈悲、憐憫、愛情，唉，愛情！
慈悲的愛情，不害人徒然苦等
專心而毫不游移，率性的愛情，
除掉假面，見不到一點汙痕！

詩中豔女既然指芬妮，則憔悴的騎士當為濟慈自況，因為他自知必將死於肺病，狀況將如洞中的鬼魂。這種預感也見於〈夜鶯頌〉第三段。

〈無情的豔女〉用的詩體是歌謠體（ballad），頗受當時華茲華斯及柯立基的影響。中國民俗的歌謠往往只是抒情，西方的歌謠卻往往是一首極短的敘事詩。濟慈的這首在格式上卻是一種變調：前三行較長，都是「抑揚四步格」（iambic tetrameter）；末行則縮短而抑為低調，變成「抑揚二步格」（iambic dimeter），有長放短收之效，我的譯文裡末行一律減成五字，但是穆旦的中譯卻不加分別，任其與第二行等長，實在是一大失誤。

穆譯第二段次行：「這般憔悴和悲傷」，其中「和」乃 and 之直譯，其實道地的中文應說「又」或「而」。五四以來的新文學漸漸棄守中文靈活的「而」與「又」，反而只會用比較機械的連接詞「和」，十分可惜。同一段的 the squirrel's granary 穆譯為「松鼠的小巢」，卻把可以直譯的諧趣落實為寫實。第三段中百合與玫瑰的隱喻變成了明喻，減色不少。第四段把 lady 逕呼為妖女，十分不妥。Lady 無論如何應該尊稱「淑女」、「佳人」或者「閨媛」。剛一初遇，還不知她的底細，怎麼能叫人「妖女」？說話的人是中世紀的騎士，對女性本應多禮才是。何況同一行中，前面剛叫人「妖女」，緊接又譽人「天仙」，太矛盾了。而「美似天仙」也嫌俗氣。

第六段說「帶她」騎馬，失之含糊，set 應指「扶她」坐在騎

士前面。第七段的 manna dew 乃指天降甘露，穆譯卻變成了兩樣東西。第八段 shut her eyes with kisses，穆譯只是「四次吻眼」，並未交代吻眼的效果，是為漏譯，失之粗率。第九、第十兩段，譯得十分混雜。原文的 The latest dream I ever dreamt / On the cold hill side，一連兩行竟然都未譯出；第十段的前兩行，在穆譯中竟放大為四行，內容和形式，都亂成一團！Pale warriors 為何譯成「無數的騎士」？

〈詠美人魚酒店〉用的是節奏明快而韻腳呼應緊密的雙行體，又稱偶句（couplet）；此體濟慈在《蕾米亞》中更用得具有氣勢。美人魚酒店在倫敦的廉宜區（Cheapside），古時因文人雅聚而聞名：莎士比亞、班江森、鮑芒、佛萊契、海立克與洛禮爵士等皆座上常客。濟慈認為伊麗莎白朝之文學渾然無為，勝於他當時的「現代」詩人。在伊麗莎白朝，班江森的盛名與霸氣蓋過莎士比亞，他的弟子海立克乃稱美人魚酒店的眾詩人與劇作家為「班子班孫」（The Tribe of Ben）。

——二〇〇九年十二月《聯合文學》三〇二期

頌體綜述

1

一八一九年四、五月間，還未滿二十四歲的濟慈詩興潮湧，一口氣寫了五首頌歌，後之論者稱之為「五大頌歌」（The Five Great Odes），並且認為濟慈之為大詩人，一半賴此。也有不少學者認為，稍後完成的〈秋之頌〉（"To Autumn"）無懈可擊，足與五大頌歌並列。其中〈希臘古甕頌〉（"Ode on a Grecian Urn"）與〈夜鶯頌〉（"Ode to a Nightingale"）最享盛名，評論甚多，譯者也不少。〈希臘古甕頌〉的主題，該是藝術之完美與永恆，生命之

憂煩與短暫，其間形成的矛盾。藝術雖美，未必能一勞永逸，解除生命之苦。藝術誠高，卻高不可攀，而且冷不可即。希臘古甕終究只是「冷面的牧歌」，可解一時之憂，為美之直覺而渾然忘憂而已。年輕的濟慈為肺病所苦，此病在十九世紀初乃不治之症，他身為藥劑科的學生，當然清楚自己不久人世。他嚮往愛情而不可得，渴求繆思而詩名不起，因此更向美之永恆尋求寄託。也就難怪，這些縈心之念（preoccupations）貫串在他的詩中，時隱時現，成為意象與比喻背後的主題。也正因此，他常向希臘神話及其載體的古代文物，例如艾爾金石雕之中去探討美之意義，成為超越哲學卻不寫論文的美學家。在〈憂鬱頌〉（"Ode on Melancholy"）中，濟慈說戴面紗的憂鬱女神，寶座其實是設在喜悅之神的殿上，與美同在，可惜美並非長在（Beauty that must die）。《恩迪米安》開篇有這麼三行：「美之為物乃永恆之歡欣，／其可親可愛日日滋長，一定／不會消失於無形。」致友人班傑明‧貝禮的信中，濟慈又說：「我所能掌握的，只有心中感情的聖潔和想像的真實—想像據以為美者，定必為真。」這種信念正是〈希臘古甕頌〉的前導。一九七六年國際筆會在倫敦召開，就以「想像之真」（The Truth of Imagination）為論題；我也曾提出一篇長文，參加研討。

　　這首詩歌詠的古甕，評論家無法確認究竟是哪一件雕品，只能說其印象是幾件石雕或陶品綜合而成。其實甕上的景物有兩個畫面：前三段描寫的是婚禮，第四段所見卻是祭祀的行列。母犢仰天哀呻或云是艾爾金石雕上所見；整段的祭神場面或云是見於洛漢（Claude Lorraine）的畫作。濟慈應該也只是把不同的形象加以重組，自己也未必全然了解畫面的用意，所以一直在問無言的古甕，第一段竟問了七次，第四段也問了兩次。

　　英文好用抽象名詞，並加以擬人修詞，對於（從英文觀點看

來）文法身分不易確定的中文，很難翻譯。例如首段前兩行：

Thou still unravished bride of quietness,
Thou foster-child of silence and slow time,

就有三個這樣的人格化抽象名詞。quietness 指的是無聲的婚禮畫面，still unravished 是指尚未經初夜行房，猶保童真，foster-child 是指當初做甕的師傅已死，此物從此由悠悠的歲月來領養。穆旦的譯文是：

你委身「寂靜」的、完美的處子，
受過了「沉默」和「悠久」的撫育，

卞之琳的譯文是：

你是「平靜」的還未曾失身的新娘，
你是「沉默」和「悠久」抱養的女孩，

兩人處理抽象名詞的方式都是加上引號，這當然是無可奈何的下策，懂是可懂，卻頗掃「詩興」，引號入詩尤其礙眼。卞之琳譯格瑞的〈墓畔哀歌〉（《Elegy Written in a Country Churchyard》），裡面的人格化抽象名詞多達十五個，也就是如此處理。積譯詩半世紀的經驗，我深信類此困境大可再加「漢化」，把無助詩意卻不礙文法的代名詞也一併掃開。同樣的兩行，我的譯文是：

嫁給嫻靜的新娘，尚未破身，
沉默與湮遠共育的養女，

我的譯文用動詞來顯示三個抽象名詞的擬人格身分（personification），就把掃興的引號擺脫了。同時原文的兩個 thou 都略去，可以把句長結束在十一個字以內，以免句法拖沓。

我的譯文，句子比穆、卞二位都短，自限在九字與十一字之間；穆譯在十字與十三字之間；卞譯更在十與十五之間。因此我的句法有時顯得稍緊，不過省去的字多半是英文必用而中文可免的「虛字」。卞譯的句法往往太鬆，甚至是在「填字」。卞之琳寫詩，以白話甚至口語為基調，這風格也用於譯詩，有時就不免太淺白了。例如第二段的這兩行：

Bold Lover, never, never canst thou kiss,

Though winning near the goal — yet, do not grieve;

語氣並不很淺白，甚至還用了 canst thou 的文言，但卞譯卻是：

勇敢的鍾情漢，你永遠親不了嘴，

雖然離目標不遠了——可也用不著悲哀；

「勇敢的鍾情漢」失之重複，至於「親不了嘴」又失之太白，甚至俗了，只怕濟慈會不贊成。我的譯文是：

莽情人，你永遠，永遠吻不成，

眼看要得手——你且莫悲；

我只用二十個字，卞譯卻用了二十八字。不同的語言風格，決定了譯文的長短。同樣的這首〈希臘古甕頌〉，濟慈的原文為五十行，動用了五百個音節；我和穆旦、卞之琳也各譯成了五十行，

但是我只用了五百零三字，穆旦用了五百七十二字，卞之琳卻用了六百三十八字！讀者如真有興趣一探其中虛實，不妨再統計一下，三人各用了多少「的」、多少代名詞。這簡直是翻譯研究所博士論文，至少是碩士論文的好題目，一笑。

第一段第八行的 What maidens loth? 穆譯「在樂舞前」，實為不妥；儘管 loth 的意思可接到下一行的 struggle to escape，但也不能用這四個字在填充。卞譯「什麼樣小女人不願意」有些勉強，「小女人」除了可以押韻，卻不合 maidens 的風格。

第二段 not to the sensual ear，明明合於中文現成的「肉耳」，穆譯卻只說「不是奏給耳朵聽」，而卞譯更說成「不對官能而更動人愛憐的／對靈魂吹你們有調無聲的仙曲」，短處過簡，長處又過冗，憑空還加上代名詞「你們」來填空，no tone 譯「有調無聲」也費詞。

第三段前三行穆譯不如卞譯精確：把 boughs 譯成「樹木」，leaves 譯成「枝葉」，都未對準原文。最易誤解的是倒裝的第八行，濟慈為了押韻，把 above 置於行末，其實文法的順序該是 far above all breathing human passion。其後的兩行 That leaves a heart... / A burning forehead, and a parching tongue. 則形成一個形容子句，形容 passion。穆譯第八行「幸福的是這一切超凡的情態」，用意含糊，令人不解。這整段卞譯雖稍嫌長，卻明白可解，只是末二行首的兩個「並」字不如刪去。

第四段的 heifer 是「母犢」，亦即小母牛，更稱之為 her，不知為什麼穆旦僅稱她「小牛」，而且是「它」？ not a soul 乃成語，例如 There wasn't a soul to be seen.，只是指「一個人影也不見」，不必指靈魂。卞譯把末兩行說成「也沒有哪一位能講得頭頭是道／何以你從此荒蕪的，能重新回來」，不太易解，同時句法太長，語氣太白，更嫌冗贅，「從此」一詞也不合原意。

　　第五段濟慈仍然對著大理石古甕凝神驚豔，遐想聯翩，卻又看不明白，想不透澈。其實此詩開篇首段，詩人就已連發七問，到了第四段，又問了三次。終於詩人悟出：真相難求，真理就在美中，深感其美，於願已足。古甕無言，捫之又冷，天機莫測。一代人有一代人的煩惱，到了下一代，面對又一批觀眾，古甕仍然會說，美就是真，不必殫精竭慮，想入非非。最後五行尤須注意：主句是 Thou shalt remain a friend to man；至於 in midst of other woe than ours 則為副詞片語，穆旦譯成「在另外的一些憂傷中」，含義欠清，乃一大失誤。卞之琳譯成「看人家受到另一些／苦惱的時候，作為朋友來申說」，也含混而生硬，「人家」是誰？「另一些苦惱」又是誰的苦惱？「作為朋友」尤其直譯得生硬。

　　最後二行的詮釋，歷來最多爭議，對譯者也是莫大的考驗。最後五行的 thou 當然是指古甕。古甕既為人類之友，to whom thou say'st 的 whom 當然是人類，「美即是真，真即是美」當然是古甕對人類（亦即下一代又一代的觀眾）的叮嚀、啟示。即美即真，無美不真：古甕正是美學的傳人，以身見證的美學家，自給自足的唯美信徒。愛默森就宣稱：「美，即其自身存在之依據。」（"Beauty is its own excuse for being."）至於最後的一行半，是對 ye 說的，ye 是複數，在本詩第二段就有 ye soft pipes 之例，所以末行的兩個 ye，不可能是詩人對古甕所稱，因為古甕一直是單數的 thou，更不可能是詩人對甕上人物的稱呼，或古甕反身對婚禮與祭典的自稱。古甕對一代代的觀眾正以朋友的身分說：「美即是真，真即是美」，緊接下來自然是對人類囑咐：這道理，你們在人間知之已足。古甕既是古物，濟慈的詩句又用古雅的 thou, ye, thy, canst, say'st, midst 等語，穆旦和卞之琳的白話其實未盡相配。所以我的譯文在詩末調得文些，如此終篇：

「美者真，真者美」——此即爾等

在人世所共知，所應共知。

2

〈夜鶯頌〉是濟慈最有名的詩作，歷來與雪萊的〈雲雀歌〉
齊名。拜倫生前比他們聲譽高出許多，但是主要以長詩見稱，短
篇的抒情詩卻未見如何出色，所以盛名之下竟然沒有與〈夜鶯
頌〉、〈雲雀歌〉相當的代表作。雪萊的詩比較剛直，以氣取勝；
濟慈的詩比較委婉，以韻見長。雪萊富使命感，以先知與革命家
自任；濟慈具耽美癖，以愛神與賽姬之祭師自許。雪萊的詩以自
我的意志為動力，像一個性格演員；濟慈的詩以深入萬物為能
事，務求演什麼要像什麼，所以最強調「無我之功」（negative
capability），主張不可以主觀強加於萬物。濟慈固然寫不出、也
無意去寫〈雲雀歌〉、〈西風歌〉那樣志高氣盛的力作；反之，雪
萊也絕對寫不出〈無情的豔女〉那樣幽渺迷茫的歌謠，或是〈秋
之頌〉那樣感性飽滿、寓想像於寫實的傑作。

中國的詩藝、畫藝常在虛實之間遊走，幾度出入，終於虛實
相濟，而達於高妙的統一。濟慈詩藝也深諳此道，每能在虛實、
正反之間進出探索，修成妙悟，而不致入虛而迷，或務實而拘。
長篇的《蕾米亞》（Lamia）、短篇的〈無情的豔女〉、〈憂鬱頌〉，
和這首〈夜鶯頌〉，多少都如此。〈夜鶯頌〉前兩段寫迷人的鳴禽
把詩人誘引去多姿多采的南國，去享受浪漫的中世紀傳統，和可
以療養肺病的地中海氣候。相對地，留在北國就只有困守人世的
現實，一任青春被疾病摧毀，所以第三段是一殘酷的對比，和
〈希臘古甕頌〉的第三段遙相呼應。第四段詩人果然擺脫了現實，
魂隨歌去，與夜鶯同在，但靠的不是酒醉或藥力，而是詩情的神
往。第五段營造林間的嗅覺，花香雖濃而可分辨。第六段又回到

聽覺，但此時夜長林深，詩人身心安詳，音樂也已昇華成聖樂，可以安魂，死亡也變成莊嚴的典禮了。第七段進入想像的高潮，詩人一念自由，神遊於《聖經》的遠古和傳說的中世紀。終於「寂寞」一字忽然破咒解魔，詩人一驚而起，回到人間的現實，發現詩意翩翩，又何曾足以遁世：所謂 fancy，其實只是騙人的妖精。虛實之際，寤寐之間，其界何在？七百多行的《蕾米亞》，問的也是這問題。

穆旦譯文的第一段，細節不夠精確：「毒芹」譯成「毒鴆」，「鴉片酊」譯成「鴉片」，都失之籠統。在濟慈的時代，習於將少量鴉片溶於酒中，給病人服藥，謂之鴉片酊（laudanum）。Dryad of the trees 譯成仙靈，而不譯「樹精」也嫌泛泛。Of beechen green, and shadows numberless 在文法上乃上接 plot，卻被穆譯截斷，憑空加上「你躲進」，未能緊隨原文。

第二段在 tasting 後有五個受詞，穆譯顛倒太甚，而且 country green 譯倒了，而 sunburnt mirth 又譯得不足。

第三段 here 之後一共用了四個 where，乃英文文法所必須，但在中文裡一再譯出，卻有掃詩興：這是許多譯者還參不透的「譯障」。末二行的 Beauty 和 Love 標出大寫，變成抽象的本質，最令譯者為難。解決之道，一為加上括弧，表示架空，但是礙眼不美；另一則遷就中文語境，還以血肉之軀，歸於具體。這兩行穆旦似乎誤解了，因為「新生的愛情活不到明天就枯凋」雖然動員了十三個字，卻漏掉了 at them 兩字。them 是指上一行的 her lustrous eyes，漏譯了，前後兩行就失去呼應了。

第四段的 the dull brain，就是 this dull brain of mine，也就是此詩一開頭就說明的 drowsy numbness；但譯成「這頭腦」卻意思欠明，也不如「此心」渾成而有詩意。也就是我所說的：只拘泥以白話譯詩，而未想到文言能及時救急。

　　第四段的 Already with thee，不知何故穆旦要用足一行來譯。因為林深葉密，外面夜色只能猜想，所以說 haply the Queen-Moon is on her throne；穆譯忽略此點，倒似乎在林中可以舉頭見月了。又 starry Fays 的意思穆譯不全；我譯成「仙扈星妃」，比較周全，仍然是仗了四字成語的對仗之力，比起穆譯「周圍是侍衛她的一群星星」來，不但省去了英文文法需要而中文文法可免的「她的」，句法也穩健得多。

　　第五段次行的 incense 為免與 flowers 重複，而換了一種說法，穆譯竟重用「花」字。至於 embalmḗd darkness，姜夔早有「暗香」一詞，大可倒過來譯，還渾成得多。本段末行「它成了夏夜蚊蚋的嗡嶸的港灣」，十三個字拖拖沓沓，連用兩個「的」字，又憑空添上一個代名詞「它」，全無需要。此外，「嗡」搭配得勉強，「港灣」也欠妥貼。

　　第六段穆譯大致平穩，不過 musḕd rhyme 譯成「好的言詞」，太欠文采了。To take into the air my quiet breath，譯成「把我的一息散入空茫」，雖然未能照顧到 quiet 的意思，仍不失為佳句。To cease upon the midnight with no pain 譯成「在午夜裡溘然魂離人間」，卻失職了。「裡」純然多餘；「魂離人間」要配 cease，也太花，太俗，而下一行真正的 soul 卻降級為「心懷」，說不過去。也許是為了遷就押韻，就應在用韻上多下工夫，不能如此以韻害情。同時，「溘然」是突然的意思，跟 cease...with no pain 不合。譯文中看不出有什麼 with no pain，實為漏譯。

　　第七段前四行自成一個 quatrain，穆旦繞了一個大圈子的句法，把原文所無的「喜悅」放在第四行末，仍無法與「蹂躪」押韻，詞窮一至於此。此段末二行失誤最多：charm'd magic casements 竟譯成「引動窗扉」，既不貼合原文，也太平淡。原文有景無人，但人自在景中，不外是中世紀的古堡囚著公主或情人，

大海橫阻，救援不至。穆旦卻憑空加上「一個美女望著……」，破了氣氛，還有點俗。原文用同一個字 forlorn 分置在第七段末、第八段首，把變調呼應得天衣無縫。穆譯卻把兩字分隔到兩行之遠，失職了。My sole self 用 sole 加強 forlorn 的感覺，穆譯不予理會，卻說成「我站腳的地方」，全不相干。顯然，他把 sole 理解成「腳底」了。末二行用 was 和 is 對照幻想與現實，一迷一悟，更用 that 來推開夜鶯的魔歌。所以我強調「剛才」之幻；穆旦卻把它拉近，說成「這是個幻覺」，不妥。

　　〈夜鶯頌〉原文一共八段，每段十行，除第八行縮為六音節外，均為十音節，所以全詩八十行，共為七百六十八音節。我的譯文共用了七百七十一字，穆旦卻用了八百四十八字，比我多出七十七個字。難怪他往往一行長達十三個字，而我絕不超過十一個字。翻譯小說或散文還不打緊，譯詩家寸土寸金，卻揮霍不得。

3

　　〈賽姬頌〉是五頌第一首，在詩體上是他寫過許多十四行詩後有意試驗較為延伸而又繁複的形式。Psyche 來自 Psycho，希臘文「元氣」之意，亦可喻靈魂、生命、心靈。雪萊〈西風歌〉首句就是 O wild West Wind, thou breath of Autumn's being，正為此意。古希臘人相信人死後靈魂會化蝶從口中飛出，所以濟慈的〈憂鬱頌〉更有「莫讓甲蟲或飛蛾來充你／哀傷的賽姬」之句。在古典文學裡，賽姬進入奧林匹斯之神仙譜很晚：她的故事直到公元二世紀才在阿普留斯的《金驢》（Apuleius: *The Golden Ass*）中出現。說是人間美女賽姬為小愛神愛若斯所戀，夜夜來會，日出即去。愛若斯嚴禁她查問其身分，但某夜她點燈相窺，一滴熱油落在他肩頭，他一驚醒便逃遁不回。她甘願淪為維納斯之奴，

受盡折磨，終於得與愛若斯結合，成了神靈。

　　濟慈憐其登仙太晚，無廟可歸，無香可禱，無祭司也無唱詩班來供奉，乃自告奮勇要為她立廟上香，植松養花，擔任她的祭司。但這一切都不必形而下地落實，卻可形而上地在詩人的靈思妙想裡無中生有，燦然大備。本詩共為四大段：首段最長，竟達二十三行，寫的正是賽姬與愛若斯之戀情，純屬形而下之情欲。愛若斯（亦即邱比特）之名 Eros，就是形容詞 erotic 之所本。其後的三段，一段比一段懇切，詩人對女神表明自己的心願，到了末段，場景愈加生動逼真，其實都已內化，成了內景（inscape）。全詩末二行就以夜不關窗，只等愛若斯回來作結。

　　有一些評家看得更深，認為詩中的情愛也大可視為對詩神的崇拜，所以冥想槎枒（branchéd thoughts）可比松林，意匠經營（working brain）可比玫瑰院落，妙思無窮（gardener Fancy）可比園藝高手。總之，供奉賽姬即所以供奉繆思。

<h1 style="text-align:center">4</h1>

　　〈憂鬱頌〉是五大頌裡最短的一首，但其主題之發展與呈現卻緊湊而生動。主題是「憂鬱」，濟慈並不感情用事，不僅以表現此一情緒之抒情為滿足。在第一段中，他指出要應付憂鬱，不可避重就輕，遁入負面的絕望，遺忘或輕生，因為「陰影加陰影未免太昏瞶，／會吞沒靈魂清醒的痛苦」。

　　到了次段，濟慈強調要對付憂鬱應該回身面對，用美好的東西來相迎，例如用甘霖、濃霧、玫瑰、彩虹、芍藥、熱情等等。末三行對待戀人發嗔之道，尤為生動而詼諧。也就是說，憂鬱之來，不可漠視，而要全神迎接，做足禮貌，加以享受。

　　到了末段，憂鬱更從戀人升等為女神，並與「美麗、歡樂、喜悅」等分庭抗禮，一齊登壇升龕，接受膜拜。Melancholy、

Beauty、Joy、Pleasure 這些人格化了的抽象名詞，在譯成中文時最不討好，因為在西方文法裡其身分十分明確，不像在中文裡，同一「憂」字有時是名詞（憂從中來），有時是動詞（仁者不憂），有時是狀詞（憂心忡忡）。但是在濟慈的原詩裡，這些擬人抽象名詞，卻能形成生動可觀的關係。本詩在修辭上巧妙地完成了美學的辯證：首段說明，負面的毒藥與死亡對似乎是負面的憂鬱，並無互補之功，反有蒙蔽之弊。次段暗示，憂鬱之為物，當與美好之物對立並比更為鮮明。末段更進一步，用擬人與隱喻來暗示，憂鬱與美、喜、樂等等似乎對立，其實相剋相生，相得益彰，因為憂能持久，而美不能，喜更短暫，樂不可求，求則引禍。

　　末段的節奏，流暢而有力，第五、第六兩行臻於高潮，成了結論：「哎，就在歡悅之殿堂內，／戴紗的憂鬱坐她的神龕。」其後的四行似乎只能漸鬆，以遞減（diminuendo）終場，因為第五、第六兩行太強了，而第七行又以 though 引進一個附屬子句。結果竟然力道不衰，終於再掀起一個高潮，而以一個單音節的主動詞 hung 斬釘截鐵煞住。

　　末段的代名詞，在性別上也有講究。為首的 she 和其後的三個 her 都是指憂鬱女神。其他的代名詞一律是陽性的 him、his。為了區別與對立，末段末四行的文法結構必須看清楚。這四行用平易的英文來說，應該是：Although she（Melancholy）is seen by none except such a man whose strenuous tongue can burst Joy's grape against his fine palate; His（such a man's）soul shall taste the sadness of her（Melancholy's）might and be hung among her cloudy trophies.

5

〈懶散頌〉當然是五大頌裡較弱的一首；一般英詩選都沒挑

到，評論家也少爭論。在其他四頌裡，濟慈在純情與美感之外尚有知性的冥想與探索，所以那些詩不僅是 lyrical，也可稱 meditative，探索的對象介乎美學與哲學之間。但〈懶散頌〉的主題似乎不那麼形而上，比較關切他自身的三個問題：愛情、野心（名氣）、詩藝。年輕、多病、默默無聞的濟慈，對愛情與名氣都不敢奢望，只有對自己的詩藝，得失寸心知，尚存有幾分自許、自信。另一方面，他對自己的詩風也不無自省、自覺，感到自己的筆調偏於「陰柔」，耽於「甜美」。所以他一方面不勝人間現實之煩惱，直歎「哦，只求一生能免於煩惱，／無需知曉月亮的變幻，／或聽從人情世故的喧囂！」這些話在〈希臘古甕頌〉、〈夜鶯頌〉、〈憂鬱頌〉裡他早已再三歎訴過。好在另一方面，他又毫不含糊地宣稱：「我可不甘被甜言飼養，／做一頭羔羊演自憐的鬧劇！」

6

〈秋之頌〉本來不在「五大頌」之列，而且原題也不稱 "Ode to Autumn"，但是後來的評論家都很推崇此詩，強調文本分析的新批評家尤其強調此詩為「完美而均衡之作」。〈秋之頌〉雖然分成三段，但彼此呼應緊湊，發展得非常有機。三段描繪的都是秋季，但在感官經驗上，首段著重觸覺，中段著重視覺，末段則強調聽覺。論者與史家常讚美濟慈乃十足感性（sensuous）的詩人：此詩正是佳例。就這一點來比，雪萊的詩藝情感激越，音調強烈，卻不太能落實於感官經驗，有時會顯得空洞。其次，此詩意象豐富，但一以貫之的意象是擬人格（personification）：首段把秋季寫成太陽的密友同謀，合力催使瓜盈果飽；中段把秋季寫成收割的農夫；末段則把秋季寫成大地的合唱隊。第三，在季節的時序上，首段是寫初秋的成熟，中段寫秋收的農忙，末段以刈後

的平野來寫收割之餘的「秋聲」。第四，在朝夕的推移下，三段的進展也有自朝至夕的描寫或暗示。

　　就文法的結構觀之，年輕的濟慈也開闔有度，呼應得體。例如首段，前二行並非文句，只是兩個名詞片語（noun phrase），亦即修辭學所謂的綽號（epithet）。其後的九行只是一長串的分詞片語（participial phrase）：其骨架是 conspiring with him how to load and bless...to bend and fill...to swell and plump...to set later flowers budding...until they think。一連串的排比句法，這麼多的動詞原形（to + verb），造成了流暢的節奏。其實，中段和末段也以句法流暢取勝。中段的文法骨架是 Sometimes whoever seeks abroad may find thee sitting...or asleep...and sometimes thou dost keep thy head steady...or thou watchest。末段也一樣，骨架是 While barréd clouds bloom the day and touch the plains, then gnats mourn...and lambs bleat, crickets sing...red-breast whistles...and swallows twitter。年輕的濟慈在句法的安排上兼顧均衡與流暢，十分穩當，令人佩服。這種才華，在他對十四行詩的布局上，已流露可觀。

　　我教英詩半世紀，每次講授到這首〈秋之頌〉，都非常享受，因為它的天籟直接來自造化，並不依賴神話、宗教、歷史、文化等等背景，簡直不掉書袋，沒有典故的核殼要敲開，對中國的讀者，除了賞析的美感之外，可謂一無障礙。所以我也認為此詩大可代取〈懶散頌〉而列於「五大頌」之中，或加上五頌而成六頌。

　　　　　　　　　　　　　　——二〇一二年，《濟慈名著譯述》

編後記

余幼珊

　　父親的寫作有「四度空間」，翻譯為其中之一。他不但身為譯者，還在大學裡教授翻譯數十年，另外又主持、評審「梁實秋翻譯獎」，推廣翻譯。近年來，有關父親翻譯方面的研究日益增多，然而，如單德興教授在此書序言中所說，父親的翻譯論文集卻只有對岸的兩本以及香港所出一本。這三本所收的文章並不齊全，因此，將他所有與翻譯相關的文章集成一冊，對於父親的翻譯研究實有其必要。也因此，去年底初步向九歌出版社總編輯陳素芳提出翻譯論集的計畫。而多年來深入研究父親翻譯作品的單德興教授，也一直期盼此書能夠問世，並大力協助。於是今年初終於與九歌敲定出版事宜，素芳總編並取父親的兩篇文章題目為此書訂名──「翻譯乃大道，譯者獨憔悴」。

　　收入這本論文集的文章，不僅以翻譯為主題，也包含中英語文和文學的比較，因為父親對翻譯的熱愛始於他對文字之美的敏感，尤其是中國文字。他對翻譯的看法和要求，正是出於這份熱愛和敏感，希望譯者在中英語言轉換時，延續並擴展中文的美麗生命。此書選文共三十七篇，分成三輯，這三輯的類別，德興教授在推薦序中已經說明了，此處不再贅述。唯一要補充的是，第三輯納入了《濟慈名著譯述》中有關西方詩體的三篇綜述，這三篇原本是一篇長文《濟慈名詩八首》，發表在《聯合文學》中，後來收入《濟慈名著譯述》時，父親依其類別拆成三篇綜述，即

「十四行詩」、「抒情詩」和「頌體」，對「頌體」的論述也有所擴充。

　　從一九八八年至二〇一二年，父親評審「梁實秋翻譯獎」，每一屆都寫一至二篇紮實的評語，前十二屆的評述已經結集成《含英吐華》[1]，之後十三屆的評語，我們曾考慮選出若干篇，收入這本論文集。然而無論是哪幾篇入選，總有遺珠之憾，所以最終決定，將來再為這些未結集的評語另出一書。

　　書內的三十七篇文章分成三類後，已無法呈現其創作順序，所以我們在書末附上所有文章的年表，供讀者追蹤父親翻譯論述的發展脈絡。例如，父親以翻譯和創作為題寫了兩篇文章，一篇寫於一九六九年，另一篇則是二〇〇〇年，對照這兩篇相隔三十一年的文章，當可看出其翻譯理論是否有所變異。除了這份年表，我們還整理了兩份附錄——〈余光中譯作一覽表〉和〈余光中翻譯相關評論索引〉。父親自一九五二年在，《大華晚報》上發表《老人和大海》，到二〇一七年病歿前為兩本繪本翻譯巴布・狄倫的詩歌，譯筆不輟，這六十多年的實譯經驗與其翻譯論述關係密切，所以特地提供這份一覽表供讀者參考。在父親的翻譯作品中，可能較不為人知的是幾本繪本，所以我們將繪本獨立出來，另立一個類別，故一覽表共分成三類——英譯中、中譯英和繪本。最後一份附錄，蒐集了一九六五年至今有關父親翻譯的專書、評論文章和碩博士論文。這份索引中的資料，以臺灣為主，未來研究余氏翻譯的學者可在此基礎上擴大、補充資料。

　　前面提到，父親從事翻譯六十餘年，從生手到老手，譯藝自

1　《含英吐華：梁實秋翻譯獎評語集》：九歌出版社，2002 年。

然不斷進步，好幾本翻譯在出新版時，為了精益求精而修訂舊版，如《梵谷傳》多達四個版本。這些不同的版本，除了列在一覽表中，我們也盡量找出舊版(大部分已絕版)的封面照片，刊在書首，以饗讀者。

九歌出版社數十年來為父親出版了三十幾本書，在網路和電子時代，仍如父親所說，「堅強不屈」地經營出版事業，父親離世後，也一本初衷繼續為父親出新書。而單德興教授不但為這本文集催生，還提供許多寶貴的意見和研究資料，使這本書的內容更加完整充實，並在百忙之中義不容辭地撰寫推薦序。九歌出版社和德興教授支持並協助此書之出版，為父親的翻譯研究奠定更穩固的基礎，在此由衷致謝。

最後必須一提的是，此書二校時，母親熱切地表示要和我們一起校對，我們便分配了幾篇書稿給她。她立即從父親的書櫃中找出相關的書，戴上老花眼鏡，認真地看起稿來。母親從二十幾歲開始，為父親謄寫《梵谷傳》的譯稿，至今九十歲，依然如此專注地為父親的文學事業付出。無論在哪一方面，她都是父親這一生最堅定的守護者，相信父親在天之靈也會一直守護著她。

余光中翻譯文章年表

翻譯文章	原載日期／原載處
翻譯與批評	年分不詳，約1960年代初期
中國古典詩的句法	1967年9月
中西文學之比較	1967年10月24日／亞洲廣播公會的座談會
幾塊試金石 —— 如何識別假洋學者	1968年6月25日
翻譯和創作	1969年
外文系這一行	1972年1月30日
用現代中文報導現代生活	1972年10月
變通的藝術 —— 思果著《翻譯研究》讀後	1973年2月10日
廬山面目縱橫看 —— 評叢樹版英譯《中國文學選集》	1974年4月
哀中文之式微	1976年2月
論中文之西化	1979年7月
早期作家筆下的西化中文	1979年7月
從西而不化到西而化之	1979年7月
與王爾德拔河記 —— 《不可兒戲》譯後	1983年清明節
橫行的洋文	1984年11月
翻譯乃大道	1985年2月3日／《聯合報‧副刊》
譯者獨憔悴	1985年2月10日／《聯合報‧副刊》
白而不化的白話文 —— 從早期的青澀到近期的繁瑣	1983年4月
中文的常態與變態	1987年7月
觀弈者言 —— 序彭、夏譯詩集《好詩大家讀》	1989年1月

鏽鎖難開的金鑰匙——序梁宗岱譯《莎士比亞十四行詩》	1992年清明節
《守夜人》自序	1992年8月
作者，學者，譯者——「外國文學中譯國際研討會」主題演說	1994年7月8
論的的不休——中文大學「翻譯學術會議」主題演說	1996年2月
翻譯之教育與反教育	1999年6月6日
創作與翻譯——淡江大學五十週年校慶演講	2000年11月5日
李白與愛倫坡的時差——在文法與詩意之間	2003年4月8日
虛實之間見功夫	2004年5月
翻譯之為文體	2006年7月9日
文法與詩意	2007年3月20日／《聯合報·副刊》
唯詩人足以譯詩？	2009年2月／《明報月刊》五一八期
《老人與海》譯序（二〇一〇年版）	2010年5月
譯無全功	2012年4月
《濟慈名著譯述》譯者序	2012年1月26日壬辰龍年正月初四
十四行詩綜述	2009年12月／《聯合文學》三〇二期
抒情詩綜述	2009年12月／《聯合文學》三〇二期
頌體綜述	2012年／《濟慈名著譯述》

余光中譯作一覽表

英翻中

譯作／原著	譯本版本
《老人與海》（《老人和大海》）／Ernest Hemingway, *The Old Man and the Sea*.	版本 1 版本 2 版本 3 (此版更名為《老人與海》)
《梵谷傳》／Irving Stone, *Lust for Life: The Story of Vincent van Gogh*.	版本 1 版本 2 版本 3 (修訂版) 版本 4 (修訂新版)
《英詩譯註》（*Translations from English Poetry [with notes]*）	
《美國詩選》（*Anthology of American Poetry*）	
《英美現代詩選》（*Modern English and American Poetry*）	版本 1 版本 2 (修訂版) 版本 3 (修訂新版)
〈書袋〉／William Somerset Maugham, "The Book-bag".	未出版
《錄事巴托比》／Herman Melville, "Bartleby the Scrivener".	版本 1 版本 2 (英漢對照)

年分	出版社
1952年12月至1953年 1月	《大華晚報》連載
1957	臺北：重光文藝
2010	南京：譯林 此版收入《錄事巴托比／老人與海》（臺北：九歌，2020），35-136頁。
1955年1月至11月	《大華晚報》連載
1956-1957	臺北：重光文藝
1978	臺北：大地
2009	臺北：九歌
1960	臺北：文星書店
1961	香港：今日世界 〔林以亮（Stephen Soong）編選，張愛玲、林以亮、余光中、邢光祖等譯（另二譯者為夏菁與梁實秋）。〕
1968	臺北：學生書局
1980	臺北：時報
2017	臺北：九歌
1958年2月至3月	登載於《聯合報》
1970年12月	《純文學》第八卷第六期：87-122頁。
1972	香港：今日世界 （收入惟為、余光中、董橋、湯新楣譯，《短篇小說集錦》，香港：今日世界，1975，15-68頁。） 今日世界版收入《錄事巴托比／老人與海》（臺北：九歌，2020），137-206頁。

譯作／原著	譯本版本
《不可兒戲》／Oscar Wilde, *The Importance of Being Earnest* (1895).	版本1 版本2 版本3
《土耳其現代詩選》（*Anthology of Modern Turkish Poetry*）／Nermin Menemencioǧlu and Fahir Iz, eds., *The Penguin Book of Turkish Verse* (Harmondsworth and New York: Penguin Books, 1978).	
《溫夫人的扇子》／Oscar Wilde, *Lady Windermere's Fan* (1892).	版本1 版本2
《理想丈夫》／Oscar Wilde, *An Ideal Husband* (1895).	版本1 版本2
《不要緊的女人》／Oscar Wilde, *A Woman of No Importance* (1893).	
《濟慈名著譯述》／John Keats	

中翻英

譯作	譯本版本
New Chinese Poetry（《中國新詩集錦》）	
Acres of Barbed Wire（《滿田的鐵絲網》）（自譯）	
An Anthology of Contemporary Chinese Literature: Taiwan 1949-1974（《中國現代文學選集》）	版本1：Vol. 1, Poems and Essays, Chi Pang-yuan (齊邦媛) et al., eds., pp. 101-18; 439-67. 版本2：Vol. 3, Essays, 齊邦媛編，國立編譯館主編，144-73頁。

年分	出版社
1983	臺北：大地
2012	臺北：九歌
2013	臺北：九歌
1984	臺北：林白 （土耳其文原著，經英文轉譯）
1992	臺北：大地
2013	臺北：九歌
1995	臺北：大地
2013	臺北：九歌
2008	臺北：九歌
2012	臺北：九歌

年分	出版社
1960	臺北及香港：Heritage Press（University of Iowa碩士論文）
1971	臺北：美亞
1975	Seattle and London: University of Washington Press.（1975年版第一冊收錄余光中自譯詩九首及自譯文三篇）
2004	臺北：洪葉（未發行）〔2004年版書名刪去年分，第三冊僅收錄自譯散文三篇（與1975年版第一冊相同）〕

譯作	譯本版本
《守夜人》 （*The Night Watchman*）（自譯）	版本 1 版本 2 (修訂版) 版本 3 (修訂新版)

繪本(英翻中)：

譯作	原著
《緋紅樹》／	Shaun Tan (陳志勇／文・圖), *The Red Tree* (2001).
《雪晚林邊歇馬》／	Robert Frost, "Stopping by Woods on a Snowy Evening" (1923).
《人為百獸命名》	Bob Dylan, *Man Gave Names to All the Animals*.
《在茫茫的風中》	Bob Dylan, *Blowin' in the Wind*.

＊余光中譯作一覽表由單德興教授、張力行小姐提供，余幼珊及九歌編輯。

年分	出版社
1992	臺北：九歌
2004	臺北：九歌
2017	臺北：九歌

年分	出版社
2003	新竹：和英（中英對照）
2004	新竹：和英（中英對照）
2018	瀋陽：遼寧少年兒童出版
2018	哈爾濱：黑龍江美術出版社

余光中翻譯相關評論索引

報紙期刊

評論文章

談一首梅士菲爾詩的翻譯（〈西風歌〉）

讀余光中著「中西文學之比較」

《老人與海》兩種中譯

評余光中的「譯論」與「譯文」

英譯《現代文學選集》之商榷

關於英譯《中國現代文學選集》

愛與自然的奏鳴曲——讀余譯《梵谷傳》後感

評《Lust for Life》的兩個中譯（《梵谷傳》部分）

訪余光中談翻譯——城南的約會

在痛苦中完成——《梵谷傳》新譯評薦

余光中新譯《梵谷傳》讀後

《梵谷傳》簡介

獨白守夜人——詩人余光中印象側記

航向拜占庭（余光中譯《土耳其現代詩選》）

翻譯藝術的饗宴——從余光中的「的的不休」談起

余光中和他的四個孩子——詩、散文、評論、翻譯

與五四精神共榮——余光中的譯作和文學交流

什麼樣的人能翻譯——論余光中的翻譯

翻譯批評的理論與實踐——以梁實秋文學獎為例（余光中部分）

「強勢作者」之為譯者——余光中與翻譯

左右手之外的繆思——余光中的譯論與譯評

作者	原載處	原載日期
楓堤	笠七期	一九六五年六月
周誠眞	純文學第五卷第二期	一九六九年二月
劉紹銘	今日世界四八六期	一九七二年六月
雨田	書評書目三期	一九七三年一月
姜穆	中華文藝五十六期	一九七五年十月
陳蕪	中華文藝五十六期	一九七五年十月
李齊	臺灣新聞報	一九七八年六月二十四日
T. A.（陳大安）	書評書目六十四期	一九七八年八月
胡子丹	中華日報	一九七八年十月二～三日
何懷碩	聯合報	一九七八年十月十一～十二日
羅青	書評書目六十八期	一九七八年十二月
劉邦傑	出版與研究三十七期	一九七九年
林彧	幼獅文藝三八三期	一九八五年十一月
高大鵬	聯合文學十三期	一九八五年十一月
馬勵	明報月刊第三六五期	一九九六年五月
羅茵芬	中央日報	一九九六年九月七～八日
蘇其康	中央日報	一九九八年五月二日
思果	中國時報	二〇〇一年五月十日
胡功澤	翻譯學研究集刊第八期	二〇〇三年十二月
張錦忠	印刻文學生活誌五十七期	二〇〇八年五月
單德興	印刻文學生活誌五十七期	二〇〇八年五月

譯詩——不可能的藝術？

讀余光中談譯詩

梵谷是我家的另類家人——余光中談《梵谷傳》與翻譯

濟慈：余光中的「家人」——讀余氏《濟慈名著譯述》隨筆

余光中教授訪談：翻譯面面觀

素質的凝聚，藝術的自覺——余光中的英美詩歌翻譯

從語言像似性看轉韻於詩歌翻譯之運用：以余光中《英詩譯註》為例

詩人／譯者的內在對話：閱讀《守夜人》

余光中翻譯理論印證《易經》英譯——以衛禮賢的德譯《易經》之英譯本中〈既濟〉、〈未濟〉二卦為例

一位年輕譯詩家的畫像：析論余光中的《英詩譯註》（1960）

雪晚林邊歇馬：余光中譯詩策略研究

從戲劇臺詞的動作性及人物性看余光中的戲劇翻譯——以《不可兒戲》為例

在冷戰的年代：英華煥發的譯者余光中

經典重譯與譯者風格變化：《The Old Man and the Sea》余光中兩譯本的對比研究

書籍

文章

余光中「英譯中」之所得——試論其翻譯成果與翻譯理論

余光中：三「者」合一的翻譯家

含華吐英——析論余光中的中詩英文自譯

余光中與翻譯

中詩英譯：余光中的水磨妙功

單德興	聯合文學二八三期	二〇〇八年五月
許淵沖	明報月刊五二〇期	二〇〇九年四月
彭蕙仙	新活水二十七期	二〇〇九年十二月
黃維樑	香港文學三三二期	二〇一二年八月
單德興	編譯論叢第六卷 第二期	二〇一三年九月
江藝	應用外語學報二十四期	二〇一五年十二月
吳怡萍	應用外語學報二十四期	二〇一五年十二月
馬耀民	應用外語學報二十四期	二〇一五年十二月
黃素婉、陳瑞山	應用外語學報二十四期	二〇一五年十二月
單德興	應用外語學報二十四期	二〇一五年十二月
陳耿雄	應用外語學報二十四期	二〇一五年十二月
梁緋、肖芬	應用外語學報二十四期	二〇一五年十二月
單德興	中山人文學報四十一期	二〇一六年七月一日
郭聰	輔仁外語學報十四期	二〇一七年十一月

作者	書名／出版者	出版時間
黃維樑	璀璨的五采筆／九歌	一九九四年十月
金聖華	結網與詩風：余光中先生七十壽慶論文集／九歌	一九九九年六月
單德興	詩歌天保：余光中教授八十壽慶專集／九歌	二〇〇八年十月
羅選民	詩歌天保：余光中教授八十壽慶專集／九歌	二〇〇八年十月
蘇其康	望鄉牧神之歌／九歌	二〇一八年十月

專書

書名

對話與融合：余光中詩歌翻譯藝術研究

翻譯家余光中

碩博士論文和會議論文

論文

飄洋過海的繆思──美國詩作在臺灣的翻譯史：1945─1992

《不可兒戲》的原著，仿諧等三個版本中，語言的探討

余光中之《理想丈夫》

評王爾德《理想丈夫》二中譯本

以余譯《梵谷傳》為例論白話文語法的歐化問題

王爾德戲劇中譯本之比較研究：余光中的《不可兒戲》和張南峰的《認真為上》

余光中譯《梵谷傳》之藝術翻譯方法

譯者能見度之探討：以《老人與／和（大）海》余譯及張譯本為例

余光中與翻譯

余光中的翻譯述試探

文星時期的余光中

作者	出版者	出版時間
江藝	西安：世界圖書出版公司	二〇〇九年
單德興	杭州：浙江大學出版社	二〇一九年十一月

作者	學校／會議	日期
賴慈芸	輔仁大學翻譯學研究所碩士論文	一九九五年六月
范姜秀鶴	淡江大學西洋語文研究所	一九九七年
冷蜀懿	淡江大學西洋語文研究所碩士論文	一九九八年
林文婷	輔仁大學翻譯學研究所	二〇〇一年
張嘉倫	東海大學中國文學研究所	二〇〇七年
鍾麗芬	高雄第一科技大學應用英語所碩士論文	二〇〇七年
陳依琳	輔仁大學翻譯學研究所碩士論文	二〇〇七年
林光揚	長榮大學翻譯研究所碩士論文	二〇〇八年
張錦忠	余光中先生八十大壽學術研討會論文集	二〇〇八年五月
馬耀民	余光中先生八十大壽學術研討會論文集	二〇〇八年五月
廖敏村	政治大學國文教學碩士論文	二〇〇九年

梁實秋翻譯文學獎之研究：1987-2009

自我翻譯的轉喻自由：余光中在《守夜人》的詩歌翻譯/創作與跨國認同

《老人與海》翻譯版本比較
譯者之風格及主體性：以英譯中詩歌翻譯為例

譯者之思——余光中教授翻譯《梵谷傳》之重譯探討

當代臺灣文學英譯研究：一個文化政治的考察

隱蔽權力：美援文藝體制下的台港文學（1950-1962）
文學翻譯的語言正式度比較：語料庫為本
基於語料庫的譯者風格研究：以《老人與海》及其三種中譯本為例

從余光中的譯論譯品談文學翻譯的創作空間
Sleights of Hand in the Slightest Respect: On the English Translation of
　the Chinese Unit Terms in Yu Kwang-chung's Poetry
余光中譯著《錄事巴托比》中的信息結構

溫世如	輔仁大學跨文化研究所翻譯學碩士在職專班	二〇一〇年
陳俐縈	國立高雄第一科技大學口筆譯研究所	二〇一〇年
蔡易霈	南臺科技大學應用英語系	二〇一〇年
張雅涵	國立高雄第一科技大學口筆譯研究所	二〇一二年
趙若淇	輔仁大學跨文化研究所翻譯學碩士論文	二〇一五年七月
張淑彩	國立臺灣師範大學翻譯研究所	二〇一五年
王梅香	國立清華大學社會學研究所	二〇一五年
李婉如	國立臺灣師範大學翻譯研究所	二〇一七年
施柔安	國立臺灣大學翻譯研究所	二〇一七年
金聖華	余光中國際學術研討會	二〇一八年十月十三日
吳敏華	余光中國際學術研討會	二〇一八年十月
蘇復興	余光中國際學術研討會	二〇一八年十月

翻譯乃大道，譯者獨憔悴：余光中翻譯論集

國家圖書館出版品預行編目 (CIP) 資料

翻譯乃大道，譯者獨憔悴：余光中翻譯論集 / 余光中著．
－－ 初版 ．-- 臺北市：九歌出版社有限公司，2021.10
面；　公分 .--（余光中作品集；30）
ISBN　978-986-450-358-2（平裝）

1. 翻譯 2. 文集
811.707 　　　　　　　　　　　　　　110010692

作　　　者 ── 余光中
編　　　者 ── 余幼珊
校　　　訂 ── 范我存、余珊珊、余幼珊、余季珊
責 任 編 輯 ── 張晶惠
創 辦 人 ── 蔡文甫
發 行 人 ── 蔡澤玉
出　　　版 ── 九歌出版社有限公司
　　　　　　　臺北市 105 八德路 3 段 12 巷 57 弄 40 號
　　　　　　　電話／ 02-25776564 ‧傳真／ 02-25789205
　　　　　　　郵政劃撥／ 0112295-1

九歌文學網　www.chiuko.com.tw

印　　　刷 ── 晨捷印製股份有限公司
法 律 顧 問 ── 龍躍天律師‧蕭雄淋律師‧董安丹律師
初　　　版 ── 2021 年 10 月
初版 2 印 ── 2023 年 5 月
定　　　價 ── 500 元
書　　　號 ── 0110230
Ｉ Ｓ Ｂ Ｎ ── 978-986-450-358-2　（平裝）